Dacia Maraini
Die stumme Herzogin

SERIE PIPER
Band 1740

Zu diesem Buch

Mit diesem großen Familienroman, dem Porträt eines sizilianischen Adelsgeschlechts zu Beginn des achtzehnten Jahrhunderts, beschwört Dacia Maraini eine untergegangene Welt herauf. In deren Mittelpunkt steht die taubstumme Herzogin Marianna Ucrìa, die schon mit dreizehn Jahren an ihren Onkel, einen mürrischen alten Mann, verheiratet wird – denn wer sonst hätte sie, trotz ihrer Schönheit, haben wollen? Während ihre Geschwister und Cousinen als Ehefrauen und Mütter jegliche Ansprüche an das eigene Leben ersticken müssen, behält sich Marianna immer die Rückzugsmöglichkeit in die Welt ihrer Gedanken und Träume vor; ihre ausgeprägte Sensibilität läßt sie die Freuden und Nöte, die Wünsche und Ängste der Menschen um sie herum erspüren. Die früh entdeckte Begeisterung für die Literatur und Philosophie ihrer Zeit bedingen Mariannas schrittweise intellektuelle Emanzipation; ihre Leidenschaft zu den Büchern ersetzt bald die emotionale Leere, die sie in der Wirklichkeit erleiden muß.

Die wahre Liebe, die die Herzogin nach langen Jahren der Einsamkeit und Entbehrung in dem schönen jungen Diener Saro entdeckt, kann letztlich aus Standesgründen nicht von Dauer sein...

Dacia Maraini, geboren 1936 in Florenz, aufgewachsen in Bagheria bei Palermo, wo dieser Roman spielt. Schrieb zahlreiche Theaterstücke, Gedichte und Romane, die großteils auch auf deutsch erschienen sind. Der vorliegende Roman wurde 1990 mit dem Premio Campiello ausgezeichnet und führte monatelang die italienischen Bestseller-Listen an. Dacia Maraini lebt in Rom.

Dacia Maraini

Die stumme Herzogin

Roman

Aus dem Italienischen von
Sabina Kienlechner

Piper
München Zürich

Die Originalausgabe erschien 1990 unter dem Titel
»La lunga vita di Marianna Ucrìa«
bei RCS Rizzoli Libri S.p.A., Mailand.

ISBN 3-492-11740-6
Neuausgabe Mai 1993
8. Auflage, 80.–94. Tausend Oktober 1993
(3. Auflage, 46.–60. Tausend dieser Ausgabe)

Umschlag: Federico Luci,
unter Verwendung des Gemäldes »Porträt einer Dame«
(um 1490) von Leonardo da Vinci
Satz: Hieronymus Mühlberger, Gersthofen
Druck und Bindung: Clausen & Bosse, Leck
Printed in Germany

1

Ein Vater und eine Tochter, da sind sie: er blond, schön, strahlend, sie plump, sommersprossig, ängstlich. Er in nachlässiger Eleganz, mit heruntergerutschten Strümpfen, schief aufgesetzter Perücke, sie in ein dunkelrotes Korsett gezwängt, das ihre wächserne Hautfarbe hervorhebt.

Die Augen des kleinen Mädchens folgen im Spiegel den Bewegungen des Vaters, der gebeugt steht und sich die weißen Strümpfe über die Waden zieht. Sein Mund bewegt sich, aber der Klang seiner Stimme dringt nicht bis zu ihr vor, er verliert sich, bevor er das Ohr des Kindes erreicht, fast als sei die geringe Entfernung, die sie voneinander trennt, nichts als eine Täuschung des Auges. Sie scheinen einander nah, doch sie sind tausend Meilen voneinander entfernt.

Das Mädchen beobachtet die Lippen des Vaters, die sich nun rascher bewegen. Sie weiß, was er zu ihr sagt, auch wenn sie ihn nicht hört: daß sie sich schnell von der Frau Mutter verabschieden solle, daß sie sich beeilen solle, mit ihm in den Hof hinunterzugehen und in die Kutsche zu steigen, denn sie seien spät dran, wie üblich.

Unterdessen ist Raffaele Cuffa, der immer, wenn er ins »Häuschen« kommt, vorsichtig und leicht schreitet wie ein Fuchs, vor Herzog Signoretto getreten und stellt einen großen geflochtenen Weidenkorb vor ihn hin, aus dem ein weißes Kreuz herausragt.

Der Herzog öffnet den Korbdeckel mit einer leichten Drehung des Handgelenks, in der die Tochter eine seiner typischen Bewegungen wiedererkennt: Es ist die verärgerte Geste, mit der er Dinge, die ihn langweilen, beiseite schiebt. Seine Hand fährt träge und sinnlich zwischen die gutgebügelten Stoffe, erschauert bei der Berührung mit dem eiskalten Silberkreuz, schließt sich um das mit Münzen gefüllte Säckchen und zieht sich rasch wieder zurück. Auf einen Wink hin beeilt sich Raffaele Cuffa, den Korb wieder zu bedecken. Nun bleibt nichts mehr zu tun, als die Pferde nach Palermo zu treiben.

Marianna läuft inzwischen ins Schlafzimmer der Eltern, wo sie ihre Mutter im Bett vorfindet, hingegossen zwischen die Leintücher, in einem mit Spitzen überladenen Nachthemd, das ihr an einer Schulter herabgerutscht ist, die Finger der einen Hand fest um eine emaillierte Tabakdose geschlossen.

Das Mädchen bleibt einen Augenblick stehen, überwältigt vom Duft des mit Honig versetzten Schnittabaks, der sich mit den anderen Ausdünstungen vermischt, die das Erwachen der Mutter begleiten: Rosenöl, geronnener Schweiß, getrockneter Urin, mit Lilienessenz parfümierte Pastillen.

Die Mutter drückt die Tochter mit einer bedächtigen, zärtlichen Geste an sich. Marianna sieht die Bewegungen der Lippen, doch mag sie sich jetzt nicht anstrengen, um den Sinn der Worte zu erraten. Sie weiß, daß sie ihr sagt, sie solle nicht allein über die Straße gehen, denn, taub wie sie ist, könnte sie leicht von einem Wagen zermalmt werden, den sie nicht kommen gehört hat. Und dann die Hunde, die kleinen wie die großen, sie solle sich nur ja von den Hunden fernhalten. Ihre Schwänze, das wisse sie sehr gut, würden lang und länger, bis sie sie jemandem um die Taille schlingen können, wie es die Schimären tun, und dann, zack!, spießen sie dich mit dem spitzigen Zweizack auf, und du bist tot, noch bevor du es merkst...

Einen Augenblick lang starrt das Mädchen auf das dickliche Kinn der Frau Mutter, auf den wunderschönen, feinlinierten Mund, auf die glatten, rosigen Wangen, auf die unschuldigen, ergebenen, abwesenden Augen: Niemals werde ich so werden wie sie, sagt sie sich, niemals, nicht einmal, wenn ich dafür sterben würde.

Die Frau Mutter spricht noch immer von den Hundeschimären, die lang werden wie Schlangen, die einen mit ihren Schnurrbarthaaren kitzeln, die einen mit ihren boshaften Augen verzaubern, aber das Kind läuft weg, nachdem es ihr noch einen flüchtigen Kuß gegeben hat.

Der Herr Vater sitzt schon in der Karosse. Aber er schimpft nicht, er singt. Das erkennt das Mädchen daran, wie er die Wangen bläht und die Augenbrauen hebt. Kaum hat sie den Fuß auf das Trittbrett gesetzt, fühlt sie sich von innen gepackt und in den Sitz gedrückt. Die Wagentüre wird mit einem trockenen Schlag von innen geschlossen. Und die Pferde rasen im Galopp davon, von Peppino Cannarota mit der Peitsche angefeuert.

Das Mädchen läßt sich in den gepolsterten Sitz zurückfallen und schließt die Augen. Zuweilen sind die beiden Sinne, auf die sie am meisten vertraut, so angespannt, daß sie aneinandergeraten. Die Augen haben den Ehrgeiz, die Formen voll und ganz zu erfassen, und der Geruchssinn bemüht sich seinerseits, die ganze Welt durch die beiden winzigen Öffnungen einziehen zu lassen, die sich an der Spitze der Nase befinden.

Nun hat sie die Lider gesenkt, um den Pupillen einen Augenblick Ruhe zu gönnen, und die Nüstern haben begonnen, die Luft einzusaugen und peinlich genau die Gerüche zu erforschen und zu klassifizieren: Wie aufdringlich doch der Geruch des Lattichwassers ist, mit dem die Weste des Herrn Vaters imprägniert ist! Darunter erahnt man den angenehmen Duft des Reispuders, der sich mit dem schmierigen Geruch der Polsterung, dem sauren Dunst der zerdrückten Wanzen vermischt sowie mit dem Kitzeln des Straßenstaubs, der durch die Türritzen dringt, zusammen mit einem Hauch von Minzkraut, der von den Wiesen der Casa Palagonia heraufsteigt.

Aber ein besonders heftiger Schlag zwingt sie, die Augen wieder zu öffnen. Sie sieht, daß der Vater auf dem gegenüberliegenden Sitz eingeschlafen ist, der Dreispitz ist ihm auf die Schulter gerutscht, die Perücke hängt schief über der schönen, verschwitzten Stirn, die blonden Wimpern ruhen anmutig auf den frischrasierten Wangen.

Marianna zieht die mostfarbenen Vorhänge über dem

Relief aus vergoldeten Adlern beiseite. Sie sieht ein Stück der staubigen Straße und ein paar Gänse, die mit ausgebreiteten Flügeln vor den Wagenrädern fliehen. In die Stille ihres Kopfes drängen sich die Bilder der Landschaft um Bagheria: die knorrige Korkrinde über den nackten, rötlichen Stämmen, die Olivenbäume mit ihren von winzigen grünen Eiern behangenen Ästen, die Brombeersträuche, die die Straße zu überwuchern drohen, die Äcker, die Kaktusfeigen, die Büschel des Schilfs und im Hintergrund die windumbrausten Hügel der Aspra.

Die Karosse passiert nun das Tor der Villa Butera und schlägt die Richtung nach Ogliastro und Villabate ein. Die kleine Hand bleibt weiterhin in den Vorhang vergraben, trotz der Hitze, die der grobe Wollstoff ausströmt. Marianna sitzt auch deshalb so still und steif da, weil sie den Herrn Vater nicht durch irgendwelche unbeabsichtigten Geräusche wecken will. Aber wie dumm von ihr! Denn was ist mit dem Lärm von der Karosse, die über die Straßenlöcher holpert, und mit den Schreien von Peppino Cannarota, der die Pferde anspornt? Und mit dem Schnalzen der Peitsche? Und dem Gebell der Hunde? Wenn es für sie auch nur imaginäre Geräusche sind, für ihn sind sie wirklich. Und doch fühlt sie sich davon gestört und er nicht. Welche Scherze der Verstand den verkümmerten Sinnen doch spielt!

An den steifen Rohrhölzern, die der von Afrika herüberwehende Wind aufwirbelt, erkennt Marianna, daß sie sich nun in der Nähe von Ficarazzi befinden. Dort vorne links steht schon das große gelbe Gebäude, das »die Zuckerfabrik« genannt wird. Durch die Türritzen dringt ein schwerer, säuerlicher Geruch. Es ist der Geruch des zerkleinerten, aufgeweichten, zerfaserten und in Melasse verwandelten Rohrs.

Die Pferde scheinen heute zu fliegen. Der Herr Vater schläft noch immer, trotz der heftigen Stöße. Es gefällt ihr, wie er dort liegt, ihrem Schutz ausgeliefert. Hin und wieder beugt sie sich vor und rückt ihm den Dreispitz zurecht oder verscheucht eine allzu lästige Fliege von seinem Gesicht.

Das Schweigen ruht wie ein totes Gewässer im behinderten Körper des Kindes, das vor kurzem das siebente Lebensjahr vollendet hat. In jenem stillen und klaren Wasser schwimmen die Karosse, die Terrassen mit der zum Trocknen ausgebreiteten Wäsche, die davoneilenden Hühner, das in der Ferne sichtbare Meer, der schlafende Vater. Alles wiegt leicht und bewegt sich rasch von der Stelle, doch sind die Dinge allesamt miteinander verbunden durch jene Flüssigkeit, die die Farben zerfließen läßt und die Formen auflöst.

Als Marianna wieder zum Fenster hinausschaut, sieht sie mit einemmal das Meer vor sich. Das Wasser ist klar und schlägt leicht gegen die großen grauen Steine. Ein Schiff mit schlaffen Segeln bewegt sich von der einen Seite des Horizonts zur anderen.

Ein Maulbeerzweig schlägt gegen das Fenster. Dunkelrote Beeren klatschen kräftig gegen das Glas. Marianna zuckt zurück, doch nicht schnell genug: Durch den Stoß hat sie sich den Kopf am Fensterrahmen angeschlagen. Die Frau Mutter hat schon recht: Ihre Ohren können sie nicht beschützen, und die Hunde könnten sie jeden Moment packen und ihr ans Leben gehen. Deshalb ist ihr Geruchssinn so fein ausgebildet, und deshalb sind ihre Augen so flink darin, sie vor allem zu warnen, was sich um sie herum bewegt.

Der Herr Vater hat die Augen einen Augenblick geöffnet, dann ist er in den Schlaf zurückgesunken. Und wenn sie ihm einen Kuß gäbe? Die frischen Wangen mit den Spuren einer ungeduldigen Rasur erwecken in ihr das Verlangen, ihn zu umarmen. Doch sie hält sich zurück, denn sie weiß, daß er die Schmusereien nicht liebt. Und dann, warum ihn aufwecken, wenn er so schön schläft, warum ihn in einen weiteren Tag voller »Langweilereien« hineinzwingen, wie er es immer nennt, er hat es ihr sogar mit seiner schönen runden und gedrechselten Handschrift auf ein Zettelchen geschrieben.

An den regelmäßigen Erschütterungen der Karosse merkt das Mädchen, daß sie in Palermo angekommen sind. Die Räder rollen nun über die breiten Pflastersteine, und Marianna meint, das rhythmische Poltern hören zu können.

Bald werden sie in Richtung der Porta Felice abbiegen, dann werden sie den Cassaro Morto einschlagen, und dann? Der Herr Vater hat ihr nicht gesagt, wohin er sie bringen wird, doch an dem Korb, den ihm Raffaele Cuffa gebracht hat, kann sie es erraten. Zur Vicaria?

2

Es ist tatsächlich die Fassade der Vicaria, auf die der Blick des kleinen Mädchens fällt, als es, vom Arm des Vaters gestützt, aus der Karosse steigt. Seine Mimik, als er überstürzt erwachte, hat sie zum Lachen gebracht: die über beide Ohren gerutschte Perücke, das Grapschen nach dem Dreispitz und sein Sprung vom Trittbrett, der lässig hätte sein sollen, aber recht ungeschickt ausgefallen ist; es hat wenig gefehlt, und er wäre lang hingestürzt, so sehr sind ihm die Beine eingeschlafen.

Die Fenster der Vicaria sehen alle gleich aus, mit geschwungenen Gittern versehen, die in bedrohlichen Spitzen enden. Die große Haustür ist mit rostigen Nieten besetzt, daneben ein Türgriff in Form eines Wolfskopfes mit geöffnetem Maul. Es sieht eben aus wie das Gefängnis mit all seinen Häßlichkeiten, so daß die Leute, wenn sie vorbeigehen, die Köpfe abwenden, um es nicht sehen zu müssen.

Der Herzog hebt die Hand, um zu klopfen, doch die Tür wird ihm aufgerissen, und er tritt ein, als sei er bei sich zu Hause. Marianna geht hinter ihm her, zwischen den Bücklingen der Wächter und Diener hindurch. Der eine lächelt sie überrascht an, der andere macht ein finsteres Gesicht, ein dritter versucht, sie beim Arm zu nehmen und sie zurückzuhalten. Sie aber befreit sich von ihm und rennt dem Vater nach.

Ein langer, enger Korridor: Die Kleine hat Mühe, mit dem Vater mitzukommen, der mit großen Schritten auf die Galerie zuschreitet. Sie hüpft auf ihren Samtschuhen hinter ihm her, aber es gelingt ihr nicht, ihn zu erreichen. Einmal glaubt sie schon, ihn verloren zu haben, aber da steht er hinter einer Ecke und wartet auf sie.

Vater und Tochter befinden sich gemeinsam in einem dreieckigen Zimmer, das von einem einzigen Fenster hoch oben unter der gewölbten Decke nur schlecht beleuchtet wird. Hier ist ein Diener dem Herrn Vater dabei behilflich, den Überrock und den Dreispitz abzulegen. Er nimmt die Perücke entgegen und hängt sie an den Knauf, der aus der Wand ragt. Er hilft ihm, die lange weißlinnene Kutte anzulegen, die in dem Korb neben dem Rosenkranz, dem Kreuz und dem Münzsäckchen gelegen hat.

Nun ist das Oberhaupt der Kapelle der Edlen Familie der Weißen Brüder fertig. In der Zwischenzeit sind, ohne daß das Mädchen dies bemerkt hätte, noch mehr Edelmänner eingetroffen, auch sie in weißen Kutten. Vier Gespenster mit schlaffen Kapuzen um den Hals.

Marianna blickt hinauf zu den Dienern, die sich mit geschickten Händen an den Weißen Brüdern zu schaffen machen, als seien diese Schauspieler, die sich auf ihren Auftritt vorbereiten: daß die Falten der Kutten schön geradesitzen, daß sie makellos und schlicht auf die in Sandalen steckenden Füße herabfallen, daß die Kapuzen sich schön um den Hals bauschen und ihre Spitzen nach oben recken.

Nun sehen die fünf Männer alle gleich aus, sie unterscheiden sich nicht mehr voneinander: weiß in weiß und fromm in fromm; nur die Hände, die hin und wieder zwischen den Falten hervorlugen, und das wenige Schwarz, das hinter den Sehschlitzen der Kapuzen aufblitzt, lassen erahnen, wer sich dahinter verbirgt.

Das kleinste der Gespenster beugt sich über das Kind und fuchtelt in Richtung des Herrn Vaters aufgeregt mit den Händen. Es ist entrüstet, das merkt man daran, wie es mit dem Fuß auf den Boden stampft. Ein weiterer Weißer Bruder mischt sich ein und tritt einen Schritt vor. Es sieht aus, als wollten sich die beiden gegenseitig an der Gurgel packen. Aber der Herr Vater bringt sie mit einer strengen Geste zum Schweigen.

Marianna fühlt den kalten und weichen Stoff der väterlichen Kutte, die auf ihr nacktes Handgelenk herunterfällt. Die rechte Hand des Vaters schließt sich um die Finger der Tochter. Ihre Nase sagt ihr, daß gleich etwas

Schreckliches passieren wird, doch was? Der Herr Vater führt sie durch einen weiteren Korridor, und sie läuft, ohne zu schauen, wohin sie die Füße setzt, von einer eisigen und aufgeregten Neugier erfaßt.

Am Ende des Korridors gelangen sie an eine steile Treppe mit schlüpfrigen Stufen. Die Edelmänner packen die Kutten mit den Händen, wie es die Frauen mit ihren weiten Röcken tun, und heben die Säume hoch, um nicht zu stolpern. Die steinernen Stufen sind feucht und schlecht zu erkennen, wiewohl ein Wächter ihnen mit einer hocherhobenen Fackel vorangeht.

Es gibt keine Fenster, weder hohe noch niedrige. Ganz plötzlich ist eine Nacht hereingebrochen, die nach verbranntem Öl, nach Mäuseexkrementen und Schweinefett riecht. Der Oberste Scharfrichter reicht die Schlüssel des Kellers dem Herzog Ucrìa, der zu einer kleinen Holztür aus gefügten Brettern geht. Dort schließt er, unterstützt von einem barfüßigen Jungen, ein Kettenschloß auf und schiebt einen großen eisernen Riegel zurück.

Die Türe geht auf. Die rauchige Fackel beleuchtet ein Stück Fußboden, über den ein paar Küchenschaben wie rasend davonflitzen. Der Wächter hebt die Fackel, und ein paar Lichtzungen fallen auf zwei halbnackte Körper, die vor der Wand liegen, die Fußknöchel an schwere Ketten gefesselt.

Der Eisenschlosser, der von weiß woher gekommen ist, beugt sich hinunter, um die Eisen des einen der beiden Häftlinge aufzuschließen. Es ist ein triefäugiger Jüngling, er wird ungeduldig, weil ihm das Öffnen zu langsam vorangeht, und er hebt einen Fuß, bis er mit dem großen Zeh beinahe gegen die Nase des Schlossers stößt. Dann lacht er und zeigt dabei seinen großen, zahnlosen Mund.

Das kleine Mädchen versteckt sich hinter dem Vater, der sich hin und wieder zu ihr herabbeugt und sie streichelt, aber mit grober Hand, eher um sich zu vergewissern, ob sie auch wirklich zuschaut, als um sie zu beruhigen.

Als der Jüngling endlich befreit ist und sich erhebt, sieht Marianna, daß er noch fast ein Kind ist, er wird ungefähr so alt sein wie der Sohn von Cannarota, der vor ein paar Monaten im Alter von dreizehn Jahren am Malariafieber gestorben ist.

Die anderen Gefangenen schauen stumm zu. Kaum aber beginnt der Junge, auf seinen befreiten Füßen auf und ab zu laufen, nehmen sie das unterbrochene Spiel wieder auf, froh, einmal so viel Licht zu haben.

Das Spiel besteht im Wanzentöten: Wer am schnellsten die größte Anzahl Wanzen zwischen den Daumennägeln zerdrückt, hat gewonnen. Die toten Wanzen werden sorgfältig auf eine Kupfermünze gelegt. Der Gewinner nimmt die Münze an sich.

Das Mädchen ist ganz darin vertieft, den drei Spielern zuzusehen, ihren Mündern, die sich lachend öffnen und Worte herausschreien, die sie nicht hört. Die Angst ist ihr vergangen, sie ist nun ruhig und überzeugt davon, daß der Herr Vater sie mit sich in die Hölle nehmen will: Er hat dafür gewiß einen geheimen Grund, ein »Warum-Darum«, das sie später einmal begreifen wird.

Er wird sie führen und ihr die Verdammten zeigen, die im Schlamm ersticken, die mit den Felsbrocken auf den Schultern wandern müssen, die sich in Bäume verwandeln, die aus dem Munde rauchen, weil sie glühende Kohlen verschluckt haben, die wie Schlangen durch den Staub kriechen, die in Hunde verwandelt werden, denen die Schwänze lang wachsen, bis Angeln daraus werden, mit denen sie die Passanten einfangen und an ihre Mäuler heranziehen, wie es die Frau Mutter erzählt.

Aber der Herr Vater ist auch dafür da, um sie vor diesen Tücken zu bewahren. Und dann kann die Hölle, wenn man sie als Lebendiger aufsucht, wie der Herr Dante es getan hat, auch recht schön anzuschauen sein: jene, die leiden, dort drüben, und wir, die wir zuschauen, hier. Ist es nicht das, was die weißen Kapuzenmänner meinen, die sich jetzt den Rosenkranz von Hand zu Hand reichen?

3

Der Junge schaut verstört auf Marianna, sie erwidert entschlossen seinen Blick, denn sie will sich nicht einschüchtern lassen. Doch seine Lider sind geschwollen, sie flattern; möglicherweise sieht er nicht gut, sagt sich das Mädchen. Wer weiß, wie er sie sieht; vielleicht groß und dick, wie sie im Zerrspiegel von Tante Manina aussieht, vielleicht auch klein und schmächtig. Sie macht ihm eine Grimasse, und im selben Augenblick löst sich das Gesicht des Jungen zu einem finsteren, schiefen Lächeln.

Der Herr Vater packt ihn mit der Hilfe eines anderen Weißen Bruders am Arm und zieht ihn zur Türe hin. Die Spieler sinken wieder in ihr gewohntes Halbdunkel zurück. Zwei trockene Hände heben das Mädchen hoch und setzen es sanft auf der oberen Treppenstufe wieder ab.

Die Prozession setzt sich wieder in Gang: vorneweg der Wächter mit der brennenden Fackel, dahinter der Herzog Ucrìa mit dem Gefangenen am Arm, dann die übrigen Weißen Brüder, der Eisenschlosser und zuletzt zwei Diener im schwarzen Wams. Erneut befinden sie sich in dem dreieckigen Raum inmitten des Kommens und Gehens von Wächtern und Dienern, die Fackeln hochhalten, Stühle herbeirücken, Becken mit warmem Wasser, leinene Handtücher, Teller mit Brot und kandierten Früchten bringen.

Der Herr Vater beugt sich mit liebevollen Gesten über den Jungen. Niemals hat sie ihn so zärtlich und aufmerksam gesehen, sagt sich Marianna. Mit der hohlen Hand schöpft er Wasser aus einem Becken und läßt es über die schleimverkrusteten Wangen des Jungen laufen; dann trocknet er ihn mit dem frischgewaschenen Handtuch, das der Diener ihm reicht. Gleich darauf nimmt er ein Stück von dem weichen weißen Brot zwischen seine Finger und hält es lächelnd dem Gefangenen hin, als sei dieser sein liebstes Kind.

Der Junge läßt sich versorgen, waschen und füttern, ohne ein Wort zu sagen. Er weint und lächelt abwechselnd. Jemand drückt ihm einen Rosenkranz mit großen schillernden Perlen in die Hand. Er betastet ihn mit den Fingerkuppen, dann läßt er ihn auf den Boden fallen. Der Herr Vater macht eine ungeduldige Gebärde. Marianna bückt sich, um den Rosenkranz aufzuheben, und legt ihn in die Hände des Jungen zurück. Flüchtig berührt sie dabei zwei seiner eisigen, hornhäutigen Finger.

Der Gefangene macht die Lippen breit und entblößt seinen halb zahnlosen Mund. Seine geröteten Augen hat man mit einem im Lattichwasser getunkten Stoffballen gereinigt. Unter den nachsichtigen Blicken der Weißen Brüder streckt der Verdammte die Hand nach einem Teller aus, er sieht sich einen Augenblick lang verängstigt um, dann stopft er sich eine honigfarbene überzuckerte Pflaume in den Mund.

Die fünf Edelmänner haben sich nun niedergekniet und lassen die Perlen der Rosenkränze durch ihre Finger gleiten. Der Junge, dessen Wangen noch gebläht sind von den kandierten Früchten, wird sanft auf die Knie niedergedrückt, damit auch er sich ins Gebet vertiefe.

Die heißesten Stunden des Tages vergehen so im feierlichen Gebet. Hin und wieder nähert sich ein Diener mit einem Tablett voller Gläser mit Wasser und Anis. Die Weißen trinken und nehmen ihr Gebet wieder auf. Der eine oder andere wischt sich den Schweiß ab, andere drohen einzudösen, wachen ruckartig wieder auf und setzen ihr Rosenkranzgebet fort. Auch der Junge schläft ein, nachdem er noch drei kristallisierte Aprikosen verschlungen hat. Keiner hat das Herz, ihn zu wecken.

Marianna beobachtet den Vater, wie er betet. Aber hinter welchem der Kapuzenmänner versteckt sich der Herzog Signoretto, ist es der hier oder der andere mit dem gesenkten Kopf? Es scheint ihr, als könne sie seine Stimme hören, die langsam das Ave-Maria hersagt.

Im Schneckengang ihres Ohres, in dem Schweigen

herrscht, hat sie die Erinnerung an ein paar vertraute Stimmfetzen bewahrt: die gurgelnde, rauhe Stimme ihrer Frau Mutter, die schrille der Köchin Innocenza, die sonore, gutmütige des Herrn Vaters, die gleichwohl zuweilen spitz wurde und unangenehm zersplitterte.

Vielleicht hatte sie sogar sprechen gelernt. Aber wie alt war sie damals gewesen? Vier Jahre oder fünf? Ein zurückgebliebenes, schweigsames und verschlossenes Kind, das von den anderen leicht in irgendeiner Ecke abgestellt und vergessen wurde, an das man sich dann plötzlich erinnerte und es suchte, um ihm Vorwürfe darüber zu machen, daß es sich immer versteckte.

Eines Tages war sie ohne sichtbaren Grund verstummt. Das Schweigen hatte sich ihrer bemächtigt wie eine Krankheit oder vielleicht wie eine Berufung. Die festliche Stimme des Herrn Vaters nicht mehr hören zu können, war ihr schrecklich traurig erschienen. Dann aber hatte sie sich daran gewöhnt. Inzwischen stimmt es sie freudig, wenn sie ihm beim Sprechen zusieht, ohne seine Worte zu erfassen, fast wie eine böswillige Genugtuung.

»Du bist so geboren, taubstumm«, hatte ihr der Vater einmal ins Heft geschrieben, und sie hatte sich davon überzeugen müssen, daß sie sich jene fernen Stimmen nur eingebildet hatte. Sie kann ja nicht zugeben, daß der liebste Herr Vater, der sie so sehr liebt, sie belügen könnte, also muß sie selbst wohl eine Träumerin sein. An Phantasie fehlt es ihr nicht, ebensowenig an der Lust nach Sprache, und daher:

e pì e pì e pì,
sette fimmini p'un tarì
e pì e pì e pì
un tarì e troppu pocu
sette fimmini p'un varcuocu.*

* Und pi und pi und pi / sieben Weibchen für einen Tarì / Und pi und pi und pi / ein Tarì ist viel zu wenig / sieben Weibchen für eine Aprikose.

Doch die Gedanken des Mädchens werden unterbrochen, weil einer der Weißen hinausgeht und gleich darauf mit einem großen Buch zurückkehrt, auf dem in goldenen Lettern steht: SEELENBEKENNTNISSE. Der Herr Vater weckt den Knaben mit einem freundlichen Stoß, und gemeinsam ziehen sie sich in einen Winkel des Saales zurück, wo die Mauern eine Nische bilden und eine steinerne Platte in der Art eines Sitzes befestigt ist.

Dort beugt sich der Herzog Ucrìa von Fontanasalsa zum Ohr des Verdammten hinab und fordert ihn auf, zu beichten. Der Junge murmelt ein paar Worte mit seinem jungen zahnlosen Mund. Der Herr Vater redet liebevoll-beharrlich auf ihn ein. Der Junge lächelt schließlich. Sie sehen nun aus wie Vater und Sohn, die selbstvergessen über Familiendinge sprechen.

Marianna beobachtet sie voller Bestürzung: Was nimmt sich dieser kleine Papagei, der da neben dem Vater kauert, nur heraus, es scheint, als kenne er ihn seit eh und je, als habe er schon immer seine ungeduldigen Hände zwischen seinen Fingern gehalten, als kenne er deren Umrisse in- und auswendig, als habe er von Geburt an dessen Gerüche in der Nase verspürt, als sei er schon tausendmal im Leben von seinen kräftigen Armen ergriffen und vom Trittbrett einer Karosse oder aus einer Sänfte oder aus der Wiege oder von einer Treppenstufe gehoben worden, mit jenem Zugriff, den nur ein leiblicher Vater für seine Tochter aufzubringen imstande ist. Was nimmt er sich nur heraus?

Eine glühende Mordlust steigt ihr in die Kehle, überflutet ihren Gaumen und versengt ihre Lippen. Sie wird ihm einen Teller an den Kopf werfen, ein Messer in die Brust jagen, sie wird ihm alle Haare ausreißen, die er auf dem Kopf hat. Der Herr Vater gehört nicht ihm, sondern ihr, ihr, der armen Taubstummen, die auf der Welt nur eine Kostbarkeit besitzt, nämlich den Herrn Vater.

Die Mordgedanken verflüchtigen sich durch eine plötzliche Bewegung der Luft. Die Tür ist aufgegangen, und auf der Schwelle erscheint ein Mann mit einem Bauch wie eine Melone. Er ist gekleidet wie ein Narr, halb rot und halb gelb: Er ist jung und dick, hat kurze Beine, kräftige Schultern, Arme wie ein Ringer, kleine, schielende Augen. Er kaut Kürbiskerne und spuckt die Schalen fröhlich in die Luft.

Als der Junge ihn sieht, erblaßt er. Das Lächeln, das ihm der Herr Vater entlockt hat, erstirbt ihm; seine Lippen beginnen zu zittern und seine Augenlider zu flattern. Der Narr nähert sich ihm, wobei er weiterhin die Kürbiskernschalen umherspuckt. Als er den Jungen wie einen nassen Putzlumpen zu Boden gleiten sieht, gibt er zwei Dienern einen Wink, damit sie ihn hochziehen und zum Ausgang schleifen.

Die Luft ist erschüttert wie vom Flügelschlag eines nie gesehenen riesigen Vogels. Marianna blickt sich um. Die Weißen Brüder schreiten feierlich auf die Türe zu. Das Tor öffnet sich mit Schwung, und nun ist jener Flügelschlag so nah und heftig, daß er sie geradezu betäubt. Es sind die Trommler des Vizekönigs, hinter ihnen steht die Menschenmenge, sie schreit und hebt die Arme, jubiliert.

Die Piazza Marina, die vorher noch leer gewesen war, ist nun voller Menschen: ein Meer von wiegenden Köpfen, langgestreckten Hälsen, geöffneten Mündern, erhobenen Standarten, trampelnden Pferden, eine apokalyptische Masse von Körpern, die sich übereinanderhäufen, sich bedrängen, die den ganzen rechteckigen Platz überschwemmt haben.

4

Aus den Fenstern quellen Köpfe hervor, auf den Balkonen herrscht ein großes Gedränge von Gestalten, die die Arme ausstrecken und sich weit vorbeugen, um besser sehen zu können. Die Justizminister mit den gelben Paradestökken, die königliche Garde mit den violett-goldenen Standarten, die Grenadiere mit ihren Bajonetten stehen da und können nur mit Mühe die ungeduldige Menge in Schach halten.

Worauf warten sie alle? Das Mädchen erahnt es, doch es wagt nicht, daran zu denken. All die schreienden Köpfe scheinen an das Schweigen in ihrem Inneren zu klopfen und Einlaß zu verlangen.

Marianna löst ihren Blick von der Menge und sieht zu dem zahnlosen Knaben hin. Er steht still und kerzengerade da: Er zittert nicht mehr und fällt nicht mehr in sich zusammen. Ein stolzer Glanz ist in seinen Augen: soviel Trubel, und alles nur für ihn! Die festlich gekleideten Leute, die Pferde, die Kutschen, alle warten nur auf ihn. Die Standarten, die Uniformen mit den glänzenden Knöpfen, die Hüte mit den Federn, das Gold, der Purpur, alles nur für ihn, es ist ein Wunder!

Zwei Wächter reißen ihn brutal aus seiner ekstatischen Betrachtung des eigenen Triumphes. An das Seil, mit dem seine Hände zusammengebunden sind, binden sie ein längeres und stärkeres Seil, das sie am Schwanz einer Mauleselin befestigen. So gefesselt schleifen sie ihn in die Mitte des Platzes.

Im Hintergrund, hoch oben auf dem Steri, präsentiert sich stolz eine blutrote Fahne. Und dort aus dem Palazzo Chiaromonte treten nun die Großen Patres der Inquisition, immer zwei und zwei, geführt wie auch gefolgt von einem Grüppchen von Ministranten.

In der Mitte des Platzes steht eine Bühne, etwa zwei bis

drei Armlängen hoch, gerade so wie jene Bühnen, auf denen die Geschichten von Nofriu und Travaglino, von Nardo und Tiberio aufgeführt werden. Nur daß diesmal an der Stelle des schwarzen Vorhangs ein düsteres Holzgerüst steht; eine Art umgekehrtes L, an dem ein Seil mit einer Schlinge befestigt ist.

Marianna wird vom Herrn Vater hinter dem Gefangenen hergeschoben, der seinerseits hinter der Mauleselin herläuft. Die Prozession hat sich nun in Gang gesetzt, und niemand vermag sie mehr aufzuhalten, hätte er selbst den triftigsten Grund: vorneweg die königliche Garde hoch zu Pferde, dann die Weißen Herrn in ihren Kapuzen, die Minister der Justiz, die Erzdiakone, die Priester, die barfüßigen Mönche, die Trommler, die Trompeter, ein langer Zug, der sich mühsam seinen Weg durch die aufgeregte Menge bahnt.

Bis zum Galgen sind es nur ein paar Schritte, und doch scheint er weit entfernt in Anbetracht der umständlichen Umkreisung des ganzen Platzes, in der sich der Zug dorthin bewegt.

Endlich stößt Mariannas Fuß gegen eine hölzerne Stufe. Sie sind tatsächlich angekommen. Der Herr Vater steigt mit dem Verurteilten die Treppe hinauf, geführt vom Henker und gefolgt von den anderen Brüdern des Guten Todes.

Der Junge hat nun wieder jenes verstörte Lächeln auf dem blassen Gesicht. Das kommt, weil der Herr Vater ihn verzaubert, ihn mit seinen Trostworten fesselt, er öffnet ihm das Paradies, indem er ihm dessen Herrlichkeiten beschreibt, ein Dasein voller Ruhe und Muße, üppiger Mahlzeiten und ausgedehnter Schläfchen. Der Junge, ganz benommen wie ein Kleinkind, von diesen eher mütterlichen als väterlichen Worten, scheint keinen anderen Wunsch mehr zu haben, als schnurstracks ins Jenseits zu eilen, wo es keine Gefängnisse, keine Wanzen, keine Krankheiten und keine Leiden gibt, sondern nur Zuckerwerk und faules Leben.

Das Mädchen sperrt die schmerzenden Augen auf; ein heftiger Wunsch bemächtigt sich ihrer: Wenn sie mit ihm tauschen könnte, und sei's nur für eine Stunde, wenn sie dieser zahnlose Junge mit den hervortretenden Augen sein könnte, um einmal die Stimme des Herrn Vaters wiederzuhören, um den Honig dieses allzufrüh verlorenen Klangs zu kosten, ein einziges Mal nur, selbst wenn sie dafür sterben müßte und an jenem Strick aufgehängt würde, der dort in der Sonne baumelt.

Der Henker kaut noch immer Kürbiskerne und spuckt die Schalen mit einem verächtlichen Ausdruck durch die Luft. Es ist alles gerade wie im Puppentheater: Gleich wird Nardo den Kopf heben, und der Henker wird ihm eine Tracht Prügel mit dem Holzstock versetzen. Nardo wird mit den Armen rudern, wird unter den Bühnenrand fallen, und dann wird er lebendiger als vorher wieder auftauchen, um noch mehr Prügel und Beleidigungen einzustecken.

Und die Menschenmenge lacht, schwatzt, ißt und wartet auf die Stockschläge, gerade wie im Theater. Die Wasser- und Anisverkäufer kommen bis vor die Bühne, um ihre Schoppen anzubieten, sie werden beiseite geschubst von denen, die »vasteddi meusa«, gekochte Tintenfische und Kaktusfeigen, feilbieten. Jeder will seine Ware mit Hilfe der Ellenbogen in den Vordergrund schieben.

Ein Bonbonhändler tritt dem Mädchen vor die Nase, und als hätte er erraten, daß sie taub ist, deutet er mit beredten Gesten auf seinen Bauchladen, der an einem schmierigen Band um seinen Hals hängt. Marianna wirft einen schrägen Blick auf die kleinen Metallzylinder. Sie bräuchte nur die Hand auszustrecken, einen davon zu nehmen, mit dem Finger dagegen zu drücken, um den kreisförmigen Deckel zu öffnen und den kleinen, nach Vanille schmeckenden Zylinder herausgleiten zu lassen. Aber sie will sich nicht ablenken lassen; ihre Aufmerksamkeit gilt einer anderen Sache, nämlich dem, was dort oben am Ende der geschwärzten Holzstufen geschieht, wo der Herr Vater immer noch mit tiefer, weicher Stimme zu dem Verurteilten spricht, als sei dieser Fleisch von seinem Fleische.

Die letzten Stufen sind nun erklommen. Der Herzog Ucrìa verneigt sich vor den Autoritäten, die vor der Bühne sitzen: vor den Senatoren, den Prinzen, den Richtern. Dann kniet er gedankenvoll nieder, den Rosenkranz zwischen den Fingern. Die Menge wird einen Augenblick lang still. Sogar die fliegenden Händler unterbrechen ihr aufgeregtes Geschrei und bleiben mit ihren Rollwägelchen, ihren Gurten und ihren Waren stehen, mit offenem Mund strecken sie die Nasen in die Luft.

Nach dem Gebet hält der Herr Vater dem Verdammten das Kreuz hin, damit er es küsse. Und es hat den Anschein, als sei es nicht Christus, sondern er selbst, der dort am Kreuz, nackt und gemartert, sein schönes elfenbeinernes Fleisch und sein Haupt mit der Dornenkrone den lächerlichen Lippen des verängstigten Jungen zum Kusse anbietet, um ihn zu beruhigen und zu besänftigen und ihn glücklich und friedevoll in die andere Welt zu schicken.

Zu ihr ist er nie so zärtlich gewesen, so körperlich, so nahe, sagt sich Marianna, ihr hat er niemals seinen Körper zum Kuß angeboten, und nie hat er sich ihr so zugewandt, als wolle er sie mit zarten und tröstenden Worten überschütten.

Der Blick des Mädchens fällt auf den Verurteilten, und sie sieht, wie er sich mühsam niederkniet. Die verführerischen Worte des Herzogs Ucrìa sind wie weggewischt bei der Berührung mit dem kalten, glitschigen Seil, das der Henker ihm um den Hals legt. Trotzdem schafft er es irgendwie, sich aufrecht zu halten, und seine Nase beginnt zu rinnen. Er versucht, eine Hand zu befreien, um sich den Rotz abzuwischen, der ihm von der Lippe, vom Kinn tropft. Doch die Hand ist fest auf den Rücken gebunden. Zwei-, dreimal hebt er die Schulter, verdreht er den Arm, es scheint, als sei ihm das Naseputzen in diesem Augenblick das einzig Wichtige.

Die Luft erzittert von den Schlägen einer großen Trommel. Auf ein Zeichen des Richters gibt der Henker der Kiste, auf die hinaufzusteigen er den Jungen gezwungen hat, einen Tritt. Ein Zucken geht durch den Körper, dann streckt er sich, fällt in sich zusammen und beginnt, sich zu drehen.

Doch irgend etwas hat nicht richtig geklappt. Denn statt herunterzuhängen wie ein Sack, windet sich der Erhängte weiterhin in der Luft, mit geschwollenem Hals und aus den Höhlen tretenden Augen.

Als der Henker sieht, daß sein Werk nicht gelungen ist, zieht er sich mit kräftigen Armen am Galgen hoch, springt auf den Erhängten, und ein paar Augenblicke lang baumeln beide am Seil wie zwei Frösche bei der Paarung, während die Menge den Atem anhält.

Nun aber ist er wirklich tot; das sieht man an der Marionettenhaltung, die der hängende Körper eingenommen hat. Der Henker rutscht behende am Galgenmast herab und landet mit einem geschickten Sprung auf dem Podest. Die Leute werfen ihre Mützen in die Luft. Ein blutjunger Brigant, der ein Dutzend Menschen umgebracht hat, ist hingerichtet worden. Das wird das Mädchen aber erst später erfahren. Bis jetzt steht sie da und fragt sich, was er getan haben mag, dieser Junge mit dem verängstigten, dummen Gesicht, der nur wenig älter war als sie selbst.

Der Herr Vater beugt sich erschöpft über die Tochter. Er berührt ihren Mund, als erwarte er sich ein Wunder. Er umfaßt ihr Kinn und sieht ihr drohend und flehentlich in die Augen. »Du mußt sprechen«, sagen seine Lippen, »du mußt diesen verdammten Fischmund aufmachen!«

Das kleine Mädchen versucht, die Lippen zu formen, doch sie schafft es nicht. Ein unaufhaltsames Zittern packt ihren Körper. Die Hände, die sich noch an die

Falten der väterlichen Kutte klammern, sind starr, steinern.

Der Junge, der gemordet hatte, ist tot. Und Marianna fragt sich, ob es sein kann, daß sie ihn getötet hat, da sie seinen Tod herbeigewünscht hat wie einen verbotenen Besitz.

5

Die Geschwister posieren vor ihr. Ein farbiges, eindrückliches Bild: Signoretto, der dem Herrn Vater so ähnlich ist mit seinem feinen Haar, den gedrechselten Beinen, der festlichen und zuversichtlichen Miene; Fiammetta in ihrem Nonnenkleidchen, das Haar unter der Spitzenhaube versteckt; Carlo in seinen kurzen Hosen, die sich um seine dicken Schenkel spannen, mit glitzernden schwarzen Augen; Geraldo, der vor kurzem die Milchzähne verloren hat und lächelt wie ein Alter; Agata mit ihrer hellen, durchsichtigen Haut, die von Mückenstichen übersät ist.

Die Fünf beobachten ihre stumme Schwester, die sich über die Palette beugt, und es sieht aus, als malte nicht sie die Geschwister, sondern die Geschwister sie. Sie mustern sie, während sie die farbigen Rundungen ausmalt, den Pinsel in die Ölfarbe taucht und ihn wieder zur Leinwand führt; rasch verschwindet das Weiß unter einem überaus zarten Gelb, und über diesem Gelb breitet sich in klaren, fröhlichen Pinselstrichen das Hellblau aus.

Carlo sagt etwas, worüber sie alle in Lachen ausbrechen. Marianna bittet sie mit Gesten, sie möchten doch noch ein wenig ruhig halten. Die Kohlezeichnung mit den Köpfen, den Kragen, den Armen, den Gesichtern, den Füßen steht bereits dort auf der Leinwand. Die Farbe füllt nur mühsam die Formen, sie droht zu verlaufen und nach unten zu tropfen. Und geduldig erstarren die Geschwister wieder für ein paar Minuten. Dann aber ist es Geraldo, der das Gleichgewicht stört, indem er Fiammetta zwickt, die dies mit einem Fußtritt erwidert. Und gleich geht es los mit den Remplern, Schubsern und Ohrfeigen. Bis Signoretto sie mit Kopfnüssen zur Ordnung ruft: Er ist der Älteste und darf dies tun.

Marianna nimmt ihre Arbeit wieder auf und taucht den Pinsel ins Weiß, ins Rosa, während ihre Augen zwischen der Leinwand und der Gruppe der Geschwister hin- und herwandern. Es ist etwas Körperloses in ihrem Portrait, etwas zu Verfeinertes, Irreales. Fast sieht es aus wie eines jener offiziellen »Portraitchen«, die die Frau Mutter von den Freundinnen zu machen pflegt, auf denen sie alle steif und kerzengerade dasitzen, weshalb nicht viel mehr als eine entfernte Erinnerung an das Modell übrig bleibt.

Sie muß sich ihre Charaktere besser vor Augen halten, sagt sie sich, wenn sie nicht will, daß sie ihr entgleiten. Signoretto will mit dem Vater konkurrieren, mit seinem autoritären Gehabe, seinem sonoren Lachen. Und die Frau Mutter beschützt ihn: Wenn Vater und Sohn aneinandergeraten, schaut sie ihnen unbeteiligt, beinahe amüsiert zu. Aber ihre nachsichtigen Blicke verweilen mit einer solchen Intensität auf dem Haupt des Sohnes, daß es für alle offensichtlich ist.

Der Herr Vater hingegen fühlt sich von ihm eher irritiert: Nicht nur, daß dieses Kind ihm auf eine überraschende Weise ähnelt, er führt auch seine Bewegungen besser aus als er selbst, mit mehr Anmut und Spannkraft. Als stünde er vor einem Spiegel, der ihm schmeichelt und ihn gleichzeitig daran erinnert, daß er selbst bald schmerzlos ersetzt würde. Außerdem ist er der Erstgeborene und trägt daher seinen Namen.

Der taubstummen Schwester gegenüber verhält Signoretto sich meist als Beschützer, wenn auch ein wenig eifersüchtig wegen der Aufmerksamkeit, die der Herr Vater ihr zukommen läßt; zuweilen zeigt er sich verächtlich gegen ihre Behinderung, andere Male aber nimmt er diese als Vorwand, um den anderen zu zeigen, wie großzügig er ist; doch man weiß nie, wo die Wahrheit aufhört und die Selbstdarstellung beginnt.

Neben ihm Fiammetta im Nonnenkleid, mit Augenbrauen wie Balken, zu eng beieinanderstehenden Augen und schiefen Zähnen. Sie ist nicht schön wie Agata, und deshalb wurde sie für das Kloster bestimmt. Selbst wenn sie einen Mann fände, könnte man nicht verhandeln, wie man das mit einer geborenen Schönheit kann. Im kleinen und wachen Gesicht dieses Kindes zeichnet sich schon jetzt die Kampfansage gegen eine Zukunft als Gefangene ab, die sie im übrigen keck akzeptiert hat, indem sie diese Tracht trägt, die jede weibliche Form ihres Körpers verbirgt.

Carlo und Geraldo, fünfzehn und elf Jahre alt, sind sich so ähnlich, daß sie wie Zwillinge wirken. Aber der eine wird ins Kloster gehen und der andere zu den Dragonern. Oft sind sie gekleidet wie ein Miniatur-Abt und ein Miniatur-Soldat, Carlo in der Kutte und Geraldo in Uniform, und kaum sind sie im Garten, machen sie sich einen Spaß daraus, die Kleider zu tauschen oder sich ineinander verkrallt auf der Erde zu wälzen, so daß sowohl die cremefarbene Kutte als auch die schöne Uniform mit den Goldborten völlig ruiniert sind.

Carlo neigt zum Dickwerden. Er ist gierig auf Süßigkeiten und Spezereien. Aber er ist auch der liebevollste all ihrer Geschwister, und oft kommt er zu ihr, nur um ihre Hand zu halten.

Agata ist die jüngste und die schönste von allen. Man steht ihretwegen schon in Verhandlungen zu ihrer Verheiratung, die, ohne daß dem Hause etwas entzogen würde, außer einer Mitgift von dreißigtausend Scudi, der Familie die Möglichkeit geben wird, ihren Einfluß zu vergrößern, nützliche Verschwägerungen herzustellen, auf reiche Nachkommenschaft zu sinnen.

Als Marianna ihren Blick wieder hebt und auf die Geschwister richten will, sieht sie, daß sie verschwunden sind. Während sie in ihre Leinwand versunken war, haben sie die Gelegenheit ausgenutzt, um sich davonzumachen, in der Gewißheit, daß sie weder ihr Kichern noch ihr Weglaufen hören könne.

Sie wendet gerade noch rechtzeitig den Kopf, um den Zipfel von Agatas Röckchen zu erspähen, wie es zwischen den Agaventrieben hinter dem »Häuschen« verschwindet.

Wie soll sie nun das Bild weitermalen? Sie wird sich auf

ihr Gedächtnis verlassen müssen, denn sie weiß schon, daß sie sich nie wieder hier versammeln und für sie posieren werden, wie sie es heute nach langem Warten und Drängen getan haben.

Die Leere, die ihre Gestalten hinterlassen haben, hat sich sofort wieder gefüllt mit der Zwergpalme, den Jasminbüschen und den Olivenbäumen, die den Abhang zum Meer bewachsen. Warum soll sie nicht diese stille und immergleiche Landschaft malen anstatt der Geschwister, die niemals stillhalten? In ihr ist mehr Tiefe und Geheimnis, seit Jahrhunderten posiert sie freundlich und scheint zu jedem Spiel bereit zu sein.

Mariannas jugendliche Hand greift sich eine neue Leinwand und schraubt sie anstelle der ersten auf der Staffelei fest; sie taucht den Pinsel in das weiche, ölige Grün. Wo aber soll sie beginnen? Bei dem frischen und glänzenden Grün der Zwergpalme oder beim blauflimmernden Grün des Olivenhains oder beim gelbgestreiften Grün der Hänge des Monte Catalfano?

Sie könnte auch das »Häuschen« malen, so wie der Großvater Mariano Ucrìa es erbaut hat, mit seinen schiefen und plumpen Formen und den Fenstern, die eher zu einem Turm als zu einem Landhaus passen würden. Eines Tages wird das »Häuschen« in eine Villa umgebaut werden, dessen ist sie sicher, und dann wird sie auch im Winter darin wohnen, denn ihre Wurzeln sind hier in dieser Erde, die sie mehr liebt als die Pflastersteine von Palermo.

Während sie noch unschlüssig mit dem tropfenden Pinsel dasteht, fühlt sie sich am Ärmel gezupft. Sie wendet den Kopf. Es ist Agata, die ihr einen Zettel hinhält.

»Der Puppenspieler ist da, komm!« An der Handschrift erkennt sie, daß Signoretto das geschrieben hat. In der Tat klingt es eher wie ein Befehl als eine Einladung.

Sie steht auf, trocknet den tropfenden Pinsel mit einem feuchten Tuch, wischt sich die Hände an der gestreiften Baumwollschürze ab und geht hinter ihrer Schwester her, in Richtung Vorhof.

Carlo, Geraldo, Fiammetta und Signoretto stehen schon um Tutui herum. Der Puppenspieler hat seinen Esel an den Feigenbaum gebunden und ist dabei, sein Theater aufzubauen. Vier vertikale Bretter, die sich mit drei horizontalen Stangen kreuzen. Rundherum vier Armlängen schwarzes Leinen.

Unterdessen sind an den Fenstern die Diener erschienen, die Köchin Innocenza, Don Raffaele Cuffa und sogar die Frau Mutter, der der Puppenspieler unverzüglich seine Ehrerbietung erweist, indem er sich tief vor ihr verbeugt.

Die Herzogin wirft ihm eine Zehn-Tarì-Münze zu, er hebt sie geschwind auf, stopft sie sich ins Hemd, verbeugt sich nochmals theatralisch und holt dann seine Puppen aus der Satteltasche, die an den Flanken des Esels herabhängt.

Marianna hat sie schon gesehen, diese Stockschlägereien, diese Köpfe, die unter den Bühnenrand stürzen, um gleich darauf frech und spöttisch wieder zu erscheinen. Jedes Jahr um diese Zeit taucht der Tutui im »Häuschen« von Bagheria auf, um die Kinder zu unterhalten. Jedes Jahr wirft die Herzogin ihm eine Zehn-Tarì-Münze zu, und jedesmal überstürzt sich der Puppenspieler in Verbeugungen und Hutschwenken, und zwar so übertrieben, daß man meinen könnte, er wolle alle an der Nase herumführen.

In der Zwischenzeit sind, man weiß nicht, von wem herbeigerufen, Dutzende von Dreikäsehochs aus den benachbarten Höfen eingetroffen. Die Mägde kommen auf den Hof herunter, trocknen sich die Hände an den Schürzen ab und streichen sich das Haar glatt. Auch Don Ciccio Calò, der Kuhhirt, ist mit seinen Zwillingstöchtern Lina und Lena aufgetaucht, ebenso Peppe Geraci, der Gärtner, mit Frau Maria und ihren fünf Kindern, sowie der Lakai, Don Peppino Cannarota.

Da ist auch schon Nardo, der den Tiberio mit Stockschlägen traktiert – pitsch, patsch! Das Schauspiel hat begonnen, und die Kinder haben immer noch nicht aufgehört zu spielen. Einen Augenblick später aber sitzen sie alle brav dort auf der Erde, die Nasen in die Luft gestreckt und den Blick starr auf die Szene gerichtet.

Marianna bleibt ein wenig abseits stehen. Die Kinder machen ihr angst: Zu oft schon ist sie ihren Neckereien zum Opfer gefallen. Sie springen sie an, wenn sie sie nicht sehen kann, um sich über ihre Schreckreaktion zu freuen, sie wetten miteinander, wem es gelingt, einen Knallfrosch explodieren zu lassen, ohne daß sie es merkt.

Inzwischen ist aus der Tiefe jenes schwarzen Leinens ein neuer, unerwarteter Gegenstand aufgetaucht: ein Galgen. Noch nie ist im Theater des Tutui ein Galgen zu sehen gewesen, und bei seinem Anblick halten die Dreikäsehochs die Luft an vor Aufregung, denn das ist wirklich eine aufregende Neuigkeit!

Ein Gendarm mit einem Schwert an der Seite, der zunächst den Nardo wie üblich längs der schwarzen Leinwand rauf- und runtergejagt hat, packt ihn nun endlich am Kragen und steckt ihm den Kopf in die Schlinge. Ein Tamburspieler erscheint auf der linken Seite, und Nardo muß auf ein Schemelchen steigen. Dann gibt der Gendarm dem Schemel einen Fußtritt, so daß er beiseite fliegt, und Nardo sackt in sich zusammen, während das Seil sich zu drehen beginnt.

Marianna wird von einem Zittern geschüttelt. Etwas in ihrer Erinnerung zappelt wie ein Fisch an der Angel, etwas, das nicht heraufkommen will und um sich schlagend das stille Wasser ihres Bewußtseins aufrührt. Die Hand hebt sich, um nach dem groben Stoff der Kutte des Herrn Vaters zu fassen, aber sie stößt nur auf die struppigen Schwanzhaare des Esels.

Nardo baumelt im Leeren, baumelt mit der ganzen Leichtigkeit seines jungenhaften Körpers, triefäugig und zahnlos, im starren Blick ein grenzenloses Staunen, und es sieht aus, als hebe er seine Schulter und wolle krampfhaft eine Hand befreien, um sich die rinnende Nase abzuwischen.

Marianna fällt steif und schwer nach hinten und schlägt mit dem Kopf auf den nackten harten Boden des Vorhofs. Alles dreht sich nach ihr um. Agata läuft zu ihr hin, gefolgt von Carlo, der sich über die Schwester beugt und in Tränen ausbricht. Cannarotas Frau wedelt ihr mit der Schürze Luft zu, während eine Magd davonstürzt, um die Herzogin herbeizurufen. Der Puppenspieler lugt unter dem schwarzen Vorhang hervor, in der Hand hält er eine Puppe mit dem Kopf nach unten, während Nardo immer noch oben am Galgen baumelt.

6

Eine Stunde später erwacht Marianna im Schlafzimmer der Eltern mit einem nassen Tuch auf der Stirn. Der Essig sickert zwischen ihren Lidern hindurch und brennt ihr in den Augen. Die Frau Mutter ist über sie gebeugt: Sie hat sie erkannt, noch bevor sie die Augen öffnet, an ihrem starken Geruch nach honigsüßem Schnittabak.

Die Tochter schaut die Mutter von unten her an: der volle, von einem zarten blonden Flaum umschleierte Mund, die vom vielen Tabakschnupfen geschwärzten Nasenlöcher, die großen, dunklen, gutmütigen Augen; sie könnte nicht sagen, ob sie schön ist oder nicht, gewiß ist da etwas, das störend wirkt, aber was? Vielleicht ihr Hang, jeglichem Druck nachzugeben, ihre unerschütterliche Ruhe, ihr Sicheinhüllen in die süßlichen Gerüche des Tabaks, gleichgültig gegen alles und jeden.

Sie hat immer den Verdacht gehegt, daß die Frau Mutter in ferner Vergangenheit, als sie noch sehr jung und phantasievoll war, beschlossen hat, sich totzustellen, um nicht sterben zu müssen. Von dort muß ihr jene besondere Fähigkeit zugewachsen sein, alles Lästige mit einem Maximum an Willfährigkeit und einem Minimum an Kraftaufwand zu ertragen.

Großmutter Giuseppa schrieb ihr, bevor sie starb, zuweilen etwas über die Mutter in das Heft mit den Bourbonenlilien: »Deine Mutter war so schön, daß alle sie haben wollten, aber sie wollte niemanden. Sie war eine ›Cabeza de cabra‹, ein Dickschädel wie ihre Mutter, die aus der Gegend von Granada stammte. Sie wollte den Cousin nicht heiraten, wollte ihn einfach nicht, deinen Vater Signoretto. Und alle sagten: Er ist doch ein schönes Jungchen, und schön ist er ja wirklich, nicht weil er mein Sohn ist, sondern weil man sich die Augen reiben muß bei seinem Anblick. Sie machte eine Schnute, als sie ihn heiratete, deine Mutter sah aus, als ginge sie zu einer Beerdigung, und einen Monat nach der Hochzeit verliebte sie sich in ihren Mann, und liebte ihn so sehr, daß sie anfing, Tabak zu schnupfen… nachts konnte sie nicht mehr schlafen und nahm deshalb Laudanum…«

Als die Herzogin Maria sieht, daß die Tochter wieder zu sich gekommen ist, geht sie zum Schreibtisch, nimmt ein Blatt Papier und schreibt etwas darauf. Sie trocknet die Tinte mit Asche und reicht dem Mädchen das Blatt.

»Wie geht's meinem Kindchen?«

Marianna hustet und spuckt den Essig aus, der ihr in den Mund geflossen ist, während sie sich aufrichtet. Die Frau Mutter nimmt lachend den nassen Lappen von ihrem Gesicht. Dann geht sie wieder zum Schreibtisch, kritzelt noch etwas und kehrt mit dem Blatt zum Bett zurück.

»Du bist nu dreizehn Jahre alt und es is an der Zeit dir zu sagen das du dich vermälen must und wir einen Mann für dich gefunden haben weil ich nich ein Nönnchen aus dir machen will wie es das Schiksal deiner Schwester Fiammetta is.«

Zweimal liest das Mädchen dieses eilig hingeschriebene Billett der Mutter, auf dem die Rechtschreibung völlig außer acht gelassen ist, Dialekt und Hochsprache durcheinandergewürfelt sind und auch das Schriftbild schief und wellig verläuft. Einen Ehemann? Aber warum nur? Sie dachte immer, daß ihr, stumm wie sie ist, das Heiraten verwehrt sei. Außerdem ist sie erst dreizehn Jahre alt.

Die Frau Mutter wartet nun auf eine Antwort. Sie lächelt sie liebevoll an, aber das Liebevolle ist ein wenig gespielt. Sie fühlt für diese taubstumme Tochter ein unerträgliches Mitleid und eine Verlegenheit, die sie erstarren läßt. Sie weiß nicht, wie sie sich ihr gegenüber verhalten, wie sie sich ihr verständlich machen soll. Schon das Schreiben behagt ihr wenig; und gar die Handschrift anderer entziffern zu müssen, ist eine wahre Tortur für sie. Doch mit mütterlicher Selbstverleugnung schreitet sie gehorsam auf den Schreibtisch zu, nimmt ein weiteres Blatt, den Gänsekiel und das Tintenfäßchen und bringt alles der Tochter ans Bett.

»Für die Taubstumme einen Mann?« schreibt Marianna, auf einen Ellenbogen gestützt, und in ihrer Verwirrung bekleckst sie das Laken mit Tinte.

»Der Herr Vater hat alles getan, um dich zum Sprechen zu bringen hat dich sogar mit sich mitgenommen zur Vicaria damit der Schreck dir hilft aber du hast nicht gesprochen weil du einen Dickschädel hast und nicht willens bist... deine Schwester Fiammetta wird sich mit Christus vermählen, Agata ist dem Sohn vom Prinzen von Torre Mosca versprochen, du hast die Pflicht den Bräutigam zu nehmen den wir für dich ausgesucht haben, denn wir wollen dein Bestes und lassen dich deshalb nicht von der Familie weg darum geben wir dir deinen Onkel Pietro Ucrìa von Campo Spagnolo zum Mann, Baron von Scannatura, Bosco Grande und Fiume Mendola, Graf von Sala Paruta, Markgraf von Sollazzi und Taya. Der außer daß er mein Bruder ist auch ein Vetter von deinem Vater ist und er ist dir gut gesinnt und nur bei ihm kannst du Heil für deine Seele finden.«

Marianna liest mit finsterem Blick, nicht länger auf die Orthographiefehler der Mutter achtend, ebensowenig auf die Dialektworte, die sie zuhauf hineingestreut hat. Vor allem die letzten Zeilen liest sie mehrfach: Ihr Onkel Pietro soll also der Auserwählte, der »Bräutigam« sein? Jener traurige, mißmutige Mann, der immer rote Kleider trägt und den sie in der Familie den »Krebs« nennen?

»Ich werde überhaupt nicht heiraten«, schreibt sie zornig auf die Rückseite des Blattes, das noch feucht ist vom Schreiben der Mutter.

Die Herzogin kehrt geduldig zum Schreibtisch zurück, ihre Stirn ist von kleinen Schweißtropfen bedeckt: Wie ihr diese taubstumme Tochter zu schaffen macht; sie will nicht begreifen, daß sie nur eine Last ist und sonst nichts.

»Dich nimmt sonst keiner meine kleine Marianna. Und fürs Kloster braucht es eine Mitgift, das weißt du ja.

Wir müssen schon das Geld für Fiammetta aufbringen, es ist sehr teuer. Dein Onkel Pietro nimmt dich ohne alles weil er dich gerne mag und alle seine Ländereien werden dir gehören, hast du verstanden?«

Nun legt die Frau Mutter die Feder aus der Hand und beginnt, schnell und eindringlich auf sie einzureden, als könne sie sie hören, während sie ihr zerstreut über das essigfeuchte Haar streichelt.

Endlich reißt sie der Tochter, die soeben etwas schreiben will, die Feder aus der Hand und schreibt rasch, voller Stolz, die folgenden Worte nieder:

»Fünfzehntausend Scudi sofort und bar auf die Hand.«

7

Ein Haufen von Tuffsteinziegeln breitet sich auf dem Hof aus. Eimer voll Gips, Berge von aufgeschüttetem Sand. Marianna geht in der Sonne auf und ab, sie hat ihren Rock in der Taille hochgebunden, damit der Saum nicht schmutzig wird.

Die Stiefelchen sind aufgeknöpft, das Haar ist im Nakken hochgesteckt mit den silbernen Nadeln, die sie von ihrem Mann geschenkt bekommen hat. Ringsherum ist ein großes Durcheinander von Holzteilen, Mauerkellen, Schaufeln, Schippen, Schubkarren, Hammern und Äxten.

Die Rückenschmerzen sind jetzt fast unerträglich; ihre Augen suchen nach einem schattigen Platz, an dem sie sich ein paar Minuten lang ausruhen könnte. Der große Stein neben dem Stall, warum nicht dort, auch wenn man über den Schlamm schlittern muß, um zu ihm zu gelangen. Marianna läßt sich darauf nieder und hält sich den Rücken mit den Händen. Sie sieht auf ihren Bauch; man sieht kaum eine Schwellung, obwohl sie schon im fünften Monat ist, und es ist ihre dritte Schwangerschaft.

Dort vor ihr steht die wunderschöne Villa. Vom »Häuschen« ist keine Spur geblieben. An seinem Platz steht nun ein dreistöckiger Mittelbau mit einer Treppe, die sich in eleganten Schlangenlinien herabwindet. Vom Mittelbau gehen zwei Flügel mit Kolonnaden ab, die sich erst weiten und dann wieder aufeinander zulaufen, so daß sie einen fast geschlossenen Kreis bilden. Die Fenster wechseln sich in regelmäßigem Rhythmus ab: eins, zwei, drei, eins; eins, zwei, drei, eins; fast wie ein Tanz. Einige sind echt, andere aufgemalt, um das Gleichmaß der Fuge einzuhalten. In eines dieser Fenster wird sie einen roten Vorhang malen lassen und vielleicht einen Frauenkopf, der hinaussieht, vielleicht sie selbst, die hinter der Fensterscheibe steht.

Der Herr Onkel und Gatte wollte das »Häuschen« so

lassen, wie Großvater Mariano es erbaut hatte und wie die Vettern es über so lange Zeit in gutem Einvernehmen untereinander auch geteilt hatten. Sie aber hatte darauf bestanden und ihn endlich davon überzeugt, daß man eine Villa bauen müsse, in der man auch den Winter verbringen könne, mit ausreichend Zimmern für die Kinder, die Dienerschaft, die Freunde, die zu Gast kommen. Und der Herr Vater hat ohnehin ein anderes Jagdhäuschen in der Umgebung von Santa Flavia erstanden.

Der Herr Onkel und Gatte hat sich nur selten auf der Baustelle blicken lassen. Die Ziegel, der Staub, der Kalk waren ihm lästig. Er blieb lieber in Palermo in seinem Haus in der Via Alloro, während sie sich in Bagheria um die Handwerker und Maler kümmerte. Auch der Architekt kam nur ungern und überließ das meiste dem Maurermeister und der jungen Herzogin.

An Geld hatte die Villa bereits eine Unmenge verschlungen. Allein der Architekt hatte sechshundert Unzen verlangt. Die Sandsteinziegel gingen am laufenden Band zu Bruch, und man mußte jede Woche neue kommen lassen; der Maurermeister war vom Gerüst gefallen und hatte sich den Arm gebrochen, so hatte man die Arbeit für zwei Monate liegenlassen müssen.

Als nur noch die Fußböden fehlten, waren in Bagheria die Pocken ausgebrochen, und erneut stand die Arbeit monatelang still. Der Herr Onkel und Gatte war mit den Töchtern Giuseppa und Felice nach Torre Scannatura geflüchtet. Sie aber war geblieben, trotz der schriftlichen Befehle, die ihr der Herzog zukommen ließ: »Verlaßt diesen Ort, sonst wird Euch das Übel befallen ... Ihr habt die Pflicht, an das Kind zu denken, das Ihr unter dem Busen tragt.«

Sie aber hatte durchgehalten: Sie wollte hierbleiben, und sie hatte nur darum gebeten, Innocenza bei sich behalten zu dürfen. Alle anderen konnten sich ihretwegen auf die Hügel von Scannatura zurückziehen.

Der Herr Onkel und Gatte war erbost über sie gewesen,

doch er hatte nicht allzulange auf seinem Willen beharrt. Nach vier Jahren Ehe hatte er es aufgegeben, Gehorsam von seiner Frau zu verlangen; er respektierte ihre Wünsche, solange sie ihn nicht zu sehr damit behelligte und solange diese nicht seinen Vorstellungen davon widersprachen, wie man die Kinder zu erziehen habe, und solange sie nicht seine Rechte als Ehemann beschnitten.

Er verlangte nicht, wie Agatas Mann, über jede ihrer alltäglichen Beschlüsse befragt zu werden. Schweigsam, einzelgängerisch, den Kopf zwischen die Schultern gepreßt wie eine Schildkröte, mit stets unzufriedener und ernster Miene, war der Herr Onkel und Gatte im Grunde viel toleranter als die meisten anderen Ehemänner, die sie kannte.

Sie hatte ihn niemals lächeln sehen, bis auf einmal, als sie sich einen Schuh ausgezogen hatte, um den nackten Fuß in einen Brunnen zu tauchen. Dann niemals wieder. Von der ersten Nacht an behielt dieser kalte und schüchterne Mann die Gewohnheit bei, an der äußersten Kante des Bettes zu schlafen und ihr den Rücken zuzukehren. Eines Morgens aber, während sie noch schlief, hatte er sich auf sie geworfen und sie vergewaltigt.

Der Körper der dreizehnjährigen Ehefrau hatte mit Treten und Kratzen reagiert. Sehr früh am darauffolgenden Morgen war Marianna nach Palermo zu den Eltern geflohen. Und dort hatte ihr die Frau Mutter geschrieben, daß sie sehr schlecht daran getan hätte, ihren Platz als Ehegattin zu verlassen und sich wie ein »Tintenfisch« zu benehmen, der die ganze Familie mit Schmach und Schande überschüttet.

»Wer sich vermählt und es nicht bereut, kann sich ganz Palermo für nur hundert Unzen kaufen«; und: »Wer aus Liebe heiratet, wird in Schmerzen leben«; und: »Hühner und Frauen verirren sich, wenn sie zu weit laufen«; und: »Eine gute Frau macht einen guten Mann«; mit solchen Sprichwörtern und Vorwürfen wurde sie überhäuft. Auch die fromme Tante Teresa hatte sich auf die Seite der Mutter geschlagen und ihr geschrieben, daß sie eine »Todsünde« begangen habe, indem sie das eheliche Dach verlassen habe.

Ganz zu schweigen von der alten Tante Agata, die ihre Hand nahm, ihr den Ehering herunterriß und ihn ihr mit Gewalt zwischen die Zähne steckte. Und endlich hatte sie auch der Herr Vater noch gerügt und sie mit seiner eigenen Kalesche nach Bagheria gebracht und ihrem Mann übergeben, mit der Bitte, nicht mit ihr zu wüten aus Rücksicht auf ihre Jugend und ihre Behinderung.

»Schließe die Augen und denk an anderes«, hatte die fromme Tante ihr auf einen Zettel geschrieben, den Marianna dann später, als sie zu Hause angekommen war, in ihrer Tasche fand, und: »Bete zum Herrn, er wird es dir vergelten.«

Der Herr Onkel und Gatte pflegte sehr früh aufzustehen, gegen fünf Uhr. Er zog sich rasch an, während sie noch schlief, und zog mit Raffaele Cuffa hinaus auf seine Ländereien. Etwa um halb zwei Uhr kehrte er zurück. Er nahm mit ihr zusammen das Mittagessen ein. Dann schlief er eine Stunde und fuhr darauf wieder hinaus oder zog sich mit seinen Heraldikbüchern in die Bibliothek zurück.

Mit ihr war er höflich, doch kalt. Tagelang schien es, als habe er vergessen, daß er eine Frau hatte. Manchmal fuhr er nach Palermo und blieb dort eine Woche. Dann kam er plötzlich zurück, und Marianna fühlte überraschend seinen finsteren und beharrlichen Blick auf ihrer Brust ruhen. Instinktiv bedeckte sie sich den Ausschnitt.

Wenn die junge Gattin am Fenster saß und sich kämmte, beobachtete sie Herzog Pietro zuweilen von ferne. Doch kaum bemerkte er, daß man ihm zusah, machte er sich davon. Im übrigen war es sehr unwahrscheinlich, daß sie tagsüber einmal allein blieben, denn es war immer ein Dienstmädchen auf den Beinen, das die Lichter anzündete, das Bett machte, die frische Wäsche in die Schränke verstaute, die Türklinken putzte oder die frischgebügelten Handtücher in die Kommode beim Waschbecken legte.

Eine Mücke, so dick wie eine große Fliege, setzt sich auf Mariannas nackten Arm; sie betrachtet sie einen Augenblick lang neugierig, bevor sie sie verscheucht. Woher kann eine so riesige Mücke nur kommen? Den Brunnen bei den Ställen hat sie schon vor sechs Monaten trockenlegen lassen, der Kanal, der die Zitronenbäume bewässert, ist im letzten Jahr gereinigt worden; die beiden Sümpfe am Weg hinunter zum Olivenhain sind vor ein paar Wochen mit Erde aufgeschüttet worden. Irgendwo muß es noch ein stehendes Gewässer geben, doch wo?

Die Schatten sind unterdessen länger geworden. Die Sonne ist hinter das Haus des Kuhhirten Ciccio Calò gewandert, und der Hof liegt nun zur Hälfte im Schatten. Noch eine Mücke setzt sich auf Mariannas verschwitzten Hals, sie wischt sie ungeduldig beiseite: Man müßte ungelöschten Kalk in die Ställe schütten; vielleicht ist es die Tränke der Messina-Kühe, die diese Blutsauger am Leben erhält. Es gibt gewisse Tage im Jahr, wo kein Netz, kein Schleier und keine Essenz hilft, die Mücken fernzuhalten. Das bevorzugte Opfer, diejenige, die alle Mücken auf sich zog, war einst Agata gewesen. Aber nun, da auch sie verheiratet ist und in Palermo lebt, scheint es, als zögen die Insekten die nackten weißen Arme und den feinen Hals Mariannas allem anderen vor. Sie wird heute abend im Schlafzimmer Verbenenblätter verbrennen lassen.

Die Arbeiten an der Villa gehen nun dem Ende zu. Es fehlen nur noch ein paar Feinheiten in der Innenausstattung. Für die Fresken hat sie den Intermassimi kommen lassen, der mit einer Rolle unter dem Arm, einem fleckigen Dreispitz auf dem Kopf und zwei weiten Stiefeln erschienen ist, in denen zwei dünne, kurze Beinchen herumschwammen.

Er ist vom Pferd gestiegen, hat sich verbeugt und sie mit einem Lächeln angeschaut, das halb verführerisch und halb anmaßend ausfiel. Er hat das Blatt vor ihren

Augen ausgerollt und mit seinen dicklichen kleinen Händen, die etwas Beunruhigendes für sie hatten, sorgsam glattgestrichen.

Es waren kühne und phantasievolle Zeichnungen, streng in den Formen und respektvoll gegenüber der Tradition, aber wie von einem nächtlichen, boshaften und blitzenden Gedanken besessen. Marianna hatte die Schimären bewundert, die keine Löwenköpfe trugen, wie der Mythos es lehrt, sondern vielmehr Frauenköpfe auf ihren Hälsen sitzen hatten. Als sie diese ein zweites Mal betrachtete, fiel ihr auf, daß die Köpfe ihr auf merkwürdige Weise glichen, und das verwirrte sie etwas; wie hatte er es angestellt, sie in diesen fremdartigen mythischen Bestien zu porträtieren, wo er sie doch nur ein einziges Mal gesehen hatte, am Tage ihrer Hochzeit, als sie gerade dreizehn Jahre alt war?

Unter diesen blonden Köpfen mit den großen blauen Augen erstreckt sich ein Löwenleib, der mit bizarren Lokken bedeckt ist, den Rücken zieren Hahnenkämme, Vogelfedern, Mähnen. An den Tatzen stachlige Krallen in Form von Papageienschnäbeln, der lange Schwanz ringelt sich, formt Spiralen, die sich nach vorn und wieder rückwärts wölben und am Ende in einem Zweizack auslaufen, geradeso wie bei den Hunden, vor denen sich die Frau Mutter so sehr fürchtet. Bei einigen sitzt mitten auf dem Rücken ein Ziegenkopf, der wachsam und unverschämt dreinblickt. Bei anderen fehlt dieser Ziegenkopf. Alle aber blicken mit einem Ausdruck von verwirrtem Erstaunen zwischen den langen Wimpern hindurch.

Der Maler sah sie unverwandt an, voller Bewunderung und ganz und gar nicht peinlich berührt von ihrer Stummheit. Im Gegenteil, er hatte gleich begonnen, mit den Augen zu ihr zu sprechen, ohne erst nach den Zettelchen zu greifen, die sie, zusammen mit dem Feder- und Tintenmäppchen, an die Taille gebunden trug.

Die glänzenden Augen verrieten ihr, daß dieser kleine, haarige Maler aus Reggio Calabria bereit war, mit seinen fetten dunklen Händchen den milchweißen Körper der jungen Herzogin zu bearbeiten, als sei dieser eine Teigmasse, die extra für ihn bereitgestellt worden sei.

Sie hatte ihn verächtlich angesehen. Die dreiste und arrogante Art, in der er sich anbot, gefiel ihr nicht. Und wer war er denn schon? Ein einfacher Maler, ein finsteres Individuum, aus irgendeiner kalabresischen Elendshütte, wahrscheinlich von irgendeinem Kuh- oder Schafhirten in die Welt gesetzt.

Nur daß sie dann, im Dunkel ihres Schlafzimmers, über sich selbst lächelte. Sie wußte, daß ihre ganze soziale Entrüstung aufgesetzt war, nur dazu da, eine ungeahnte Verwirrung zu überdecken, eine plötzliche Angst, die ihr die Kehle zuschnürte. Keiner hatte bisher so offensichtlich und unverhohlen ihren Körper begehrt, es erschien ihr unerhört, aber es machte sie auch neugierig.

Am nächsten Tag hatte sie dem Maler ausrichten lassen, sie sei nicht da, und den Tag darauf schrieb sie ihm ein Billett, durch das sie ihn wissen ließ, daß er ohne weiteres mit der Arbeit beginnen könne, und sie stellte ihm zwei Gehilfen zur Verfügung, die ihm die Farben mischen und die Pinsel reinigen sollten. Sie selbst würde sich in die Bibliothek zurückziehen und lesen.

Und so kam es. Zweimal aber war sie auf den Treppenabsatz hinausgetreten, um ihm dabei zuzusehen, wie er auf dem Gerüst zusammengekauert mit dem Kohlestift über die weißen Wände fuhr. Es gefiel ihr, der Bewegung der kleinen haarigen und feisten Hände zu folgen. Er zeichnete sicher und elegant und ließ dabei ein so tiefes und verfeinertes Können erkennen, daß man nicht anders konnte, als ihn bewundern.

Mit seinen farbbeschmierten Händen rieb er sich die Nase, die daraufhin gelb- und grüngefleckt war, dann griff er nach seinem Imbiß und führte ihn zum Mund, wobei er reichlich frittierte Milzstückchen und Brotbrösel herumstreute.

8

Niemand hatte erwartet, daß das dritte Kind, vielmehr die dritte Tochter, so voreilig auf die Welt käme, fast einen Monat zu früh, und dazu noch mit den Füßen zuerst, wie ein ungeduldiges Kalb. Die Hebamme war so sehr ins Schwitzen gekommen, daß ihr die Haare am Schädel klebten, als hätte man einen Eimer Wasser über sie geschüttet.

Marianna hatte ihre Hände nicht aus den Augen gelassen, als hätte sie sie noch nie gesehen. Sie tauchten ins Becken mit dem heißen Wasser, dann ins Schweinefett, machten das Kreuzzeichen auf der Brust und verschwanden von neuem in der Wanne. Unterdessen wischte Innocenza Mund und Bauch der Wöchnerin mit in Bergamotte-Essenz getränkten Tüchern ab.

> Niesci niesci cosa fitenti
> ca lu cumanna Diu 'nniputenti.*

Marianna kannte die Formeln und las sie der Hebamme von den Lippen ab. Sie hatte gemerkt, daß die Gedanken der Hebamme in ihren Geist überzufließen drohten, aber sie hatte nichts unternommen, um sie abzuweisen. Vielleicht werden sie die Schmerzen lindern, hatte sie sich gesagt und hatte die Augen geschlossen, um sich besser konzentrieren zu können.

»Was macht denn dieser Schurke? ... Warum kommst du nicht heraus? Hat sich schief hingelegt, dieser Querkopf... was, liegt er gar verkehrt herum? Die Beine kommen zuerst heraus, und die Arme hat er links und rechts hochgestreckt, sieht aus, als ob er tanzt... Tanze, tanze nur, mein Wichtelchen... aber warum kommst du denn

* Komm heraus, komm heraus, du widerspenstiges Ding, / denn Gott der Allmächtige will es so.

nicht heraus, mein Möpschen? ... Wenn du nicht gleich herauskommst, kriegst du eine Tracht Prügel von mir ... wie soll ich denn sonst zu meinen vierzig Tarì kommen, die die Herzogin mir versprochen hat? ... Ahhh, das ist ja eine kleine Möpsin! Ai, ai, alles nur Weibchen, die aus diesem unseligen Bauch herauskommen, so ein Pech! Ist schon stumm und hat nur Pech, die Arme ... Komm, komm heraus, du kleines weibliches Scheusal ... und wenn ich dir einen Zuckerkringel verspreche, kommst du dann heraus? Nein, sie will einfach nicht ... oder ich versprech dir einen Sack voller Küsse, wenn du kommst ... wenn du jetzt nicht bald herauskommst, verscherz ich mir meinen Posten ... alle werden sagen, daß Titina, die Hebamme, ihre Arbeit schlecht gemacht hat, daß sie es nicht geschafft hat und Mutter und Kind hat draufgehen lassen ... heilige Madonna, hilf du mir wenigstens ... auch wenn du nie geboren hast, du Madonna du, hilf mir ... aber was weißt du schon von Geburt und Wehen ... mach, daß dieses Weibchen gesund auf die Welt kommt, dann werde ich dir eine Kerze anzünden, so dick wie eine Säule, das schwör ich dir bei Gott, selbst wenn ich alles Geld ausgeben müßte, das die Herzogin mir geben wird, die gute Seele ...«

Wenn sogar die Hebamme sie aufgegeben hatte, so war es vielleicht an der Zeit, sich darauf vorzubereiten, daß sie mit dem Kind, das in ihrem Bauch steckengeblieben war, abtreten müßte. Sie sollte sofort im Geiste ein paar Gebete sprechen und den Herrn um die Vergebung ihrer Sünden bitten, sagte sich Marianna.

Aber genau in dem Augenblick, in dem sie sich zum Sterben bereit machte, war das Kind gekommen, tintenblau und ohne zu atmen. Und die Hebamme hatte es bei den Füßen gepackt und geschüttelt, als sei es ein Kaninchen, das für die Pfanne vorbereitet würde. Bis die »Möpsin« endlich das Gesicht verzog wie eine alte Äffin, ihren zahnlosen Mund aufriß und zu weinen begann.

Innocenza hatte inzwischen der Hebamme die Schere

gereicht, und diese durchtrennte mit einem entschiedenen Schnitt die Nabelschnur und sengte sie mit einer kleinen Kerze an. Der Geruch des verbrannten Fleisches war Marianna in die mühsam atmende Nase gestiegen: Sie mußte nicht sterben, der beißende Geruch brachte sie zum Leben zurück, und mit einem Mal fühlte sie sich erschöpft und glücklich.

Innocenza arbeitete eifrig weiter: Sie säuberte das Bett, legte ein frisches Stück Weißlinnen um die Hüften der Wöchnerin, streute Salz auf den Nabel des Neugeborenen, Zucker auf den noch blutverschmierten Bauch und rieb den Mund mit Öl ein. Dann, nachdem sie das Neugeborene mit Rosenwasser abgewaschen hatte, wickelte sie es in Binden, so daß es von oben bis unten eingeschnürt war wie eine Mumie.

»Und wer soll nun dem Herzog beibringen, daß es wieder ein Mädchen ist? ... Irgend jemand muß dieser armen Herzogin übelwollen ... wär sie eine Bäuerin, würde sie ihm ein Löffelchen »Canna«-Gift geben: eins am ersten Tag, zwei am zweiten, drei am dritten, und das unerwünschte Mädchen würde diese Welt wieder verlassen ... aber das hier sind Herrschaften, und die behalten ihre Kinder, auch wenn's alles Mädchen sind ...«

Marianna konnte die Augen nicht von der Hebamme lösen, die ihr den Schweiß abwischte und sie mit dem »conzu« verarztete, einem versengten und in Öl, Eiklar und Zucker getränkten Tüchlein. All das kannte sie bereits; bei jeder Geburt hatte sie diese Dinge gesehen, nur sah sie sie diesmal mit den brennenden und sehnsüchtigen Augen derer, die wissen, daß sie dem Tode entronnen sind. Und sie empfand eine ungekannte Freude dabei, die sicheren und knappen Bewegungen der beiden Frauen zu beobachten, die mit soviel Emsigkeit um ihren Körper bemüht waren.

Jetzt schnitt die Hebamme mit ihrem langen, spitzen Fingernagel das Zungenbändchen des Neugeborenen durch, sonst würde es später stottern; und wie die Tradition es vorschreibt, hatte sie dem weinenden Kind zur Beruhigung einen Finger voll Honig in den Mund gesteckt.

Das letzte, was Marianna sah, bevor sie in einen tiefen Schlaf fiel, waren die beiden schwieligen Hände der Hebamme, die die Plazenta gegen das Fensterlicht hielten, um zu zeigen, daß sie ganz war, daß sie sie nicht herausgerissen und keine Fetzen davon im Bauch der Gebärenden zurückgelassen hatte.

Als Marianna nach zwölf Stunden der Bewußtlosigkeit wieder erwachte, sah sie sich ihren beiden anderen Töchtern gegenüber, Giuseppa und Felice, sie waren festlich gekleidet, mit Schleifchen, Spitzen und Korallen übersät. Felice konnte schon stehen, Giuseppa saß auf dem Arm der Kinderfrau. Alle drei sahen sie verdutzt und verlegen an, als habe sie sich inmitten ihres eigenen Begräbnisses von der Bahre erhoben. Hinter ihnen stand auch der Vater, der Herr Onkel und Gatte in seinem besten roten Gewand und deutete etwas wie ein Lächeln an.

Mariannas Hände hatten gleich nach dem Neugeborenen neben sich gesucht, und da sie es nicht fand, hatte der Zweifel sie ergriffen: War es vielleicht gestorben, während sie schlief? Doch das halbe Lächeln auf dem Gesicht ihres Mannes und der feierliche Ausdruck der festlich gekleideten Kinderfrau hatten sie beruhigt.

Daß es sich um ein Mädchen handelte, hatte sie schon vom ersten Schwangerschaftsmonat an gewußt: Der Bauch war rund angeschwollen und nicht spitz, wie es geschieht, wenn man einen Jungen erwartet. So hatte es Großmutter Giuseppa sie gelehrt, und in der Tat hatte ihr Bauch jedesmal die liebliche Form einer Melone angenommen, und jedesmal hatte sie eine Tochter geboren. Außerdem hatte sie schon von ihr geträumt: ein blondes Köpfchen, das sich an ihre Brust lehnte und mit einem gelangweilten Ausdruck im Gesichtchen zu ihr hoch sah. Das Merkwürdige dabei war, daß das Kind auf dem Rücken ein Ziegenköpfchen mit unordentlichen Locken trug. Was sollte sie mit einer solchen Mißgeburt anfangen?

Statt dessen aber hatte sie ein vollkommenes Kind geboren, obwohl es eine Frühgeburt war, es war nur ein wenig kleiner, aber schön und glatt, ohne die vielen Haare, von denen Giuseppa bedeckt gewesen war, als sie auf die Welt kam, und ohne den veilchenblauen Birnenkopf, den Felice gehabt hatte.

Gleich hatte sich gezeigt, daß es ein stilles, friedliches Kind war, das die Milch trank, wenn sie ihm gegeben wurde, und das nichts weiter verlangte. Es weinte nicht und schlief acht Stunden am Stück in der Lage, in der man es in die Wiege gelegt hatte. Wenn Innocenza nicht gewesen wäre, die pünktlich mit der Uhr in der Hand die Herzogin weckte und ihr das Kind zum Stillen brachte, so hätten Mutter und Kind weitergeschlafen und sich nicht im mindesten darum geschert, was die Hebammen, Pflegerinnen, Ammen und Mütter allesamt sagten: daß man die Neugeborenen alle drei Stunden füttern müsse, weil sie sonst am Ende Hungers stürben und die ganze Familie in Schmach und Schande stürzten.

Die Geburten ihrer ersten beiden Töchter waren leicht gewesen. Dies war nun das drittemal, und wieder hatte sie ein Mädchen geboren. Der Herr Onkel und Gatte war darüber nicht froh, auch wenn er ihr eine Rüge ersparte. Marianna wußte, daß sie so lange würde weitermachen müssen, bis sie einen Knaben gebar. Sie fürchtete, eines von jenen lapidaren Billetts hingeworfen zu bekommen, von denen sie schon eine ganze Sammlung besaß, auf denen etwa stand: »Und wann werdet Ihr euch für einen Jungen entscheiden?«

Sie hatte gehört, daß andere Ehemänner nicht mehr mit ihren Frauen sprachen, wenn sie zum zweitenmal ein Mädchen geboren hatten. Doch der Onkel und Gatte Pietro war zu zerstreut, um einen solchen Entschluß zu fassen. Ohnehin schrieb er ihr nur selten etwas auf.

Und nun ist Manina da, sie ist genau zu dem Zeitpunkt

auf die Welt gekommen, als die Arbeiten an der Villa ihrem Ende zugingen, das Kind ihres siebzehnten Lebensjahres. Sie ist nach ihrer alten Tante Manina benannt worden, der ledigen Schwester ihres Großvaters Mariano. Der Stammbaum, der im rosa Salon hängt, ist voll mit Maninas: Eine ist 1420 geboren und 1440 an der Pest gestorben; eine andere, 1615 geboren, 1680 gestorben, war barfüßige Karmeliterin; eine dritte ist 1650 geboren und schon zwei Jahre später gestorben, und die letzte kam 1651 zur Welt und war die Älteste der Familie Ucrìa.

Von Großmutter Scebarràs hat die kleine Manina die schmalen Handgelenke und den langen Hals geerbt. Von ihrem Vater, dem Herzog Pietro, hat sie jenen melancholischen und ernsten Ausdruck, wenngleich sie auch die hellen Farben und die weiche Schönheit jenes Familienzweiges der Ucrìa hat, der in Fontanasalsa ansässig ist.

Felice und Giuseppa spielen gerne mit dem Schwesterchen, geben ihm Zuckerpüppchen in die Hand und meinen, daß es diese essen müsse, mit dem Resultat, daß Wiege und Windeln gänzlich vollgeschmiert sind. Zuweilen hat Marianna den Eindruck, daß ihre Zuneigung so laut und handgreiflich wird, daß das Neugeborene in Gefahr gerät. Sie behält sie deshalb stets im Auge, wenn sie sich in der Nähe der Wiege aufhalten.

Seit Manina da ist, haben sie sogar aufgehört, mit Lina und Lena zu spielen, den Töchtern des Kuhhirten Ciccio Calò, der neben den Ställen wohnt. Die beiden Mädchen haben nicht geheiratet. Nach dem Tod der Mutter haben sie sich gänzlich dem Vater, den Kühen und dem Haushalt gewidmet. Sie sind groß und stark geworden, sie sind kaum voneinander zu unterscheiden, gehen gleich gekleidet einher mit verwaschenen roten Röcken, lila Westen und hellblauen Schürzen, die immer blutbeschmiert sind. Seit Innocenza beschlossen hat, daß sie die Hennen nicht mehr töten und zerlegen will, ist diese Aufgabe ihnen zugefallen, und sie erledigen sie rasch und entschlossen.

Böse Zungen behaupten, daß Lina und Lena sich des

Nachts zum Vater legen, in dasselbe Bett, in dem er einst mit ihrer Mutter geschlafen hat, und daß sie schon zweimal schwanger gewesen sind und mit Hilfe von Petersilie abgetrieben haben. Aber das sind Schwätzereien, die ihr Raffaele Cuffa eines Tages auf die Rückseite einer Haushaltsrechnung geschrieben hat, von denen sie aber nichts hat wissen wollen.

Wenn die zwei Calò-Mädchen die Wäsche aufhängen, singen sie, daß es ein Ohrenschmaus ist. Auch das hat sie auf Umwegen erfahren, von einer der Mägde, die ins Haus kommt, um die Wäsche zu waschen. Und Marianna hat sich eines Morgens ertappt, wie sie über der bemalten Balustrade der langen Terrasse über den Ställen lehnt und den Mädchen zusieht, wie sie die Wäsche auf die Leine hängen. Wie sie sich gemeinsam über den großen Korb bücken, wie sie sich aufrichten und elegant auf die Zehenspitzen stellen, wie sie das Leintuch packen, wie sie es auswringen, die eine am einen, die anderen am anderen Ende, als spielten sie Tauziehen. Sie sah, daß sie die Münder öffneten und schlossen, doch sie konnte nicht wissen, ob sie sangen. Und der sehnliche Wunsch, ihre Stimmen zu hören, von denen es hieß, sie seien wunderschön, blieb unerfüllt.

Ihr Vater, der Kuhhirt, ruft sie mit einem Pfiff herbei, wie er dies auch mit seinen Messina-Kühen tut. Und sie laufen mit entschlossenen, kräftigen Schritten zu ihm, wie Leute sie machen, die an harte Arbeit gewohnt sind und starke geübte Muskeln haben. Wenn der Vater nicht da ist, pfeifen Lina und Lena ihrerseits Miguelito, den Braunen, herbei, steigen auf und reiten durch den Olivenhain, eine an den Rücken der anderen geklammert, ohne auf die Äste zu achten, die sich an den Flanken des Pferdes brechen, oder die hängenden Brombeerzweige, die sich in ihren langen Haaren verfangen.

Felice und Giuseppa gehen zu ihnen in das »Finster-Häuschen« neben dem Stall, das voll ist mit Heiligenbildern und Milchkübeln, die hier für die Ricotta bereitgestellt sind. Sie lassen sich Geschichten von Mördern und Werwölfen erzählen, die sie dann dem Vater wiedererzählen, der jedesmal entrüstet ist und ihnen verbietet, noch einmal dorthin zu gehen. Kaum aber ist er wieder in Palermo, stürzen die Kinder zum Haus der Zwillinge, wo sie inmitten von Bremsenschwärmen Brot und Ricotta futtern. Und der Herr Onkel und Gatte ist so zerstreut, daß er nicht einmal den Geruch wahrnimmt, der ihnen anhaftet, wenn sie sich wieder nach Hause schleichen, nachdem sie stundenlang auf dem Stroh gehockt haben, um den haarsträubenden Geschichten zu lauschen.

Des Nachts kommen die Kinder häufig und wollen zur Mutter ins Bett schlüpfen, wegen der Angst, die diese Geschichten ihnen eingejagt haben. Zuweilen wachen sie weinend und verschwitzt auf. »Deine Töchter müssen schwachsinnig sein. Warum gehen sie immer wieder dorthin, wenn sie solche Angst haben?« So argumentiert der Herr Onkel und Gatte, und man kann ihm nicht ganz unrecht geben. Nur daß solch logisches Argumentieren nicht ausreicht, um die Lust am Umgang mit den Toten zu erklären, obwohl sie Angst und Schrecken einflößen. Oder vielleicht weil sie das tun.

Während sie an ihre beiden großen Töchter denkt, die immer aushäusig sind, nimmt Marianna das Neugeborene aus der Wiege. Sie steckt die Nase in die Falten des Spitzenkleidchens und schnuppert den unverwechselbaren Geruch von Borax, Urin, saurer Milch und Lattichwasser, den alle Neugeborenen an sich haben, und der, wer weiß aus welchem Grunde, der köstlichste Geruch der Welt ist. Sie drückt den kleinen friedlichen Körper des Kindes an ihre Wange und fragt sich, ob es einmal sprechen wird. Auch bei Felice und Giuseppa hatte sie Angst gehabt, daß sie nicht sprechen würden. Sie hatte mit Bangen ihre Atemzüge beobachtet und mit den Fingern die kleinen Kehlen abgetastet, um die Vibration ihrer ersten Worte zu fühlen. Und jedesmal war sie beruhigt, wenn sie sah, daß die kleinen Lippen sich öffneten und schlossen und sie ihnen die ersten Sätze davon ablas.

Der Herr Onkel und Gatte ist gestern abend in ihr Zimmer gekommen und hat ihr mit gelangweilter, nachdenklicher Miene beim Stillen zugesehen. Dann hat er ihr ein schüchternes Billett geschrieben: »Wie geht es der Kleinen?« und »Geht es besser mit der Brust?«. Am Ende hat er großmütig hinzugefügt: »Das Jungchen wird schon noch kommen. Gut Ding will Weile haben. Laßt Euch nicht entmutigen, es wird schon noch kommen.«

9

Wie der Herr Onkel und Gatte es wollte, ist das »Jungchen« gekommen, und es heißt Mariano. Genau zwei Jahre nach Maninas Geburt ist es auf die Welt gekommen. Es ist blond wie die Schwester und sogar noch schöner als sie, aber anders im Charakter: Es weint viel, und wenn man sich ihm nicht ununterbrochen widmet, wird es jähzornig. Es ist eben so, daß alle es ständig auf Händen tragen wie ein Kleinod, und schon nach wenigen Monaten hat es kapiert, daß ihm jeder Wunsch erfüllt wird.

Dieses Mal zeigte der Herr Onkel und Gatte der Frau Gattin ein offenes Lächeln und schenkte ihr eine Perlenkette mit rosa Perlen, so groß wie Kichererbsen. Außerdem machte er ihr ein Geschenk von tausend Scudi, weil »dies auch die Könige mit den Königinnen tun, wenn sie einen Knaben gebären«.

Das Haus füllte sich mit nie gesehenen Verwandten, Blumen und Süßigkeiten. Tante Schwester Teresa brachte einen Schwarm von kleinen Mädchen aus Adelsfamilien mit, alles zukünftige Nonnen, und jede hatte ein Geschenk für die Wöchnerin dabei: die eine ein silbernes Löffelchen, die andere ein Broschenetui in Herzform oder ein gesticktes Kissen oder ein Paar sternchengeschmückte Pantoffeln.

Der Herr Bruder Signoretto saß eine Stunde lang beim Fenster, hatte ein glückliches Lächeln auf den Lippen und trank Schokolade. Mit ihm waren auch Agata und ihr Mann, Don Diego, und deren festlich gekleidete Kinder gekommen.

Auch Carlo war von seinem Kloster in San Martino delle Scale gekommen und hatte ihr eine handgemalte Bibel aus dem letzten Jahrhundert mitgebracht, die voller kolorierter Miniaturen war.

Giuseppa und Felice sind zornig darüber, daß sie nicht

mehr beachtet werden und tun so, als interessiere sie das Kind nicht. Sie haben ihre Gewohnheit, zu Lina und Lena zu gehen, wiederaufgenommen und haben sich dort prompt die Läuse geholt. Innocenza hat ihre Köpfe erst mit Petroleum, dann mit Essig gestriegelt, doch dies hat nur die ausgewachsenen Läuse abgetötet, die in den Eiern blieben lebendig und befielen alsbald wieder die Haarwurzeln und vermehrten sich äußerst rasch. So hat man beschlossen, die beiden Mädchen kahlzuscheren, und nun spazieren sie mit kahlen Köpfen und beschämten Mienen herum wie zwei Verurteilte und bringen Innocenza damit zum Lachen.

Der Herr Vater hat sich nun in der Villa niedergelassen, »um beobachten zu können, welche Augenfarbe der Kleine bekommt«. Er sagt, die Iris der Neugeborenen sei trügerisch, man wisse nie, »ob Fisch oder Fleisch«, und jeden Augenblick nimmt er den Kleinen in den Arm und »wiegt« ihn, als sei es sein eigener Sohn.

Die Frau Mutter ist nur ein einziges Mal gekommen, und die Ortsveränderung hat ihr so zugesetzt, daß sie sich danach für drei Tage ins Bett gelegt hat. Die Reise von Palermo nach Bagheria war ihr »endlos« erschienen, die Straßenlöcher »abgrundtief«, die Sonne »ungebührlich« und der Staub »flegelhaft«.

Sie fand, Mariano sei »zu schön für einen Jungen, und was sollen wir mit einer solchen Schönheit anfangen?«, so hatte sie auf eines der hellblauen, nach Veilchen duftenden Zettelchen geschrieben. Dann hatte sie seine Füßchen entdeckt und zärtlich in sie hineingebissen. »Aus diesem hier machen wir einen Ballerino.« Entgegen ihrer Gewohnheit hat sie ihr viel und gern geschrieben. Sie hat gelacht, gegessen, hat ein paar Stunden lang darauf verzichtet, Tabak zu schnupfen, und hat sich dann mit dem Herrn Vater ins Gästezimmer zurückgezogen und bis um elf Uhr am nächsten Morgen geschlafen.

Alle Bediensteten des Hauses haben es in den Arm nehmen wollen, dieses lang ersehnte Kind: Der Kuhhirt

Ciccio Calò, der es vorsichtig in seinen Händen mit den kurzgeschnittenen und schwarzgeränderten Fingernägeln gehalten hat; Lina und Lena, die es mit unerwarteter Sanftheit auf Mund und Füße küßten; und auch Raffaele Cuffa war gekommen, der zu dieser Gelegenheit einen neuen Jagdrock aus Damast angezogen hatte, der mit den Farben der Ucrìa bestickt war; und seine Frau Severina, die sonst nie das Haus verläßt, weil sie unter Migräneanfällen leidet, die sie angeblich halb blind machen; und der Gärtner, Don Peppino Geraci, in Begleitung seiner Frau Maria und ihrer fünf Kinder, alle rothaarig und rotbewimpert und stumm vor Schüchternheit, sowie Peppino Cannarota, der Lakai, mit seinem erwachsenen Sohn, der als Gärtner im Haus Palagonia arbeitet.

Sie reichten sich den Neugeborenen von Hand zu Hand, als sei er das Jesuskind, sie lächelten dümmlich und fummelten im langen Schleier seines Spitzenkleidchens herum und schnupperten glücklich die Gerüche ein, die von dem kleinen Prinzenkörper ausgingen.

Manina krabbelte unterdessen im Zimmer herum, und nur Innocenza kümmerte sich um sie, indem sie auf allen vieren unter die Tische kroch, während die Gäste aus- und eingingen, auf den kostbaren Erice-Teppichen herumtrampelten, in die Caltagirone-Vasen spuckten und mit vollen Händen in die Schüssel mit türkischem Honig griffen, die neben Mariannas Bett stand.

Eines Morgens war der Herr Vater mit einer Überraschung gekommen: mit einer kompletten Schreibgarnitur für die taubstumme Tochter, bestehend aus einem mit Silberfäden gewirkten Netz, darin ein Tintenfläschchen mit Schraubdeckel, ein gläsernes Etui für die Federn, ein Ledersäckchen für die Asche sowie ein Notizblock, der mit einem Band am silbernen Netz befestigt war. Das Erstaunlichste aber war eine kleine tragbare, zusammenlegbare Konsole aus sehr leichtem Holz, die man mit Hilfe zweier Goldkettchen an den Gürtel hängen konnte.

»Zu Ehren Maria Luisas von Savoyen Orléans, der

jüngsten und klügsten Königin von Spanien, auf daß sie dir zum Vorbild diene, Amen.« Mit diesen Worten hatte der Herr Vater ihr die Schreibgarnitur überreicht.

Auf Drängen der Tochter hatte er sich angeschickt, in Kürze die Geschichte dieser Königin aufzuschreiben, die im Jahr 1714 gestorben und nicht vergessen worden war.

»Als Mädchen war sie vielleicht nicht sehr schön, doch äußerst lebhaft. Tochter von Vittorio Amedeo, unserem König seit 1713, und Prinzessin Anna von Orléans, Enkelin Ludwigs XIV., wurde sie mit sechzehn Jahren Philipp V. angetraut. Bald darauf wurde ihr Gatte nach Italien in den Kampf geschickt, und sie wurde auf Anraten ihres Onkels Ludwig von Frankreich zur Regentin erklärt. Den meisten war das nicht recht: Wie, ein sechzehnjähriges Mädchen als Staatsoberhaupt? Man erkannte jedoch bald, daß die Wahl mehr als vernünftig gewesen war. Die kleine Maria Luisa hatte ein ausgesprochenes Talent für die Politik. Sie verbrachte Stunden und Stunden im Ministerrat, hörte alles und jeden an, machte knappe und treffende Einwürfe. Wenn einer der Redner unnütz lange ausholte, zog die Königin ihre Stickarbeit unter dem Tisch hervor und beschäftigte sich nur noch mit dieser. Nach einer Weile begriffen sie den Wink, und wenn sie fortan sahen, daß sie die Stickarbeit zur Hand nahm, faßten sie sich kurz. Auf diese Weise erreichte sie, daß die Staatsratssitzungen sich sehr viel knapper und effektiver abwickelten.

Sie stand in Korrespondenz mit dem Sonnenkönig, ihrem Onkel, und horchte aufmerksam auf seinen Rat, doch wenn es notwendig war, nein zu sagen, so tat sie dies, und mit welcher Entschiedenheit! Die Alten waren sprachlos vor soviel politischem Geschick. Das Volk verehrte sie.

Als die Niederlage des spanischen Heeres bekannt wurde, verkaufte Maria Luisa, um ein Beispiel zu geben, ihren ganzen Schmuck und begab sich persönlich zu Arm und Reich im ganzen Land, um Spenden für den Wiederaufbau des Heeres zu erbitten. Zu jener Zeit gebar sie ihren ersten Sohn, den Prinzen von Asturien. Sie sagte, wenn sie darüber bestimmen könnte, so würde sie zu Pferd an die Front reiten, mit ihrem Kind im Arm. Und allen war klar, daß sie dazu wohl fähig gewesen wäre.

Als die Nachricht von den Siegen bei Brihuega und Vilaviciosa eintraf, war ihre Freude so groß, daß sie auf die Straße hinunterlief, sich unter die Leute mischte und mit ihnen tanzte und hüpfte.

Sie bekam ein zweites Kind, das jedoch schon eine Woche nach der Geburt starb. Sie selbst litt an einer Entzündung der Halsdrüsen, doch sie beklagte sich niemals darüber, sondern war bemüht, die Schwellung unter einem üppigen Spitzenkragen zu verbergen. Sie gebar einen weiteren Sohn, Ferdinando Pietro Gabriele, der Gott sei Dank am Leben blieb. Ihr Leiden jedoch verschlimmerte sich. Die Ärzte meinten, es handle sich um Schwindsucht. Indessen starben zunächst der Vater Philipps, der Dauphin Ludwig, und gleich darauf Maria Luisas Schwester Maria Adelaide sowie deren Gatte und ihr ältester Sohn, allesamt an den Pocken.

Zwei Jahre später erkannte sie, daß auch für sie die Zeit zu sterben gekommen war. Sie beichtete, nahm das letzte Abendmahl und verabschiedete sich von ihren Kindern und ihrem Ehemann mit einer Heiterkeit, die alle erstaunte; sie verstarb im Alter von vierundzwanzig Jahren, ohne je ein Wort der Klage ausgesprochen zu haben.«

Die gesamte Verwandten-Karawane war wie vom Erdboden verschwunden seit dem Tag, an dem eines der Kinder von Peppino Geraci an den Pocken erkrankte. Schon wieder die Pocken in Bagheria! Das war nun schon das zweitemal, seit Marianna damit begonnen hatte, das »Häuschen« in eine Villa zu verwandeln. Während der ersten Epidemie waren viele gestorben, darunter die Mutter von Ciccio Calò und der Kleine von Cuffa, der zudem noch das einzige Kind war; und seit damals leidet Cuffas Frau Severina unter diesen verheerenden Kopfschmerzen, die sie dazu zwingen, ihre Schläfen stets mit in Essig getränkten Bandagen zu verbinden, so daß sie auf Schritt und Tritt einen abstoßenden sauren Geruch um sich verbreitet.

Während der zweiten Epidemie sind zwei weitere von den vier verbliebenen Kindern des Peppino Geraci verstorben. Auch die Verlobte von Peppe Cannarotas Sohn ist gestorben, ein schönes, aus Bagheria stammendes Mädchen, Dienerin im Hause Palagonia; auch zwei Köche aus dem Haus Butera wurden von der Krankheit hinweggerafft, außerdem starb die alte Prinzessin Spedalotto, die sich erst vor kurzem in ihrer neuen Villa in der Nachbarschaft niedergelassen hatte.

Auch Tante Manina, die, ganz in wollene Tücher eingehüllt und von zwei Lakaien gestützt, bei ihnen eingetroffen war und sich den kleinen Mariano in ihre abgemagerten Arme hatte legen lassen, ist tot. Es ist jedoch nicht sicher, ob sie an den Pocken gestorben ist. Tatsache ist, daß sie eben hier in der Villa Ucrìa verschieden ist und daß keiner es gemerkt hat. Erst zwei Tage später hat man sie gefunden: Sie lag auf dem Bett wie ein zerzaustes Vögelchen, der Kopf so federleicht, daß der Herr Vater geschrieben hat, er habe »soviel gewogen wie eine hohle Nuß«.

Tante Manina war als junges Mädchen »sehr hofiert« worden, sie war »zierlich von Gestalt, hatte einen sirenenhaften Körper, und ihre Augen waren so lebhaft und ihr Haar so glänzend, daß Urgroßvater Signoretto sich gezwungen sah, sie zur Nonne zu machen, um die vielen Anwärter nicht enttäuschen zu müssen. Der Prinz von Cutò hatte sie zur Frau haben wollen, ebenso der Herzog von Altavilla, Baron von San Giacomo, wie auch der Graf Patané, Baron von San Martino.

Sie aber wollte ledig und im Hause des Vaters bleiben. »Um einer Heirat zu entgehen, hat sie sich jahrelang krank gestellt«, so erzählte der Herr Vater. »Bis sie schließlich wirklich erkrankte, aber keiner wußte, woran. Sie hustete sich die Seele aus dem Leib, verlor ihre Haare, wurde immer magerer, immer leichter.«

Trotz ihrer Gebrechen lebte Tante Manina fast achtzig Jahre, und alle luden sie zu ihren Festen, denn sie war eine scharfe Beobachterin und konnte vorzüglich Leute nachahmen, junge wie alte, Frauen wie Männer, und brachte damit Freunde und Verwandte zum Lachen.

Auch Marianna hatte über sie gelacht, auch wenn sie nicht hören konnte, was Manina sagte. Es reichte, sie anzusehen, um von ihr hingerissen zu sein, klein und wendig wie sie war, wie sie ihre Hände nach Taschenspielerart bewegte, wie sie einmal den zerknirschten Ausdruck des einen, dann den tölpelhaften oder den eitlen eines anderen annahm.

Tante Manina war bekannt für ihre scharfe Zunge, und aus Furcht, sie könnte hinter ihrem Rücken zu reden beginnen, waren alle darum bemüht, sie als Freundin zu halten. Sie aber ließ sich von den Schmeicheleien nicht bestechen: Wenn sie jemandem begegnete, der sich lächerlich machte, stellte sie ihn sofort an den Pranger. Nicht der Klatsch selbst war es, der sie interessierte, sondern vielmehr die Auswüchse, die die verschiedenen Charaktere zeitigten, wie etwa der Geizige, der Eitle, der Schwache, der Zerstreute. Zuweilen waren ihre Bemerkungen so treffend, daß sie geradezu sprichwörtlich wurden. Wie damals, als sie vom Prinzen Raù gesagt hatte, er »verachte das Geld, aber er behandle die Münzen wie Schwestern«. Oder damals, als die Gattin des Prinzen Des Puches niederkommen sollte, als sie gesagt hatte, der Prinz – er war bekannt für seine kleine Statur – sei so aufgeregt gewesen, »daß er die ganze Nacht unter seinem Bett auf und ab gegangen sei«. Oder als sie vom Grafen Palagonia gesagt hatte, er sei »eine Zielscheibe ohne Lebensziel«. Und so weiter, zum größten Vergnügen aller.

Von Mariano hatte sie behauptet, er sähe aus »wie eine Maus, die aussieht wie ein Löwe, der sich als Maus verkleidet hat«. Dann hatte sie sich mit glänzenden Augen im Kreise umgeblickt und auf die Lacher gewartet. Sie war inzwischen längst zur Schauspielerin geworden, sie stand immer auf der Bühne und hätte um nichts auf der Welt auf ihr Publikum verzichten wollen.

»Wenn ich gestorben bin, werde ich zur Hölle fahren«, hatte sie einmal gesagt. Und hatte hinzugefügt: »Aber was ist schon die Hölle? Ein Palermo ohne Konditoreien. Und mir schmeckt ohnehin nichts Süßes.« Und nach einer Weile: »Jedenfalls werde ich mich wohler fühlen als in diesem Ballsaal, der das Paradies sein soll, wo die Wände mit Heiligen getäfelt sind.«

Sie ist ganz allein gestorben, ohne irgend jemanden damit zu behelligen. Und niemand hat geweint. Ihre witzigen Bemerkungen aber sind weiterhin in aller Munde, scharf und gesalzen wie eingelegte Sardellen.

10

Herzog Pietro Ucrìa hat niemals auch nur das Geringste auszusetzen gehabt an dem, was seine Frau über den Bau der Villa entschied. Er hat sich lediglich darauf versteift, daß im Garten ein kleines »coffee house«, wie er es nannte, aus Gußeisen erbaut werde, mit einem Kuppeldach und einem Sockel aus weißen und blauen Steinen, mit Blick auf das Meer.

Und so geschah es, oder vielmehr, so wird es geschehen, denn die Eisenteile sind zwar da, doch es fehlen bisher die Schmiede, die sie zusammenschweißen. In Bagheria werden zur Zeit Dutzende von Villen erbaut, und es ist sehr schwer, Handwerker und Maurer zu bekommen. Der Herr Onkel und Gatte sagt häufig, das »Häuschen« sei sehr viel bequemer gewesen, vor allem für die Jagd. Kein Mensch weiß, warum er dies so betont, da er niemals zur Jagd geht. Er haßt das Wild. Er haßt auch die Gewehre, obwohl er eine ganze Sammlung davon besitzt. Seine Vorliebe gilt den Heraldikbüchern und dem Whist sowie den Spaziergängen durch seine Ländereien, zu den Zitronenpflanzungen, deren Veredlung er persönlich überwacht.

Er weiß alles über die Ahnen und die Ursprünge der Familie Ucrìa von Campo Spagnolo und von Fontanasalsa, über die Geschlechterfolge und über die Auszeichnungen. In seinem Arbeitszimmer hängt ein großes Bild, auf dem das Martyrium des heiligen Signoretto dargestellt ist. Darunter steht in Kupfer eingeritzt: »Der selige Signoretto Ucrìa von Fontanasalsa und Campo Spagnolo, geboren zu Pisa im Jahr 1269«. Und in kleineren Buchstaben die Lebensgeschichte des Heiligen, wie er nach Palermo gekommen ist und sein barmherziges Werk vollbracht hat, indem er »in die Krankenhäuser ging und den vielen Armen half, die die Stadt überfluteten«. Und wie er sich dann mit dreißig Jahren »an einen gänzlich einsamen Ort am Meeresufer« zurückgezogen hat. Wo mag wohl dieser »gänzlich einsame Ort« gewesen sein? Er wird doch nicht an die afrikanische Küste gegangen sein?

In jener Wüste »am Meeresufer« wurde Signoretto »von den Sarazenen gemartert«, doch keiner weiß, warum er gemartert wurde, das Schild gibt darüber keine Auskunft. Einfach nur, weil er heilig war? Nein, wie dumm, heilig wurde er ja erst später.

Ein Arm des heiligen Signoretto, so bekundet die Bildunterschrift, ist im Besitz der Dominikaner-Patres, die ihn wie eine Reliquie verehren. Der Herr Onkel und Gatte hat alles getan, um diese Familien-Reliquie wiederzubekommen, bisher jedoch ohne Erfolg. Die Dominikaner behaupten, sie an ein Karmeliterinnen-Kloster weitergegeben zu haben, und die Karmeliterinnen sagen, sie hätten sie den Klarissinnen geschenkt, die ihrerseits behaupten, sie niemals zu Gesicht bekommen zu haben.

Auf dem Bild sieht man ein dunkles Meer; ein leeres Boot mit einem zusammengerollten braunen Segel liegt am Strand. Im Vordergrund fällt von links ein Lichtstrahl herein, gerade so, als hielte jemand knapp außerhalb des Bildrahmens eine angezündete Lampe darauf. Ein alter Mann – aber war er nicht erst dreißig gewesen? – wird von zwei kräftigen, halbnackten Jünglingen mit Faustschlägen bearbeitet. Oben rechts halten drei Engel eine Dornenkrone.

Für den Herzog Pietro ist die Familiengeschichte, so blumig und phantastisch sie auch sein mag, glaubwürdiger als das, was die Priester erzählen. Für ihn ist Gott weit weg und »schert sich einen Dreck um die Welt«; und Christus, »wenn er denn wirklich Gottes Sohn gewesen ist«, war, »um es gelinde auszudrücken, ein Wirrkopf«. Und was die Madonna betrifft, so wäre sie, »wenn sie eine Dame gewesen wäre, nicht so leichtfertig gewesen und hätte diesen armen Kleinen nicht unter die Wölfe gebracht und ihn den ganzen lieben Tag lang in der Gegend herumlaufen lassen und ihm eingeredet, er sei unbesiegbar, wo doch dann alle gesehen haben, zu welchem Ende das geführt hat«.

Dem Herrn Onkel und Gatten zufolge war der erste Ucrìa nichts Geringeres als ein König des siebten Jahrhunderts vor Christus, genauer ein König von Lydien. Von jener unwegsamen Gegend seien die Ucrìa, immer ihm zufolge, nach Rom übersiedelt, wo sie republikanische Senatoren wurden. Endlich bekehrten sie sich unter der Herrschaft Konstantins zum Christentum.

Als Marianna ihm scherzhaft schreibt, daß diese Ucrìa wohl rechte Wendehälse gewesen seien und es verstanden hätten, sich stets auf die Seite der Mächtigen zu schlagen, verfinstert sich seine Miene, und er schaut sie ein paar Tage lang nicht mehr an. Man scherzt nicht über verstorbene Familienmitglieder.

Wenn sie ihn hingegen um eine Erklärung zu den großen Bildern bittet, die im gelben Salon aufgestapelt sind und auf das Ende der Bauarbeiten warten, um wieder an die Wände gehängt zu werden, beeilt er sich, den Stift zur Hand zu nehmen und ihr die Geschichte von jenem Bischof Ucrìa aufzuschreiben, der gegen die Türken gekämpft hat, oder die vom Senator Ucrìa, der die berühmte Rede zur Verteidigung des Majoratsrechts gehalten hat.

Es ist nicht notwendig, daß sie ihm darauf antwortet. Er liest nur selten, was seine Frau ihm schreibt, wenngleich er ihre saubere und rasche Handschrift bewundert. Die Tatsache, daß sie sich ständig in der Bibliothek aufhält, verwirrt ihn, aber er wagt nicht, es ihr zu verwehren; er weiß, daß das eine Notwendigkeit für Marianna ist, und stumm wie sie ist, hat sie dafür wohl ihre guten Gründe. Er selbst meidet die Bücher, weil er sie für »verlogen« hält. Die Phantasie ist für ihn eine eher ekelerregende Eigenschaft. Die Wirklichkeit besteht für Herzog Pietro aus einer Reihe von ewigen und unwandelbaren Gesetzen, deren Einhaltung keine mit gesundem Menschenverstand begabte Person verweigern kann.

Nur wenn es gilt, eine Wöchnerin zu besuchen, wie dies in Palermo üblich ist, oder einer öffentlichen Zeremonie vorzusitzen, erwartet er von seiner Frau, daß sie sich in Gala wirft, sich die von Großmutter Ucrìa von Scannatura ererbte Diamantnadel an den Busen steckt und ihm in die Stadt folgt.

Wenn er beschließt, sich in Bagheria aufzuhalten, sorgt er stets dafür, daß genügend Leute am Tisch der Villa Ucrìa sitzen. Das eine Mal lädt er Raffaele Cuffa ein, der ihm gleichzeitig als Buchführer, Wächter und Sekretär dient, doch immer ohne dessen Frau. Ein andermal läßt er den Rechtsanwalt Mangiapesce aus Palermo kommen; oder er schickt eine Sänfte zur Tante Schwester Teresa bei den Klarissinnen oder er schickt einen berittenen Kurier mit einer Einladung zu einem seiner Cousins von Alliata di Valguarnera.

Am allermeisten schätzt der Herr Onkel und Gatte den Anwalt Mangiapesce, weil dieser ihm ermöglicht zu schweigen. Man muß ihn nicht erst lange auffordern, Konversation zu halten, den jungen »Rechtsverdreher«, wie Herzog Pietro ihn nennt. Er ist einer, der großen Gefallen daran findet, allerfeinste Rechtsprobleme zu untersuchen, dazu ist er äußerst beschlagen in allen Fragen der städtischen Politik und läßt sich keinen Klatsch über die großen palermitanischen Häuser entgehen.

Wenn auch Tante Teresa zugegen ist, bereitet es dem Anwalt schon größere Schwierigkeiten, das Gespräch zu bestreiten, denn sie schneidet ihm kurzerhand das Wort ab, und in der Tat ist die Tante, was den städtischen Klatsch betrifft, noch beschlagener als der Herr Advokat.

Von allen Verwandten ist Tante Teresa, eine Schwester des Herrn Vaters, diejenige, die der Herr Onkel und Gatte am meisten liebt. Mit ihr unterhält er sich zuweilen und sogar mit Leidenschaft. Sie sprechen über Familiengeschichten. Und sie tauschen Geschenke aus: Reliquien, geweihte Rosenkränze, alte Familien-Kleinode. Aus dem Kloster bringt die Tante kleine gezuckerte und mit Fenchelsamen gewürzte Ricotta-Kugeln mit, die ganz wundervoll schmecken. Herzog Pietro ist imstande, bis zu zehn Stück davon auf einmal zu essen, wobei er die Nase kräuselt wie ein naschhafter Maulwurf.

Marianna schaut ihm dabei zu und sagt sich, daß das Gehirn des Herrn Onkels und Gatten in gewisser Weise seinem Mund ähnelt: Es zerbeißt, zerteilt, zerstampft, vermischt, vermanscht, verschlingt. Aber von all den Speisen, die er hinunterschluckt, behält er fast nichts. Deshalb ist er immer so mager. Er gibt sich mit solcher Wucht dem Zermalmen der Gedanken hin, daß nur ein paar dünne Rauchfahnen davon in seinem Körper zurückbleiben. Kaum hat er etwas hinuntergeschluckt, packt ihn mit Eile das Bedürfnis, sich von den Schlacken zu befreien, deren längerer Aufenthalt im Körper eines Edelmannes ihm unwürdig erschiene.

Für viele Edelleute seines Alters, die im letzten Jahrhundert geboren und aufgewachsen sind, hat das methodische Denken etwas Unedles, Vulgäres an sich. Der Austausch von Gedanken und Ideen wird prinzipiell als eine Art Niederlage angesehen. Die Plebejer denken als Gruppe oder Masse; ein Edelmann ist einsam, und aus dieser Einsamkeit bezieht er seine Glorie und seine Kühnheit.

Marianna weiß, daß sie für ihn nicht auf gleicher Stufe steht, sosehr er sie als Gattin auch respektiert. Für ihn ist seine Frau ein Kind des neuen Jahrhunderts, unbegreiflich, mit einer gewissen Trivialität behaftet in ihrer Sehnsucht nach Neuem, nach Veränderung und Umbau.

Dies ist ein irriges, gefährliches, unnützes und falsches Vorgehen, sagen seine melancholischen Augen, während er zusieht, wie sie geschäftig im Hof umhereilt, der noch mit Kalkeimern und Ziegelsteinen vollgestellt ist. Handeln heißt Entscheiden, und Entscheidung ist eine Notwendigkeit. Dem Unbekannten eine Form zu geben, es sich vertraut und bekannt zu machen, bedeutet, dem Zufall die Freiheit zu rauben, das göttliche Prinzip der Muße aufzugeben, die sich nur ein wahrer Edelmann in Nachahmung des himmlischen Vaters erlauben kann.

Auch wenn sie seine Stimme niemals gehört hat, weiß sie dennoch, was er auskocht in seinem störrischen Hirn: eine hochmütige und wachsame Liebe für die ungezählten Möglichkeiten der Phantasterei, des ziellosen Ausspinnens und unerfüllbaren Wünschens. Seine Stimme ist schrill vor Langeweile und dennoch vollkommen kontrolliert wie die eines Menschen, der sich niemals gehen läßt. So muß sie sein, sie schließt dies aus seinen rauhen und heißen Atemstößen, die sie treffen, wenn sie ihm nahe ist.

Unter anderem hält Herzog Pietro jene Beharrlichkeit für unsinnig, mit der seine Frau auch während der Wintermonate in Bagheria bleiben will, wo sie doch in Palermo über ein großes und bequemes Haus verfügen. Und es ärgert ihn, auf seine Abende im Adelskasino verzichten zu müssen, wo er stundenlang Whist spielen könnte und gläserweise Wasser mit Anis trinken und gelangweilt dem harmlosen Geschwätz seiner Altersgenossen zuhören.

Für sie hingegen ist das Haus in der Via Alloro zu dunkel und zu sehr mit Ahnenbildern zugehängt, außerdem kommen zu viele unerwünschte Besucher.

Und außerdem macht sie die Reise von Bagheria nach Palermo auf der staubigen und von Löchern übersäten Straße traurig. Nur zu oft sah sie sich beim Vorbeifahren in Acqua dei Corsari den Piken des Gouverneurs gegenüber, auf denen Banditenköpfe aufgespießt waren, um die Bürger abzuschrecken. Von der Sonne getrocknete Köpfe, von den Fliegen zerfressen, häufig mit Stücken von Armen oder Beinen, an deren Hautfetzen schwarzes Blut klebt.

Da nützt es nichts, den Kopf wegzudrehen, die Augen zu schließen. Ein kleiner Wirbelwind fährt durch die Gedanken. Sie weiß, bald werden sie durch die beiden Säulenreihen der Porta Felice hindurchfahren, in den Cassaro Morto einbiegen und gleich darauf das weite Rechteck der Piazza Marina erreichen, zwischen dem Palazzo della

Zecca und der Kirche Santa Maria della Catena. Zur Rechten steht die Vicaria, und dann wird der kleine Wirbelwind in ihrem Kopf zum Sturm anwachsen, die Finger werden sich verkrampfen, um die Kutte des vermummten Herrn Vaters zu fassen, doch sie werden statt ihrer den Samtumhang zerreißen, den sie um ihre Schultern trägt.

Deshalb haßt sie es, nach Palermo zu fahren, und zieht es vor, in Bagheria zu bleiben; deshalb hat sie beschlossen – mit Ausnahme von besonderen Gelegenheiten wie Begräbnissen, Geburten oder Taufen, bei denen die vielen, allesamt sehr fruchtbaren Verwandten sich leider sehr häufig abwechseln – ihr Winterquartier in der Villa Ucrìa aufzuschlagen. Auch wenn die Kälte sie zwingt, sich auf wenige Zimmer zu beschränken und sich stets mit Glutpfannen zu umgeben.

Inzwischen wissen das alle und kommen sie dort besuchen, solange die Wege passierbar sind und der Eleuterio, der häufig das Gebiet zwischen Ficarazzi und Bagheria überschwemmt, nicht über die Ufer tritt.

Letzthin ist der Herr Vater gekommen und eine Woche lang bei ihr geblieben. Sie beide allein, wie sie es sich immer gewünscht hat, ohne die Kinder, die Geschwister, die Cousins und die anderen Verwandten. Seit die Frau Mutter so plötzlich und ohne Anzeichen einer Krankheit gestorben ist, kommt er häufig allein zu ihr. Er setzt sich im gelben Salon unter das Bildnis von Großmutter Giuseppa, um dort zu rauchen oder zu schlafen. Er hat immer schon viel geschlafen, der Herr Vater, doch mit dem Alter ist das schlimmer geworden; wenn er nicht jede Nacht seine zehn Stunden Schlaf bekommt, geht es ihm schlecht. Und da es ihm häufig nicht gelingt, so viele Stunden hintereinander zu schlafen, geschieht es, daß er tagsüber auf den Sesseln und Sofas einnickt.

Wenn er aufwacht, lädt er die Tochter zu einer Partie Piqué ein. Er lächelt und ist immer fröhlich, trotz des Rheumatismus, der ihm die Hände und den Rücken verkrümmt, er wird niemals böse und ist stets bereit, sich und die anderen zu amüsieren. Er ist nicht so schlagfertig wie Tante Manina, er ist langsamer, aber er verfügt über den gleichen Sinn für Humor, und wenn er nicht so faul wäre, könnte auch er vorzüglich die Leute nachahmen.

Zuweilen greift er sich den Notizblock, den Marianna am Gürtel hängen hat, reißt ein Blatt heraus und schreibt darauf mit Ungestüm: »Du bist ein Dummkopf, mein Kind, aber je älter ich werde, um so mehr merke ich, daß mir die Dummköpfe lieber sind als alle anderen.« »Dein Mann, der Herr Onkel und Schwiegersohn, ist ein Einfaltspinsel, aber er hat dich gern.« »Ich sterbe ungern, weil ich dich dann verlassen muß, aber es reizt mich, zu sehen, ob es sich lohnt, unseren Herrgott kennenzulernen.«

Worüber sie sich immer wundern wird, ist, wie wenig der Onkel Pietro seiner Schwester, der Frau Mutter, und seinem Cousin, dem Herrn Vater, ähnelt. Er ist ebenso mager und athletisch, wie die Frau Mutter füllig und behäbig war, er ist allzeit bereit, sich zu bewegen, und sei's auch nur, um seine Reben der Länge und Breite nach auszumessen. So bereitwillig und nachgiebig sie war, so stachlig und halsstarrig ist er. Um nicht gar von seinem Vetter, dem Herrn Vater, zu sprechen, der ebenso heiter ist wie der andere finster, ebenso freundlich zu jedermann wie der andere feindselig und mißtrauisch gegenüber allem und jedem. Kurz, der Herr Onkel und Gatte scheint einem anderen Samen entsprungen zu sein, der schief auf den Familienacker fiel und einen krummen und allzeit reizbaren Trieb hervorgebracht hat.

Das letztemal haben sie bis zwei Uhr nachts Piqué gespielt, Marianna und der Herr Vater, und dabei kandierte Früchte gegessen und duftenden Malagawein getrunken. Herzog Pietro war nach Torre Scannatura abgereist, um die Ernte zu überwachen.

Und so hat ihr der Herr Vater zwischen der einen Partie und der anderen, dem einen Glas und dem anderen, den neuesten Klatsch von Palermo aufgeschrieben: angefangen bei der Geliebten des Vizekönigs, von der man sagt, sie schliefe in schwarzen Leintüchern, um ihre schneeweiße Haut besser zur Geltung zu bringen, über eine jüngst von Barcelona eingetroffene Galeone, die mit durchsichtigen, gläsernen Nachttöpfen beladen war, die man sich nun gegenseitig schenkte; bis zu einem neuen Rock namens »à l'Adrienne«, dem letzten Modeschrei, der vom Pariser Hof aus Palermo wie eine Lawine überrollt und alle Schneider in Italien in hellste Aufregung versetzt hat. Er hat ihr sogar seine Liebe zu einer Spitzenklöpperin namens Ester gestanden, die in einem seiner Häuser in Papireto lebt und arbeitet. »Ich habe ihr ein Zimmer geschenkt, das, in dem sie arbeitet, es geht auf die Straße hinaus... wenn du wüßtest, wie glücklich sie darüber ist.«

Und doch hat dieser Mann, der ihr Vater ist und der sie zärtlich liebt, ihr den größten Schrecken ihres Lebens versetzt. Doch das weiß er nicht. Er hatte gemeint, ihr damit zu helfen: Ein berühmter Arzt der Schule von Salerno hatte ihm geraten, die Taubheit der Tochter, die einer tiefsitzenden Angst entsprungen zu sein schien, mit einer anderen, noch schlimmeren Angst zu kurieren. *Timor fecit vitium timor recuperabit salutem.* Es war nicht seine Schuld, wenn das Experiment danebengegangen war.

Bei seinem letzten Besuch hat der Vater ihr ein Geschenk mitgebracht: ein zwölfjähriges Mädchen, die Tochter eines zum Tode Verurteilten, den er selbst zum Galgen geleitet hatte. »Die Mutter haben die Pocken dahingerafft, der Vater ist erhängt worden, er hat mir das Kind kurz vor dem Sterben anempfohlen. Die Weißen Brüder wollten es in ein Waisenkloster sperren, aber ich dachte, hier bei dir geht es ihm besser. Ich schenke es dir, aber versorge es gut, es ist allein auf dieser Welt. Es heißt, das Mädchen habe einen Bruder, aber keiner weiß, wo er steckt, vielleicht ist er tot. Der Vater sagte mir, er habe ihn nicht mehr gesehen, seit er den Kleinen einer Bäuerin in Pflege gegeben habe. Versprichst du mir, gut für das Mädchen zu sorgen?«

So ist Filomena, genannt Fila, ins Haus gekommen. Sie

hat neue Kleider, Schuhe und reichlich zu essen bekommen, aber noch hat sie kein Vertrauen gefaßt: sie spricht wenig oder gar nichts, versteckt sich hinter den Türen und vermag es nicht, einen Teller in den Händen zu halten, ohne daß sie ihn fallen läßt. Wann immer sie kann, flieht sie in den Stall und setzt sich neben die Kühe aufs Stroh. Und wenn sie zurückkehrt, hat sie einen Mistgeruch an sich, den man aus zehn Metern Entfernung riechen kann.

Es hat keinen Sinn, ihr Vorwürfe zu machen. Marianna erkennt in ihrem erschreckten, immer wachsamen Blick etwas von ihren eigenen Kindheitsängsten wieder und läßt sie gewähren, womit sie den Zorn von Innocenza, Raffaele Cuffa und sogar vom Herrn Onkel und Gatten heraufbeschwört, und dieser erträgt den Neuankömmling nur mit Mühe und nur aus Höflichkeit gegenüber dem Herrn Schwager und Schwiegervater und gegenüber der taubstummen Gattin.

11

Mit einem eisigen Gefühl fährt Marianna aus dem Schlaf auf. Sie blickt angestrengt ins Dunkel, um zu sehen, ob der Rücken ihres Mannes dort an seinem Platz unter dem Laken liegt; aber wie sehr sie sich auch anstrengt, sie kann die vertraute Erhebung nicht ausmachen. Das Kissen sieht unberührt aus, das Leintuch ist glattgestrichen. Sie will die Kerze anzünden, doch da merkt sie, daß das Zimmer von einem milden bläulichen Licht durchflutet ist. Der Mond steht tief über dem Horizont und gießt sein milchiges Licht auf die schwarzen Wasser des Meeres.

Der Herr Onkel und Gatte wird wohl in Palermo geblieben sein, um dort zu übernachten, wie er es in letzter Zeit häufig tut. Das beunruhigt sie nicht, im Gegenteil, es gibt ihr ein Gefühl der Erleichterung. Morgen wird sie ihn endlich bitten können, sein Bett in einem anderen Zimmer aufzuschlagen; vielleicht in seinem Arbeitszimmer, unter dem Bild des heiligen Signoretto, zwischen seinen Büchern zur Heraldik und zur Geschichte. Zu allem anderen hat er seit einiger Zeit begonnen, sich im Bett herumzuwerfen wie von der Tarantel gestochen, so daß sie von diesen plötzlichen Erdbeben ständig erwacht.

In solchen Fällen würde sie gern aufstehen und hinausgehen, sie tut es aber nicht, um ihn nicht zu wecken. Wenn sie allein schliefe, müßte sie nicht dort im Dunkeln liegen und sich fragen, ob sie wohl die Kerze anzünden könne oder nicht, ob sie ein wenig in ihrem Buch lesen oder in die Küche hinuntergehen könne, um sich ein Glas Wasser zu holen.

Seit die Frau Mutter gestorben ist, der innerhalb von wenigen Wochen auch Lina und Lena gefolgt sind, die ein plötzliches Viertagefieber hinweggerafft hat, wird Marianna häufig von Alpträumen und jähem, düsteren Erwachen heimgesucht.

Im Halbschlaf erscheinen ihr Einzelheiten von der Frau Mutter, auf die sie niemals geachtet hatte, als sähe sie sie jetzt zum erstenmal; ihre beiden weißen, geschwollenen Füße, die über die Bettkante hängen, die beiden großen Zehen wie Steinpilze, die sich auf- und abbewegen, als wollte sie mit den Füßen auf einem imaginären Spinett spielen. Der Mund mit den vollen Lippen, der sich träge öffnet, um einen bis zum Rande gefüllten Löffel aufzunehmen. Der Finger, der ins Becken taucht, um die Temperatur des Wassers zu prüfen, und den sie dann zum Munde führt und ableckt, als müsse sie das Wasser trinken und nicht sich damit das Gesicht waschen. Und plötzlich steht sie da und bindet sich den Seidengürtel im Rücken zu, das Gesicht rot vor Anstrengung.

Bei Tisch pflegte sie, nachdem sie eine Orange gegessen hatte, einen Kern zu nehmen und mit den Vorderzähnen entzweizubeißen, dann spuckte sie die Stücke auf den Teller, nahm einen weiteren Kern, zerbiß auch diesen und so weiter, bis sie den Teller in einen kleinen Friedhof von weißen Orangenkernen verwandelt hatte, die sich, so zerkleinert, rasch grün verfärbten.

Sie war gegangen, ohne zu stören, wie sie es immer gehalten hatte in ihrem kurzen Leben, in dem sie stets so ängstlich darauf bedacht war, niemandem zur Last zu fallen, daß sie sich freiwillig allein in ein Eckchen zurückzog. Zu träge, um selbst Entscheidungen zu treffen, überließ sie dieses Geschäft den anderen, doch ohne Bitterkeit. Ihr bevorzugter Platz war der beim Fenster, mit einer Schüssel kandierter Früchte neben sich, hie und da mit einer Tasse heißer Schokolade, einem Glas Laudanum zur Beruhigung und einer Prise Schnupftabak zum Plaisir der Nase.

Im Grunde war die Welt für sie ein schönes Spektakel, jedoch nur unter der Bedingung, daß man sie nicht zur Teilnahme aufforderte. Den Unternehmungen anderer spendete sie großzügig Beifall. Sie lachte gern, konnte sich sogar begeistern, aber es war, als wäre alles vor langer

Zeit schon einmal geschehen und sei nur die absehbare Wiederholung einer wohlbekannten Geschichte.

Marianna konnte sich kaum vorstellen, daß sie als Mädchen schlank und lebhaft gewesen war, wie Großmutter Giuseppa sie beschrieben hatte. Ihr war sie immer gleich erschienen: das breite Gesicht mit der feinen Haut, die etwas hervortretenden Augen, die dichten dunklen Augenbrauen, das helle lockige Haar, die runden Schultern, der Stiernacken, die üppigen Flanken, die im Vergleich zum Körper zu kurzen Beine, die von Fettwülsten beschwerten Arme. Sie hatte ein reizendes Lachen, ein wenig schüchtern und überrascht, fast so, als könne sie sich nicht entscheiden, ob sie sich dem Vergnügen hingeben oder lieber in sich zurückziehen solle, um Kraft zu sparen. Wenn sie den Kopf schüttelte, hüpften die blonden Locken über der Stirn und über den Ohren.

Wer weiß, warum sie ihr so oft in den Sinn kommt, nun, da sie tot ist. Es sind nicht so sehr Erinnerungen als vielmehr plötzliche Visionen, als würde ihr nach den vielen Geburten und Fehlgeburten aus dem Leim gegangener Körper immer noch die kleinen alltäglichen Bewegungen ausüben, die, als sie noch lebte, von einer Moribunden ausgeführt schienen, und die nun, da sie nicht mehr ist, den grausamen und bitteren Geschmack des Lebens ausströmen.

Nun ist der Schlaf vollends entschwunden. Sinnlos, sich nochmals auf die Seite zu legen. Sie richtet sich auf, streckt die Füße zum Bett hinaus, um nach den Pantoffeln zu fischen, doch auf halbem Wege hält sie inne und wackelt mit den Zehen, als wolle sie damit auf einem imaginären Spinett spielen. So weit geht der Einfluß der Frau Mutter. Zum Teufel mit ihr, warum läßt sie sie nicht in Ruhe?

Heute nacht tragen ihre Füße sie zur Dienstbotentreppe, die auf das Dach hinaufführt. Schön ist es, die Kühle der Stufen unter den Sohlen der Strohpantoffeln zu fühlen. Zehn Stufen, Pause, noch mal zehn Stufen, Pause. Leichtfüßig steigt Marianna weiter; der Saum ihres weiten Morgenrocks streicht über ihre Fußrücken.

Auf der einen Seite die Speichertüren, auf der anderen ein paar Dienstbotenzimmer. Sie hat keine Kerze mitgebracht; doch ihre Nase reicht aus, um sie durch Korridore, über Treppen, durch Engpässe, Stollen, Abseiten, Schlupfwinkel, über plötzliche Rampen und trügerische Stufen zu führen. Die Gerüche, die sie leiten, sind die von Staub, Mäusedreck, altem Wachs, zum Trocknen ausgelegten Weinbeeren, verfaultem Holz, von Nachttöpfen, Rosenwasser und Asche.

Die niedrige Tür, die auf das Dach führt, ist verschlossen. Marianna versucht, die Türklinke zu bewegen, doch sie ist wie festgeklebt und läßt sich nicht im mindesten bewegen. Marianna lehnt sich mit der Schulter dagegen und versucht, mit der Hand an der Klinke die Türe aufzustoßen. Auf diese Weise gibt die Türe mit einem Ruck nach, und sie liegt auf der Schwelle; sogleich besorgt sie der Gedanke, daß sie wer weiß was für einen Lärm verursacht haben könnte.

Nach ein paar Minuten des Wartens beschließt sie, einen Fuß auf die Dachziegel zu setzen. Das Mondlicht fällt auf ihr Gesicht wie ein Eimer voll flüssigen Silbers, der laue Wind zerzaust ihr das Haar.

Das Land ringsum ist ins Licht getaucht. Capo Zafferano blitzt von jenseits der Ebene mit den Olivenbäumen und Tausenden von metallischen Schuppen. Die Jasmin- und Orangenblüten senden ihre Düfte herauf wie kleine Dampfwolken, die sich zwischen den Ziegeln auflösen.

Weit am Horizont das schwarze stille Meer, durchflossen von einem weißen, prickelnden Streifen. Näher, in der Senke des Tals, erkennt man die Umrisse der Oliven- und Johannisbrotbäume, der schlafenden Mandel- und Zitronenbäume.

Seht aus der Waldung einen Ritter kommen,
Der aussieht wie ein kecker, rüst'ger Mann.

Von weißen Federn ist sein Helm umschwommen,
Und ein Gewand, ganz schneeweiß, hat er an.*

So lauten Verse des Ariost, die ihr sanft in die Erinnerung steigen. Aber warum gerade diese, und warum gerade jetzt?

Ihr scheint, als sähe sie in der Ferne die angenehme Gestalt des Herrn Vaters. Der einzige »Ritter«, der sich ihrer Liebe gestellt hat. Seit ihrem sechsten Lebensjahr hat dieser »Ritter« sie mit seinem »Helm von weißen Federn« bezaubert, und dann, als sie begann, ihn zu verfolgen, ist er gegangen, um andere Herzen, andere unruhige Augen zu bezaubern.

Vielleicht war er es leid geworden, darauf zu warten, daß die Tochter zu sprechen begänne, vielleicht hatte sie ihn unwillentlich enttäuscht mit ihrer hartnäckigen Stummheit. Tatsache ist, daß er, als sie dreizehn Jahre alt wurde, die Nase bereits gestrichen voll hatte von ihr und sie, in einem Anfall von edelmütiger Großzügigkeit, dem unglückseligen Schwager Pietro überlassen hat, der ohne Frau und Nachkommen zu sterben drohte. Zwei Unglückselige werden wohl miteinander auskommen, hat sich das väterliche Hirn gedacht. Und er hatte die Schultern hochgezogen, wie nur er es kann, mit dem Ausdruck feierlichen Gleichmuts.

Was ist das jetzt aber für ein Geruch nach brennendem Talg? Marianna schaut sich um, aber kein Licht ist zu sehen. Wer wird um diese Zeit noch wach sein? Sie balanciert ein paar Schritte weit über die Dachziegel und lehnt sich über die niedrige Mauer, die rings um die Dächer läuft und auf der die Statuen mythologischer Gestalten stehen: ein Janus, ein Neptun, eine Venus und vier riesige mit Pfeil und Bogen bewaffnete Putten.

Das Licht kommt aus einem Mansardenzimmer. Wenn sie sich noch weiter hinauslehnt, kann sie ein Stück weit

* Ariost, Der rasende Roland (Übers.: J. D. Gries)

in das Zimmer hineinsehen. Es ist das Zimmer von Innocenza, die eine Kerze neben ihrem Bett angezündet hat. Merkwürdig, sie ist noch gänzlich angekleidet, als sei sie eben erst ins Zimmer getreten.

Marianna beobachtet sie, während diese sich die hochschaftigen Stiefeletten aufschnürt. An den ärgerlichen Bewegungen kann sie erraten, was die Frau dabei denkt: »Schrecklich, diese Schnürsenkel, die man in die vielen Ösen stecken muß; aber die Herzogin Marianna läßt sie sich nach Maß machen, diese Schuhe, und dann schenkt sie sie uns... und wie könnte man auf ein Paar Wildlederstiefeletten zu dreißig Tarì pfeifen?«

Jetzt tritt Innocenza ans Fenster und sieht hinaus. Marianna erfaßt ein leichter Schrecken: Und wenn sie sie hier entdeckt, wie sie vom Dach aus ihr nachspioniert? Aber Innocenza blickt nach unten, auch sie ist wie verzaubert von dem wunderbaren Mondlicht, das den Garten überflutet, ihn phosphoreszieren läßt und sogar das ferne Meer zum Leuchten bringt.

Sie sieht, wie Innocenza den Kopf ein wenig neigt, wie um einem unerwarteten Geräusch nachzulauschen. Vielleicht ist es der Braune Miguelito, der mit den Hufen auf den Stallboden schlägt. Und nochmals dringen, fast wie ein Angriff, Innocenzas Gedanken zu Marianna herauf: »Hunger wird es haben, das Pferd, Hunger, der Miguelito... Don Calò betrügt beim Verteilen des Heus, das wissen alle, aber wer soll es dem Herzog sagen? Ich bin schließlich keine Petze... sollen selber weitersehen!«

Auf nackten Füßen, in das rosa Wams mit den Schweißspuren unter den Achseln gekleidet, das Hemd aufgeknöpft über dem hellbraunen Rock, der ihr weit über die Hüften fällt, tritt Innocenza nun wieder in die Mitte des Zimmers zurück. Dort kniet sie nieder und hebt vorsichtig eine Holzdiele auf. Mit ungeduldigen Händen fischt sie in dem Loch und zieht schließlich ein Ledersäckchen heraus, das mit einem schwarzen Band verschnürt ist.

Sie geht damit zum Bett. Mit sicheren Fingern knüpft sie die Schnur auf, fährt mit der Hand in das Säckchen und schließt die Augen, als befingere sie etwas, was ihr lieb ist. Dann zieht sie langsam ein paar große, silberne Münzen hervor und legt sie eine neben der anderen auf die Bettdecke, wie ein Gärtner, der sich an zartknospenden Pflanzen zu schaffen macht.

»Morgen früh um fünf wieder mit Kohlen hantieren, das Gesicht voll im Rauch, bevor es endlich gelingt, das verdammte Feuer unter dem Rauchfang anzufachen, und dann gilt es, die Fische auszunehmen, und die armen Kaninchen, wenn sie die sieht, wie die Köpfe über ihre Hand hängen, dann denkt sie nur an die Mühe, mit der sie sie großgezogen hat, und dann zack! ein Schlag auf den Kopf, und die Augen werden trüb, aber sie hören nicht auf, dich anzusehen, als wollten sie sagen: Warum nur? Morgen früh kommt das Huhn dran, was für ein Pech, daß die beiden Töchter von Calò gestorben sind, sie konnten das Hühnerschlachten so gut... sie waren sicher noch jungfräulich, auch wenn Severina ihr gesagt hatte, sie hätte sie eines Morgens im Stall gesehen, und während die eine die Kuh gemolken hat, molk die andere den Vater, so drückte sie es aus, aber wer weiß, ob das stimmt, seit Severina der Junge weggestorben ist, ist sie nicht mehr ganz richtig im Kopf und sieht überall merkwürdige Dinge... aber daß sie ein paar Monate lang ihre Tage nicht mehr hatten, erst die eine, dann die andere, das stimmt, das hat ihr Maria gesagt, und das ist eine, auf die man sich verlassen kann... sie hat schließlich jeden Monat die Wäsche überwacht und die Binden gezählt... und wenn sie von jemand anders schwanger waren? Warum gerade vom Vater? Aber auch andere haben das behauptet, auch Don Peppino Geraci hat sie eines Morgens alle drei in einem Bett liegen gesehen, als er einmal sehr früh die Milch holen ging... und dann haben sie abgetrieben... die armen Gören... sie sind sicher zur Pupara gegangen, so nennt man sie, weil sie den Frauen hilft,

Kinder zu kriegen und Kinder nicht zu kriegen ... man weiß nicht genau, wie sie das macht ... sie kennt die richtigen Wurzeln und Kräuter ... drei Tage lang scheißt und kotzt du und windest dich, und am dritten Tag ziehst du den toten Fötus heraus ... auch die Baronessen gehen zur Pupara ... sie geben ihr bis zu drei Unzen für eine gelungene Abtreibung ... aber es gelingt ihr immer, sie ist tüchtig, die Pupara ...«

Marianna zieht sich ein wenig zurück, die vielen fremden Gedanken werden ihr zuviel auf diesem Dach, das erst so einsam war und sich nun mit geschäftigen Gespenstern bevölkert hat. Aber es ist nicht leicht, sich von Innocenzas Stimme zu lösen, dieser stummen Stimme, die sie unaufhörlich mit dem Geruch von verbranntem Talg einhüllt.

»Und dann wird sie auch noch die gezeichneten Zettelchen von der verrückten Herzogin entziffern müssen, die alle fünf Minuten den Speiseplan ändern will und meint, sie könne ihr das mit Hilfe ihrer seltsamen Kritzeleien klarmachen: Eine aufgespießte Ratte bedeutet Backhähnchen, ein Frosch in einer Pfanne bedeutet gebratene Ente, eine schwimmende Kartoffel heißt gebackene Auberginen. Und dann kommt gewiß auch noch die unverschämte Giuseppa herunter, um ihre Nase und ihre Finger in ihre Soßen zu stecken, sich Stücke von der unfertigen Torte mit in die Bibliothek zu nehmen, die Milch umzuwerfen und dabei immer zu singen wie eine Idiotin ... sie hätte Lust, sie zu ohrfeigen, aber nicht einmal ihre Mutter tut das, da kann sie doch nicht einfach ... bewahre ...! Aber was sinniert sie da vor sich hin? Es gibt noch soviel zu tun: Ist morgen nicht Maninas Geburtstag, und hat der Herzog nicht für morgen einen Stör im Mantel bestellt? Und der muß zuvor eine ganze Nacht in Rotwein liegen ... Der Herzog will auch eine Blätterteigtorte, für die man jedes Blatt mit den Händen bearbeiten muß wie mit Hämmern und dann stundenlang ruhen lassen ... es ist gleich ein Uhr nachts, und seit fünf Uhr morgens ist sie nun auf den Beinen und hat in der Küche geschuftet... und alles für diese elenden vier Silbermünzen, um die sie noch dazu jeden Monat betteln muß, weil alle vergessen, sie auszubezahlen... sie besitzen Länder und Paläste, diese adligen Herren, aber sie haben nie Geld, zum Teufel mit dem, der sie erfunden hat...

Die Herzogin steckt ihr manchmal fünf Grani oder auch zwei Carlini zu, aber was soll sie mit dem Kleingeld... ihre Geldbörse braucht schon dickere Happen, die hat immer Hunger und reißt das Maul weit auf wie ein Fisch, der nach Luft schnappt... diese mickrigen Carlini, die steckt sie nicht einmal unter die Diele... Wollen wir uns mal einen goldenen Scudo ansehen, mit dem Kopf von Karl III. drauf, der noch nach Prägeanstalt stinkt? Oder eine schöne goldene Dublone mit dem Antlitz Philipps V., der guten Seele?... Don Raffaele zählt sie zwei- oder dreimal, bevor er sie herausrückt, diese verdammten Moneten, und einmal wollte er ihr sogar eine falsche Münze geben... was für ein Einfaltspinsel! Als könnte sie sie nicht mit geschlossenen Augen erkennen, besser, als eine Ehefrau den Schwanz ihres Mannes erkennt.«

Marianna schüttelt verzweifelt den Kopf. Es gelingt ihr nicht, die Gedanken von Innocenza loszuwerden, es ist, als flössen sie gleichsam aus einem einzigen, vom Mondlicht betrunkenen Hirn. In einem Anfall von ungeduldiger Wut löst sie sich von der Mauer, während die Stimme der Köchin in ihrem Kopf weitermurmelt: »Was willst du denn machen mit all dem Geld? Nimm dir einen Mann, du könntest ihn dir ja kaufen... ich einen Mann?, um dazustehen wie meine Schwestern, von denen die eine Fußtritte bekommt, kaum daß sie den Mund aufmacht, und die andere mutterseelenallein dasteht, weil er mit einer anderen abgehauen ist, die zwanzig Jahre jünger ist und sie mit ihren sechs Kindern sitzengelassen hat, ohne Geld und ohne Dach über dem Kopf?... Die Freuden der Liebe? Davon singen die Lieder und erzählen die Bücher, die die Herzogin liest … am Ende aber hat gerade die, mit all ihren Kleidern aus Damast und Seide, ihren Kutschen, ihrem ganzen Schmuck, womöglich hat sie die Freuden der Liebe gar nie kennengelernt? Die arme Taubstumme, die immer über ihren Büchern sitzt … mir tut sie einfach leid …« Nicht zu glauben, aber so ist es: Die Köchin Innocenza Bordon, Tochter eines soldatischen Glücksritters aus dem fernen Venetien, Analphabetin, mit Händen voller Schnittnarben, ohne eine Liebe auf der Welt, es sei denn für sich selbst, empfindet Mitleid für die große Herzogin, die in väterlicher Linie direkt von Adam abstammt …

Marianna lehnt schon wieder am Mäuerchen, unfähig, sich Innocenzas Geschwätz im Geiste zu entziehen, und nimmt die Frechheiten der Köchin hin wie das einzig Wahre in dieser weichen und unwirklichen Nacht. Sie kann nicht anders, als ihr zuzusehen, wie sie mit ihren von der Küchenarbeit wendigen Händen die großen Silbermünzen hochhebt und sie paarweise ins Säckchen zurückgleiten läßt, als wollte sie sie, immer zwei und zwei, schlafen legen. Die Finger kennen ihr Gewicht so genau, daß sie selbst mit geschlossenen Augen merken würde, wenn auch nur ein winziges Stückchen fehlte.

Mit einem Seufzer bindet Innocenza nun die Kordel um das Säckchen. Dann steckt sie es zurück in das Loch im Zimmerboden. Sie rückt die Diele wieder an ihren Platz, erst mit den Händen, dann, nachdem sie sich erhoben hat, auch mit den Füßen. Dann kehrt sie zum Bett zurück und entledigt sich mit flinken Griffen ihres Rokkes, des Hemdes, des Wamses, wobei sie mit dem Kopf schüttelt wie bei einem Tarantella-Tanz, so daß die Haarnadeln samt den Schildpattkämmchen, die einst ihrer Herrin gehörten, durch die Luft fliegen.

Marianna richtet sich mit geschlossenen Augen auf. Sie will den nackten Körper ihrer Köchin nicht sehen. Jetzt ist sie dran, den Kopf zu schütteln, um sich von diesen ungebührlichen Gedanken zu befreien, die an ihr kleben wie

Johannisbrotsirup. Es ist ihr schon andere Male passiert, daß sie von den Grübeleien derer, die sie umgaben, verfolgt wurde, aber niemals so lange. Sollte das schlimmer geworden sein? Als sie noch klein war, fing sie einzelne Sätze auf, Gedankenfetzen, die jedoch immer zufällig und zusammenhanglos waren. Wenn sie wirklich begreifen wollte, was der Herr Vater dachte, zum Beispiel, so wollte ihr das überhaupt nicht gelingen.

Seit einiger Zeit fällt sie mitten hinein in die Leute, angezogen von dem feurigen Umherflattern ihrer Gedanken, die wer weiß was zu versprechen scheinen. Aber dann wird sie von ihnen verschlungen, ist ihnen ausgeliefert, ohne sich von ihnen befreien zu können. Wie sehr wünscht sie, niemals auf dieses Dach hinaufgestiegen zu sein, niemals in das Zimmer von Innocenza geschaut zu haben, niemals diese klare, vergiftete Luft eingeatmet zu haben.

12

»Papas letzter Wille ist ein Skandal.« »Er hat dem Erstgeborenen weggenommen, was ihm zusteht, und es den Töchtern gegeben.« »So etwas ist noch nie passiert.« »Der arme Signoretto.« »Geraldo hat mit ihm gestritten.« »Die Tante ist nicht einverstanden.« »Dir, seinem Augapfel, hat er doch seinen vollen Anteil an der Villa von Bagheria überlassen, warum weinst du noch, du dumme Kuh?« »Advokat Mangiapesce sagt, das Recht verbiete ein solches Testament.« »Es wird alles für ungültig erklärt werden, das Majoratsrecht wird dafür sorgen.«

Marianna legt die Zettel wieder zusammen, die ihr die Schwestern und Tanten nachlässig auf den Teller geworfen haben. Die Worte verwirren sich vor ihren Augen. Ihre Hände werden naß von ihren Tränen. Wie kann man über Häuser und Erbschaften streiten, wenn das liebe blasse Gesicht des toten Vaters noch nicht einmal unter der Erde ist?

Nach ihren Gesten zu urteilen, sagen sie sich gründlich die Meinung. Und nicht einmal Innocenzas Köstlichkeiten können sie dazu bewegen, die Köpfe über die Teller zu beugen und still zu sein. Der Gedanke, daß ihr Vater just in dem Moment, als sie vom Dach herunter auf die mondbeleuchtete Landschaft schaute, in seinem Bett in der Via Alloro in Palermo gestorben ist, raubt ihr den Appetit. Wie ist es möglich, daß sie es nicht gefühlt hat, sie, die sogar das innere Geschwätz der Leute erfühlt, daß sie seinen sterbenden Atem nicht gehört hat? Ja, da war etwas gewesen, es war ihr vorgekommen, als sähe sie die liebliche Gestalt des Vaters zwischen den Zwergpalmen; sie hatte an den »Ritter mit dem Helm von weißen Federn« gedacht. Aber sie hatte darin nicht die Gestalt des Todes erkannt. Über die Verführung hatte sie nachgedacht, ohne zu merken, daß sie der letzten, der tiefsten aller Verführungen nahe war.

Und so ist aus dem Geburtstagsessen, für das der Herzog bei Innocenza Stör im Mantel und Blätterteigtorte bestellt hatte, unversehens eine Trauermahlzeit geworden. Die Trauer ist allerdings nicht sehr groß, vor allem herrscht Ärger über das ungewöhnliche Testament des Herrn Vaters. Ein Testament, von dem man nicht weiß, wie es schon geöffnet werden konnte, bevor noch der Tote begraben worden ist.

Alle sind verstört, am meisten Geraldo, der die Freigiebigkeit des Vaters gegenüber den Schwestern wie eine persönliche Beleidigung aufgenommen hat. Auch wenn es sich nur um kleine Hinterlassenschaften handelt. Der größte Anteil geht jedenfalls an Signoretto, und von dieser unerwarteten Erbschaft werden auch die jüngeren Söhne die Nutznießung haben. Aber die Tatsache, daß der Vater alle Gewohnheit über den Haufen geworfen hat, kam für alle überraschend, und obwohl sie im Grunde nicht unzufrieden darüber sind, auch etwas für sich zu haben, meinen sie, es sei ihre Pflicht zu protestieren.

Signoretto, als der große Gentleman, der er ist, mischt sich nicht ein, auch wenn er derjenige ist, der den größten Schaden davonträgt. Seine Tante Schwester Agata, die Schwester von Großvater Mariano, hat es übernommen, für seine Rechte zu streiten. Da sitzt sie und reckt den Hals und fuchtelt mit den Händen in einem heftigen Anfall von Entrüstung.

Der Herr Onkel und Gatte ist der einzige, der sich um den Wortwechsel nicht schert. Er hat mit dem Erbe des Schwagers nichts zu schaffen, noch interessiert es ihn, an wen es geht. Er hat genug mit seinem eigenen. Er weiß ja auch schon, daß die Villa Ucrìa in Bagheria, an der seine Frau so sehr hängt, ganz ihnen gehören wird; deshalb schenkt er sich Wein ein und denkt an anderes, während er mit leicht ironischen Blicken die heißen, wütenden Gesichter seiner Nichten und Neffen beobachtet.

Signoretto, der Marianna gegenübersitzt, ist vielleicht der einzige, der die Pflicht fühlt, eine gewisse schmerzliche Betrübnis über den Tod des Vaters an den Tag zu legen. Wenn jemand sich an ihn wendet, nimmt seine Miene einen düsteren Ausdruck an, der komisch wirkt, weil man ihm ansieht, daß er ihn wohl zuvor ausgiebig geübt hat.

Die Titel sind allesamt auf sein Haupt heruntergeregnet: Herzog von Ucrìa, Graf von Fontanasalsa, Baron von Bosco Grande, von Pesceddi und Lemmola, Markgraf von Cuticchio und Dogana Vecchia.

Eine Frau hat er noch nicht gefunden. Die Frau Mutter hatte eine für ihn ausgesucht, aber die hatte er nicht gewollt. Dann ist sie von einem Tag auf den anderen an einem Herzversagen gestorben, und niemand hat sich mehr um die komplizierten Verhandlungen um Geben und Nehmen mit der Familie Uzzo von Agliano gekümmert.

Der Herr Vater hatte sich, als sein Sohn das fünfundzwanzigste Jahr vollendete und immer noch ledig war, in einem Anfall von väterlichem Verantwortungsgefühl beeilt, eine Frau für ihn zu finden: die Prinzessin Trigona von Sant' Elia. Aber auch diese war ihm nicht genehm, und der Herr Vater war zu schwach gewesen, um ihn zum Gehorsam zu zwingen.

Vielleicht war es weniger Schwäche als vielmehr Unglaubwürdigkeit. Der Herr Vater glaubte nicht sehr an seine Autorität, auch wenn er vom Charakter her recht anmaßend war. All seine Entscheidungen waren von Unsicherheit, von einer inneren Müdigkeit unterhöhlt gewesen, die ihn eher zum Lächeln als zum finster Dreinblikken bewegte, die ihn eher nachgiebig als streng werden ließ.

So kommt es, daß Signoretto in einem Alter, in dem alle Söhne aus den palermitanischen Adelsfamilien verheiratet sind und ihrerseits Väter von Söhnen, noch immer ledig ist.

Seit einiger Zeit hat er eine Leidenschaft für die Politik entwickelt: Er sagt, er wolle Senator werden, aber nicht nur aus Bequemlichkeit, wie alle anderen; sein Vorhaben ist es, das Wachstum des Getreideexports der Insel zu fördern und zu diesem Zweck die Preise zu senken und Straßen ins Inselinnere zu bauen, die den Transport erleichtern sollen; auf Kosten des Senats Schiffe zu kaufen, die man den Getreidezüchtern zur Verfügung stellt. Dies sagt er jedenfalls, und viele junge Edelmänner geben ihm recht.

»Die Senatoren gehen nur alle Jubeljahre einmal in den Senat«, hatte ihr Carlo einmal heimlich, ohne daß Signoretto es sah, aufgeschrieben, »und wenn sie hingehen, dann nur um über Fragen des Vorrechts zu diskutieren und um Pistazieneis zu essen und dabei den neusten Stadtklatsch auszutauschen. Sie haben sich ein für alle Mal das Recht auserbeten, nein zu sagen und auf ihren Besitztümern in Ruhe gelassen zu werden.«

Signoretto aber ist ehrgeizig, er sagt, er werde an den Hof der Savoier nach Turin gehen, wo schon andere junge palermitanische Edelmänner ihr Glück gefunden haben, dank ihres guten Benehmens, ihrer Zähigkeit und ihrer Intelligenz, die stets bereit ist zu jeder Haarspalterei. Deshalb war er kürzlich in Paris, hat Französisch gelernt und studiert verbissen die Klassiker.

Diejenige, die ihn am meisten liebt und beschützt, ist Agata, die Schwester des Herrn Großvaters Mariano, Schwester der Karmeliterinnen. Sie trägt Schals mit langen, golddurchwirkten Fransen, die sie nachlässig über die Kutte wirft, und sammelt Biographien: von Generälen, Staatsoberhäuptern, Königen, Prinzen, Bischöfen und Päpsten.

Wegen der gemeinsamen Interessen müßte sie sich eigentlich gut mit Herzog Pietro verstehen, aber das ist nicht der Fall. Während er nämlich der Meinung ist, daß der Ursprung der Familie Ucrìa im Jahr 600 vor Christus liegt, schwört sie darauf, daß die Familie im Jahr 188 vor Christus erstmals in den Annalen erscheint, und zwar mit Quintus Ucrìa Tuberone, der mit nur sechzehn Jahren zum Konsul ernannt wurde. Wegen dieser Meinungsverschiedenheit sprechen sie seit Jahren nicht mehr miteinander.

Fiammetta hingegen hat, seit sie zur Nonne geweiht worden ist, den bekümmerten und resignierten Ausdruck verloren, den sie als Kind hatte. Sie hat eine volle Brust, eine rosige Haut und leuchtende Augen bekommen. Ihre Hände sind kräftig geworden vom vielen Kneten, Schneiden, Schälen, Hantieren. Sie hat entdeckt, daß »von Brot und Spucke leben«, wie die Regel des Hauses es will, nichts für sie ist: So gibt sie sich Mühe, in den Kupfertöpfen köstliche Gerichte zuzubereiten.

Neben ihr Carlo, der immer mehr der Frau Mutter gleicht: träge, langsam, verschlossen, mit dicken Armen und einem Kinn, das dazu neigt, sich zu verdoppeln und zu verdreifachen, mit sanften, kurzsichtigen Augen und einer gutgepolsterten Brust, über der die Kutte zu zerreißen droht. Er ist sehr tüchtig darin, alte religiöse Manuskripte zu entziffern. Kürzlich wurde er an das Kloster San Calogero zu Messina gerufen, um die Rätsel einiger Bücher aus dem 13. Jahrhundert zu lösen, die keiner begriff. Und er hat sie Wort für Wort umgeschrieben, hat vielleicht ein wenig Eigenes hineingemischt, jedenfalls wurde er danach mit Geschenken und Dankesworten überhäuft.

Und dann Geraldo, der »General studiert«, wie Tante Manina immer sagte. Geschniegelt, kalt, zeremoniell. Seine Uniformen scheinen stets soeben unter dem Bügeleisen hervorgezogen zu sein, er hofiert die Frauen, die ihn sehr schätzen. Eine Heirat lehnt er ab, weil er weder über eigenen Besitz noch über einen Titel verfügt. Es gäbe da eine von Tante Agata befürwortete Partie: eine gewisse Domenica Rispoli, steinreiche Tochter eines Pächters, der sein Geld dank der Unfähigkeit irgendeines gleichgültigen Grundbesitzers gemacht hat, aber Geraldo will davon nichts wissen. Er sagt, er wolle sein Blut nicht mit dem einer »Feldarbeiterin« mischen, und sei sie selbst so »schön wie die griechische Helena«. Erst jetzt hat er erfahren, daß sein Vater ihm ein Stück Land in Cuticchio vermacht hat, aus dem er mit etwas Geschick genügend herausholen könnte, um sich eine Kutsche und ein Haus in der Stadt halten zu können. Er aber trachtet nach Höherem. Eine Kutsche haben auch die Händler von der Piazza San Domenico.

Dort, auf dem Rand des Stuhls, sitzt wie ein kleines Mädchen, mit von Mückenstichen übersäten Armen, Agata, die schöne Agata, die man mit zwölf Jahren dem Prinzen Diego von Torre Mosca angetraut hat. Einst verstanden sie beide sich mit einem einzigen Blick, denkt Marianna. Jetzt sind sie einander beinahe fremd geworden.

Ein paarmal ist Marianna im Palast der Torre Mosca in der Via Maqueda zu Besuch gewesen. Sie hat die Gobelins und venezianischen Möbel dort bewundert und die riesigen Spiegel mit den vergoldeten Rahmen. Jedesmal aber war ihr die Schwester fremder erschienen, von fernen, düsteren Gedanken umwölkt.

Nach dem ersten Kind hat sie sich in sich zurückgezogen. Ihre schneeweiße duftende, von den Mücken so sehr geliebte Haut ist vor der Zeit vertrocknet und runzelig geworden. Ihre Gesichtszüge haben sich verformt und geweitet, ihre Augen sind eingesunken, als wäre ihnen das, was sie ringsum sehen müssen, zu schmerzlich.

Fiammetta, die immer als Familienhäßlichkeit gegolten hatte, ist bei der Gartenarbeit und beim Teigkneten in der Klosterküche beinahe eine Schönheit geworden. Als Agata fünfzehn Jahre alt war, war sie so schön, daß »selbst die Engel sich in sie verliebten«, wie der Herr Vater es ausdrückte, nun, mit dreiundzwanzig, sieht sie aus wie eine verschrumpelte Madonna, eine von jenen, die man am Kopfende mancher Betten sieht, von unbekannter Hand gemalt, die aussehen, als müßten sie jeden Augenblick zu Bröseln zusammenfallen, so sehr sind sie schon abgenutzt.

Sie hat sechs Kinder bekommen, von denen zwei gestorben sind. Beim dritten Kind hat eine Blutkrankheit sie fast umgebracht. Dann hat sie sich wieder erholt, aber nicht völlig. Zur Zeit ist sie leidend, denn sie hat Wunden an der Brust. Bei jedem Stillen windet sie sich vor Schmerzen, und das Kind bekommt schließlich mehr Blut von ihr als Milch.

Ihr Mann hat Ammen ins Haus kommen lassen, aber sie versteift sich darauf, alles alleine zu machen. So dickschädlig ist sie in ihrer mütterlichen Aufopferung, daß sie bereits zusammengeschrumpft ist zu einer vom ewigen Kindbettfieber aufgezehrten Larve mit tief in die Höhlen zurückgesunkenen, von zwei zarten blonden Brauen beschützten Augen, und sie will niemandes Rat noch Hilfe.

Einen fast heldenhaften Willen lassen die Falten um den Mund der jungen Mutter erkennen, auf der Stirn steht eine steile Falte, das Kinn ist hart, das Lächeln mühselig, die Zähne haben ihren Porzellanglanz verloren, sind vorzeitig vergilbt und abgesplittert.

Ihr Mann nimmt hie und da ihre Hand in die seine und küßt sie, während er sie von oben bis unten anschaut. Wer weiß, was das Geheimnis ihrer Ehe ist, fragt sich Marianna. Jede Ehe hat ihre Geheimnisse, die man nicht einmal der eigenen Schwester erzählt. Ihre eigene Ehe ist von Schweigen und Kälte gezeichnet, die, Gott sei Dank immer seltener, von Augenblicken nächtlicher Brutalität unterbrochen werden. Und Agatas Ehe? Ihr Herr Gatte Don Diego scheint sie zu lieben trotz der Verformungen und Verwüstungen, die die häufigen, wie Martyrien ertragenen Schwangerschaften angerichtet haben. Und sie? Nach der Art, wie sie seine Liebkosungen und Küsse hinnimmt, könnte man meinen, sie hielte einen Widerwillen in sich zurück, der an Ekel grenzt.

Don Diegos Augen sind groß, blau und klar. Aber unter der augenscheinlichen liebevollen Aufmerksamkeit merkt man einen anderen Zug, der nur mit Mühe an die Oberfläche kommt; vielleicht ist es Eifersucht, vielleicht die Angst um einen Besitz, den er nicht gänzlich sein eigen nennen kann. Tatsache ist, daß in diesen hellen Augen hie und da eine Befriedigung über das vorschnelle Verblühen seiner Frau aufleuchtet, und mit verdächtiger Freude streckt er die Hand nach ihr aus, in einer Mischung aus Mitleid und Genugtuung.

Da aber wird Marianna in ihrer Betrachtung abrupt unterbrochen von einem heftigen Stoß, der sie fast vom Stuhl wirft. Geraldo ist so heftig aufgestanden, daß die Lehne seines Stuhls gegen die Wand geflogen ist, er hat die Serviette zu Boden geschleudert und ist zur Tür hinausgerannt, nicht ohne zuvor seine taubstumme Schwester fast vom Stuhl gestoßen zu haben.

Der Herr Onkel und Gatte eilt zu ihr, um zu sehen, ob sie sich weh getan hat. Marianna lächelt ihm zu, um ihn zu beruhigen. Und sie merkt verwundert, daß sie beide auf der gleichen Seite stehen, gegen die Geschwister, daß sie dieses eine Mal Komplizen, Freunde sind.

Ihr genügt die Villa Bagheria, die sie sich auf den Leib geschnitten hat und in der sie alt zu werden gedenkt. Gewiß, auch sie hätte nichts dagegen, eine der väterlichen Ländereien zu erben und über ein wenig eigenes Geld zu verfügen, über das sie niemandem Rechenschaft ablegen müßte, auch wenn die Ländereien des Herrn Gatten in Scannatura sehr einträglich sind. Aber bei jeder Münze, die sie ausgibt, muß sie mit Herzog Pietro abrechnen, und oft hat sie nicht einmal genug, um sich Schreibpapier zu besorgen.

Schon allein die Haselnußpflanzung von Pesceddi oder der Olivenhain von Bagheria hätten ihr weiterhelfen können. Allein darüber verfügen zu können, eine Einnahme zu haben, die von niemandem kontrolliert wird und über die sie niemandem Rechenschaft ablegen muß... Sieh da, nun ist auch sie, bevor sie sich versieht, in den Argumentationsfluß der Erbschaftsteilung geraten, da hat auch sie angefangen zu rechnen, zu wünschen, zu beanspruchen, zu reklamieren. Gott sei Dank verfügt sie über keine Stimme, die sie in diesem dummen Streit der Geschwister erheben könnte, wer weiß, was sie alles sagen würde! Im übrigen fragt sie keiner nach ihrer Meinung. Sie sind alle zu sehr in Anspruch genommen vom Klang ihrer eigenen Stimmen, die im Eifer des Gefechts gewiß schallenden Trompetenstößen gleichen. Sie hat sie zwar nie gehört, sie stellt sie sich aber vor wie eine metallische Erschütterung, die den Boden unter den Füßen erzittern läßt.

Oft benehmen sie sich so, als gäbe es sie gar nicht. Das Schweigen hält sie umschlungen wie einer jener Hunde der Frau Mutter, der den Schwanz um die Taille schlingt, und reißt sie mit sich fort. Und sie sitzt hier inmitten ihrer Verwandten wie ein Gespenst, das man sieht und nicht sieht.

Sie merkt, daß der Streit sich nun genau um die Villa Bagheria dreht, aber keiner wendet sich an sie. Dem Herrn Vater gehörte die Hälfte von dem, was einst das »Häuschen« des Großvaters gewesen war, sowie die Hälfte der Oliven- und Zitronenpflanzungen, die um die Villa herum wachsen. Mit einer Ungeniertheit, die geradezu skandalös ist, hat er alles der taubstummen Tochter vermacht. Schon denkt man daran, »dieses skandalöse Testament anzufechten«. Der Herr Onkel und Gatte hat sich entfernt, und mittels eines Zettels, den er ihr auf den Schoß geworfen hat, läßt er sie wissen von »wer weiß wie vielen Prozessen, in Palermo schießen die Anwälte ja wie Pilze aus dem Boden«.

Der Gedanke, daß der Herr Vater nun tot auf seinem Bett in der Via Alloro liegt, während sie hier mit ihren sich raufenden Geschwistern zu Tisch sitzt, scheint ihr plötzlich äußerst komisch. Sie löst sich in einem einsamen, stummen Gelächter, das sich wenig später in einen stillen Wasserfall, in einen unsinnigen Regenschauer verwandelt, der sie schüttelt wie ein Erdbeben.

Carlo ist der einzige, der ihre Verzweiflung bemerkt. Aber er ist zu sehr mit dem Streit beschäftigt, um sich zu erheben. Er beschränkt sich darauf, sie mit gütigen, aber auch verwirrten Augen anzusehen, denn ein tonloses Schluchzen ist wie ein Blitz ohne Donner, es hat etwas Verkrüppeltes und Unschönes an sich.

13

Der gelbe Salon ist teilweise leer geräumt worden, um einer riesigen Weihnachtskrippe Platz zu machen. Die Schreinermeister haben zwei Tage lang daran gearbeitet und ein Gebirge aufgebaut, das dem Monte Catalfano in nichts nachsteht. In der Ferne sieht man einen Vulkan mit einem weiß bemalten Gipfel. Aus dem Innern kommt eine Rauchfahne, die aus zusammengenähten Federn besteht. Darunter das Olivental, das Meer aus gerüschter Seide, die Bäume aus Terrakotta mit Blättern aus Stoff.

Felice und Giuseppa sitzen auf dem Teppich und umsäumen einen kleinen, aus Spiegelglas bestehenden See mit grünbespritzten Papierbüscheln. Manina steht an die Wand gelehnt und schaut ihnen zu. Mariano ist dabei, einen Keks zu verschlingen, und beschmiert sich dabei Mund und Wangen. Fila neben ihm müßte eigentlich die Hirtenstatuen auf die Wiese aus flaschengrüner Wolle stellen, aber sie hat es vergessen, so hingerissen ist sie von dieser wunderbaren Krippe. Innocenza ist bei den Ställen und verschönert gerade noch die Futtertröge, aus denen echtes Stroh hervorquillt.

Signoretto, der Letztgeborene, schläft in Mariannas Armen; sie hat ihn in ihren spanischen Schal eingewickelt und schaukelt mit ihrem Oberkörper sanft vor und zurück, um ihn einzuschläfern.

Der See ist jetzt fertig, aber anstatt das blaue Papier, das hinter den Ställen klebt, zu reflektieren, spiegelt er die höhnischen Augen einer Schimäre, die zwischen dem Laub an der Decke hervorlugen, wider.

Innocenza legt vorsichtig das Jesuskind mit der schweren Aureole aus Porzellan auf das frische Stroh. Die kniende Madonna neben ihm wird mit einem türkisfarbenen Mantel umhüllt, der ihren Kopf und ihre Schultern bedeckt. Der heilige Josef hat schafslederne Hosen an und trägt einen breitkrempigen, nußfarbenen Hut. Der dicke und knorrige Ochse sieht aus wie eine Kröte und der Esel mit seinen überlangen rosaroten Ohren wie ein Kaninchen.

Mariano, der vor kurzem sieben Jahre alt geworden ist, geht zu dem schleifengeschmückten Korb, in dem noch die kleinen Statuen liegen, und zieht mit seiner zuckerbeschmierten Hand einen heiligen König mit einem edelsteinbesetzten Turban heraus. Sofort stürzt sich Giuseppa auf ihn und reißt ihm die Statue aus den Händen. Er verliert das Gleichgewicht und fällt zu Boden, aber er läßt sich nicht beirren und taucht seine Hände zum zweitenmal in den Korb, um einen weiteren heiligen König mit einem goldglänzenden Mantel hervorzuholen.

Diesmal ist es Felice, die sich auf den Bruder stürzt, um ihm die kostbare Statue zu entreißen. Er aber wehrt sich diesmal. Sie fallen beide auf den Teppich, er versetzt ihr Tritte, sie ihm Bisse. Giuseppa eilt der Schwester zu Hilfe, und zu zweit kriegen sie Mariano unter, indem sie ihm die Hucke vollhauen.

Marianna erhebt sich mit dem Kind im Arm und wirft sich auf die drei, doch Innocenza ist ihr schon zuvorgekommen und hat die Kinder bei den Haaren und an den Armen gepackt. Die Statue des heiligen Königs liegt zerbrochen am Boden.

Manina betrachtet sie verstört. Sie geht zum Bruder, umarmt ihn, küßt ihn auf die tränenfeuchte Wange. Gleich darauf nimmt sie die Schwestern bei der Hand und zieht auch sie zu sich heran, um sie zu küssen.

Dieses Kind hat ein Talent zur Liebenswürdigkeit, sagt sich Marianna, mehr als das Essen und das Spielen liebt es die Eintracht. Jetzt hat es, um die Schwestern vom Streit abzulenken, die Backen aufgeblasen und bläst auf die Krippe, so daß der Mantel der Madonna hochfliegt, das Hemdchen des Jesuskindes sich lüftet und der Bart des heiligen Josef nach einer Seite weht.

Felice und Giuseppa brechen in Lachen aus. Und Mariano, der noch eine halbe Statuette in der Hand hält, lacht ebenfalls. Sogar Innocenza lacht über diesen Wind, der die Stoffpalmen zerzaust und den Hirten in die Haare fährt.

Giuseppa hat eine Idee: Wie wär's, wenn man Manina als Engel verkleidete? Einen blonden Lockenkopf hat sie ja schon, und mit dem süßen runden Gesicht und den großen andächtigen Augen gibt sie eine herrliche Himmelskreatur ab. Es fehlen nur noch die Flügel und ein himmelblaues Kleid.

Um ihre Idee in die Tat umzusetzen, entrollt sie ein goldenes Papier, wobei Felice ihr hilft. Sie beginnen, es an allen Seiten zu beschneiden, während Mariano, der gerne mitschneiden möchte, es aber noch nicht kann, beiseite geschubst wird.

Manina, die erkannt hat, daß die Geschwister nicht mehr streiten, wenn sie den Engel spielt, läßt es geschehen: Sie werden sie in eine Mantille der Mutter wickeln, ihr Flügel auf das Wams nähen und das Gesicht rot und weiß anmalen. Sie wird alles hinnehmen, solange ihre Possen sie zum Lachen bringen.

Der Geruch der Farben dringt an Mariannas Nase: der scharfe des Terpentins und der fettige des Öls. Eine plötzliche Sehnsucht schnürt ihr die Kehle zu. Eine weiße Leinwand, eine Kohle in den flinken Händen, und sie könnte ein Stück der Krippe wiedergeben, dazu eine Ecke des Fensters, den sonnenbeschienenen Fußboden, die zwei gebeugten Köpfe von Giuseppa und Felice, die geduldige Gestalt Maninas mit dem einen Flügel, der bereits an ihrem Rücken haftet, den anderen Flügel auf dem Boden, der massige Leib Innocenzas, der geheimnisvoll zwischen den irdenen Bäumchen kniet, Filas Augen, in denen sich das Licht einer riesigen silbernen Sternschnuppe spiegelt.

Unterdessen ist Signoretto aufgewacht, er bohrt sein kahles Köpfchen durch die Falten des Schals und schaut seine Mutter verliebt an. So kahl und zahnlos sieht er aus wie ein »Hausgeistchen« mit dem hüpfenden Herzen, »keine Ruh hat das Hausgeistchen«, schrieb Großmutter Giuseppa in das Heft mit den goldenen Lilien, und »es lacht, um gelacht zu haben«.

Eine Mutter mit ihren Kindern. Sie könnte auch sich selbst darstellen auf diesem Bild, das sehr groß sein müßte. Sie würde bei den Schimären beginnen, würde dann zu den rabenschwarzen Haaren von Fila übergehen, dann zu Innocenzas schwieligen Händen, den kanariengelben Locken von Manina, den nachtblauen Augen Marianos und schließlich zu den violetten und rosa Kleidchen von Giuseppa und Felice.

Die Mutter würde sie auf einem Kissen sitzend malen, so wie sie jetzt dasitzt, und die Falten des Schals würden sich mit denen ihres Kleides verflechten, der Stoff würde sich in Höhe der Achsel öffnen und das nackte Köpfchen des wenige Monate alten Kindes zeigen.

Warum aber macht die Mutter all dieser Kinder eine so dumme und schmerzliche Miene auf diesem Bild, das doch ein glückliches Familienidyll darstellt? Was soll diese befremdete Verwunderung?

Das imaginäre Gemälde läßt Mariannas Hand erstarren wie ein gotteslästerlicher Versuch, sich dem Willen des Allmächtigen zu widersetzen. Wer anders als er könnte sie so behutsam vorwärts schieben, sie übereinanderkullern lassen, sie wachsen, altern und dann sterben lassen in einer Zeitspanne, die eben ausreicht, ein Amen zu sagen?

Die Hand malt mit einem räuberischen Instinkt, sie stiehlt dem Himmel sein Gut, um es den Menschen zum Gedächtnis zu schenken, sie ahmt die Ewigkeit nach, und an dieser Nachahmung ergötzt sie sich, als hätte sie eine eigene Ordnung erschaffen, die stabiler und zuinnerst wahrer ist. Aber ist das nicht ein Sakrileg, ein unverzeihlicher Mißbrauch des göttlichen Vertrauens?

Und doch haben schon andere Hände mit sublimer Arroganz die Zeit angehalten und uns die Vergangenheit nahegebracht. Die Vergangenheit, die auf der Leinwand nicht stirbt, sondern sich unendlich wiederholt wie der Ruf des Kuckucks, mit trübsinniger Melancholie. Die Zeit, denkt Marianna, ist das Geheimnis, das Gott vor den Menschen verborgen hält. Und von diesem Geheimnis zehren wir kümmerlich Tag für Tag.

Ein Schatten schiebt sich zwischen ihr imaginäres Bild und das Sonnenlicht, das voller Heiterkeit den Boden überflutet. Marianna blickt zum Fenster. Es ist der Herr Onkel und Gatte, der sie von draußen beobachtet. Seine kleinen, bohrenden Augen scheinen von Genugtuung erfüllt: Vor ihm auf dem Teppich des hellsten Zimmers der Villa ist seine ganze Familie, seine ganze Nachkommenschaft versammelt. Jetzt, da er zwei Söhne hat, ist sein Blick siegesbewußt und beschützend geworden.

Der Blick des Onkels und Gatten kreuzt sich mit dem seiner jungen Nichte und Gattin. Etwas wie Dankbarkeit liegt in seinem knapp angedeuteten Lächeln. Und sie empfindet eine Art uralter und bewegender Befriedigung.

Wird der Herr Onkel und Gatte die Fenstertüre öffnen? Wird er sich zu ihnen gesellen vor der Krippe oder nicht? Wie sie ihn kennt, wird er es vorziehen, nachdem er sich ihrer versichert hat, allein zu bleiben und die Wärme des geheizten Zimmers zu vermeiden. Und in der Tat sieht sie, wie er ihnen den Rücken zukehrt, die Hände in die Taschen steckt und mit großen Schritten in Richtung auf das Kaffeehaus von dannen schreitet. Dort wird er sich hinter den schützenden Glaswänden mit den Kletterpflanzen einen stark gezuckerten Kaffee servieren lassen und die Landschaft betrachten, die er längst auswendig kennt: rechts die ragende Spitze des Pizzo della Tigna, vorne die Büschel des Akazienhains auf dem Monte Solunto, im Hintergrund der dunkle, nackte Rücken des Monte Catalfano und daneben das gekräuselte Meer, das heute grün ist wie eine Wiese im Frühling.

14

Das Zimmer liegt im Halbdunkel. Ein Teekessel blubbert über einer auf dem Boden stehenden Glutpfanne. Marianna ist in einem niedrigen Sessel versunken, die Beine lang über den Boden gestreckt, den Kopf an ein Kissen gelehnt. Sie schläft.

Neben ihr steht die große hölzerne Wiege mit den hellblauen Schleifen, die schon Manina und Mariano beherbergt hat. Die Schleifenbänder bewegen sich sanft im Wind, der durch das angelehnte Fenster hereinweht.

Innocenza tritt leise ein, wobei sie die Tür mit dem Fuß aufschiebt. In den Händen hält sie ein Tablett mit heißem Punsch und ein paar Honigkeksen. Sie stellt das Tablett auf einen Stuhl neben der Herzogin und schickt sich an, wieder hinauszugehen, dann aber überlegt sie es sich anders und holt vom Bett eine Decke, um die schlafende Mutter damit zuzudecken. Sie hat sie noch nie so elend gesehen, die Frau Marianna, so abgemagert und bleich, mit schwarzen Ringen unter den Augen und einer Art Unsauberkeit und Ungepflegtheit ihrer Person, die gar nicht mehr die ihre zu sein scheint. Sie, die sonst immer für eine junge Frau von höchstens zwanzig Jahren gehalten wird, wirkt heute zehn Jahre älter. Wenn sie sich wenigstens nicht so sehr beim Lesen erschöpfte! Ein offenes Buch liegt mit dem Rücken nach oben auf dem Boden.

Innocenza legt ihr die Decke über die Beine, dann beugt sie sich über die große Wiege und betrachtet das jüngste Kind Signoretto, das pfeifend die Luft einzieht. »Dieses Kind wird die Nacht nicht überleben«, denkt sie, und der drastische Gedanke weckt Marianna, die erschreckt hochfährt.

Sie hat gerade geträumt, sie flöge, ihre Augen und ihre Nase wären voll Wind: Die Beine des Pferdes trugen sie aufwärts durch die Wolken, sie saß rittlings auf dem Braunen Miguelito, vor ihrem Vater, der die Zügel hielt und das Tier im Galopp durch die Wattemassen trieb. Unten im Tal sah man die Villa Ucrìa in ihrer ganzen Schönheit, den eleganten bernsteinfarbenen Mittelbau, die beiden gebogenen, mit Fenstern besetzten Seitenflügel, die Statuen, die gleich Tänzerinnen auf dem Dachgesims zu hüpfen schienen.

Als sie die Augen öffnet, sieht sie das dicke, gütige Gesicht Innocenzas nur eine Handbreit über sich. Sie fährt heftig zurück. Ihr erster Impuls ist der, sie wegzustoßen; warum beobachtet sie sie auf diese Weise? Aber Innocenza lächelt sie so liebevoll besorgt an, daß Marianna nicht den Mut hat, sie wegzujagen. Sie richtet sich auf, knöpft den Kragen zu, fährt sich mit den Fingern durch das Haar.

Jetzt nähert sich die Köchin wieder dem Kind, das verloren in seiner Wiege liegt; mit zwei Fingern schiebt sie die Seidenbänder beiseite und betrachtet das verkrampfte Gesichtchen und den offenen Mund, der verzweifelt nach Luft schnappt.

Marianna fragt sich, dank welcher unglückseligen Alchimie Innocenzas Gedanken immer so klar und deutlich in sie eindringen, als könnte sie sie hören. Sie will diese Last loswerden, sie ist ihr unangenehm. Gleichzeitig aber gefällt es ihr, den Geruch dieser grauen Frau einzuatmen, die nach gebratenen Zwiebeln, nach Rosmarintinktur, nach Essig, nach Schweineschmalz und Basilikum duftet. Es ist der Geruch des Lebens, der sich da aufdringlich unter die Gerüche von Erbrochenem, Schweiß und Kampferöl mischt, die aus der bändergeschmückten Wiege aufsteigen.

Sie bedeutet ihr, sich neben sie zu setzen. Innocenza gehorcht still, wobei sie den weiten Faltenrock hochhebt. Sie setzt sich auf den Fußboden und streckt die Beine lang auf dem Teppich aus.

Marianna streckt ihre Hand nach dem Punschglas aus. Eigentlich ist ihr eher nach einem großen Glas Wasser zumute, aber Innocenza hat gedacht, der heiße Wein würde sie besser gegen die Nachtkälte schützen, und sie kann sie jetzt nicht enttäuschen, indem sie nach etwas anderem verlangt. Also trinkt sie die heiße, süßliche Flüssigkeit in einem Zuge aus und verbrennt sich dabei den Gaumen. Obwohl sie sich jetzt wärmer fühlt, beginnt sie vor Kälte zu zittern.

Innocenza nimmt mit besorgter Miene ihre Hand und reibt sie zwischen ihren Händen, um sie zu erwärmen. Marianna versteift sich: Sie kann nicht anders als an das Säckchen mit den Münzen und an die sinnlichen Bewegungen dieser Finger zu denken, die die Geldstücke immer zwei und zwei schlafen legten.

Um sie nicht abzuweisen und zu beschämen, steht Marianna auf und geht zum Bett. Hier, hinter dem Paravent mit den aufgestickten Schwänen, hockt sie sich auf den sauberen Nachttopf und läßt ein paar Tropfen Urin hineinrinnen. Dann nimmt sie den Topf und hält ihn der Köchin hin, als wollte sie ihr ein Geschenk machen.

Innocenza faßt ihn am Griff, bedeckt ihn mit einem Zipfel ihrer Schürze und geht zur Treppe, um ihn in den schwarzen Abort zu leeren. Sie geht vorsichtig und hält sich sehr gerade, als hielte sie etwas Wertvolles in den Händen.

Das Kind scheint nun überhaupt nicht mehr zu atmen. Marianna beobachtet seine violetten Lippen, sie beugt sich beunruhigt über es und hält einen Finger unter seine Nase. Ein wenig Luft tritt in unregelmäßigen, schnellen Stößen heraus.

Die Mutter legt den Kopf auf die Brust ihres Kindes, um die kaum spürbaren Schläge seines schwachen Körpers zu erfühlen. Der Geruch der erbrochenen Milch und des Kampferöls dringt ihr mit Macht in die Nase. Der Arzt hat verboten, den Kleinen zu waschen, und sein armer Körper liegt dort in Tücher gehüllt, die immer mehr den Geruch eines Sterbenden aussenden.

Vielleicht schafft er es, auch die anderen haben Krankheiten durchgemacht: Manina hat zweimal Mumps gehabt, mit tagelangem hohen Fieber, Mariano ist fast an Röteln gestorben. Aber keines ihrer anderen Kinder hat diesen Geruch nach verwesendem Fleisch an sich gehabt, der nun von dem Körper des kleinen Signoretto ausgeht, der gerade vier Jahre alt geworden ist.

Sie sieht ihn wieder vor sich, wie er in seinen ersten Lebensmonaten mit seinen Froschfingerchen nach ihrem Busen grapscht. Er wurde zu früh geboren wie Manina, doch während sie nur einen Monat vor der Zeit auf die Welt kam, meinte er, sogar zwei Monate überspringen zu müssen. Er gedieh nur langsam, aber er schien gesund, zumindest nach Meinung von Doktor Cannamela, der sagte, in wenigen Monaten hätte er die Geschwister eingeholt.

Sie fühlte an ihrer Brust, daß er nicht richtig sog, er ruckte oft heftig, verschluckte sich und spuckte die Milch wieder aus. Und doch war er weitaus der Schnellste darin gewesen, sie zu erkennen, sich ihr zuzuwenden und sie lebhaft und begeistert anzulächeln.

Niemand auf der Welt durfte ihn im Arm halten außer ihr. Es hatte keine Amme, keine Kinderfrau und keine »Bonne« gegeben, die ihn hätte beruhigen können: Solange er nicht wieder im Arm seiner Mutter lag, schrie er.

Er war ein heiteres, intelligentes Kind, er hatte sogar die Taubheit der Mutter begriffen und nach und nach eine Sprache erfunden, mit der er sich ihr und nur ihr verständlich machen konnte. Er redete mit ihr durch Trampeln, Fratzenschneiden, Lachen und überhäufte sie mit klebrigen Küssen. Er drückte seinen großen zahnlosen Mund auf ihre Wange, er leckte ihr die geschlossenen Augen ab, er zupfte mit dem zahnlosen Kiefer an ihren Ohrläppchen, aber ohne ihr weh zu tun, wie ein kleiner Hund, der seine Kräfte im Zaum zu halten weiß, wenn er spielt.

Er war schneller gewachsen als die anderen. Ganz lang war er geworden, mit zwei riesengroßen Füßen, die Innocenza oft staunend in die Hand nahm: »Aus diesem machen wir einen Paladin«*, hatte sie eines Tages gesagt, und der Herr Onkel und Gatte hatte sich beeilt, es auf einen Zettel zu schreiben, damit auch seine Frau darüber lachen könne.

Dick war dieser hier nie gewesen; wenn sie ihn umarmte, fühlte sie die Rippen, leicht wie eine Mondsichel, unter den Fingern: Wann wird dieses Kind sich entschließen, ein wenig Fett anzusetzen? fragte sie sich und küßte ihm den vorstehenden Bauchnabel, der immer ein wenig rot und geschwollen war, als wäre er erst vor einer halben Stunde abgenabelt worden.

Er hatte stets einen Geruch nach geronnener Milch an sich, den selbst ein Bad mit Wasser und Seife im randvollen Trog nicht gänzlich tilgen konnte. Sie hätte ihn mit geschlossenen Augen erkennen können, diesen ihren jüngsten Sohn, den sie mit dreißig Jahren bekommen hatte. Und sie zog ihn offen den anderen vor, wegen der maßlosen Liebe, die er ihr entgegenbrachte und von der sie sich hinreißen ließ.

Manchmal erwachte sie frühmorgens mit einem heißen Gefühl an der Schulter und entdeckte dann, daß er es war, der heimlich in ihr Bett gekommen war und ihr den zahnlosen Mund auf die Haut drückte und heftig daran zog wie an einer Brustwarze.

Sie packte ihn am Nacken und umarmte ihn lachend unter der warmen Bettdecke, im Dunkeln. Und er, der sich vor Lachen ausschüttete, klammerte sich an sie und küßte sie und schnupperte ihren verschlafenen Geruch ein, indem er seinen Kopf zwischen ihre Brüste bohrte.

Manchmal holte sie ihn und setzte ihn neben sich, trotz der keinen Widerspruch duldenden Zettel des Herrn Onkels und Gatten: »Die Kinder sollen unter sich bleiben, im Kinderzimmer, das eben dazu da ist.«

Sie aber hatte ihn immer mit dem Argument der Ma-

* Einer der zwölf Helden aus dem Rolandslied; auch die zwölf starken Leibgardisten Karls des Großen.

gerkeit erweichen können: »Ohne mich ißt er nicht, Herr Onkel und Gatte.« »Nennt mich nicht immer Herr Onkel.« »Das Kind ist zu dünn.« »Ich werde gleich selbst dafür sorgen, daß es sich dünnemacht, wenn Ihr es nicht gleich in sein Zimmer zurückschickt.« »Wenn Ihr es wegjagt, gehe auch ich.« Ein Hin und Her von trotzigen Zettelchen, die Fila und die Mägde hinter ihrem Rücken zum Lachen brachten.

Endlich hatte Marianna erreicht, daß das Kind vormittags, nur zum zweiten Frühstück, neben ihr sitzen durfte, damit sie es füttern konnte, mit »Häppchen« von gefülltem Hähnchen, Eiernudeln mit Käse, Zabaione mit Orangenschaum, alles Dinge, die, wie Innocenza sagte, »Blut bilden«.

Aber Signoretto wurde nicht dicker, er wurde nur länger, er schoß in die Höhe, bekam einen Schwanenhals und zwei Affenärmchen, deretwegen die Geschwister ihn unverhohlen verspotteten. Mit zwei Jahren war er schon größer als Agatas Sohn, der drei war. Nur an Gewicht nahm er nicht zu, er streckte sich wie eine Pflanze, die an die Luft will. Die Zähne wollten nicht herauskommen, ebensowenig die Haare. Sein Kopf sah aus wie eine Bocciakugel, die sie ihm mit gestickten und gekräuselten Mützen bedeckte.

Im Alter, in dem alle anderen Kinder bereits sprechen gelernt haben, lachte er nur. Er sang, schrie, spuckte, aber er sprach nicht. Und der Herr Onkel und Gatte hatte begonnen, seine drohenden Billetts zu schreiben: »Ich möchte nicht, daß mein Sohn taubstumm wird wie Ihr.« Und wenig später: »Man muß ihn von Euch trennen, das sagt der Facharzt, und auch Doktor Cannamela ist dieser Meinung.«

Marianna hatte eine solche Angst davor, daß man ihn ihr wegnehmen würde, daß sie von Fieber gepackt wurde. Während sie delirierte, irrte Herzog Pietro verzweifelt durch das Haus, gepackt von einer quälenden Unsicherheit: Sollte er die Bewußtlosigkeit seiner Frau ausnutzen und den Sohn wegnehmen und ihn ins Kloster zu Tante Schwester Teresa stecken, wo man ihn zum Sprechen erziehen würde, oder sollte er ihn mitleidsvoll der Mutter lassen, die so krampfhaft an ihm hing?

Während er sich noch unentschlossen wand, gesundete sie vom Fieber. Und sie hatte ihm das Versprechen abgenommen, ihr das Kind zu lassen, wenigstens ein weiteres Jahr. Dafür würde sie einen Lehrer ins Haus nehmen, der ihm das ABC beibringen würde. Er war nun vier Jahre alt, und die Tatsache, daß er sich weigerte zu sprechen, beunruhigte allmählich auch sie.

So war es geschehen. Und der Herr Onkel und Gatte hatte sich wieder beruhigt: Dem Kind ging es gut, es aß und wuchs; wie hätte man es den Armen der Mutter entreißen können? Aber es machte keinerlei Anstalten zu sprechen.

Bis es eines Tages, als der vom Vater festgelegte Jahrestag nahte, krank wurde. Es wurde grau vor nicht enden wollendem Brechreiz.

Doktor Cannamela meint, es handle sich um ein Delirium, das von einer »Hirnentzündung« verursacht ist. Er hat ihm von Pozzolungo, dem Bader, eine kleine Schüssel voll Blut abzapfen lassen; dieser hat ihm seinerseits Fasten verschrieben und ihn in ein Zimmer gesteckt, zu dem nur die Mutter und Innocenza Zutritt haben. Der Bader nämlich hat erklärt, es handle sich nicht um eine Hirnentzündung, sondern um eine ungewöhnliche Form von Pocken.

Die Köchin hat die Pocken bereits gehabt und war halb tot, als sie sie überstanden hatte, aber sie hat sie überstanden. Marianna hat sie nicht gehabt, aber sie fürchtet sich nicht davor. Ist sie nicht auch damals allein dageblieben, als ganz Bagheria vom Fieber und Brechreiz geschüttelt wurde, ohne sich anzustecken? Sie hatte sich damals so oft wie möglich die Hände gewaschen, hatte gesalzene Zitronen gegessen und sich den Mund mit einem Taschentuch bedeckt, das sie im Nacken verknotete wie ein Brigant.

Doch seit Signoretto erkrankt ist, achtet sie nicht mehr auf diese Vorsichtsmaßnahmen. Sie schläft auf dem Polstersessel neben der hölzernen Wiege, in der ihr Sohn röchelt, und beobachtet jeden seiner Atemzüge. Des Nachts fährt sie aus dem Schlaf hoch, streckt die Hand nach dem Mund des Kindes aus, um zu sehen, ob es noch atmet.

Wenn sie sieht, wie er so herzzerreißend nach Luft schnappt mit seinen blauen Lippen, die Hände um den Wiegenrand geklammert, denkt sie, das Beste, was man ihm antun kann ist, ihn sterben zu lassen. Der Bader sagt, er müßte eigentlich schon tot sein. Sie aber hält ihn am Leben mit ihrer Wärme, indem sie ihn küßt und ihm von Zeit zu Zeit einen Schluck ihres Lebensatems schenkt.

15

Der Herr Vater hat eine sehr eigenwillige Art, auf den Braunen aufzusteigen, er zieht sich an der rabenschwarzen Mähne hoch und redet beschwörend auf das Pferd ein. Was er ihm erzählt, hat Marianna nie erfahren, aber es ähnelt sehr dem geheimnis- und liebevollen Geflüster ins Ohr des zum Tode Verurteilten auf dem Podest inmitten der Piazza Marina.

Nachdem er oben angekommen ist, winkt er sie herbei, beugt sich über den Hals des Tieres und zieht die Tochter zu sich herauf, setzt sie rittlings vor sich auf die Mähne. Und es ist nicht notwendig, den Braunen Miguelito zu peitschen oder anzuspornen, denn dieser läuft von selbst los, sobald der Herr Vater die Beine fest an die Flanken drückt und den Oberkörper nach vorne beugt.

So reiten sie den Abhang hinunter, der von der Villa zum Platz bei der Quelle von San Nicola führt, dort wo die Schäfer ihre Schaffelle zum Trocknen auslegen. Es riecht dort immer kräftig nach Gerbsäure und verwesendem Fleisch. Jetzt haben Vater und Tochter die Tore der Villa Trabia hinter sich gelassen und reiten über den kleinen Weg, der am Garten der Villa Palagonia entlangführt, die beiden einäugigen Monster aus rosa Stein zu ihrer Linken. Dann erreichen sie die staubige Straße, die nach Aspra und Mongerbino führt und die zu beiden Seiten von unzähligen Brombeersträuchern und Feigenkakteen gesäumt ist.

Der Herr Vater beugt sich nach vorn, und der Braune Miguelito fällt in den Galopp; sie preschen an den knorrigen Johannisbrotbäumen vorbei, zwischen den Oliven-, den Maulbeerbäumen und den Weinreben hindurch, und überqueren den Fluß.

Als der feuchte Dunst des Meeres ihnen frisch und salzig in die Nasen steigt, hebt der Braune die Vorderbeine und drückt sich ein paar Augenblicke später, mit einem mächtigen Schub aus den Flanken, vom Boden ab. Die Luft wird leichter und reiner; Möwen fliegen verwundert an ihnen vorbei. Der Herr Vater gibt dem Pferd die Sporen, das kleine Mädchen klammert sich an die Mähne, um sich auf Miguelitos herrlichem, geschmeidigen Hals, der fast so lang ist wie ein Giraffenhals, im Gleichgewicht zu halten.

Der Wind fährt ihnen ins Haar und raubt ihnen den Atem, eine Wolke schwebt mild auf sie zu, und mit einem Satz springt der Braune mitten in sie hinein, und trampelnd und wiehernd schwimmt er im fließenden Schaum. Einen Augenblick lang sieht Marianna nichts mehr, nichts als klebriger Nebel dringt ihr in die Augen. Aber da sind sie auch schon wieder draußen, und das klare Himmelsblau nimmt sie wieder auf.

Der Herr Vater will sie diesmal sicher mit sich ins Paradies führen, sagt sich Marianna und schaut voller Befriedigung auf die Bäume, die unter ihnen immer kleiner und dunkler werden. Die weit unten liegenden Felder zerfallen in bläuliche Geometrie; Quadrate und Dreiecke, die sich tumulthaft übereinanderschieben.

Jetzt aber fliegt der Braune nicht mehr in Richtung Himmel, sondern auf den Gipfel eines Berges zu. Marianna kennt diesen nackten, flachen Gipfel mit dem grauen Kastell darauf. Es ist der Monte Pellegrino. Schnell wie der Blitz sind sie angekommen. Gleich werden sie auf dem versengten Felsgestein landen, um sich ein wenig auszuruhen, bevor sie zu wer weiß welch glücklichen Himmeln weiterfliegen.

Aber unter ihnen hat sich nun eine große Menschenmenge versammelt, und inmitten der Menge steht etwas Schwarzes: ein Podest, ein Mann, ein baumelndes Seil. Der Braune Miguelito zieht nun konzentrische Kreise. Die Luft wird wärmer, die Vögel bleiben hinter ihnen. Nun erkennt sie deutlich: Der Herr Vater will samt Pferd und Tochter vor dem Galgen landen, wo ein Junge mit hervortretenden Augen darauf wartet, hingerichtet zu werden.

Im selben Augenblick, in dem Miguelitos Hufe den Boden berühren, erwacht Marianna, ihr Nachthemd ist schweißnaß, ihr Mund ausgedörrt. Seit der kleine Signoretto tot ist, kann sie nachts nicht mehr ruhig schlafen. Sie erwacht alle zwei Stunden und ringt nach Luft, trotz des Baldrians und des Laudanums, die sie zusammen mit Kräutertee aus Weißdorn, Orangenblüte und Kamille einnimmt.

Ungeduldig wirft sie die Decke beiseite und zieht ihre nackten Füße darunter hervor. Das kleine Ziegenfell vor dem Bett kitzelt sie ein wenig an den Fußsohlen. Sie streckt ihre Hand nach den Streichhölzern aus. Sie zündet die Kerze auf dem Nachttisch an. Sie schlüpft in ihren violetten Morgenmantel aus Chintz und geht auf den Korridor hinaus.

Unter der Zimmertür des Herrn Onkels und Gatten zeichnet sich ein Lichtstreifen ab. Ist auch er schlaflos? Oder ist er bei brennender Kerze mit dem Buch eingeschlafen, wie es ihm in letzter Zeit immer häufiger passiert?

Die Tür zu Marianos Zimmer weiter vorn steht halb offen. Marianna schiebt sie mit zwei Fingern auf. Sie geht ein paar Schritte auf das Bett zu. Dort schläft ihr Sohn mit weit geöffnetem Mund. Und sie fragt sich, ob man deshalb vielleicht wieder Doktor Cannamela konsultieren müßte. Er hatte immer schon mit dem Hals zu tun, der Junge, alle Augenblicke ist er erkältet, die Nase schwillt ihm zu, und ein grimmiger Husten packt ihn.

Sie hat ihn bereits von zwei berühmten Ärzten untersuchen lassen, der eine hat ihm den üblichen Aderlaß verschrieben, der ihn nur geschwächt hat. Der andere meinte, man müßte ihm die Nase öffnen, den störenden Polypen herausholen und sie dann wieder schließen. Doch der Herr Onkel und Gatte hat davon nichts wissen wollen: »Hier bei uns werden nur Türen geöffnet und geschlossen, Hurensohn.«

Gott sei Dank ist der Charakter des Kindes mit der Zeit

besser geworden: Er schlägt nicht mehr so viel über die Stränge, und er wirft sich nicht mehr auf den Boden, wenn ihm etwas abgeschlagen wird. Ein bißchen beginnt er, der Frau Mutter, seiner Großmutter, zu ähneln: Er ist träge, gutmütig, leicht zu begeistern, aber ebenso leicht zu entmutigen. Hie und da kommt er zu ihr, küßt ihr die Hand und erzählt ihr irgend etwas von sich, wobei er die Gesprächszettel mit einer breiten und unordentlichen Handschrift füllt.

Zuweilen fühlt Marianna die Blicke ihres Sohnes gnadenlos auf ihren zu früh gealterten Händen ruhen. Sie weiß, daß er darüber frohlockt, als sei dies die verdiente Strafe dafür, daß sie vier Jahre lang auf schamlose und überschwengliche Weise all ihre Aufmerksamkeit dem verhaßten kleinen Körper des verstorbenen jüngeren Bruders hat zukommen lassen.

Herzog Pietro und Tante Schwester Teresa tun alles, um ihn dazu zu überreden, sich wie ein Herzog zu benehmen. Mit dem Tode des Vaters, der so viel älter ist als die Mutter, wird er sämtliche Titel erben sowie alle Reichtümer des ausgestorbenen Zweigs der Scebarràs, die dem Onkel Pietro als Schenkung vermacht worden sind. Und er macht ein wenig mit beim Spiel, wird stolz und arrogant, dann wird ihm das zu langweilig, und er kehrt zu seinen Schwestern zurück, um mit ihnen vor den entgeisterten Augen seines Vaters Versteck zu spielen. Aber er ist ja erst dreizehn Jahre alt.

Marianna bleibt vor der Tür von Giuseppa stehen, die die unruhigste ihrer drei Töchter ist: Sie weigert sich, an den Lektionen in Musik, Sticken und Spanisch teilzunehmen und ist nur gierig auf Süßigkeiten und Pferderennen. Lina und Lena sind es gewesen, die ihr selbst, bevor sie vom Viertagefieber hinweggerafft wurden, das Reiten beigebracht haben, damals, als sie den Braunen herbeipfiffen und Arm in Arm durch den Olivenhain ritten. Dem Herrn Onkel und Gatten ist das nicht recht: »Für die Damen gibt es Sänften, gibt es Kaleschen und Kutschen, ich will hier keine Amazonen haben.«

Kaum aber ist ihr Vater in Palermo, holt Giuseppa sich Miguelito und reitet auf ihm bis ans Meer. Marianna weiß das, aber sie hat sie nie verraten. Auch sie würde sich gern aufs Pferd schwingen und über die staubigen Wege reiten, aber ihr hat man das nie erlaubt. Die Frau Mutter hat ihr stets eingeredet, daß eine Taubstumme nichts von dem machen könne, was sie gerne täte, ohne von den »Hunden mit dem langen zweigezackten Schwanz« gepackt zu werden. Nur der Herr Vater hatte sie nach langem Betteln heimlich zwei- oder dreimal mit aufs Pferd genommen, als Miguelito noch ein junges, fröhliches Füllen war.

Herzog Pietro ist außerordentlich streng mit Giuseppa. Wenn das Mädchen sich frühmorgens weigert aufzustehen, schließt er sie für den ganzen Tag in ihr Zimmer ein. Innocenza bringt ihr heimlich Leckerbissen, die sie extra für sie bereitet hat. Aber davon hat der Herr Onkel und Gatte nicht die geringste Ahnung.

»Deine Tochter Giuseppa benimmt sich mit ihren achtzehn Jahren, als wäre sie gerade sieben geworden«, schreibt er auf einen Zettel, den er ihr mit verdrießlicher Miene hinwirft. Daß das Mädchen unglücklich ist, hat auch Marianna gemerkt, aber sie könnte nicht sagen, warum. Es ist, als empfände sie es geradezu als Vergnügen, sich zwischen den vollgeheulten Laken inmitten einer Lawine von Keksbröseln zu wälzen, mit fettigen Haaren, stets bereit, zu allem und jedem nein zu sagen.

»Wachstumsschmerzen«, hatte der Herr Vater ihr aufgeschrieben, »laßt sie am besten in Ruhe.« Aber der Herr Onkel und Gatte ist ganz und gar nicht gewillt, sie in Ruhe zu lassen: »Schrullen sind das.« Und jeden Morgen stellt er sich an ihr Bettende und hält ihr lange Predigten, die regelmäßig das Gegenteil von dem bewirken, was sie bewirken sollen. Vor allem wirft er ihr vor, daß sie noch nicht verheiratet ist. »Mit achtzehn Jahren immer noch unberührt, es ist eine Schande. Mit achtzehn hatte Eure Mutter bereits drei Kinder. Und Ihr seid eine alte Jungfer. Was soll ich mit einer Jungfer anfangen? Was soll ich mit der?«

Marianna tastet sich vorwärts: Der Korridor ist lang, und die Zimmer ihrer Kinder reihen sich aneinander wie Stationen auf dem Kreuzweg. Hier hat Manina geschlafen, bevor sie, nach dem Willen des Vaters, mit nur zwölf Jahren heiratete. Sie war immer die Lieblingstochter des Vaters gewesen, die folgsamste, die schönste. Und er hatte behauptet, ein großes Opfer zu bringen, indem er auf sie verzichtete und sie an einen »geeigneten und wohlhabenden Mann« verheiratete.

Das Bett mit dem gefransten Baldachin, die Vorhänge aus ockerfarbenem Samt, die Frisiergarnitur mit Kämmen, Bürsten und Lockenstab aus Schildpatt und Gold, ein Geschenk von Großvater Signoretto zum zehnten Geburtstag. Alles ist an seinem Platz, als wohnte das Mädchen noch hier.

Marianna denkt an die vielen entrüsteten Briefe, die sie ihrem Mann geschrieben hat, um ihn von dieser überstürzten Verheiratung abzubringen. Doch ist sie von Verwandten, Freunden und Gewohnheiten besiegt worden. Heute fragt sie sich, ob sie nicht zu wenig für ihre jüngste Tochter getan hat. Sie hat nicht genügend Mut aufgebracht. Sicher hätte sie mit mehr Ausdauer gekämpft, wenn es sich um Signoretto gehandelt hätte. Bei Manina hat sie es nach ein paar Gefechten laufen lassen, aus Müdigkeit, Verdrossenheit oder Feigheit, wer weiß.

Eilig verläßt sie das Zimmer dieser Tochter, das nur von einem kleinen Licht unter einem Madonnenbild schwach beleuchtet ist. Daneben, in einem Zimmer, das auf die Treppen hinausgeht, hat bis vor wenigen Jahren Felice geschlafen, die fröhlichste ihrer Töchter. Nachdem sie mit elf Jahren ins Kloster gegangen ist, hat sie sich bei den Franziskanerinnen ein eigenes kleines Reich geschaffen, das sie nach ihrer Lust und Laune beherrscht. Sie geht aus und ein, wann sie will, sie gibt Mittag- und Abendessen zu jeder Gelegenheit. Oft schickt der Vater ihr die Sänfte, dann kommt sie für ein oder zwei Tage nach Bagheria, und niemand hat etwas dagegen.

Auch sie hat eine Leere hinterlassen. Ihre Töchter sind zu früh gegangen, denkt Marianna. Außer Giuseppa, die sich giftet und im Bett herumwälzt und nicht einmal weiß, warum. Es liegt etwas Idiotisches darin, die Kinder wie Eier auszubrüten, mit der besorgten Geduld einer Glukke.

Sie hat ihren eigenen Körper in die Körper ihrer Kinder verwandelt, sie hat sich selbst ihres Körpers beraubt, als hätte sie seit dem Moment, da sie geheiratet hat, kein Recht mehr darauf. Sie ist in ihre Kleider ein- und wieder herausgestiegen wie ein Gespenst, indem sie einem Pflichtgefühl nachkam, das keiner Neigung, sondern einem alten, düsteren weiblichen Stolz entsprang. Sie hat ihr Blut und all ihre Sinne in die Mutterschaft investiert, indem sie sich anpaßte, einschränkte, krümmte. Nur mit dem kleinen Signoretto war sie zu weit gegangen, das weiß sie, die Liebe zu ihm war eine gewesen, die weit über das Mutter-Sohn-Verhältnis hinausging und beinahe an dasjenige zweier Geliebter heranreichte. Und deshalb konnte es nicht lange dauern. Er hatte das noch vor ihr verstanden mit seiner wunderbaren kindlichen Intelligenz und hatte es vorgezogen zu gehen. Aber kann man ohne Körper leben, wie sie es mehr als dreißig Jahre lang gemacht hat, ohne dabei zur Mumie seiner selbst zu werden?

Jetzt tragen ihre Füße sie anderswohin, hinunter über die steinerne, von einem Blumenteppich bedeckte Treppe: die Eingangshalle, die Pflanzen, die die Wände emporklettern, der blaßblaue Korridor, das große, auf den schlafenden Hof sich öffnende Fenster, der gelbe Salon, in dem das hellackierte Spinett sichtbar wird, die zwei römischen Statuen, die an der hohen Fenstertüre Wache stehen, die Schimären, die wachsam aus dem Laub an der Zimmerdecke hervoräugen, der rosa Salon mit seinem gepolsterten Diwan, dem Betstuhl aus rötlichem Holz, dem Eßtisch, auf dem ein weißer Korb voller Birnen und Trauben aus Porzellan steht. Die Luft ist eisig. Seit Tagen herrscht in Bagheria eine ungewöhnliche und unvorhergesehene Kälte. Seit Jahren ist es nicht mehr so kalt gewesen.

Sie tritt in die Küche, in der es ein klein wenig wärmer ist und die sie mit ihren Gerüchen nach Gebratenem und getrockneten Tomaten empfängt. Durch die offene Tür dringt ein bläulicher Lichtschein. Marianna geht zum Küchenschrank. Sie öffnet ihn mit mechanischen Bewegungen. Der Duft des Brotes, das dort in Tücher gehüllt liegt, steigt ihr mächtig in die Nase. Da fällt ihr ein, was sie bei Plutarch über Demokrit gelesen hat: Um seine Schwester, die kurz vor der Hochzeit stand, nicht durch seinen Tod zu betrüben, hat der Philosoph den Todeskampf dadurch hinausgezögert, daß er an ofenfrischem Brot roch.

Aus dem Augenwinkel bemerkt Marianna, daß sich etwas Schwarzes über den Fußboden schlängelt. Sie beugt sich hinunter, um es anzuschauen. Seit ein paar Jahren sieht sie nicht mehr gut auf die Entfernung. Der Herr Onkel und Gatte hat ihr aus Florenz Brillengläser für Kurzsichtigkeit kommen lassen, an die sie sich jedoch nicht gewöhnen kann. Außerdem kommt sie sich lächerlich vor mit dem Gestell im Gesicht. Es heißt, in Madrid würden auch die jungen Leute Brillen tragen, sogar ohne Grund, nur des großen Schildpattgestells wegen. Das allein wäre schon ein guter Grund, darauf zu verzichten.

Von nahem sieht sie, daß es sich um eine Ameisenstraße handelt: ein wimmelnder Streifen, zusammengesetzt aus Tausenden von kleinen Tierchen, die zwischen der Kredenz und der Türe hin- und hergehen. Sie durchqueren die ganze Küche, wandern die Wand hoch bis zum Schmalz, das sich in einer Majolikaschüssel in Form einer Ente befindet.

Wo aber ist der Zucker? Marianna schaut sich um, sie sucht die emaillierten Metalltöpfe, in denen seit ihrer

Kindheit der kostbare Stoff aufbewahrt wird. Endlich findet sie die Zuckertöpfe aufgereiht auf einem Brett neben dem Fenstersims. Was sich Innocenza in ihrer Findigkeit nicht alles ausgedacht hat, um die Ameisen fernzuhalten! Das Brett balanciert auf zwei Stuhllehnen; die Stuhlbeine stehen in kleinen Töpfchen voll Wasser, jede der emaillierten Büchsen ist mit einem essiggetränkten Tuch bedeckt.

Marianna nimmt aus einem am Boden stehenden Korb eine grobschalige Zitrone heraus, schnuppert ihren frischen und sauren Geruch ein und schneidet sie mit einem kleinen Messer mit Horngriff in zwei Hälften. Von einer der beiden Hälften schneidet sie sich eine dicke Scheibe mit schaumig-weicher weißer Schale ab. Sie streut eine Prise Salz darauf und führt sie zum Mund.

Dies ist eine Angewohnheit, die sie von ihrer Großmutter Giuseppa übernommen hat, die jeden Morgen, noch bevor sie sich das Gesicht wusch, eine in Scheiben geschnittene Zitrone aß. Es war ihre Art, die Zähne zu schützen und sich den Mund zu erfrischen.

Marianna befühlt ihre Zähne mit einem Finger und steckt ihn durch eine Lücke. Gewiß, sie sind recht kräftig und widerstandsfähig, auch wenn der Bader ihr letztes Jahr zwei Zähne gezogen hat und sie jetzt auf einer Seite nicht mehr gut kauen kann. Der eine oder andere ist abgesplittert, manche sind gelblich geworden. Die Geburten machen sich bei den Zähnen bemerkbar. Man weiß nicht, warum, aber die Kinder gieren wohl nach Kalk, wenn man sie im Leib trägt. Den einen Backenzahn hätte man vielleicht retten können, aber er schmerzte, und das Geschäft des Baders ist bekanntlich das Schneiden, nicht das Kurieren. Er hatte solche Mühe, ihr die beiden Zähne zu ziehen, daß er in Schweiß gebadet war und zitterte wie im Fieber. Mit der Zange in seinen Händen zog und zog er, aber der Zahn rührte sich nicht. Da hat er ihn mit einem Hämmerchen zertrümmert und dann die Stücke herausgeholt, was ihm aber nur gelang, indem er sein Knie auf ihre Brust setzte und schnaubte wie ein Büffel.

Mit der Zitrone in der Hand geht Marianna zur Kredenz. Sie öffnet sie, wobei sie mit dem Nagel zwischen die Türritze fährt, und nimmt die Büchse mit dem Borax heraus. Dann geht sie, die Hand voll des weißen Pulvers, zur Ameisenstraße und läßt einen feinen Strahl auf die wimmelnde Schlange herunterrieseln. Sofort tanzen die Ameisen aufgeregt aus der Reihe, purzeln übereinander und fliehen in die Mauerritze.

Die Finger voller Boraxstaub, geht Marianna auf die geschlossenen Fensterläden zu. Sie öffnet sie ein wenig, um das Mondlicht hereinzulassen. Der weißgekalkte Hof strahlt im Mondlicht. Die Oleanderbüsche bilden dunkle Massen. Sie erinnern an die Rücken von schlafenden Riesenschildkröten, die die Köpfe eingezogen haben, um sich gegen den Wind zu schützen.

Vor Müdigkeit tränen ihr die Augen: Ihre Füße wandern von alleine in Richtung Schlafzimmer. Es ist schon fast Morgen. Durch die geschlossenen Fenster dringt ein schwacher Rauchgeruch. In den »Häuschen« bei den Ställen hat jemand das erste Feuer entfacht.

Das ungemachte Bett ist nun kein Gefängnis mehr, sondern ein beschützender Ort, an den man sich zurückziehen kann. Ihre Füße sind eisig und ihre Finger starr vor Kälte. Aus ihrem Mund treten Dampfwolken. Marianna schlüpft unter die Decken, und kaum hat sie den Kopf auf das Kissen gelegt, versinkt sie in einen tiefen, traumlosen Schlaf.

Aber noch bevor sie ausgeschlafen hat, wird sie von einer kalten Hand geweckt, die ihr das Nachthemd hochhebt. Mit einem Ruck fährt sie hoch. Das Gesicht des Herrn Onkels und Gatten ist dort, nur eine Handbreit von dem ihren entfernt. Von so nah hat sie ihn noch nie angesehen, es ist ihr, als begehe sie ein Sakrileg. Wenn er sie umarmt hat, hielt sie immer die Augen geschlossen. Jetzt hingegen schaut sie ihn an und sieht, wie er betreten den Blick abwendet.

Er hat ja weiße Augenbrauen, der Herr Onkel und Gatte; seit wann sind sie denn so bleich? Wie kommt es, daß sie das nicht bemerkt hat? Wie lange schon? Er hebt seine lange, knochige Hand, als wollte er sie schlagen. Aber er will sie nur über ihre Augen legen. Sein bewaffneter Unterleib preßt sich gegen ihre Beine.

Wie oft hat sie sich dieser wölfischen Umarmung hingegeben und dabei die Augen zugekniffen und die Zähne zusammengebissen! Eine Flucht ohne Ausweg, die Klauen des Verfolgers am Hals, der größer und schwerer werdende Atem, ein Druck gegen die Flanken und dann die Niederlage, die Leere.

Er hat sich gewiß niemals die Frage gestellt, ob ihr diese Überfälle angenehm sind oder nicht. Sein Körper ist der nehmende, aufspießende. Er kennt keine andere Art, sich dem weiblichen Körper zu nähern. Und sie ließ ihn gewähren, jenseits ihrer geschlossenen Lider, wie einen Eindringling.

Wie man Vergnügen empfinden könne bei einer so grausamen und mechanischen Angelegenheit, wollte ihr nie in den Kopf. Und doch hat sie, wenn sie am verschlafenen und nach Tabak riechenden Körper ihrer Frau Mutter schnupperte, etwas von einer geheimnisvollen sinnlichen Glückseligkeit erahnt, die ihr gänzlich unbekannt war.

Jetzt, während sie dem Herrn Onkel und Gatten ins Gesicht sieht, gelingt es ihr zum erstenmal, ein verneinendes Zeichen mit dem Kopf zu machen. Er wird starr, mit steifem Glied und offenem Mund, die Abweisung überrascht ihn so sehr, daß er wie festgenagelt ist und nicht weiß, was er sagen soll.

Marianna steigt aus dem Bett, schlüpft in den Morgenmantel und geht, erschauernd vor Kälte und ohne zu merken, was sie tut, ins Zimmer ihres Mannes. Dort setzt sie sich auf den Bettrand und sieht sich um, als sähe sie das Zimmer zum erstenmal, das so nah bei dem ihren liegt und doch so fern. Wie ärmlich und ungemütlich es doch ist! Weiß die Wände, weiß das Bett, auf dem eine zerrissene Steppdecke liegt, auf dem Boden ein schmutziges Ziegenfell, ein kleiner Tisch aus Olivenholz, auf dem der Degen, ein Paar Ringe und eine Perücke mit schmuddeligen Locken liegen.

Etwas weiter, hinter der halboffenen Tür des Nachtschränkchens, erblickt ihr Auge einen weißen Nachttopf mit Goldrand, der halb mit einer hellen Flüssigkeit gefüllt ist, auf der zwei dunkle Würste schwimmen.

Dieses Zimmer scheint ihr etwas sagen zu wollen, von dem sie nie etwas hat wissen wollen: Es spricht ihr von der Armut eines einsamen Mannes, der in die Unkenntnis seiner selbst seinen ganzen erschrockenen Stolz gelegt hat. Eben in diesem Augenblick, in dem sie die Kraft gefunden hat, sich zu verweigern, empfindet sie eine erschöpfte Zärtlichkeit für ihn und das Leben dieses barschen und durch Schüchternheit verrohten alten Mannes.

An den Blattgewächsen, an den Schimären, die sich über Wände und Zimmerdecken ziehen, und an den Blumentöpfen mit verwelkten Blüten vorbei, kehrt sie in ihr Zimmer zurück und sucht ihn mit den Augen. Aber er ist nicht da. Und die Tür zum Korridor ist geschlossen. Also geht sie zur großen Fenstertüre, die auf den Balkon hinausführt, und dort findet sie ihn, auf dem Boden hockend, den Kopf zwischen die Schultern gezogen, den Blick auf die milchige Landschaft gerichtet.

Marianna läßt sich neben ihm zu Boden gleiten. Das Olivental vor ihnen wird langsam immer lichter. Am Horizont, zwischen Capo Solanto und Porticello, liegt in verwaschenem Blau, das sich mit dem Himmelsblau vermischt, das ruhige, wellenlose Meer.

Hier in diesem vor der Morgenkälte geschützten Winkel möchte Marianna die Hand nach dem Knie des Herrn Onkels und Gatten ausstrecken, aber dies scheint ihr eine Geste der Zärtlichkeit zu sein, die nicht in ihre Ehe paßt, etwas Unerhörtes und nie Gesehenes. Sie spürt den versteinerten Körper des Mannes neben sich, durch den Gedankenfetzen ziehen, die wie kleine Windstöße aus seinem weißgewordenen, aber jeder Weisheit baren Kopf ausschlüpfen.

16

Filas Hände dort im Spiegel entwirren mit plumpen und raschen Bewegungen die Masse von Mariannas Haar. Die Herzogin beobachtet die Finger ihrer jungen Dienerin, die mit dem elfenbeinernen Kamm hantieren, als sei er ein Pflug. Bei jedem Knäuel ein Riß, bei jedem Widerstand ein Ziepen. Etwas Wütendes und Grausames liegt in diesen Fingerballen, die in ihre Haare fahren, als wollten sie Nester zerrupfen und Unkraut ausreißen.

Ganz plötzlich reißt die Herrin dem Mädchen das Instrument aus der Hand und zerbricht es in zwei Stücke; diese wirft sie aus dem Fenster. Die Dienerin steht da und sieht sie bestürzt an. Noch nie hat sie ihre Herrin so wütend gesehen. Zwar weiß sie, daß sie seit dem Tod ihres jüngsten Kindes oft die Geduld verliert, aber jetzt scheint sie es zu übertreiben: Was kann sie dafür, daß diese Haare so struppig und verfilzt sind?

Die Herrin betrachtet ihr eigenes verkrampftes Gesicht neben dem betroffenen der Magd. Mit einem Gurgeln, das aus tiefster Kehle kommt, scheint sich ein Wort aus ihrem zusammengeschrumpften Gedächtnis befreien zu wollen: der Mund geht auf, doch die Zunge bleibt untätig, sie vibriert nicht, klingt nicht. Aus der verkrampften Kehle löst sich endlich ein schriller Schrei, der sich zum Fürchten anhört. Fila fährt sichtlich zusammen, und Marianna bedeutet ihr, sich zu entfernen.

Nun ist sie allein und hebt den Blick zum Spiegel. Ein nacktes, ausgebranntes Gesicht mit verzweifelten Augen sieht sie aus dem Silberglas an. Soll sie das sein, diese von Verzweiflung getrübte Frau mit der Falte, die wie ein senkrechter Säbelhieb die großflächige Stirn durchschneidet? Wo ist die Sanftheit geblieben, in die sich der Intermassimi verliebte? Wo die runde Weichheit der Wangen, die sanfte Farbe ihrer Augen, das ansteckende Lächeln?

Die Iris der Augen ist heller geworden, ein ausgebleichtes, müdes Blau; sie sind dabei, ihren lebhaften Glanz zu verlieren, der aus Unschuld und Staunen bestand, sie sind dabei, hart und gläsern zu werden. Eine weiße Strähne fällt ihr in die Stirn. Fila hat ihr diese Strähne manchmal mit Kamillenextrakt gefärbt, aber inzwischen hat sie diesen kalkigen Anstrich in ihrem blonden Haar liebgewonnen: ein Zeichen der Frivolität über einem von Ohnmacht gezeichneten Gesicht.

Ihr Blick wandert zu den Portraits ihrer Kinder: kleine, mit leichten, schnellen Pinselstrichen gemalte Aquarelle, Skizzen, die ihnen fast heimlich entrissen wurden zwischen Spiel und Schlaf. Mariano mit seiner ewig geschwollenen Nase, seinem schönen, sinnlichen Mund, den träumerischen Augen; Manina, halb vergraben in ihren luftigen blonden Locken; Felice, die aussieht wie eine nach Käse gierende Maus, und Giuseppa, die ihren Mund zu einer feindseligen Schnute verzieht.

»Der Schreck hat sie taub gemacht, und der Schreck wird sie wieder heilen«, hatte sie eines Tages in einem Brief des Herrn Vaters an die Frau Mutter gelesen. Doch welchen Schreck hatte er gemeint? Hat es ein Hindernis, ein Hemmnis, einen ungewollten Stillstand ihres Denkens gegeben, als sie ein kleines Kind gewesen ist? Und wodurch ist er verursacht worden?

Die sanfte Gestalt des Herrn Vaters beschränkt sich darauf, sie hinter einer Glasscheibe auf die übliche freudige Weise anzulächeln. Am Finger trägt er den silbernen Ring mit den zwei Delphinen, den Manina nach seinem Tode hatte für sich haben wollen.

Die Vergangenheit ist eine Ansammlung von gebrauchten und zerbrochenen Dingen, die Zukunft ist in den Gesichtern dieser Kinder, die in ihren vergoldeten Rahmen gleichgültig lächeln. Aber auch sie sind auf dem Wege,

Vergangenheit zu werden, zusammen mit den klösterlichen Tanten, den Ammen, den Pächtern. Alle eilen in Richtung Paradies, und niemand kann sie aufhalten, nicht einen Augenblick lang.

Nur Signoretto ist stehengeblieben. Das einzige ihrer Kinder, das nicht voraneilt, das sich nicht Tag für Tag verändert. Er lebt dort in einer Ecke ihrer Erinnerung, immer gleich, und immer, bis in alle Ewigkeit, wiederholt er sein liebevolles Lächeln.

Sie hatte sich nicht von ihren Kindern auffressen lassen wollen wie ihre Schwester Agata, die mit ihren dreißig Jahren aussieht wie eine alte Frau. Sie hatte sie in einer gewissen Distanz halten und sich darauf gefaßt machen wollen, daß sie sie eines Tages verlieren würde. Mit dem Jüngsten aber war sie dazu nicht fähig gewesen und hatte mit ihrer exzessiven, unverzeihlichen Zuneigung den Groll der anderen heraufbeschworen. Sie hatte dem Ruf dieser Sirene nicht widerstanden. Sie hatte mit dieser Liebe gespielt, bis sie den bitteren Bodensatz auf der Zunge geschmeckt hatte.

Ein Licht ist unterdessen im milchigen Spiegel aufgeflackert. Sie hat nicht gemerkt, daß der Abend gekommen ist, und auf der Türschwelle steht Fila mit einem Kerzenleuchter. Sie ist unsicher, ob sie eintreten soll. Marianna winkt sie herbei. Fila kommt mit kleinen, zögernden Schritten; sie stellt den Leuchter auf den Tisch und will wieder gehen. Marianna packt sie beim Arm, um sie zurückzuhalten, hebt mit zwei Fingern den Saum ihres Kleides hoch und sieht, daß sie keine Schuhe trägt. Das Mädchen fühlt sich ertappt und sieht sie mit den Augen einer Maus an, die in die Falle gegangen ist.

Aber die Herrin lächelt, sie macht ihr keine Vorwürfe; sie weiß, daß Fila sehr gern barfuß durchs Haus geht. Sie hat ihr drei Paar Schuhe geschenkt, Fila aber streift sie ab, sobald sie kann, und geht mit nackten Füßen herum, wobei sie auf die langen Röcke vertraut, die den Staub aufwischen und ihre rissigen und schwieligen Fersen verstecken.

Marianna macht eine brüske Bewegung und sieht, wie Fila sogleich den Kopf einzieht, als erwarte sie einen Schlag. Dabei hat sie sie noch nie geschlagen, was fürchtet sie sich so? Als sie eine Hand nach ihrem Haar ausstreckt, zieht das Mädchen die Schultern noch höher, als wollte es sagen: Ich will die Ohrfeige hinnehmen, ich möchte nur den Schmerz mildern. Marianna fährt mit der Hand über ihr Haar. Fila richtet einen wilden Blick auf sie. Die Zärtlichkeit scheint sie mehr zu beunruhigen, als es eine Ohrfeige getan hätte. Vielleicht fürchtet sie, sie würde sie bei den Haaren packen und daran ziehen, nachdem sie sie um ihre Faust gewickelt hat, wie Innocenza es manchmal tut, wenn sie die Geduld verliert.

Marianna versucht es mit einem Lächeln, aber Fila ist sich einer Züchtigung so sicher, daß sie nur noch darauf aus ist, rechtzeitig zu erkennen, woher der Schlag kommen wird. Entmutigt läßt Marianna zu, daß Fila auf den Spitzen ihrer nackten Füße davonhüpft. Sie wird ihr das Lesen beibringen, nimmt sie sich vor, während sie ihre Haare zusammennimmt und sie zu einem großen, unregelmäßigen Knoten aufsteckt.

Noch einmal öffnet sich die Tür, und herein kommt Innocenza, die eine verdrossene und störrische Fila bei der Hand hält. Hat auch die Köchin die nackten Füße bemerkt, über die Herzog Pietro sich immer so ärgert, oder hat sie nur einfach Verdacht geschöpft, weil das Mädchen so rasch aus dem Zimmer geflohen ist?

Marianna mimt ein kleines stummes Lachen, das Innocenza beruhigt und das Mädchen ermutigt. Es ist die einzige Weise, wie sie zeigen kann, daß sie nicht böse ist, daß sie nicht die Absicht hat, jemanden zu bestrafen. Immer die Rolle des Richters, des Zensors spielen zu müssen, langweilt sie. Andererseits möchte sie vermeiden, daß Innocenza im Eifer, sich ihr verständlich zu machen, anfängt, sich zu verrenken, mit den Armen zu fuchteln und wirre Gesten zu machen. Um beide wieder loszuwerden, nimmt sie zwei Tarì-Münzen aus der Schreibtischschublade und drückt sie ihnen in die ausgestreckten Hände.

Fila geht, nach einer plumpen und grimmigen Verbeugung, ab durch die Mitte. Innocenza dreht und wendet die Münze zwischen ihren Fingern, mit der Miene dessen, der etwas davon versteht. Marianna fühlt, während sie sie beobachtet, daß eine Lawine von Gedanken gefährlich auf sie niederzustürzen droht. Wer weiß, warum unter all den Menschen, die ihr nahe sind, gerade Innocenzas Gedanken die Fähigkeit haben, in ihrem eigenen Kopf lesbar zu werden.

Gott sei Dank muß Innocenza heute schnell wieder in die Küche zurück. Sie streckt ihr daher eilig einen Zettel hin, auf dem Marianna Cuffas große, unsichere Handschrift erkennt: »Hoheit, was wolln Sie zu essen?«

Auf die Rückseite des Billetts schreibt Marianna zerstreut: »Kichererbsen mit Tintenfisch«, ohne zu bedenken, daß der Herr Gatte Kichererbsen haßt und Tintenfische nicht verträgt. Sie faltet das Blatt und stopft es in Innocenzas Schürzentasche, damit Raffaele Cuffa oder Geraci es ihr entziffern mögen. Dann schiebt sie sie zur Tür hinaus.

17

»Heute Autodafé auf der Piazza Marina. Meine Anwesenheit erforderlich. Es ist nötig, daß auch die Herzogin Frau Gemahlin anwesend ist. Ich rate zu purpurnem Kleid mit Malteserkreuz auf der Brust. Diesmal bitte keine ländliche Ungehobeltheit.«

Marianna liest das diktatorische Billett des Herrn Onkels und Gatten, das sie unter ihrer Puderdose gefunden hat. Autodafé, das bedeutet Scheiterhaufen, Piazza Marina und die bei großen Gelegenheiten üblichen Menschenmassen: die Autoritäten, die Wachen, die Wasser- und Anisverkäufer, die Händler mit gebackenem Tintenfisch, Bonbons und Kaktusfeigen; der Geruch von Schweiß, von fauligem Atem, von ungewaschenen Füßen; außerdem die sich langsam steigernde Aufregung, die schließlich körperlich wird, sichtbar, während alles essend und schwatzend auf den heftigen Nervenkitzel wartet, der Schmerz und Lust zugleich verursacht. Sie wird nicht hingehen.

In diesem Augenblick sieht sie den Herrn Onkel und Gatten eintreten, in einem duftenden, über und über mit Spitzen besetzten Hemd. An den Füßen trägt er ein Paar neue Schuhe, die glänzen, als seien sie aus Lackleder.

»Seid mir nicht böse, aber ich kann nicht mit Euch zum Autodafé kommen«, schreibt Marianna schnell und reicht ihm das noch tintenfeuchte Blatt hin.

»Und warum nicht?«

»Es zieht mir die Zähne zusammen wie saure Trauben.«

»Sie werden zwei bekannte Ketzer verbrennen, Schwester Palmira Malaga und Bruder Reginaldo Venezia. Ganz Palermo wird kommen, und von weiter her. Ich kann mich nicht davor drücken. Und Ihr auch nicht, Signora.«

Die Signora schickt sich an, eine Antwort zu schreiben, aber Herzog Pietro ist schon zur Tür hinaus. Wie soll sie es anstellen, sich diesem Befehl zu widersetzen? Wenn der Herr Onkel und Gatte diese geschäftige und eilige Laune hat, ist es unmöglich, ihm zu widersprechen; er wird dann störrisch wie ein Esel. Sie muß wohl irgendeine Krankheit vorschützen, als Entschuldigung dafür, daß sie nicht mitkommen kann.

Schwester Palmira Malaga, sie erinnert sich dunkel, irgendwo hat sie etwas über sie gelesen, war es in dem Buch über die Geschichte der Ketzerei? Oder in einem Werk über den Quietismus? Oder in einer von jenen Listen mit den Namen der Häresie-Verdächtigten, die die Inquisition verteilt?

Schwester Palmira, jetzt erinnert sie sich, sie hat ein Büchlein über sie gelesen, das in Rom gedruckt worden ist und wer weiß wie in die Hausbibliothek gekommen ist. Sogar eine Karikatur von ihr war darin, mit zwei Hörnern auf dem Kopf und einem langen Eselsschwanz, jetzt weiß sie es wieder, der unter der Kutte hervorlugte und an dessen Ende ein Zweizack war; ähnlich dem der Hunde, vor denen die Frau Mutter sich gefürchtet hatte.

Sie sieht Schwester Palmira die hölzernen Stufen zum Galgen hinaufgehen, Stufe für Stufe. Die Füße sind nackt, die Hände hinter dem Rücken zusammengebunden, das Gesicht zu einer schrecklichen Fratze verzerrt, als sei dieser Horror die letzte Besiegelung ihrer Entschlossenheit zum Frieden. Hinter ihr Fra Reginaldo, den sie sich bärtig, mit magerem Hals und eingesunkener Brust vorstellt, die großen, schwieligen Füße in die Franziskanersandalen gezwängt.

Der Henker bindet sie nun an die Pfähle über dem Holzstoß. Zwei Knechte nähern sich mit entzündeten Fackeln dem aufgeschichteten Holz. Die Flamme will nicht gleich überspringen auf die trockenen Holunderzweige und das zerbrochene Schilf, das jemand gesammelt und mit Weidenruten an den Stoß gebunden hat, damit dieser sich besser entzündet. Weißer Qualm weht den Zuschauern der vordersten Reihe ins Gesicht.

Schwester Palmira fühlt den scharfen Geruch der Reisigbündel aufsteigen, und die Angst zieht ihr die Bauchmuskulatur zusammen, ein Rinnsal von Urin fließt ihr die Schenkel hinab. Aber das Martyrium hat doch eben erst angefangen. Wie wird sie es nur bis zum Ende durchhalten?

Die Antwort wird ihr von einer süßen und sanften Stimme ins Ohr geflüstert. Das Geheimnis, liebe Palmira, liegt in der Einwilligung, du darfst dich nicht versteifen und Widerstand leisten, du mußt die Flammenbündel in deinem Schoß aufnehmen, als seien sie Blütenblätter, und den Rauch einatmen, als sei es Weihrauch, und du mußt denen, die dir zusehen, ein mitleidiges Auge schenken. Sie sind es, die leiden, nicht du.

Als geschäftige Hände sich an ihrem Kopf zu schaffen machen und ihr die Haare mit Pech einschmieren, bedenkt Schwester Palmira ihre Peiniger mit einem liebevollen Blick. Jetzt halten sie mit feierlichem Ernst eine Fackel an die beschmierten Haare, und der Kopf der Frau beginnt augenblicklich zu brennen und zu glühen wie eine gleißende Krone. Das Publikum applaudiert.

Sie möchten, daß dieser Tod so spektakulär wie nur möglich wird, und wenn der Herrgott dies zuläßt, heißt das, daß er dies gutheißt, in jener geheimnisvollen und tiefen Weise, in der der Herr die Geschicke dieser Welt lenkt.

Fra Reginaldo öffnet den Mund, als wollte er etwas sagen, aber vielleicht ist es nur ein Schmerzensschrei. Der Kopf Schwester Palmiras vor ihm brennt wie eine Sonne, ihr Mund versucht zu lächeln, doch verzieht er sich und wird faltig in der Hitze der Flammen.

Marianna sieht den Herrn Onkel und Gatten auf einem schönen vergoldeten, mit violettem Samt überzogenen Sesselchen sitzen, neben ihm die Hochheiligen Patres der Inquisition in ihren eleganten Kleidern mit den aufgestickten Traubenornamenten.

Die Menge um sie herum ist so dicht, daß man die einzelnen Gesichter fast nicht mehr erkennen kann. Ein einziger glotzender, krampfhaft aufmerksamer, freudig pochender Körper.

In dem Augenblick, da die Haare von Schwester Palmira Malaga strahlenförmig entflammt sind, geht ein Getöse durch die Menge. Marianna fühlt es in ihrem Bauch vibrieren. Der Herr Onkel und Gatte richtet sich nun auf, den faltigen Hals nach vorne gestreckt, das Gesicht in einem Krampf verzogen, den er selbst nicht zu deuten wüßte: Ist es Entsetzen oder Freude?

Marianna streckt die Hand nach der Klingelschnur aus. Sie zieht viele Male daran, beharrlich. Kurz darauf sieht sie, wie die Türe aufgeht und Filas Gesicht darin erscheint. Sie winkt sie herbei. Das Mädchen aber wagt nicht einzutreten, sie fürchtet sich vor ihren launenhaften Ausbrüchen. Marianna schaut auf ihre Füße: Sie sind nackt. Sie lächelt, um sie zu beruhigen, und winkt sie mit gekrümmtem Zeigefinger zu sich, wie sie es zuweilen mit den Kindern macht, wenn sie will, daß diese zu ihr kommen.

Fila nähert sich vorsichtig. Marianna gibt ihr zu verstehen, daß sie ihr helfen soll, das Kleid im Rücken aufzuknöpfen. Die Ärmel stehen von alleine ab wie Holzröhren, so dicht sind sie mit Perlen besetzt. Auch der Rock bleibt von alleine stehen, und es ist, als habe die Herzogin sich verdoppelt: einerseits die schlanke, eilige Frauengestalt in ihrem weißen Baumwollhemd; und auf der anderen Seite Ihre Hoheit die Herzogin Ucrìa in der gebührenden würdevollen Eleganz und Harmonie, eingeschlossen in den steifen Brokat, die sich verbeugt, lächelt, nickt, den Kopf schüttelt.

Die Nahtstelle zwischen diesen beiden Gestalten ist nicht leicht zu erkennen: man weiß nicht, wo sie eins sind miteinander oder wo sich die eine hinter der anderen verbirgt, wo sie sich zeigt, um sich gleich darauf wieder unauffindbar zu verstecken.

Fila hat sich inzwischen niedergekniet, um ihr aus den Schuhen zu helfen, doch Marianna hat es eilig, und um ihr zu bedeuten, daß sie das lieber alleine macht, gibt sie ihr einen kleinen liebevollen Tritt. Fila blickt gekränkt zu ihr auf: Marianna erkennt in ihrem Blick ein unheilbares Beleidigtsein. Darüber wird sie später nachdenken, sagt sich Marianna, jetzt hat sie dazu keine Zeit. Sie zieht die Schuhe aus, wirft sie achtlos von sich, einen hierhin, einen dorthin, nimmt ihren dottergelben Morgenmantel und steigt eilig ins soeben gemachte Bett.

Gerade noch rechtzeitig: Die Tür geht auf, noch bevor sie Gelegenheit hatte, sich die Haare ein wenig zu richten. Das Schlimme ist, daß bei einer Tauben niemand anklopft, bevor er ins Zimmer tritt, da er ja weiß, daß er nicht gehört wird. Und so ist sie immer unvorbereitet, wenn der nächstfällige Besucher kommt. Der reißt für gewöhnlich die Türe auf und pflanzt sich mit einem triumphierenden Lächeln vor ihr auf, als wollte er sagen: Hier bin ich, Ihr könnt mich nicht hören, aber Ihr könnt mich sehen!

Diesmal handelt es sich um Felice, das fromme Fräulein Tochter, hochelegant in ihrer milchweißen Kutte und der sahneweißen Haube, unter der störrisch kastanienbraune Löckchen hervorquellen.

Felice geht geradewegs zum Schreibtisch der Mutter. Sie nimmt Feder, Papier und das silberne Tintenfläschchen. Wenige Augenblicke später überreicht sie ihr das beschriebene Blatt: »Heute Autodafé. Großes Fest in Palermo, und was ist mit Euch? Geht es Euch nicht gut?«

Marianna liest das Blatt wieder und wieder. Seit Felice ins Kloster eingetreten ist, hat sich ihre Handschrift verbessert. Darüber hinaus hat sie eine unbefangene und lässige Art angenommen, die keines ihrer anderen Kinder je gezeigt hat. Sie schaut ihr zu, wie sie mit Fila spricht und die Lippen dabei mit sinnlicher Anmut bewegt.

Sicher ist ihre Stimme sehr schön und sanft, sagt sich Marianna, wie gerne würde sie sie hören. Manchmal hört sie in den Höhlen ihres Inneren einen Rhythmus wie von einem fließenden Gewässer, das auseinanderläuft, sich wieder sammelt und erneut zu fließen beginnt, und dann schlägt sie mit dem Fuß auf den Boden, indem sie der fernen, unterirdischen Harmonie folgt.

Sie hat von Corelli, Stradella und Händel gelesen wie von Wundern einer musikalischen Architektur. Sie hat versucht, sich einen gespannten Boden und eine Lichtkuppel in wundervollen Farben vorzustellen, doch das, was aus den verschütteten Kavernen ihres kindlichen Gedächtnisses heraufdringt, sind nur ein paar tönende Fetzen, unzusammenhängende Bruchstücke von einer vergrabenen Musik. Nur ihre Augen haben die Möglichkeit, das Angenehme festzuhalten, aber kann die Musik denn in Körper verwandelt werden, die man mit den Blicken umarmen kann?

»Kannst du singen?« schreibt sie auf ein frisches Blatt und hält es der Tochter hin. Felice dreht sich erstaunt um; was hat das Singen jetzt damit zu tun? Das ganze Haus bereitet sich auf die Reise nach Palermo und das große Schauspiel der Hinrichtung vor, und die Frau Mutter stellt ihr solch dumme und abwegige Fragen: Manchmal scheint ihr wirklich, sie sei schwachsinnig, einfach nicht ganz richtig im Kopf. Vielleicht kommt das daher, daß sie nicht sprechen kann und jeden Gedanken aufschreiben muß, und das Geschriebene, das weiß man ja, ist plump und ungeschliffen wie das Einbalsamierte.

Marianna errät die Gedanken der Tochter, sie eilt ihnen nach und verfolgt sie mit grausamer Entdeckerlust: »Großmutter war noch nicht fünfzig, als sie starb, kann sein, daß auch Frau Mutter Marianna früh stirbt... sie weiß, daß sie erst siebenunddreißig ist, aber der Schlag kann sie zu jeder Zeit treffen... im Grunde ist sie ja eine Behinderte... aber wenn sie stirbt, könnte sie ihr wenigstens die Nutznießung über einen guten Teil des väterlichen Erbes hinterlassen... sagen wir, dreitausend Unzen, oder vielleicht auch fünftausend... die Klosterkosten werden immer drastischer... und dann ist da die neue Sänfte mit den vergoldeten Putten und den Brokatfransen... sie kann schließlich nicht immer erwarten, daß der Herr Vater ihr die seine schickt... der Zucker ist um fünf Grani das Paket gestiegen, das Schmalz sogar um zwanzig, ganz zu schweigen vom Wachs: sieben Grani der Stumpf, und wo soll sie all das Geld hernehmen? Nicht, daß sie ihr den Tod wünschte, der Frau Mutter ... manchmal ist sie so komisch, kindischer als ihre Kinder, sie glaubt, alles zu verstehen, weil sie so viele Bücher liest, aber in Wirklichkeit versteht sie gar nichts ... Und warum hat Manina eine größere Mitgift bekommen als sie? Nur um diesen Affen eines Francesco Chiarandà, Baron von Magazzinasso, zu heiraten ... Ist es denn nicht wichtiger, mit Christus verheiratet zu sein? ... Und daß alles, aber auch alles an Mariano gehen muß, ist eine Ungerechtigkeit ... In Holland, sagt man, wird das nicht mehr so gemacht. Und warum bekommen sie überhaupt Kinder, wenn sie ihnen nur alles nehmen und sie nackt und bloß dastehen lassen ... Wäre es da nicht besser, sie ließen sie gleich im Paradies inmitten von Mannabäumen und Brunnen voll süßen Weines? Diese Dummköpfin von Tante Fiammetta möchte, daß auch sie den Klostergarten harkt, wie alle anderen ... ›Harke nur, meine Kleine, bist du nicht gleich wie alle anderen?‹ Aber kann eine Ucría von Campo Spagnolo Scannatura und von Bosco Grande sich hinstellen und harken wie eine dahergelaufene Bäuerin? Manche von diesen Äbtissinnen haben nur Stroh im Kopf, sie sind eifersüchtig und neidisch. ›Wenn ich es doch auch tue, die ich eine Adlige bin wie du ...‹, sagt Tante Fiammetta, und man muß das gesehen haben, wie sie die Ärmel hochkrempelt und sich über die Schaufel beugt und sie mit dem Fuß in die Erde tritt ... eine Wahnsinnige ... wer weiß, woher sie diese Leidenschaft für niedere Arbeiten hat ... und das Allerschönste ist, daß sie es nicht einmal tut, um sich zu kasteien, nein, ihr gefällt es, zu harken, in der Erde zu wühlen, sich in der glühenden Sonne zu bücken, bis ihre Haut verbrannt ist wie die einer Kuhmagd ... soll einer sie verstehen, diese Schwachsinnige.«

»Was lockt dich dabei, der Verbrennung zweier Ketzer zuzusehen?« schreibt Marianna der Tochter auf, in der

Hoffnung, dadurch diese frivole und gereizte Gedankenflut loszuwerden. Obwohl sie weiß, daß mehr Naivität als Böswilligkeit in diesen Grübeleien steckt, fühlt sie sich davon gestört.

»Das ganze Kloster von Santa Chiara wird zum Autodafé kommen: die Äbtissin, die Priorin, die Schwestern... danach wird es Gebete und Erfrischungen geben.«

»Also gehst du wegen der Süßigkeiten hin, gib es nur zu.«

»Süßigkeiten geben mir meine Mitschwestern, soviel ich will, ich muß sie nur darum bitten«, antwortet Felice ärgerlich mit lauter umgeknickten »l's«, die aussehen, als wollte sie sie mit einem Wisch umlegen.

Marianna nähert sich ihr, um sie zu umarmen, wobei sie sich zwingt, jene hochnäsigen Gedanken zu vergessen. Doch die Tochter ist verdrossen und entschlossen, sie abzuweisen: Es hat sie geärgert, wie eine Dreizehnjährige behandelt zu werden, wo sie doch schon zweiundzwanzig ist, und sie bleibt stocksteif stehen und betrachtet die Mutter mit unfreundlichem Blick.

»Dieses komische lange Hemd... und die Socken bis zum Knie... alles Zeug aus dem letzten Jahrhundert... altmodisch, unelegant... was will sie eigentlich mit ihren siebenunddreißig Jahren und ihren erwachsenen Töchtern?... In ihrem dunklen, tauben Hirn ist sie älter als der Herr Vater, und der ist schon siebzig. Er, mit seinem langen und dünnen Körper, scheint am Rande des Grabes zu stehen, aber sein Blick ist immer noch lebendig, während sie, angezogen wie eine spanische Infantin, mit diesem Kragen, der aussieht wie ein Knebel, etwas Abgestandenes hat, das sie unweigerlich in die Vergangenheit abschiebt... diese Stiefelchen nach Habsburger Art und diese milchweißen Strümpfe... die Mütter ihrer Freundinnen tragen bunte Strümpfe mit eingewirkten Goldfäden und glänzende Schleifen um die Taille, weiche Röcke mit aufgestickten Krönchen, ausgeschnittene Schuhe, die spitz zulaufen und orientalisch gemustert sind...«

Wie so häufig, kann sich Marianna, wenn sie erst einmal den Anfang eines Gedankenfadens erwischt hat, nicht mehr davon befreien, sie muß ihn vielmehr in ihren Händen drehen und ziehen und mit ihren eigenen Überlegungen verknüpfen.

Eine wütende Lust, die Tochter wegen dieses allzu lokkeren und brutalen inneren Getratsches zu bestrafen, läßt ihre Hände erzittern. Zugleich aber zieht sie der Wunsch, die Tochter nochmals zum Singen aufzufordern, an den Schreibtisch. Sie ist sicher, daß es ihr irgendwie gelingen würde, sie zu hören, und schon spürt sie die schmetterlingsgleiche Leichtigkeit dieser Stimme in ihren vermauerten Ohren.

18

»Wenn der Intellekt aus sich heraus und seinen allgemeinen Prinzipien folgend agiert, so zerstört er sich selbst ... wir können uns vor einer so totalen Skepsis nur mittels jener einzigartigen und scheinbar vulgären Begabung der Phantasie retten, durch die wir kaum je in die geheimnisvolleren Aspekte der Dinge dringen werden ...«

Marianna hat das Kinn in die Hand gestützt und liest. Ihr einer Fuß wärmt den anderen unter der Decke, die sie vor dem eisigen Zug schützt, der durch die geschlossenen Fenster dringt. Wer weiß, wer dieses Heft mit dem marmorierten Umschlag in der Bibliothek zurückgelassen hat. Ob Bruder Signoretto es aus London mitgebracht hat? Er ist vor ein paar Monaten von dort zurückgekehrt und hat sie schon zweimal in Bagheria besucht und englische Geschenke mitgebracht. Dieses Heft aber hat sie noch nie gesehen. Oder hat Marianos Freund es hier vergessen, der kleine Schwarzhaarige, der in Venedig geboren ist, aber von englischen Eltern, und die halbe Welt zu Fuß durchwandert hat?

Er ist ein paar Tage bei ihnen in Bagheria gewesen und hat in Maninas Zimmer geschlafen. Ein ungewöhnlicher Knabe: Er stand immer erst gegen Mittag auf, weil er die halbe Nacht gelesen hatte. Die Leintücher waren morgens ganz voller Wachskleckse. Er holte sich die Bücher aus der Bibliothek und vergaß dann, sie wieder zurückzubringen. Neben seinem Bett stand bereits ein armhoher Stoß. Er aß viel, besonders gerne die sizilianischen Spezialitäten: Caponata, Pasta mit Sardellen, »Sfinciuni« mit Zwiebeln und Origano, Jasmin-Eis mit Rosinen.

Obwohl er ganz schwarze Haare hatte, war seine Haut sehr hell, es reichten ein paar Sonnenstrahlen, und schon schälte sich seine Nase. Wie hieß er doch gleich? Dick oder Gilbert oder Jerome? Es will ihr nicht mehr einfallen. Sogar Mariano nannte ihn nur beim Nachnamen: Grass, und er sprach es aus, als hätte es drei s.

Sicher gehört das Heft dem jungen Grass, der aus London kam und auf dem Weg nach Messina war, auf einer »Denk-Reise«, wie er es nannte. Innocenza konnte ihn nicht ausstehen wegen seiner Angewohnheit, im Bett zu lesen und die Kerze auf die Bettdecke zu stellen. Der Herr Onkel und Gatte ließ ihn gewähren, beobachtete ihn jedoch mit Mißtrauen. Auch er hat als Junge Englisch gelernt, doch er hat sich immer geweigert, es zu sprechen. Und so hat er es wieder vergessen.

Mit ihr hat Grass sich nur selten mittels sauber geschriebener Gesprächszettel unterhalten. Erst in den letzten Tagen hatten sie entdeckt, daß sie für die gleichen Bücher schwärmten. Und plötzlich war ihre Kommunikation dicht und gedrängt geworden.

Marianna blättert in dem Heft und hält überrascht inne: Unten auf der ersten Seite steht eine mit Feder in winzigen Buchstaben geschriebene Widmung: »Für sie, die nicht spricht, damit sie in ihrem weiten Verstand diese Gedanken aufnehme, die mir lieb sind.«

Warum aber hat er das Heft zwischen den Büchern der Bibliothek versteckt? Grass hat gewußt, daß nur sie die Bücher anrührt. Aber er hat auch gewußt, daß der Herr Onkel und Gatte sie hin und wieder kontrolliert. Also ist dies ein heimliches Geschenk, so versteckt, daß sie allein es finden möge, nach der Abreise des Gastes.

»Tugendhaft zu sein bedeutet nichts anderes, als Genugtuung in der Wahrnehmung gewisser Eigenschaften zu finden... und eben in dieser Wahrnehmung der guten Eigenschaften liegt unser Lob oder unsere Bewunderung begründet. Wir gehen nicht darüber hinaus, wir suchen nicht den Grund dieser Genugtuung. Wir entscheiden, daß eine Eigenschaft tugendhaft ist, weil sie uns gefällt, aber indem wir fühlen, daß sie uns gefällt, fühlen wir in einem bestimmten Sinn, daß sie tatsächlich tugendhaft ist. Dasselbe ereignet sich in unserem Urteil über jede Art von Schönheit, von Geschmack und Empfindung. Den Beweis dafür erhalten wir aus dem unmittelbaren Wohlgefallen, den wir an den Dingen finden.« Darunter steht in kleinen, mit grüner Tinte geschriebenen Buchstaben ein Name: David Hume.

Der Gedankengang bahnt sich seinen Weg durch die wirren Hirnwindungen der Herzogin, die nicht gewohnt ist, einer präzisen, strengen Ordnung gemäß zu denken. Sie muß den Text noch zwei weitere Male lesen, bevor es ihr gelingt, dem Fluß dieser hervorragenden Intelligenz zu folgen, die so anders ist als die Intelligenz jener, die sie erzogen haben.

»Wir sind weder genau noch philosophisch, wenn wir von einem Kampf zwischen den Leidenschaften und der Vernunft reden. Die Vernunft ist notwendigerweise die Sklavin der Leidenschaften und kann in keinem Fall eine andere Funktion für sich beanspruchen als die, ihnen zu dienen und zu gehorchen.«

Das genaue Gegenteil von dem, was man ihr beigebracht hat. Also ist die Leidenschaft nicht jenes sperrige Bündel, an dessen Enden Büschel der Gier herausquellen, die man tunlichst versteckt zu halten hat? Und die Vernunft ist nicht jenes Schwert, das wir alle am Gürtel zu tragen haben, um den Gespenstern des Begehrens den Kopf abzuschlagen und dem Willen die Tugendhaftigkeit aufzuzwingen? Der Herr Onkel und Gatte wäre entsetzt, wenn er auch nur einen einzigen Satz in diesem Heftchen zu lesen bekäme. Schon zur Zeit des Sezessionskrieges hatte er erklärt, daß »die Welt voller Ekel« sei, und schuld daran seien Leute wie Galilei, Newton, Descartes, die »die Natur im Namen der Wissenschaft zu bezwingen behaupten, sie in Wirklichkeit aber nur in die eigene Tasche stecken wollen, um sie nach ihrem Gutdünken zu benutzen, diese verlogenen, anmaßenden Wirrköpfe!«

Marianna schlägt das Heft rasch zu. Instinktiv versteckt sie es in den Falten ihres Kleides. Dann fällt ihr ein, daß Herzog Pietro seit gestern in Palermo ist, und zieht es wieder heraus. Sie führt es zur Nase: Es riecht gut nach Papier und erstklassiger Tinte. Sie öffnet es wieder und stößt beim Blättern auf eine kolorierte Zeichnung: einen etwa dreißigjährigen Mann mit einem Turban aus Kordsamt, der seine Schläfen bedeckt. Ein breites, zufriedenes Gesicht, die Augen gesenkt, als wollten sie sagen, daß alles Wissen von der Erde kommt, auf der unsere Füße stehen.

Die Lippen sind leicht geöffnet, die dichten Augenbrauen lassen eine fast schmerzhafte Fähigkeit zur Konzentration erkennen. Das Doppelkinn legt nahe, daß es sich um einen Mann handelt, der sich gerne satt ißt. Der feine Hals mit dem weichen Kragen aus weißem Stoff ragt aus einer blumengeschmückten Jacke, die ihrerseits von einem mit großen Hornknöpfen besetzten Umhang bedeckt ist.

Auch hier hat Grass in seiner winzigen Handschrift einen Namen daruntergeschrieben: »David Hume, ein Freund, ein Philosoph, zu beunruhigend, um geliebt zu werden, außer von seinen Freunden, zu denen auch meine Freundin mit dem erstorbenen Wort zu zählen ich mich glücklich schätzen kann.«

Wirklich sonderbar, dieser Grass. Warum hatte er ihr das Heft nicht einfach gegeben, anstatt es sie einen Monat nach seiner Abreise finden zu lassen, zwischen den Reisebüchern versteckt?

»Wie groß ist unser Verdruß, wenn wir erkennen, daß die Verknüpfungen unserer Ideen, die Verbindungen, die Kräfte nirgendwo anders als in uns selbst sind, daß sie nichts anderes als eine Disposition unseres Geistes sind.«

Donnerwetter, Herr Hume! Als wollten Sie sagen, Gott sei »eine Disposition unseres Geistes ...« Marianna fährt erschrocken zusammen, und von neuem versteckt sie das Heft zwischen ihren Rockfalten. Wenn man einen solchen Gedanken laut ausspricht, kann es durchaus passieren, daß man nach Willen der Hochheiligen Patres der Inquisition, die im Großen Palazzo dello Steri an der Marina residieren, auf dem Scheiterhaufen verbrannt wird.

»Eine Disposition des Geistes, durch Gewohnheit erworben ...«; etwas Ähnliches hat sie doch schon auf den Zettelchen des Herrn Vaters gelesen, der im übrigen ein Mann der Tradition war. Zuweilen aber erlaubte er sich, mit der Tradition zu spielen, aus purem Vergnügen, wobei er die Lippen in einem verschmitzten und ungläubigen Lächeln zu kräuseln pflegte.

»Jeder Ameise gefällt ihr Schlupfloch ... und sie steckt ihr Hab und Gut und ihre Moral in dieses Schlupfloch, die sich gleich in ein einzig Ding verwandeln: Moral und Fressen, Vater und Sohn ...«

Die Frau Mutter sah sich das Geschreibsel ihres Mannes im Heft der Tochter an, nahm eine Prise Schnupftabak, nieste, kippte eine halbe Flasche Orangenwasser über sich, um den klebrigen Tabaksaft loszuwerden. Wer weiß, was im stets träge zur Seite geneigten Kopf der so sanften Frau Mutter vor sich ging! Ist es möglich, daß alles zum einen Ohr hinein und zum anderen wieder hinausging, ohne sich darin länger aufzuhalten? War auch sie nichts als eine Beute der »durch Gewohnheit erworbenen Disposition des Geistes«? Mit ihrer Neigung, sich faul in einem ungemachten Bett, in einem Sessel oder sogar in einem Kleid, das weiche Fleisch von Walfischbeinstäbchen, Haken und gar Knopflöcher gestützt, niederzulassen? Eine Faulheit, die tiefer reichte als ein Brunnen im Tuffstein, eine Stumpfheit, die sie umschlossen hielt, wie eine Johannisbrotschote die festen, weichen, nachtfarbenen Samen umschließt. Hinter ihrer braunen, dunklen Schale war sie mild, die Frau Mutter, eben so wie der Same des Johannisbrots, und ging gänzlich im kleinen Familienkosmos auf. Ihren Mann liebte sie bis zur Selbstaufgabe. Mit einem Bein über dem Abgrund war sie stehengeblieben, und um nicht abzustürzen, hatte sie sich hingesetzt und betrachtete nun die vor ihr liegende Wüstenei.

Wer weiß, wie die Stimme der Frau Mutter geklungen haben mag? Beim Versuch, sie sich vorzustellen, denkt sie an einen tiefen, langsam und gleichsam gekörnt vibrierenden Klang. Es ist schwer, jemanden zu lieben, dessen Stimme man nicht kennt. Und doch hat sie ihren Vater geliebt, ohne ihn je sprechen gehört zu haben. Ein leicht bitterer Geschmack legt sich auf ihre Zunge und breitet sich über den Gaumen aus: Sollte das Reue sein?

»Wenn wir Gewohnheit nennen, was ohne erneute Überlegung oder Schlußfolgerung aus der Wiederholung eines vorhergehenden Ereignisses resultiert, so können wir als sichere Wahrheit annehmen, daß jede Meinung, die einer Wahrnehmung folgt, in ihr ihren einzigen Grund hat.«

Das heißt, wir können die Gewißheit, jede Art von Gewißheit, an den Nagel hängen, die Gewohnheit hält uns fest und macht uns dabei vor, uns zu erziehen. Die Wollust der Gewohnheit, die Glückseligkeit der Wiederholungen. Das soll die Glorie sein, über die wir beständig grübeln?

Es würde ihr gefallen, diesen Herrn Hume mit seinem grünen Turban, den dichten schwarzen Augenbrauen, dem lächelnden Blick, dem Doppelkinn und dem geblümten Jäckchen kennenzulernen.

»Der Glauben und die Zustimmung, die stets die Erinnerung und die Sinne begleiten, bestehen in nichts anderem als in der Lebhaftigkeit ihrer Wahrnehmung, die sich nur darin von den Ideen der Imagination unterscheidet. Glauben heißt in diesem Fall, einen unmittelbaren Sinneseindruck oder auch die Wiederholung desselben Eindrucks in der Erinnerung zu empfinden.«

Teufel, was für eine eigensinnige und anmaßende Logik! Sie kann sich ein bewunderndes Lächeln nicht verkneifen. Das ist, als werfe einer einen Knüppel zwischen die Beine eines Denkens wie des ihren, das sich bisher arglos in Abenteuer- und Liebesromanen, in Geschichtsbüchern, Gedichten, Almanachen und Märchen erging. Ein Denken, das sich unbekümmert den alten Gewißheiten überließ, und zwar denen, die nach süß-sauer eingelegten Auberginen schmecken. Oder war es das ständige

Herumrätseln an ihrem Schicksal als Taubstumme, das sie von anderer, tieferer und gehaltreicherer Gedankentätigkeit abgehalten hat?

»Da zweifellos ein großer Unterschied zwischen dem einfachen Begriff vom Sein eines Dings und dem Glauben daran besteht, und da dieser Unterschied nicht in den Einzelheiten oder der Ganzheit der Idee liegt, die wir uns gebildet haben, können wir daraus folgern, daß er in der Welt liegen muß, in der wir unsere Meinung bilden.«

Einen Gedanken durchdenken, da hat sie ein Wagnis gefunden, dem sie sich hingeben kann wie einer heimlichen Übung. Herr Grass hat mit der Impertinenz eines jungen Gelehrten den unberührten Rasen ihres Verstandes betreten. Und damit nicht zufrieden, hat er auch noch einen Freund mitgebracht: Herrn David Hume mit seinem lächerlichen Turban. Und nun wollen beide sie verwirren. Aber es wird ihnen nicht gelingen.

Was aber ist das für ein Wogen von Röcken dort an der Tür? Jemand ist in die Bibliothek gekommen, ohne daß sie es bemerkt hat. Ich sollte wohl besser das Heftchen mit dem marmorierten Umschlag verstecken, denkt Marianna, aber da merkt sie, daß es schon zu spät ist.

Es ist Fila, sie balanciert ein Glas und einen Krug auf einem Tablett. Sie deutet eine leichte Verbeugung an, stellt das Tablett auf den von Papieren überdeckten Tisch, hebt mit einer boshaften kleinen Geste die dicken Falten ihres Rockes hoch, um zu zeigen, daß sie Schuhe anhat, und lehnt sich dann an den Türpfosten in Erwartung eines Befehls, eines Winks.

Marianna betrachtet ihr rundes, frisches Gesicht, den schlanken Körper. Fila ist schon fast dreißig und sieht noch immer aus wie ein Kind. »Ich schenk sie dir, sie gehört dir«, hatte der Herr Vater geschrieben. Wo aber steht, daß man Menschen einfach so hernehmen und verschenken kann wie Hunde oder kleine Vögel? »Was redest du für einen Blödsinn«, würde der Herr Vater jetzt schreiben, »hat der liebe Gott etwa nicht Herren und Diener, Pferde und Schafe erschaffen?« Und ihr Nachdenken über die Gleichheit, ist das etwa einer der unverdauten Keime, die ihr aus dem Heft von Grass zugeflogen sind, um ihr trübes Taubstummenhirn zu verwirren?

Was ist überhaupt an ihr, das nicht der Einflüsterung anderer Geister entspränge, den Denkweisen anderer, dem Willen, den Interessen anderer? Ein Auswendiglernen von Trugbildern, die wahr erscheinen, weil sie sich wie tolpatschige Eidechsen unter der Sonne der täglichen Erfahrung hin und her bewegen.

Mariannas Blick kehrt zu dem Heft zurück, vielmehr zu ihrer so vorzeitig gealterten Hand, die das Heft hält: abgebrochene Nägel, faltige Fingerknöchel, hervortretende Adern. Und es ist doch eine Hand, die kein Spülwasser kennt, eine Hand, die gewohnt ist zu befehlen. Aber auch zu gehorchen, eingebunden in eine Kette von Verpflichtungen und Zwängen, die sie immer als unabwendbar angesehen hat. Was würde Herr Hume mit seinem seraphischen orientalischen Turban wohl beim Anblick einer Hand sagen, die so sehr zur Kühnheit entschlossen und so von der Unterwürfigkeit gezeichnet ist?

19

Beim Wühlen zwischen alten Kisten und Ölkannen ist eine alte verstaubte und verdunkelte Leinwand zum Vorschein gekommen. Marianna zieht sie heraus, wischt sie mit dem Ärmel ihres Kleides ab und entdeckt, daß es sich um nichts anderes als um das Portrait ihrer Geschwister handelt, das sie mit dreizehn Jahren gemalt hat. Es ist eben jenes Bild, bei dem sie an jenem Vormittag unterbrochen und zum Tutui in den Hof des »Häuschens« gerufen wurde, derselbe Tag, an dem die Frau Mutter ihr eröffnete, daß sie den Onkel Pietro heiraten werde.

Die schwarzen Schatten, die das Bild bedecken, lösen sich, und es erscheinen ein paar helle, verblaßte Gesichter: Signoretto, Geraldo, Carlo, Fiammetta, Agata, die wunderschöne Agata, die einer Zukunft als Königin entgegenzugehen scheint.

Mehr als fünfundzwanzig Jahre sind seither vergangen: Geraldo ist durch einen Unfall ums Leben gekommen; seine Kutsche ist gegen eine Mauer gefahren, er wurde hoch in die Luft und dann auf die Erde geschleudert, und ein Rad ist über seine Brust gefahren. Und alles nur wegen eines Streits um die Vorfahrt. »Macht Platz, ich habe das Recht, als erster zu fahren.« »Von was für einem Recht redet Ihr, ich bin ein Grande von Spanien, merkt Euch das!« Sie brachten ihn dann nach Hause, kein einziger Blutstropfen war auf seinen Kleidern, aber das Rückgrat zerschmettert.

Signoretto ist Senator geworden, wie er es sich vorgenommen hatte. Er hat nach langer Junggesellenzeit eine verwitwete Gräfin geheiratet, die zehn Jahre älter ist als er, und hat damit einen Skandal in der Familie ausgelöst. Aber er ist der Erbe der Ucrìa von Fontanasalsa und kann es sich erlauben.

Marianna ist diese unbefangene Schwägerin sympathisch, der Skandale völlig egal sind, die Voltaire und Madame de Sevigné zitiert, die sich ihre Kleider aus Paris kommen läßt und sich einen Musiklehrer im Hause hält, der, wie man sich allgemein zuflüstert, zugleich ihr Galan ist. Ein junger Mann, der nicht nur Griechisch, sondern auch Englisch und Französisch beherrscht und sehr geistreich ist. Sie ist den beiden ein paarmal zusammen auf dem einen oder anderen Ball in Palermo begegnet, anläßlich der seltenen Gelegenheiten, bei denen ihr Mann sie dorthin geschleppt hat: sie in einem mit Falbeln besetzten Damastrock, er in einen blauen Rock gezwängt, der mit silbernen, kunstvoll polierten Borten geschmückt war.

Signoretto nimmt ihr diesen Umgang absolut nicht übel. Im Gegenteil, er brüstet sich damit, daß seine Frau einen privaten Begleiter hat, und gibt zu verstehen, daß dieser im Grunde nichts anderes ist als ein Wächter, den er ihr zur Seite gestellt hat, zumal er ja ist wie »ein Sänger nach der Mode des siebzehnten Jahrhunderts«, das heißt wie ein Kastrat. Viele aber hegen Zweifel an der Wahrheit dieser Behauptung.

Fiammetta ist ins Kloster der Karmeliterinnen von Santa Teresa eingetreten. Ihre dichten kastanienbraunen Haare stecken unter der Haube, die sie sich zuweilen vom Kopf reißt, vor allem wenn sie in der Küche ist. Ihre Hände sind groß und kräftig geworden, daran gewöhnt, Rohes in Gekochtes, Kaltes in Warmes, Flüssiges in Festes zu verwandeln. Die übereinanderstehenden Vorderzähne verleihen ihrem immer zum Lachen bereiten Mund einen fröhlich-unordentlichen Ausdruck.

Agata ist noch ausgemergelter geworden. Marianna wüßte nicht einmal zu sagen, wieviel Kinder, tote und lebendige, sie schon geboren hat, da sie ja mit zwölf Jahren begonnen hat und immer noch nicht zu Ende gekommen ist damit. Jedes Jahr ist sie in guter Hoffnung, und würden nicht viele ihrer Kinder sterben, noch bevor sie das Licht der Welt erblicken, hätte sie schon ein ganzes Heer.

Der Geruch der Farben legt sich auf Mariannas Zunge. Sie stellt das Bild ans Fenster und streicht wieder mit dem Ärmel darüber, um es von der trüben Patina zu befreien, die es unerkennbar macht. Schade, daß sie das Malen verlernt hat. Es ist ohne Grund dazu gekommen, mit der Geburt der ersten Tochter. Ein vorwurfsvoller Blick des Herrn Onkels und Gatten, eine ironische Bemerkung ihrer Mutter, das Weinen eines ihrer kleinen Mädchen: Sie hatte die Pinsel und Farbtuben zurückgelegt, in die Lackschachtel, ein Geschenk des Herrn Vaters, und hatte sie erst viele Jahre später wieder hervorgezogen, als ihre Hand längst ungeübt geworden war.

Das Enzianblau, welchen Geruch hatte das Enzianblau? Durch das Terpentin, das Öl und den verschmierten Lappen hindurch war von ihm ein einzigartiges, absolutes Aroma durchgesickert. Wenn man die Augen schloß, konnte man fühlen, wie es einem in den Mund drang, sich auf die Zunge legte und dort einen merkwürdigen Geschmack hinterließ, nach zerquetschten Mandeln, Frühlingsregen, Meeresbrise.

Und das Weiß, das mehr oder minder glänzende, mehr oder minder körnige Weiß? Das Weiß der Augäpfel auf dem dunklen Bild, vielleicht das der schamlosen und frechen Augen Geraldos, das Weiß der zarten Hände Agatas, all die vergessenen Weißtöne, die hier auf dieser schmutzigen Leinwand überwintert haben und die nun, nach dem Wischen mit dem Ärmel, schüchtern wieder hervorlugen, mit der unbewußten Kühnheit von Zeugen der Vergangenheit.

Als sie dieses Bild malte, gab es die Villa noch nicht. An ihrem Platz stand das Jagdhäuschen, das der Urgroßvater fast ein Jahrhundert zuvor hatte erbauen lassen. Vom Garten auf der Ebene zu den Olivenhainen konnte man nur über einen Ziegenpfad gelangen, und Bagheria war noch kein Ort, sondern bestand nur aus den Gesindehäusern der Villa Butera, aus den Ställen, den Kellern und den Kapellen, die der Prinz hatte erbauen lassen, denen sich jedes Jahr neue Ställe, neue Kapellen und neue Villen von Freunden und Verwandten aus Palermo zugesellten.

»Bagheria ist aus einem Betrug entstanden«, hatte Großmutter Giuseppa geschrieben, als sie sich in den Kopf gesetzt hatte, die kleine taubstumme Enkelin die Geschichte Siziliens zu lehren. »Zur Zeit von Philipp IV., vielmehr mit dem Tod von demme Cönig, entstand in Spanien ein Streit um die Thronvolge, keiner wuszte, wer zum Cönig gekrönt werden solte von die vielen Nichten und Neffen, weil Kinder hat der keine nicht hinterlassen.«

Eine winzige, verzerrte, gedehnte Handschrift. Die Großmutter war, wie viele Edelfrauen ihrer Generation, eine Halbanalphabetin gewesen. Man kann sagen, sie hat das Schreiben nur gelernt, »um ins Hirnkästel der tauben Enkelin reinzukommen«.

»Das Brot wurde immer theurer mein Kindchen, du weiszt nicht was das für ein Hunger war dasz die Leute Erde fraszen um sich den Bauch volzuschlagen, sie aszen auch die Kleie wie die Schweine und die Eicheln und kauten auch die Fingernähgel wie du weil eine kleine Äffin bist ohne Verstandt. Jetz aber haben wir kein Hungersnot und laß du die Fingernähgel in Ruh!«

Manchmal öffnete sie ihr mit zwei Fingern den Mund, schaute hinein und schrieb dann: »Warum redtst du nich kleines Dummchen? Hast doch ein schön rosigen Gaumen, hast schöne starcke Zähnchen, zwei ebenmäszige Lippen, warum also sagst du kein einzig Wort?«

Sie aber wollte von der Großmutter nichts als Geschichten hören. Und damit sie nicht weglief, schickte die alte Giuseppa sich an, ihr allerlei Histörchen ins Heft zu schreiben, wobei sie geschäftig mit Tinte und Feder hantierte.

»Damals lief man über die Bürgersteige von Palermo und stolperte alle paar Meter über einen, von dem man nicht wußte, ob er schlief oder träumte oder gerade Hungers starb. Es gab öffentliche Strafen auf Befehl vom Erzbischof, wo die Leute sich auf Glasscherben hinknien mußten und inmitten auf dem Platz ausgepeitscht wurden. Es gab auch Prinzessinnen, die zur Strafe abgefeimte Huren ins eigene Haus nehmen mußten, und sie mußten sie auch ernähren mit dem wenigen Brot, das sie hatten.

Mein Vater und meine Mutter flohen in ihr Besitztum von Fiumefreddo, wo sie am Magenfieber erkrankten. Damit nicht auch ich es bekam, schickten sie mich mit meiner Amme zurück; sie sagten sich, so einer Kleinen werden sie ja wohl nichts antun?

So war ich ganz ganz allein im großen Palast in Palermo, als der Hungeraufstand ausbrach. Ein gewisser La Pilosa ging herum und schrie, daß der Krieg der Armen gegen die Reichen ausgebrochen sei. Und sie fingen an, die Paläste zu verbrennen.

Vor lauter Feuer wurden alle Gesichter schwarz von Rauch, und La Pilosa, der am schwärzesten war von allen, so daß er schon aussah wie ein spanischer Stier, rannte mit geneigtem Kopf auf Barone und Prinzen zu. Das hat mir die Amme erzählt, die große Angst hatte, sie könnten auch in den Palazzo Gerbi Mansueto kommen. Sie kamen ja auch. Ciccio Rasone, der Portier, sagte ihnen, es sei niemand da. ›Um so besser‹, sagten sie, ›dann brauchen wir unsere Hüte nicht zu ziehen vor den Exzellenzen.‹ Und mit den Hüten auf dem Kopf stiegen sie in die oberen Stockwerke und trugen die Teppiche weg, das Silberzeug, die vergoldeten Uhren, die Bilder, die Kleider, die Bücher, und warfen sie auf den Scheiterhaufen und verbrannten alles, Stück für Stück.«

Marianna sah die Flammen vor sich, wie sie aus dem Haus schlugen, und stellte sich vor, daß die Großmutter vielleicht auch von ihnen erfaßt worden war, aber sie wagte nicht, sie auf dem Zettel danach zu fragen. Und wenn sich dabei herausstellen sollte, daß sie gestorben war und daß die, die hier mit ihr sprach, nur ein Gespenst war, eines von denen, die die friedlichen Nächte der Frau Mutter bevölkerten?

Großmutter Giuseppa aber, als hätte sie die Gedanken der Enkelin erraten, brach in eines ihrer breiten, fröhlichen Gelächter aus und schrieb mit Eifer weiter.

»Irgendwann rannte die Amme davon, aus Angst. Ich wußte das aber nicht; ich schlief friedlich in meinem Bett, bis die plötzlich die Tür aufrissen und zum Bett kamen: ›Wer is'n das?‹ fragten sie. ›Ich bin die Prinzessin Giuseppa Gerbi von Mansueto‹, sagte ich, die ich ein Dummchen war, schlimmer als du. So hatte man es mir beigebracht, und ich trug den Stolz wie ein silbernes Hemd, das alle bewundern sollten. Die schauten mich an und sagten: ›Soso, den Prinzessinnen schneiden wir den Kopf ab und nehmen ihn mit als Trophäe.‹ Und ich, blöd und dumm wie ich war, sagte: ›Wenn ihr nicht geht, ihr Lumpenpack, rufe ich die Dragoner meines Herrn Vaters.‹

Zum Glück fingen sie an zu lachen: ›Das Kleingeld macht den Paladin‹, sagten sie, und vor lauter Lachen fingen sie an, nach links und rechts zu spucken, noch heute kannst du an den Wänden im Palazzo Gerbi am Cassaro die Spuren von dieser Spuckerei finden.«

An dieser Stelle lachte auch sie, wobei sie den Kopf nach hinten warf, dann aber widmete sie sich wieder der Taubheit der Enkelin und schrieb: »Ein Loch ist ja da in deinen hübschen Öhrchen, jetzt probier ich mal, hineinzublasen, hörst du nichts?«

Die kleine Enkelin schüttelte den Kopf und lachte, von der Fröhlichkeit der Großmutter angesteckt, worauf diese schrieb: »Du lachst, aber ohne Ton, du mußt ausatmen dabei, atme aus, mach den Mund auf und schick einen Klang in deine Kehle, so, ha, ha, ha... Kindchen, es ist zum Auswachsen mit dir, du wirst es nie lernen.«

Die Großmutter schrieb das alles mit der Geduld einer Kartäuserin nieder. Dabei war sie von Natur aus überhaupt nicht geduldig. Sie rannte gern, tanzte gern. Sie schlief wenig, verbrachte Stunden in der Küche, um den Köchen beim Arbeiten zuzusehen, und zuweilen legte auch sie Hand an. Sie hatte Freude daran, mit den Dienerinnen zu plaudern, sie ließ sich deren Liebesgeschichten erzählen, sie spielte Geige und Flöte, sie war ein rechtes Wunder, die Großmutter Giuseppa.

Aber sie hatte ihr »Aber«, die Großmutter Giuseppa, wie allen Familienangehörigen wohlbekannt war; es waren jene Tage der Finsternis, in denen sie sich in ihr Zimmer einschloß und niemanden sehen wollte. Sie lag dort hinter verschlossener Tür mit einem Lappen auf dem Kopf und wollte nichts essen und nichts trinken. Wenn sie dann endlich, auf den Arm des Großvaters gestützt, wieder herauskam, schien sie wie betrunken.

Marianna hatte Mühe, diese zwei Seiten ihrer Persönlichkeit zusammenzubringen, für sie waren das zwei verschiedene Frauen, die eine Freundin, die andere Feindin. Wenn Großmutter Giuseppa ihre »Aber«-Perioden durchmachte, war sie abweisend und grob. Darüber hinaus weigerte sie sich zu sprechen oder zu schreiben, und wenn das Kind sie am Ärmel zupfte, griff sie wütend nach der Feder und schrieb wirre Worte nieder: »Stumm und dumm, lieber todt als Marianna.« Oder: »Wenn du nur so enden würdest wie La Pilosa, du lästige Taubstumme.« Und: »Wo du nur herkommst, du stumme Plage, mitleiderregend bist du, aber ich habe kein Mitleid.« Und warf ihr die Zettel mißmutig ins Gesicht.

Jetzt tut es ihr leid, daß sie diese bösen Zettelchen nicht aufgehoben hat. Erst nach ihrem Tod hat sie begriffen, daß jene zwei so verschiedenen Frauen ein und dieselbe Person waren, denn sie hat sie beide vermißt in einem einzigen Gefühl des Verlustes.

Wie La Pilosa geendet war, das wußte sie, denn sie hatte es ihr mehr als einmal niedergeschrieben, mit einem gewissen boshaften Vergnügen: »Mit glühenden Zangen in Stücke gerissen.« Und sie fuhr fort: »Papa und Mama kehrten zurück, ganz voller Pockennarben, und ich wurde eine Heldin ...« Und sie lachte und warf dabei frech den Kopf in den Nacken wie eine aus dem Volk.

»Und der Betrug, aus dem Bagheria entstanden ist, Großmutter Giuseppa?«

»Hast keine Ohren und keine Zunge und bist doch neugierig ... Was willst du wissen, du Mäuschen? Was das in Bagheria für ein Betrug war? Das ist aber eine lange Geschichte, ich erzähle sie dir morgen.«

Am nächsten Tag aber hieß es wieder: morgen. Und dann kam womöglich eine ihrer »Aber«-Perioden, und die Großmutter verschwand tagelang im dunklen Zimmer und steckte nicht einmal mehr die Nasenspitze heraus. Dann endlich, eines Morgens, die Sonne war gerade aufgegangen, ganz frisch wie ein Eidotter zwischen den porzellanweißen Wolken, und erheiterte den Palazzo in der Via Alloro, setzte die Großmutter sich an den Schreibtisch und erzählte ihr mit ihrer winzigen geschwinden Handschrift die Geschichte von dem berühmten Betrug.

Sie atmete schwer, als bekäme sie nicht genug Luft und als wollte der Brustkorb das Korsett sprengen, das sie unter den Achseln drückte. Die Haut bekam rote Flecken, aber ihr »Aber« war verflogen genau wie der staubige Wind, der von Afrika herüberwehte, und sie war wieder bereit zu lachen und Geschichten zu erzählen.

»Weißt du, was Steuern sind? Macht nichts, und der Zoll? Das weißt du auch nicht? Du bist ein Dummchen ... also der Vizekönig Los Veles machte sich in die Hosen vor Angst, denn im Mai war das mit La Pilosa gewesen, und im August kam der Uhrmacher, auch er ein Oberschwatzer, der all die Bettler anführte, die Brot wollten und deshalb einen Aufstand machten. Aber der Uhrmacher war dem König von Spanien mehr ergeben, und auch der Inquisition. Alesi, so hieß der Uhrmacher nämlich, hatte es verstanden, das Lumpenpack aufzuhalten, das raubte, aß und Brand legte, er hatte kein schwarzes Gesicht, dieser »Uhrklempner«, und die Prinzessinnen zerrissen sich in Stücke, um ihn zu beschenken: Silbertabletts, Seidendekken, Brillantringe. Bis dem das in 'n Kopf gestiegen ist und er meinte, schön und stark zu sein wie der König von

Österreich: Er ließ sich zum Bürgermeister auf Lebzeiten machen, zum Generalhauptmann, zum hochehrwürdigen Oberrichter, und wollte, daß alle sich verbeugen, und ritt hoch zu Pferde durch ganz Palermo, mit einem Gewehr in jeder Hand und den Kopf voller Rosenkränze.

Da kommt der Vizekönig aus Spanien zurück und sagt: ›Was will'n der?‹ ›Er will die Kornpreise senken, Exzellenz.‹ ›Dann werden wir sie senken‹, sagt er darauf, ›aber dieser Hampelmann muß verschwinden.‹ So packten sie ihn, schlachteten ihn und warfen ihn ins Meer, außer dem Kopf, den spießten sie auf eine Stange und trugen ihn durch die ganze Stadt.

Zwei Jahre später brach wieder ein Aufstand aus, am 2. Dezember 1649, und diesmal mischten sich auch die großen Barone ein, die wollten, daß die Insel unabhängig wird und die Ländereien des Königs an sie gehen; da war auch ein Advokat, er hieß Antonio Del Giudice, der wollte auch die Unabhängigkeit. Und dabei waren auch Geistliche und hochadelige Herren mit einem Haufen Kutschen, die sich in den Aufstand einmischten. Auch mein Vater war dabei, dein Urgroßvater, der sich für ein freies Sizilien begeistert hatte. Sie trafen sich heimlich im Haus vom Advokat Antonio und hielten große Reden über die Freiheit. Bald darauf aber teilten sie sich in zwei Parteien, die einen, die wollten Don Giuseppe Branciforti als Vizekönig haben, die anderen wollten Don Luigi Noncada Aragona di Montalto.

Der Prinz Branciforti, der sehr mißtrauisch war, glaubte sich betrogen wegen gewisser Gerüchte, die herumgingen, und so betrog er sie seinerseits, indem er den Komplott dem Jesuitenpater Giuseppe Des Puches anzeigte. Der verpfiff sie augenblicklich ans Heilige Uffizium weiter, die sagten es dem Justizoberhaupt von Palermo, und der sagte es dem Vizekönig.

Gesagt, getan, sie fingen sie alle und zwickten sie mit glühenden Zangen. Dem Advokat Lo Giudice schnitten sie den Kopf ab und spießten ihn an den Quattro Canti in der Stadt auf. Auch dem Grafen Recalmuto schnitten sie den Kopf ab, und dem Abt Giovanni Caetani, der erst zweiundzwanzig Jahre alt war. Meinen Vater steckten sie nur zwei Tage ins Gefängnis, aber er hat eine ganze Menge Kleingeld hergeben müssen, um den Kopf auf den Schultern behalten zu dürfen.

Und was den Don Giuseppe Branciforti Mazzarino betrifft, so wurde der begnadigt, weil er den Moncada angezeigt hatte. Aber er wurde trübsinnig, die Politik hatte ihn enttäuscht, und er zog sich nach Bagheria zurück, wo er seine Ländereien hatte. Er baute sich eine prächtige Villa und schrieb auf das Frontispiz:

Ya la speranza es perdida
Y un sol bien me consuela
Que el tiempo que pasa y buela
Lleverá presto la vida.

So ist Bagheria entstanden, meine kleine Mariannuzza, mein taubstummes Dummchen, weil ein Ehrgeiz betrogen worden ist. Aber weil es sich um einen prinzenhaften Betrug gehandelt hat, bestrafte der Herr es nicht wie bei Sodom und Gomorrha durch Zerstörung, sondern machte es so schön und liebenswert, daß alle es haben wollen, dieses juwelenbesetzte Land zwischen den alten Bergen von Catalfano, Giancaldo und Consuono, dem Meer bei Aspra und der wunderbaren Spitze vom Capo Zafferano.«

20

»Ich will den Onkel nicht, Frau Mutter, sagt Ihr es ihm.« Der Zettel wird Marianna heftig zwischen die Finger gestopft.

»Auch deine Mutter hat ihren Onkel geheiratet«, antwortet der Herr Onkel und Gatte der Tochter.

»Aber sie ist taubstumm, und wer wollte sie sonst?« Während sie das schreibt, schaut Giuseppa die Mutter an, als wollte sie sagen: Verzeih mir, aber ich muß diese Waffe jetzt benutzen, um meinen Willen durchzusetzen.

»Deine Mutter ist taubstumm, aber viel gebildeter als du, die du bist wie Bohnenstroh, ohne ein Gramm Verstand. Sie war auch anmutiger als du, deine Mutter, schön und königlich.« Es ist das erste Mal, daß Marianna ein solches Kompliment vom Herrn Onkel und Gatten liest, und sie ist davon so überrascht, daß sie keine Worte findet, um die Tochter zu verteidigen.

Unerwarteterweise kommt Signoretto den beiden Frauen zu Hilfe. Seit er die Venezianerin geheiratet hat, ist er sehr tolerant. Er hat eine Ironie entwickelt, die an diejenige des Herrn Vaters erinnert.

Marianna sieht, wie er mit dem Herrn Onkel und Gatten diskutiert und dabei die Arme ausstreckt und wieder sinken läßt. Der andere wird ihm sicher vorhalten, daß Giuseppa bereits dreiundzwanzig Jahre zählt, und daß es unbegreiflich ist, daß sie in diesem Alter noch immer nicht verheiratet ist. Es scheint ihr, als sähe sie das Wort »Jungfer« immer häufiger auf den Lippen des Herzogs erscheinen. Und Signoretto wird wahrscheinlich von der Freiheit sprechen, von der er seit einiger Zeit große Stükke hält. Wird er ihn gar daran erinnern, daß Urgroßvater Edoardo Gerbi di Mansueto im Gefängnis saß, »um seine, vielmehr unser aller Freiheit zu verteidigen«?

Signoretto ist sehr stolz auf diesen Familienruhm. Freilich ist die Sache hauptsächlich dazu angetan, den Schwager noch mißtrauischer zu machen. Um sich der Idee der »Unabhängigkeit« würdig zu erweisen, hat der Bruder nun ein anspornendes Verhalten gegenüber den Frauen der Familie eingenommen. Er läßt seine Töchter gemeinsam mit den Söhnen unterrichten, eine Sache, die vor zwanzig Jahren absolut unmöglich gewesen wäre.

Der Herr Onkel und Gatte erwidert voller Verachtung, Signoretto werde »in seiner Torheit noch sein ganzes Hab und Gut selbst verbrauchen und seinen hochgelehrten Kindern nichts als Weisheit und Tränen hinterlassen«.

Giuseppa zwischen den beiden Streitenden, Vater und Onkel, scheint hochzufrieden. Vielleicht schafft sie es, den Onkel Berbi nicht heiraten zu müssen. Die Mutter möchte nun zu ihren und Giulio Carbonellis Gunsten eingreifen, dies ist ein Altersgenosse und Freund aus Kindertagen, mit dem sie seit Jahren heimlich verlobt ist.

Einen Augenblick später verschwinden sie alle drei im gelben Salon. Mit großer Selbstverständlichkeit hat man sie vergessen. Oder vielleicht ist ihnen der Gedanke, noch länger vor einer Taubstummen herumzustreiten, die ihre Lippen beobachtet, unangenehm. Tatsache ist, daß sie jetzt die Türe schließen und sie alleine sitzenlassen, als ginge sie die Sache nichts an.

Später kommt Giuseppa zu ihr herein und umarmt sie. »Ich hab's geschafft, Mama, ich werde Giulio heiraten.«

»Und der Herr Vater?«

»Signoretto hat ihn überredet. Bevor ich eine alte Jungfer werde, will er lieber Giulio hinnehmen.«

»Trotz seines Rufs als Tunichtgut und seinen mageren Besitztümern?«

»Ja, er hat ja gesagt.«

»Dann müssen wir mit den Vorbereitungen beginnen.«

»Keine Vorbereitungen. Wir werden in Neapel heiraten, ohne Festlichkeiten ... diese verstaubten Gewohnheiten sind heute veraltet ... Stellt Euch nur vor, ein Fest mit all den alten Zopfperücken, mit denen der Herr Vater befreundet ist ... Wir werden in Neapel heiraten und gleich danach nach London reisen.«

Einen Augenblick später ist Giuseppa zur Tür hinausgeflogen, einen zarten Duft von Schweiß und Lavendelwasser hinterlassend.

Marianna fällt ein, daß sie einen Brief von ihrer Tochter Manina in der Tasche hat, den sie noch nicht gelesen hat. Aber darin steht nur: »Ich erwarte Euch zum Ave-Maria.« Doch die Idee, nach Palermo zu fahren, reizt sie nicht sehr. Ihren jüngsten Sohn hat Manina Signoretto genannt, nach dem Großvater. Er sieht sehr dem kleinen Signoretto ähnlich, der mit vier Jahren an den Pocken gestorben ist. Hin und wieder fährt Marianna nach Palermo ins Haus Chiarandà, um diesen kleinen zarten und gierigen Enkel im Arm zu halten. Der Eindruck, sie drükke ihren eigenen kleinen Signoretto an die Brust, ist oft so stark, daß sie das Kind rasch ablegt und mit weichen Knien entflieht.

Wenn Felice mitkäme ... Aber Felice ist, nachdem sie so lange Jahre Novizin war, nun endgültig eingekleidet worden, mit einer Zeremonie, die zehn Tage gedauert hat. Zehn Tage der Festlichkeiten mit Almosen, Messen, mit üppigen Mittags- und Abendmahlen.

Für den Klostereintritt der Tochter hat der Herr Onkel und Gatte mehr als zehntausend Scudi ausgegeben, für Mitgift, Speisen, Getränke und Kerzen. Ein Fest, an das die ganze Stadt sich erinnern wird, so prunkvoll war es. Und über diesem Prunk war der Vizekönig Graf Giuseppe Griman höchst aufgebracht und ließ eine Bekanntmachung verlautbaren, in der er anprangerte, daß die Herrn Barone zuviel ausgäben und sich in Schulden stürzten, und er erließ, daß fortan Einkleidungsfeste nicht länger als zwei Tage dauern dürften. Eine Sache, die natürlich niemand in Palermo beachtete.

Wer hätte ihm darin auch folgen können? Die Grandezza des Adels besteht ja eben darin, daß er keine Kosten scheut, wie hoch sie auch sein mögen. Ein Edelmann rechnet nicht, er versteht nicht einmal etwas von Arithmetik. Dafür gibt es den Verwalter, den Majordomus, den Sekretär, die Dienerschaft. Ein Edelmann kauft nicht, noch verkauft er. Höchstens bietet er das Beste, was der Markt zu bieten hat, demjenigen als Geschenk dar, den er seiner Großzügigkeit für wert hält. Dies kann ein Sohn sein oder ein Enkel, es kann sich aber auch um einen Bettler, einen Betrüger, einen Spielgegner, eine Sängerin, eine Wäscherin handeln, je nach der Laune des Augenblicks. Zumal alles, was die Erde der schönen Insel Sizilien hervorbringt und wachsen läßt, ihm gehört kraft seiner Geburt, seines Blutes, der göttlichen Gnade, welchen Sinn hat es da, über Gewinn und Verlust zu grübeln? Das überläßt er den Händlern und Kleinbürgern.

Eben denselben Händlern und Kleinbürgern, die, nach Meinung von Herzog Pietro, »eines Tages alles verschlingen werden«, wie es bereits im Gange ist, knabbernd wie die Mäuse werden sie Stückchen für Stückchen alles abfressen, die Olivenhaine, die Korkeichen, die Maulbeerbäume, das Korn, die Johannisbrotbäume, die Zitronen und so weiter. »Die zukünftige Welt wird den Spekulanten, den Räubern, den Hamsterern, den Schwindlern und Mördern gehören«, dem apokalyptischen Denken des Herrn Onkels und Gatten zufolge, und alles wird zugrunde gehen, weil »mit dem Adel etwas Unermeßliches dahingeht: der spontane Sinn für das Absolute, die glorreiche Unfähigkeit zu sparen und auf die Seite zu legen, die göttliche Kühnheit, sich dem Nichts auszusetzen, das alle verschlingt, ohne irgendwelche Spuren zu hinterlassen. Man wird die Kunst der Sparsamkeit erfinden, und der Mensch wird die Gemeinheit des Geistes kennenlernen«.

Was wird dann noch von uns übrig sein? fragen die unduldsamen Augen des Herzogs Pietro. Nur ein paar verfallene Spuren, ein paar Bruchstücke einer Villa, die von Schimären mit langem, träumerischem Blick bewohnt ist, ein paar Fetzen von einem Garten, in dem steinerne Musikanten zwischen skelettartigen Zitronen- und Olivenbäumen eine steinerne Musik spielen.

Das Einkleidungsfest von Felice hätte nicht prunkvoller sein können, mit der Menge von höchst elegant gekleideten Edelleuten. Die Damen ließen ihre Schleppen, ihre Röcke, ihre Rüschsäume, ihre leichten Mousselinestolen wie Schmetterlingsflügel schwingen, die Haare von silbernen und goldenen Netzen umspannt, Bänder aus gekräuseltem Samt, aus Seide und Spitzen flossen von ihren bunten Gürteln herab.

Zwischen Federn, Degen, Handschuhen, Manschetten, Häubchen, künstlichen Blumen, perlenbesetzten Spangenschuhen, glänzenden und samtenen Dreispitzen wurden dreißiggängige Menüs serviert. Und zwischen den einzelnen Gängen wurden die kristallenen Kelche mit Zitronensorbets gefüllt, die nach Bergamotte dufteten.

Der Schnee wurde vom Gibellini-Gebirge heruntergebracht, auf Eselsrücken, eingehüllt in Stroh, nachdem er Monate zuvor in der Erde vergraben und so konserviert worden war, und niemals ging in Palermo das köstliche Eis aus.

Als Schwester Maria Felice Immacolata sich in der Mitte des Oratoriums, zwischen den Reihen der Geladenen, wie eine Tote auf die Erde warf, mit ausgestreckten Armen, und die Schwestern sie mit einem schwarzen Tuch bedeckten und zwei Kerzen zu ihrem Haupt und zwei zu ihren Füßen entzündeten, da hatte der Herr Onkel und Gatte sich auf den Arm seiner taubstummen Gattin gestützt und zu schluchzen begonnen. Eine Begebenheit, die sie äußerst überrascht hatte. Noch nie hatte sie ihn weinen gesehen, seit sie verheiratet waren, nicht einmal beim Tod des kleinen Signoretto. Und nun brach ihm diese Tochter, die dabei war, sich mit Christus zu vermählen, das Herz.

Als das Fest zu Ende war, schickte Herzog Pietro der Tochter eine Zofe, die ihr beim Ankleiden helfen und ihre Sachen in Ordnung halten sollte. Als Leihgabe schickte er ihr auch seine mit gepolstertem Samt ausgeschlagene Sänfte mit den vergoldeten Putti auf dem Dach. Und bis heute läßt er es ihr niemals an Geld fehlen, um den Beichtvater zu »beehren«, den man unablässig mit ausgesuchten Früchten, Seiden- und Spitzenstoffen beschenken muß.

Jeden Monat sind es fünfzig Tarì für das Kerzenwachs und weitere fünfzig für die Opfergaben auf dem Altar, siebzig für neue Tischdecken und dreißig für Zucker und Marzipan. Tausend Scudi sind draufgegangen, um den Klostergarten wiederherzurichten, der freilich ganz wunderschön geworden ist mit seinen künstlichen Seen, den steinernen Brunnen, den Wegen, Loggien, Wäldchen und künstlichen Grotten, in denen die Schwestern sich ausruhen, wobei sie Konfekt essen und den Rosenkranz beten.

In Wahrheit hat Herzog Pietro sich ganz und gar nicht damit abgefunden, die Tochter in der Ferne zu wissen, und sooft er kann, schickt er ihr die Sänfte, um sie für ein oder zwei Tage nach Hause zu holen. Tante Fiammetta betrachtet das Kloster als einen Gemüsegarten, in dem die Hacke die Gebete zu begleiten hat. Ihre Nichte Felice hat aus ihrer Zelle eine prächtige Oase gemacht, in die sie sich vor den Scheußlichkeiten dieser Welt zurückziehen kann, in der ihre Augen nur auf schönen und angenehmen Dingen ruhen. Der Park ist für Fiammetta ein Ort der Meditation und inneren Sammlung, für Felice ein Konversationszentrum, wo man gemütlich im Schatten eines Feigenbaums sitzen und Klatsch und Neuigkeiten austauschen kann.

Fiammetta beschuldigt Felice der »Korruption«. Die Jüngere wirft der Tante Bigotterie vor. Die eine liest nichts anderes als das Evangelium, das sie immer mit sich herumträgt, sei's im Garten, sei's in der Küche, so daß es sich bereits in eine Masse von fettigen Blättern verwandelt hat, die andere liest Lebensläufe der Heiligen in Romanform, in glänzenden, ledergebundenen Bändchen. Zwischen den Seiten tauchen plötzlich Bilder von Heiligen auf, deren Körper mit Wunden überdeckt sind und die in sinnlichen Posen daliegen, in seidene Tücher voller Windungen und Schnörkel gehüllt.

Als Tante Schwester Teresa noch lebte, waren sie zu zweit, um auf Felice einzureden. Doch nun, da Tante Teresa entschwunden ist, fast am selben Tag, an dem auch Tante Schwester Agata gestorben ist, ist Fiammetta allein übriggeblieben, um ihr Vorhaltungen zu machen, und zuweilen sieht es aus, als sei sie nicht mehr so ganz sicher, auf der Seite des Rechts zu stehen. Aus ebendiesem Grund wird sie immer bitterer, immer härter. Doch Felice achtet nicht auf sie. Sie weiß, daß sie den Vater auf ihrer Seite hat, und fühlt sich stark. Was die taubstumme Mutter betrifft, so hat sie von deren Urteil noch nie sehr viel gehalten: Sie liest zu viele Bücher, und das macht, daß sie wie abwesend ist, ein bißchen »komisch im Kopf«, wie sie zu ihren Freundinnen zu sagen pflegt, um sie zu rechtfertigen.

Mariano seinerseits findet, die Schwester sei »anmaßend«, doch teilt er mit ihr die Lust am Prunk und am Neuen. Während er sich darauf vorbereitet, all die Reichtümer seines Vaters zu erben, wird er jeden Tag schöner und arroganter. Der Mutter gegenüber zeigt er sich geduldig, wenn auch von einer leicht gekünstelten Geduld. Wenn er sie sieht, verbeugt er sich und küßt ihr die Hand, dann ergreift er Feder und Papier, um ihr mit großen gewundenen Buchstaben ein paar schmeichelhafte Sätze aufzuschreiben.

Auch er hat sich verliebt, und zwar in ein hübsches Mädchen, das ihm etwa zwanzig Besitzungen als Mitgift bescheren wird: Caterina Molé di Flores und Pozzogrande. Im September soll die Hochzeit sein, und schon jetzt fürchtet Marianna sich vor den mühevollen Vorbereitungen, denn das Fest soll mindestens acht Tage dauern und mit einem nächtlichen Feuerwerk zu Ende gehen.

21

Draußen ist es dunkel. Die Stille, die Marianna umgibt, ist absolut und steril. In ihren Händen hält sie einen Liebesroman. Die Worte, sagt der Schriftsteller, werden von den Augen gepflückt wie Trauben von der Rebe, sie werden ausgepreßt vom Verstand, der sich wie ein Mühlstein dreht, dann rinnen sie in flüssiger Form glücklich durch die Adern. Ist das die göttliche Ernte der Literatur?

Mit den Menschen zu zittern, die durch die Seiten spazieren, den Saft fremder Gedanken zu trinken, die Trunkenheit auszukosten, die aus den Erlebnissen der anderen strömt. Die eigenen Sinne anzuregen durch das stets sich wiederholende Schauspiel einer stellvertretenden Liebe, ist das nicht auch eine Art Liebe? Was macht es schon, daß diese Liebe niemals direkt von Angesicht zu Angesicht durchlebt worden ist? Der Umarmung fremder Körper beizuwohnen, die uns mittels der Lektüre gleichwohl nah und bekannt sind, ist das nicht so, als würde man die Umarmung selbst erleben, obendrein mit dem Vorteil, Herr seiner selbst zu bleiben?

Ein Verdacht geht ihr durch den Kopf: daß sie nämlich die Seufzer der anderen nur belauscht. So wie sie versucht, denen, die um sie sind, den Rhythmus der Sätze von den Lippen zu lesen, verfolgt sie auf diesen Seiten das Gelingen und Mißlingen der Liebe von anderen Menschen. Gibt sie da nicht eine eher mitleiderregende Gestalt ab?

Wie viele Stunden hat sie nicht in der Bibliothek verbracht und gelernt, das Gold aus dem Sand zu sieben, es Tag für Tag zu wenden und zu reinigen und mit den Augen die trüben Wasser der Literatur zu durchdringen. Was hat sie daraus gewonnen? Ein paar grobe, krumme Körnchen Wissen. Von einem Buch zum nächsten, von einer Seite zur anderen. Hunderte von Liebesgeschichten, heitere, verzweifelte, Erzählungen vom Tod, von der Lust, von Morden, Begegnungen, Abschieden. Sie selbst aber sitzt immer in jenem Sessel mit dem abgenutzten, kreisförmigen Stickmuster hinter dem Kopf.

Auf den unteren Regalen, die auch für Kinderhände erreichbar sind, stehen vor allem Heiligenlegenden: *Die Leiden der heiligen Eulalia*, *Das Leben des heiligen Leodegario;* ein paar französische Bücher: *Le jeu de Saint Nicolas*, das *Cymbalum mundi;* ein paar spanische: *Rimado de palacio* oder *Lazarillo de Tormes.* Eine Menge von Almanachen: von *Der Neumond* über *Liebe im Zeichen des Mars* zu *Die Ernte* und *Die Winde;* dazu einige Erzählungen von französischen Rittern und ein paar Romane für junge Fräulein, in denen auf heuchlerisch harmlose Weise von der Liebe gesprochen wird.

Weiter oben, in Mannshöhe, stehen die Klassiker: von der *Vita Nuova* über den *Rasenden Roland* zu *De rerum natura* und den *Dialogen* des Platon sowie ein paar modische Romane wie *Der getreue Colloander* und die *Jungfrauenlegenden.*

Das waren die Bücher in der Bibliothek der Villa Ucría, als Marianna sie erbte. Doch seit sie sich so beharrlich dort aufhält, hat sich der Bestand an Büchern verdoppelt. Anfangs hat sie sich damit entschuldigt, daß sie Französisch und Englisch lernen wolle. Also wurden Wörterbücher, Grammatiken, Kompendien angeschafft. Sodann ein paar Reisebücher mit Zeichnungen von fernen Ländern, und endlich, mit wachsender Kühnheit, moderne Romane, Geschichtsbücher, philosophische Werke.

Seit die Kinder aus dem Haus sind, hat sie sehr viel mehr Zeit. Die Bücher reichen nicht mehr aus. Sie bestellt Dutzende davon, doch oft dauert es Monate, bis sie eintreffen. Wie jenes Paket mit Miltons *Verlorenem Paradies*, das fünf Monate lang im Hafen von Palermo lag, ohne daß jemand davon wußte. Oder auch die *Histoire comique de Francion*, die auf dem Seeweg zwischen Neapel und Sizilien verlorenging, weil das Boot, auf dem sie sich befand, in der Nähe von Capri Schiffbruch erlitt.

Andere Bücher hat sie verliehen und erinnert sich nicht mehr, an wen; wie die *Laïs* der Marie de France, die nicht mehr zurückgekehrt sind. Oder der *Romance de Brut*, auf dem wohl ihr Bruder Carlo im Kloster von San Martino delle Scale sitzt.

Die Lesestunden, die sich bis in die Nacht hineinziehen, sind zwar anstrengend, aber auch voller Freuden. Marianna kann sich nie dazu entschließen, ins Bett zu gehen. Und wenn der Durst nicht wäre, der sie fast immer von der Lektüre wegtreibt, würde sie bis in die Morgenstunden weiterlesen.

Ein Buch zu verlassen ist, als ließe man den besten Teil seiner selbst hinter sich. Von den weichen und luftigen Bögen des Geistes übergehen zu müssen zur Plumpheit eines ewig bedürftigen Körpers, der unermüdlich nach etwas sucht, ist jedesmal eine Art Kapitulation. Man verläßt die liebgewordenen, vertrauten Personen und kehrt zum eigenen Selbst zurück, das nicht liebt, das eingesperrt ist in die lächerliche Buchführung von Tagen, die sich ununterscheidbar aneinanderreihen.

Der Durst hat sich in jene genüßliche Stille geschlichen und hat den Blumen den Duft geraubt und die Schatten verdickt. Das Schweigen der Nacht ist erdrückend. In die Bibliothek zurückgekehrt, zu den heruntergebrannten Kerzen, fragt sich Marianna, warum die Nächte ihr immer enger werden. Und weshalb alles droht, ins Innere ihres Gehirns zu stürzen wie in einen Brunnen mit dunklem Wasser, aus dem hin und wieder ein dumpfer Aufschlag erschallt, aber wovon?

Die Füße gleiten sanft und leise durch die teppichbelegten Korridore; sie erreichen das Speisezimmer, durchqueren den gelben, dann den rosa Salon; sie bleiben auf der Schwelle zur Küche stehen. Der schwarze Vorhang, hinter dem sich der große Krug mit dem Trinkwasser verbirgt, ist beiseite geschoben. Jemand ist vor ihr heruntergekommen, um zu trinken. Einen Augenblick lang erfaßt sie eine panische Angst, sie könnte nächtens mit dem Herrn Onkel und Gatten zusammentreffen. Seit sie ihn in jener Nacht abgewiesen hat, hat er sie nicht mehr aufgesucht. Sie glaubt, erraten zu haben, daß er der Frau von Cuffa den Hof macht. Nicht der alten Severina, die nun schon seit einiger Zeit tot ist, sondern der neuen Frau, einer gewissen Rosalia mit einem dicken schwarzen Zopf, der ihr über den Rücken baumelt.

Sie ist etwa dreißig Jahre alt, von energischem Temperament, doch zum Herrn ist sie sanft, und er braucht jemanden, der seine stürmischen Angriffe erträgt, ohne in starre Kälte zu verfallen.

Marianna denkt an ihre eiligen Paarungen im Dunkeln zurück, er gewappnet und unerbittlich, sie weit entfernt und wie versteinert. Sie mußten komisch ausgesehen haben, dumm, wie es nur jene sind, die ohne einen Schimmer von Einsicht eine Pflicht ausüben, die sie nicht begreifen und für die sie nicht gemacht sind.

Und doch haben sie fünf lebende Kinder gezeugt sowie drei noch vor der Geburt verstorbene, was zusammen acht ergibt; achtmal sind sie sich begegnet unter den Leintüchern, ohne sich zu küssen oder zu streicheln. Eine Bestürmung, eine Verdrehung, ein Druck von kalten Knien gegen die Beine, eine rasche und wütende Explosion.

Manchmal, wenn sie bei der Pflichtübung die Augen schloß, lenkte sie sich damit ab, daß sie an die Paarungen von Zeus und Io oder Zeus und Leda dachte, wie sie bei Pausanias oder Plutarch beschrieben sind. Der göttliche Körper erwählt sich ein irdisches Trugbild: einen Fuchs, einen Schwan, einen Adler, einen Stier. Dann, nachdem er lange zwischen Büschen und Korkeichen gelauert hat, die plötzliche Erscheinung. Es ist keine Zeit, um auch nur ein Wort zu sagen. Das Tier krümmt seine Krallen, packt mit dem Schnabel den Nacken der Frau und beraubt sie ihres Selbst und ihrer Lust. Ein Flügelschlag, ein keuchender Atemstoß gegen den Hals, ein Einschlagen der

Zähne in die Schulter, und aus ist es. Der Geliebte geht und läßt dich zurück in Schmerz und Erniedrigung.

Sie hätte Lust, Rosalia zu fragen, ob der Herr Onkel und Gatte sich auch bei ihr in einen Wolf verwandelt, der sie beißt und dann flieht. Aber sie weiß schon, daß sie sie nicht fragen wird. Aus Diskretion oder aus Schüchternheit, vielleicht aber nur aus Angst vor jenem schwarzen Zopf, der sich, wenn sie schlecht gelaunt ist, zu heben und zu krümmen scheint wie eine tanzende Schlange.

Es sind keine Lichter angezündet in den unteren Räumen, und Marianna weiß mit Sicherheit, daß der Herr Onkel und Gatte nicht im Dunkeln umhergehen würde, wie sie es tut, der die Taubheit ein besonders scharfes Auge verliehen hat, ähnlich dem Auge der Katze.

Der Krug strömt Feuchtigkeit aus. Er fühlt sich frisch und porös an und riecht angenehm nach Terrakotta. Marianna taucht den metallenen Napf, an dem ein Stiel befestigt ist, hinein und trinkt gierig, wobei ihr das Wasser auf das gestickte Mieder des Kleides herunterrinnt.

Aus dem Augenwinkel bemerkt sie einen schwachen Lichtschein, der durch die Tür eines der Dienstbotenzimmer dringt. Es ist das Zimmer von Fila, die Tür ist nur angelehnt. Sie hätte nicht sagen können, wie spät es ist, aber gewiß ist Mitternacht schon vorbei, auch ein Uhr, vielleicht ist es sogar schon bald drei. Es scheint ihr, als hätte sie jene Luftschwingung, jenen leichten Riß in der Nacht verspürt, den die Glocke der Kirche von Casa Butera verursacht, wenn sie die zweite Stunde schlägt.

Fast ohne sich dessen bewußt zu sein, tragen ihre Füße sie zu dem Lichtschein hin, ihr Blick drängt sich durch den offenstehenden Ritz und versucht, in dem rauchigen, züngelnden Licht eines brennenden Kerzenstumpfes etwas zu unterscheiden.

Ein nackter Arm ist zu sehen, der über den Rand des Bettes baumelt. Marianna zieht sich zurück, über sich selbst beschämt: Durch Türritzen zu spionieren, ist ihrer nicht würdig. Doch dann lächelt sie über sich: Überlassen wir die Würde ruhig den schönen Seelen, die Neugier ist die Wurzel der Unruhe, wie Herr David Hume in London sagen würde, und sie ist verwandt mit jener anderen Neugier, die sie dazu veranlaßt, sich mit solcher Leidenschaft in die Bücher hineinzudrängen. Warum sich also etwas vormachen?

Mit einer Kühnheit, von der sie selbst überrascht ist, kehrt sie zum Türspalt zurück und spioniert mit angehaltenem Atem, als hinge von dem, was sie sehen wird, ihre ganze Zukunft ab, als wäre ihr Blick bereits gefangen, noch bevor er etwas erfaßt hat.

Fila ist nicht allein. Ein Junge ist bei ihr, er ist von regelmäßigem Wuchs, und er weint verzweifelt. Das schwarze, lockige Haar ist in seinem Nacken zu einem festen Zöpfchen zusammengebunden. Marianna ist, als hätte sie diesen Knaben schon gesehen, aber wo? Seine Glieder sind weich und erdig, seine Haut hat die Farbe des Biskuits. Unterdessen sieht sie, wie Fila ein zusammengeknäultes Taschentuch aus ihrer Tasche zieht und dem weinenden Jungen damit die Nase putzt.

Nun scheint Fila den Jungen mit Fragen zu überhäufen, auf die er nicht antworten will. Unter heftigem Kopfschütteln, grinsend und heulend in einem, setzt er sich auf den Bettrand und schaut mit Bewunderung auf ein Paar hirschlederne Schuhe, die dort auf dem Boden liegen, die Schnürsenkel unordentlich herausgezupft.

Fila redet weiterhin ungeduldig auf ihn ein, inzwischen aber hat sie das nasse Taschentuch in ihre Tasche zurückgesteckt und beugt sich nun über ihn, beharrlich und mütterlich. Er weint nun nicht mehr, er nimmt einen Schuh und führt ihn an seine Nase. Im selben Augenblick wirft Fila sich auf ihn und schlägt ihn heftig; mit der Kante ihrer offenen Hand verpaßt sie ihm einen Schlag auf den Nacken, dann schlägt sie ihn auf die Wange und malträtiert schließlich seinen Schädel mit ihren geballten Fäusten.

Er läßt sich schlagen, ohne sich zu rühren. Von der

heftigen Bewegung erlischt die Kerze. Im Zimmer herrscht Dunkelheit. Marianna tut ein paar Schritte rückwärts, doch nun hat Fila den Kerzenstumpf wohl wieder angezündet, denn der Lichtschein rund um den Türstock ist wieder aufgeflackert.

Es ist besser, ich gehe jetzt wieder nach oben, sagt sich Marianna, aber eine ihr unbekannte, unbezwingbare Neugier, die sie insgeheim als obszön empfindet, zieht sie von neuem zu dem verbotenen Anblick hin. Auch Fila hat sich nun auf den Bettrand gesetzt, der Junge schmiegt sich an sie und legt seinen Kopf an ihre Brust. Einen Augenblick später küßt sie zärtlich seine geröteten Schläfen und fährt mit der Zunge über den Kratzer unter dem linken Auge, den sie ihm selbst zugefügt hat.

Diesmal zwingt Marianna sich, zum Trinkwasserkrug zurückzukehren. Die Vorstellung, einem Liebesakt zwischen Fila und diesem Jungen beiwohnen zu müssen, bestürzt sie: Sie ist auch so schon genügend verwirrt und überrascht. Von neuem taucht sie den metallenen Becher ins Wasser; sie führt ihn zum Mund und trinkt in großen Zügen, mit geschlossenen Augen. Sie merkt nicht, daß sich in der Zwischenzeit die Türe geöffnet hat und Fila auf der Schwelle steht und zu ihr hinsieht.

Ihr Mieder steht offen, die Zöpfe sind halb aufgelöst, sie ist starr vor Staunen und unfähig, etwas anderes zu tun, als dort zu stehen und sie mit offenem Mund anzustarren. Inzwischen ist auch der Knabe herangetreten und hinter ihr stehengeblieben, der kleine Zopf lugt schief hinter dem geröteten Ohr hervor.

Marianna beobachtet sie, aber ihr Gesicht ist nicht finster, vielleicht lachen ihre Augen sogar, denn Fila löst sich endlich aus dem starren Erstaunen und beginnt mit eiligen Fingern ihr Mieder zuzuschnüren. Der Junge zeigt nicht die geringste Angst. Er tritt vor, nackt bis an die Gürtellinie, den dreisten Blick auf die Herzogin gerichtet. Geradeso wie jemand, der sie schon immer von Ferne gesehen hat, hinter halbgeschlossenen Türen, vielleicht sie belauschend, wie sie es soeben mit ihm getan hat, hinter halbvorgezogenen Vorhängen, während er sich still im Hinterhalt versteckt hielt. Wie einer, der schon viel von ihr gehört hat und nun sehen möchte, aus welchem Stoff diese große Dame mit der versteinerten Kehle gemacht ist.

Fila aber will etwas sagen. Sie nähert sich Marianna, greift sie beim Handgelenk, sie spricht in ihr taubes Ohr, macht ihr vor den Augen Zeichen mit den Fingern. Marianna sieht, wie sie sich abmüht, so daß die schwarzen Haarsträhnen ihr aus den Zöpfen rutschen und sich wie schwarze Falten über ihre Wangen legen.

Für dieses eine Mal fühlt sie sich von ihrer Taubheit beschützt, ohne sich gleich wie eine Behinderte vorzukommen. Die Lust zu bestrafen entzündet ihre Wangen. Sie weiß wohl, daß eine Züchtigung keinen Sinn hätte – sie selbst ist ja die Schuldige, da sie nachts im Dunkeln durch das Haus schleicht –, aber in jenem Moment muß sie dringend wieder Distanz herstellen, die auf so gefährliche Weise aufgehoben worden ist.

Sie nähert sich Fila mit erhobener Hand, wie eine Herrin, die ihre Dienerin mit einem Fremden unter ihrem Dach entdeckt hat. Der Herr Onkel und Gatte würde ihr recht geben, im Gegenteil, er würde ihr noch eine Peitsche in die Hand drücken.

Aber Fila packt sie bei der erhobenen Hand und zieht sie in ihr Zimmer, vor den Spiegel, der von dem brennenden Kerzenstumpf schwach beleuchtet ist. Mit der anderen Hand zieht sie den Jungen hinter sich her und, vor dem Spiegel angekommen, packt sie ihn bei den Haaren und drückt seinen Kopf an den ihren, Wange an Wange.

Marianna betrachtet die beiden Gesichter im vom Rauch verdunkelten Spiegelglas, und augenblicklich begreift sie, was Fila ihr sagen möchte: zwei von der gleichen Hand gezeichnete Münder, zwei nach gleichem Vorbild modellierte Nasen mit einem kleinen Höcker in der Mitte und enger Wurzel und Spitze, die gleichen grauen, ein wenig zu weit auseinanderstehenden Augen, die breiten rosigen Backenknochen: sie sind Geschwister.

Fila, die begriffen hat, daß sie mit Hilfe des Bildes aufklären konnte, nickt mit dem Kopf und saugt glücklich an ihrer Unterlippe. Wie aber hat sie es nur gemacht, den Jungen die ganze Zeit bei sich zu verstecken, daß nicht einmal der Herr Vater von seiner Existenz wußte?

Nun befiehlt Fila dem Jungen mit einer Strenge, die nur eine größere Schwester sich erlauben kann, sich vor der Herzogin hinzuknien und den Saum ihres kostbaren, bernsteinfarbenen Gewandes zu küssen. Er sieht sie mit zerknirschter, theatralischer Miene von unten her an und berührt folgsam ihren Rocksaum mit den Lippen. Mit einem kleinen Aufzucken von kindlicher Gerissenheit, mit einer entfernten Ahnung vom Verführerischen, wie sie nur jemand zeigen kann, der sich von der Welt der Kostbarkeiten ausgeschlossen weiß.

Marianna beobachtet gerührt die Rippenbögen, die sich auf seinem gebeugten Rücken abzeichnen. Rasch macht sie ihm ein Zeichen, sich zu erheben. Fila lacht und klatscht in die Hände. Der Junge stellt sich vor sie hin, er hat etwas Unverschämtes an sich, das sie verstimmt und zugleich neugierig macht. Einen Augenblick lang begegnen sich ihre bewegten Blicke.

22

Saro und Raffaele Cuffa sind an den Rudern. In kurzen rhythmischen Stößen gleitet das Boot über das ruhige schwarze Wasser. Unter einer Girlande von Lampions sieht man ein paar vergoldete Sessel. Auf einem davon sitzt Herzogin Marianna: eine in einen flaschengrünen Mantel gehüllte Sphinx, das Gesicht dem Hafen zugewandt.

Auf den Querbänken sitzen Giuseppa und ihr Mann Giulio Carbonelli mit ihrem zweijährigen Sohn, Manina mit ihrer jüngsten Tochter Giacinta. Im Bug sitzen auf zusammengerollten Tauen Fila und Innocenza.

Ein zweites Boot gleitet nur wenige Armlängen entfernt neben ihnen her. Eine weitere Girlande, ein weiterer vergoldeter Sessel, auf dem Herzog Pietro sitzt. Neben ihm Tochter Felice, die Nonne, der älteste Sohn Mariano, begleitet von seiner Gattin Caterina Molé von Flores, sowie Cuffas junge Frau Rosalia, die den schwarzen Zopf wie einen Turban um den Kopf geschlungen hat.

Hunderte von Booten sind über die Bucht von Palermo verstreut: Kähne, Schaluppen, Feluken, jedes Boot mit Lichtergirlanden, Prunksesselchen und Ruderern.

Das Meer ist ruhig, der Mond versteckt sich hinter lila geränderten Wolkenfetzen. Die Grenze zwischen Himmel und Wasser verschwimmt in der undurchdringlichen Finsternis dieser ruhigen und feierlichen Augustnacht.

In ein paar Minuten werden aus der Feuerwerksmaschine, die sich imposant über dem Ufer erhebt, die Raketen, Feuerräder und Lichtfontänen aufsteigen und auf das Wasser niederregnen. Porta Felice im Hintergrund sieht aus wie eine über und über mit Öllämpchen gespickte Krippe. Rechts davon der Cassaro Morto, die dunklen Umrisse der Vicaria, die ärmlichen Behausungen der Kalsa, das massige Steri, der graue Stein von Santa Maria della Catena, die eckigen Mauern des Castello a Mare, der langgestreckte, klare Bau von San Giovanni de' Leprosi und gleich dahinter das Gewimmel der krummen, dunklen Gäßchen, aus denen Tausende von Menschen hervorquellen und sich Richtung Meer drängeln.

Marianna entfaltet ein zerknittertes Blatt, das in ihrem Schoß liegt und auf das eine freundliche Hand geschrieben hat: »Diese Maschine wurde mit Spenden der Weberzunft, der Sattlerzunft und der Käsehändlerzunft erbaut, Amen.«

Nun haben die Männer aufgehört zu rudern. Das Boot schaukelt sacht über den Wellen, mit seiner Ladung von Lichtern, festlich herausgeputzten Menschen, Wassermelonenscheiben und Flaschen mit Wasser und Anis. Marianna wendet den Kopf hin und her zwischen diesem Gewimmel von Bootsladungen, die in der Stille der Nacht hin und her schaukeln wie Daunenfedern im Nichts.

»Es lebe Ferdinand, der neugeborene Sohn von Karl III., König von Sizilien, Amen«, steht auf einem Zettel, der auf einen ihrer Schuhe gefallen ist. Die erste Rakete wird abgeschossen. Sie explodiert in großer Höhe, fast schon in den Wolken. Ein Regen von silbernen Fäden ergießt sich über die Dächer von Palermo, auf die Fassaden der Prinzenpaläste, auf die Straßen mit ihren grauen Pflastersteinen, auf die niedrigen Hafenmauern, die vollbesetzten Boote, und erlischt zischend im schwarzen Wasser.

»Vorgestern das Fest zur Krönung von Viktor Amadeus von Savoyen, gestern die Festbeleuchtung zur Thronbesteigung Karls VI. von Habsburg, und heute feiert man die Geburt des Sohnes Karl III. von Bourbon ... immer das gleiche Allotria, das gleiche Potpourri; erster Tag: feierliche Messe in der Kathedrale; zweiter Tag: Zweikampf zwischen Löwe und Pferd; dritter Tag: die Musikanten im Teatro Marmoreo, sodann Ball im Palazzo del Senato, Pferderennen, Umzug und Feuerwerk an der Marina ... eine endlose Tortur ...«

Ein Blick auf den Herrn Gatten reicht Marianna, um zu erraten, was in ihm vorgeht. Seit einiger Zeit ist er geradezu durchsichtig geworden für sie: die trüb gewordenen Augen und die licht gewordene Stirn schaffen es nicht mehr, die Gedanken so eifersüchtig geheimzuhalten wie einst. Es ist, als hätte er nicht mehr die Geduld, sich zu verstellen. Jahrelang war das sein Stolz gewesen: Niemand durfte hinter diese Augenbrauen, hinter diese harte, nackte Stirn dringen. Jetzt scheint es, als sei ihm diese Kunst zu geläufig und daher uninteressant geworden.

»Was für Tiere sind wir doch, daß wir immer den Nacken beugen... diesen Viktor Amadeus sollten wir besser vergessen, er wollte aus Palermo ein zweites Turin machen, miserere nobis! Mit festen Arbeitszeiten, Steuern, Abgaben, Garnison... möchten Sie nicht vielleicht Steuern auf Krankheit oder Hunger erheben, Herr König? Unsere Wunden duften nach Jasmin, mein lieber Herrscher, und nur wir sind imstande, das zu begreifen, deo gratias ... der Frieden von Utrecht 1713, der den spanischen Erbfolgekrieg beendete, noch so ein Unsinn, da haben sie schön die Happen untereinander aufgeteilt: eins für dich, eins für mich ... und Elisabetta Farnese, diese Ratte, hat sich die Insel in den Kopf gesetzt, wollte unbedingt einen Thron für ihren »Kleinen«. Kardinal Alberoni hat ihm die Stange gehalten, und Philipp V. streckte seine Hand aus ... Bei Capo Passero haben die Engländer ihm Saures gegeben, diesem Dummkopf Philipp V., aber Elisabetta ließ nicht locker, sie ist eine geduldige Mutter; nachdem die Österreicher in Polen besiegt worden waren, drehten sie Neapel und Sizilien den Rücken zu, so hat ihr Sohn Don Carlo gleich die Hand auf die Trumpfkarte gelegt... sie sind aufs hohe Roß gestiegen, und wer weiß, wann sie wieder absteigen werden.«

Sie kann diese tonlose Stimme nicht mehr aufhalten. Der Herr hat sie mit dieser Gabe bedacht, ins Hirn der anderen zu sehen. Aber wenn die Türe einmal zu ist, kann es leicht passieren, daß die Luft abgestanden ist und die Worte einen altbackenen Geschmack annehmen.

Zwei Hände legen sich auf die Schultern der Herzogin, legen ihr den Schal um den Hals, streichen ordnend über ihre Haare. Marianna dreht sich um, will Fila dafür danken und sieht sich dem unbekümmerten Gesicht Saros gegenüber.

Wenig später, während sie die grünen und gelben Lichtbögen betrachtet, merkt sie, daß der Junge wieder hinter ihrem Rücken steht. Mit zwei Fingern schiebt er den Schal beiseite und streicht leicht über ihren Haaransatz.

Marianna möchte ihn wegjagen, aber eine stumme, weiche Mattigkeit hält sie auf ihrem Sitz fest. Der Junge bewegt sich katzenhaft auf den Bug zu und deutet mit ausgestrecktem Arm zum Himmel.

Er hat sich dorthin gestellt, um sich betrachten zu lassen, das ist klar. Er steht auf dem schmalen Dreieck, wo er sich in der Balance halten muß, und zeigt seinen hohen, schlanken Körper, sein wunderschönes Gesicht, das im fliegenden Funkenregen aufleuchtet.

Alle Gesichter sind nach oben gewandt, alle Blicke verfolgen die Explosion der Feuerwerkskörper. Nur er schaut anderswohin, nämlich zum fürstlichen Sessel inmitten des Bootes. In den Lichtstrahlen, die die Luft bunt färben, sieht Marianna die Augen des Knaben fest auf sich gerichtet. Es sind liebevolle, fröhliche, vielleicht auch arrogante Augen, aber sie sind bar aller Böswilligkeit. Marianna sieht ihn einen Augenblick an, dann senkt sie schnell den Blick. Doch schon einen Moment später kann sie nicht anders, als ihn wieder zu bewundern: Dieser Hals, diese Beine, dieser Mund scheinen nur dazu dazusein, um sie zu verwirren und ihr zu gefallen.

23

Sei's im Garten, während sie ein Buch liest, sei's im gelben Salon, wo sie mit Raffaele Cuffa die Rechnungen überprüft, sei's in der Bibliothek beim Englischstudium, überall steht plötzlich Saro vor ihr, aus dem Nichts aufgetaucht und im Begriff, im Nichts wieder zu verschwinden.

Immer steht er da und sieht sie mit sanften, liebevollen Blicken an, die eine Antwort zu erflehen scheinen. Und Marianna wundert sich darüber, daß diese Hingabe so lange andauert, daß er sogar von Tag zu Tag kühner und drängender wird.

Der Herr Onkel und Gatte hat ihn aus Wohlwollen zu sich genommen und ihm eine schöne Livree in den Farben des Hauses, in Blau und Gold, schneidern lassen. Der Zopf baumelt nicht mehr hinter den Ohren wie ein Mäuseschwanz. Eine Strähne schwarzglänzenden Haares hängt ihm in die Stirn, und er schiebt sie mit einer gewandten, verführerischen Geste zurück.

Es gibt nur einen Ort, den er nicht betreten darf, nämlich das herrschaftliche Schlafzimmer, und dorthin zieht sie sich immer häufiger mit ihren Büchern zurück, ins Reich der Schimären mit dem enigmatischen Blick, und fragt sich, ob er es wohl wagen wird, sie bis hierher zu verfolgen.

Von Zeit zu Zeit aber ertappt sie sich dabei, wie sie in den Hof hinunterspäht und auf ihn wartet. Es reicht, daß sie ihn mit seinem wippenden, anmutigen Schritt vorbeigehen sieht, um sie in gute Laune zu versetzen.

Um ihm nicht mehr zu begegnen, hatte sie sich sogar dazu entschlossen, eine Zeitlang nach Palermo in das Haus in der Via Alloro umzuziehen. Eines Morgens aber sah sie ihn mit der Kutsche des Herrn Onkels und Gatten ankommen, auf dem hinteren Wagentritt stehend, fröhlich und festlich gekleidet: den Dreispitz auf den schwarzen Locken, ein Paar polierte, mit Messingschnallen geschmückte Schuhe an den Füßen.

Fila sagt, er habe jetzt angefangen zu lernen. Sie hat es Innocenza erzählt, die es Schwester Felice verraten hat, die es der Mutter auf ein Zettelchen geschrieben hat: »Der lernt jetzt sogar schreiben, um sich mit Eurer Hoheit unterhalten zu können.« Man weiß nicht, ob das mit Boshaftigkeit oder Bewunderung gesagt war.

Heute regnet es. Das Land ist verschleiert: Jeder Busch, jeder Baum trieft vor Wasser, und das Schweigen, das Marianna gefangenhält, erscheint ihr heute ungerechter als sonst. Eine tiefe Sehnsucht nach den Klängen, die den Anblick der glänzenden Äste, der von Leben wimmelnden Landschaft begleiten, packt sie an der Kehle. Wie sich wohl der Gesang einer Nachtigall anhört? Sie hat so viele Male in Büchern gelesen, daß dies der süßeste Gesang sei, den man sich vorstellen kann, etwas, das einem das Herz zum Klingen bringt. Aber wie?

Die Tür öffnet sich wie in einem Alptraum, von einer unbekannten Hand geschoben. Marianna sieht, wie sie sich langsam bewegt, doch weiß sie nicht, was da kommen wird: eine Freude oder ein Schmerz, ein befreundetes oder ein feindliches Gesicht?

Es ist Fila, die mit einem brennenden Kerzenleuchter eintritt. Wieder ist sie barfuß, und Marianna ist klar, daß es sich dabei um eine absichtliche Befehlsverweigerung handelt, ein Zeichen, das sich gegen die allzu anspruchsvollen Herrschaften richten soll. Zugleich aber rechnet sie mit Mariannas Nachsicht, die nicht einer Toleranz, sondern, so scheint sie zu denken, einem peinlichen Geheimnis entspringt, das sie beide jenseits aller Unterschiede in Alter, Reichtum und sozialem Rang mit einem schönen Band zusammenhält.

Was will sie von ihr? Warum setzt sie die nackten, schmutzigen Füße so genüßlich auf den wertvollen Teppich? Warum geht sie so nachlässig und sorglos herum, daß der Rock sich hebt und ihre schwieligen Fersen sichtbar werden?

Marianna weiß, daß die einzige Möglichkeit, den nötigen Abstand wiederherzustellen, darin bestünde, die Hand zu einer herrschaftlichen Ohrfeige zu erheben, und sei's nur zu einer leichten. So wird es gemeinhin gehandhabt. Aber es reicht, daß sie den Blick auf dieses Gesicht mit den feinen Gesichtszügen richtet, das jenem anderen, dem männlichen mit den lediglich etwas markanteren Zügen, so ähnlich ist, daß ihr jede Lust, sie zu schlagen, vergeht.

Marianna fährt sich mit der Hand an den Kragen, der ihr den Hals abschnürt. Das schafwollene Wams reibt rauh gegen ihren schweißnassen Rücken; es scheint aus Dornenreiser gemacht zu sein. Mit zwei Fingern bedeutet sie Fila, sich zu entfernen. Das Mädchen geht und läßt dabei den weiten roten Rock aus grobem Leinen schwingen. Kurz vor der Tür macht sie eine trockene Verbeugung, begleitet von einem halbherzigen Grinsen.

Als Marianna wieder allein ist, kniet sie vor einer kleinen, elfenbeinernen Christusstatue nieder, die Felice ihr geschenkt hat, und versucht zu beten: »Herr, mach, daß ich mich nicht in meinen eigenen Blicken verliere, mach, daß ich die Reinheit meines Herzens bewahre.«

Ihr Blick bleibt am Kruzifix hängen: Ihr scheint, als läge auf dem Gesicht Christi ein höhnisches Lächeln. Wie Fila scheint auch er sie auszulachen. Marianna steht auf, geht zum Bett und legt sich darauf nieder, mit den Armen bedeckt sie die Augen.

Sie dreht sich zur Seite. Sie streckt die Hand nach einem Buch aus, das der Herr Bruder Abt Carlo ihr zur Geburt von Mariano geschenkt hat. Sie öffnet es und liest:

> »Mein Odem ist schwach, und meine Tage
> sind abgekürzt; das Grab ist da.
> Fürwahr, Gespött umgibt mich, und
> auf ihren Hadern muß mein Auge weilen.

Sei du selbst mein Bürge bei dir;
wer will mich sonst vertreten?«

Die Worte Hiobs scheinen dort zu stehen, um sie an ein Verbrechen zu erinnern, doch welches? Jenes, so zu denken, wie Herr Hume es nahelegt, oder jenes, sich von einem ungekannten und beängstigenden Wunsch versucht zu fühlen? Gewiß sind ihre Tage abgekürzt, und schwächer werden nach und nach die Lichter ihres Körpers, wer aber wird sie vor dem Gespött schützen?

Wiederum bewegt sich die Tür, dreht sich in den Angeln und wirft einen viereckigen Schatten auf den Fußboden. Was verbirgt sich hinter dieser Tür? Welcher Körper, welcher Blick? Vielleicht der eines Jungen, der aussieht, als sei er zwölf Jahre alt, aber schon neunzehn zählt?

Diesmal ist es Giuseppa mit ihrem kleinen Söhnchen, die ihr einen Besuch abstattet. Wie dick Giuseppa geworden ist! Die Kleider können das Fleisch nur mit Mühe zusammenhalten, das Gesicht wirkt blaß und erloschen. Sie tritt resolut ein, setzt sich auf den Bettrand, zieht die Schuhe aus, in die ihre Füße eingezwängt sind, streckt die Beine über den Fußboden, schaut die Mutter an und bricht in Tränen aus.

Marianna nähert sich ihr liebevoll, drückt sie an sich; doch anstatt sich zu beruhigen, gibt sich die Tochter noch mehr ihrem Schluchzen hin, während das Kind auf allen vieren unter das Bett kriecht.

»Was ist mit dir, um Gottes willen?« schreibt Marianna auf ein Zettelchen, das sie der Tochter sogleich unter die Nase hält.

Giuseppa wischt sich mit dem Handrücken die Tränen ab, unfähig, das Schluchzen einzustellen. Sie wirft sich der Mutter wieder an den Hals, dann erwischt sie einen Zipfel ihres Staubmantels und putzt sich geräuschvoll die Nase. Erst nach langem Drängen und nachdem sie ihr die Feder in die Hand gedrückt hat, gelingt es Marianna, sie zum Schreiben zu bewegen.

»Giulio mißhandelt mich, ich will weg von ihm.«

»Was hat er dir denn getan, armer Schatz?«

»Er hat mir eine Haubennäherin ins Haus gebracht und sie in mein Bett gelegt mit der Begründung, daß sie krank sei, und dann, weil sie nichts zum Anziehen hatte, hat er ihr meine Kleider geschenkt und alle französischen Fächer, die ich gesammelt habe.«

»Ich werde mit dem Herrn Onkel und Gatten darüber reden.«

»Nein, Mama, ich bitte dich, zieh ihn da nicht rein.«

»Was kann ich dann tun?«

»Ich möchte, daß du ihn verprügeln läßt.«

»Wir leben doch nicht mehr zu Zeiten deines Urgroßvaters ... und außerdem, wozu sollte das gut sein?«

»Um mich zu rächen.«

»Und was hast du von der Rache?«

»Ich finde sie gut, ich bin gekränkt und will Genugtuung haben.«

»Aber warum die Haubennäherin in deinem Bett, ich versteh das nicht«, schreibt Marianna eilig; die Antworten kommen immer langsamer, verdrehter und unordentlicher.

»Wegen der Schande.«

»Aber warum will dein Mann Schande über dich werfen?«

»Das weiß nur er selbst.«

Eine merkwürdige, unglaubliche Geschichte: Wenn der Herr Ehemann Giulio Carbonelli sich bloß vergnügen wollte, hätte er es nicht nötig, seine Geliebte, die »Haubennäherin«, ins Bett der Gattin zu legen. Was sich wohl hinter diesem sinnlosen Verhalten verbirgt?

Und siehe da, nach und nach kommen, zwischen abgerissenen Sätzen und vielen Dialektausdrücken, einige Erklärungen zum Vorschein: Giuseppa hat sich mit Tante Domitilla, der Frau von Signoretto, befreundet, die sie in die verbotenen Werke der französischen Philosophen eingeführt hat, in das unfromme Denken, in die Forderung nach Freiheit.

Don Giulio Carbonelli, der die neuen Ideen, die unter den jungen Leuten kursieren, noch mehr haßt als der Herr Onkel und Gatte, hatte versucht, sie wieder abzubringen von diesem Weg, der »für eine Carbonelli, Baronin von Scarapullé, absolut unpassend ist«. Aber die Gattin hatte nicht auf ihn gehört, und so hatte er ihr, ohne viele Worte zu machen, auf diese indirekte, brutale Weise zu verstehen gegeben, wer der Herr im Hause ist.

Nun geht es darum, die Tochter davon zu überzeugen, daß Rache nur weitere Rache hervorruft, und daß ein solcher Streit zwischen Mann und Frau unausdenkbar ist. Von einer Trennung kann nicht die Rede sein: Sie hat einen kleinen Sohn, den sie unmöglich ohne Vater aufwachsen lassen kann, und außerdem kann sich eine verheiratete Frau ohne Mann, wenn sie nicht als Prostituierte gelten will, nur noch ins Kloster zurückziehen. Sie muß einen Weg finden, wie sie sich ohne Rache und Vergeltung wieder Respekt bei ihm verschaffen kann. Aber wie soll sie das anstellen?

Während Marianna nachdenkt, schreibt sie, ohne sich dessen recht bewußt zu sein: »Aber was sind das für französische Fächer?«

»Zwischen den Fächerstäben kommen Bettszenen zum Vorschein, Mama«, schreibt die Tochter ungeduldig, und Marianna nickt peinlich berührt.

»Du mußt dir seine Hochachtung zurückgewinnen«, beharrt die Mutter, und ihre Hand hat Mühe, den gebieterischen, entschlossenen Zug zu bewahren.

»Wir sind wie Hund und Katze.«

»Aber du hast ihn doch gewollt. Wenn du deinen Onkel Antonio geheiratet hättest, wie dein Vater es dir vorgeschlagen hat...«

»Lieber wäre ich tot... Onkel Antonio ist ein altes Triefauge, mit einem Blick wie ein Huhn. Da ist mir Giulio mit seiner Haubennäherin noch lieber. Nur du arme Taubstumme konntest dir einen solchen Grobian wie den Herrn Vater zum Mann nehmen ... Wenn ich es Mariano erzähle, meinst du, er wird mich rächen?«

»Schlag dir das aus dem Kopf, Giuseppa.«

»Daß sie hinter der Tür auf ihn warten und ihn verprügeln, wenn er herauskommt, nur das will ich, Mama.«

Marianna wirft der Tochter einen finsteren Blick zu. Das Mädchen schneidet eine trotzige Grimasse und beißt sich auf die Lippe. Noch aber hat die Mutter Macht über sie, und unter deren gestrengem Blick zieht Giuseppa sich zurück und beschließt, auf ihre Rachegelüste zu verzichten.

24

Die Vorhänge sind zugezogen. Der Samt fällt in großen Falten. In der Wölbung der Zimmerdecke sammeln sich die Schatten. Hier und da dringen Tropfen von Licht durch die Falten, fallen zu Boden und bilden kleine staubige Flecken.

Die stehende Luft riecht nach Kampfer; auf dem Ofen ein Topf mit kochendem Wasser. Das Bett ist so groß, daß es über die gesamte Zimmerbreite reicht; es steht auf vier schmalen Säulen aus gedrechseltem Holz, zwischen Spitzenvorhängen und Seidenkordeln.

Unter den zerknitterten Laken der schweißnasse Körper Maninas, seit Tagen liegt sie schon mit geschlossenen Augen da. Es ist ungewiß, ob sie überleben wird. Der gleiche Todesgeruch wie bei Signoretto, die gleiche gelatineartige Konsistenz ihrer Haut, die gleiche krankhafte, süßliche und übelriechende Hitze. Marianna streckt ihre Hand nach der Tochter Maninas aus, die mit der Fläche nach oben auf der Bettdecke liegt. Mit zwei Fingern streichelt sie vorsichtig über die feuchte Haut.

Wie oft hat sich diese Hand, als sie noch klein war, an ihre Röcke geklammert, wie sie selbst sich an die Kutte des Herrn Vaters geklammert hatte, mit der Bitte um Aufmerksamkeit und einer langen Reihe von Fragen, die in einer einzigen hätten zusammengefaßt werden können: kann ich dir trauen? Aber vielleicht hat auch die Tochter erkannt, daß es nicht möglich ist, jemandem zu vertrauen, der, obwohl er dich blind liebt, letztlich unbegreiflich und fern bleibt.

Eine Hand, deren weiße Haut häufig von rötlichen Mückenstichen verunstaltet ist, wie diejenige Agatas. In vielen Dingen sind Tante und Nichte sich ähnlich, alle beide sind sehr schön und haben einen Hang zur Grausamkeit. Jeglicher Koketterie, jeglicher Sorge und jeglichen Gefühls für sich selbst abgeneigt, haben sich beide einer dumpfen Mutterliebe hingegeben, hingerissen von einer Verehrung für die eigenen Kinder, die an Selbstvergessenheit grenzt.

Der einzige Unterschied: Maninas Humor, mit dem sie versucht, Frieden zu stiften, indem sie die anderen zum Lachen bringt, wobei sie selbst jedoch stets ernst bleibt. Agata opfert sich auf in der Mutterschaft, ohne etwas dafür zu verlangen, doch mit welcher Verachtung für alle Frauen, die es ihr nicht gleichtun. Sie hat bereits acht Kinder geboren und gebiert immer weiter, trotz ihrer neununddreißig Jahre, niemals ist sie müde, unablässig schlägt sie sich mit Ammen, Kinderfrauen, Badern, Hebammen und Wundärzten herum.

Manina liebt zu sehr die Eintracht, um irgend jemanden zu verachten. Ihr Traum ist es, den Mann, die Kinder, die Eltern, die Verwandten mit einem Faden zu verwikkeln und sie alle fest an sich zu binden. Mit ihren fünfundzwanzig Jahren hat sie bereits sechs Kinder zur Welt gebracht, und da sie mit zwölf Jahren geheiratet hat, gleichen die Kinder, je mehr sie heranwachsen, eher Geschwistern als Söhnen und Töchtern.

Marianna sieht sie noch vor sich, wie sie unsicher auf ihren dicken Beinchen steht, eingezwängt in ein Kleidchen mit Tupfern und roten Schleifen, das sie nach einem Bild von Velazquez hatte anfertigen lassen, von dem sie eine aquarellierte Kopie besaß. Ein rosiges, ruhiges Kind mit wasserblauen Augen.

Sie war noch nicht herausgetreten aus diesem Bild, und schon war sie in ein neues eingetreten, am Arm ihres Gatten, mit hoch angeschwollenem Bauch, den sie vor sich hertrug wie eine Trophäe und schamlos den bewundernden Blicken der Passanten feilbot.

Zwei Fehlgeburten und ein totgeborenes Kind. Doch sie ist ohne allzu großen Schaden daraus hervorgegangen. »Mein Körper ist ein Wartezimmer: Da ist immer ein Kind, das gerade ein- oder austritt«, hatte sie der Mutter geschrieben. Und über diese vielen Ein- und Austritte beklagte sie sich nicht, im Gegenteil, sie war glücklich darüber: Das Gewimmel der Kinder, die unablässig herumrannten, aßen, kackten, schliefen, schrien, stimmte sie ausgesprochen heiter.

Die letzte Geburt nun droht sie umzubringen. Die Lage des Kindes war richtig, jedenfalls hatte die Hebamme dies behauptet, die Brust hatte bereits begonnen, Milch zu produzieren, und Manina hatte Freude daran gehabt, ihre Kleinsten davon kosten zu lassen, die auf ihre Knie stiegen, sich an die Brustwarze hängten und an dem überanstrengten Fleisch sogen und zogen.

Das Kind ist tot geboren, und sie hat so viel Blut verloren, daß sie ganz grau geworden ist. Durch vieles Stopfen und Tamponieren ist es der Hebamme endlich gelungen, die Blutung zum Stillstand zu bringen, doch letzte Nacht hat die junge Mutter zu delirieren begonnen. Jetzt hängt ihr Leben an einem Faden, ihr Gesicht ist kreidebleich, die Augen sind trüb.

Marianna nimmt ein Stück Baumwolltuch, tunkt es in Zitronenwasser und führt es an die Lippen der Tochter. Sie sieht, wie diese einen Moment die Augen öffnet, doch sie sind blind, sie erkennen sie nicht.

Ein fast beglücktes Lächeln huscht über das blutleere Gesicht, ein Ausdruck von über den Dingen stehender Sorglosigkeit, von verklärter Selbstaufopferung. Wer kann ihr diese Manie der mütterlichen Selbstaufgabe eingehämmert haben? Tante Schwester Teresa oder die Kinderfrau mit den weißen Haaren und dem Bußgürtel unter dem Wams, der sie dazu zwang, stundenlang neben dem Bett zu knien und zu beten? Oder Don Ligustro, der auch Tante Fiammettas Beichtvater ist und der ihr jahrelang nahe war und sie in Katechismus und Glaubensdoktrin unterwies? Und doch ist Don Ligustro ganz und gar kein Fanatiker, im Gegenteil, zuweilen schien es, als liebäugelte er mit dem großen Cornelius Jansen, genannt Giansenio. Irgendwo muß noch ein Billett von Padre Ligustro liegen, auf das er ein Zitat des Aristoteles geschrieben hat:

»Gott ist zu vollkommen, um an etwas anderes denken zu können als an sich selbst.«

Sowohl Agata als auch Manina fordern nichts von ihren Ehemännern: weder Liebe noch Freundschaft. Und vielleicht werden sie eben deshalb geliebt. Don Diego di Torre Mosca entfernt sich keinen Augenblick von seiner Frau und ist eifersüchtig bis zum Wahnsinn.

Maninas Mann, Don Francesco Chiarandà di Magazzinasso, ist seiner Frau ebenfalls sehr verbunden, auch wenn ihn dies nicht daran hindert, über die Gouvernanten und Dienerinnen herzufallen, die im Hause tätig sind, und zwar vor allem dann, wenn sie vom »Kontinent« stammen. So war es im Falle einer gewissen Rosina aus Benevent, einem hübschen und ungezügelten Mädchen, das als »Zimmermädchen fürs Feine« angestellt worden war. Sie wurde schwanger vom Herrn Baron, und die Aufregung darüber war groß. Die Frau Schwiegermutter, Baronesse Chiarandà di Magazzinasso, hat sie aus dem Haus des Sohnes entfernt und sie nach Messina zu Freunden geschickt, die eine elegante Zofe suchten. Fiammetta kam aus dem Kloster angereist, um dem Neffen eine Moralpredigt zu halten. Tanten, Schwägerinnen und Cousinen sind in den Salon des Palazzo Chiarandà in der Via Toledo gestürmt, um die »arme kleine Frau« zu trösten.

Doch die einzige, die sich nicht im geringsten um die ganze Sache scherte, war Manina selbst, die sich sogar erbot, den Bastard bei sich aufzuziehen und auch die Mutter im Hause zu behalten. Sie machte sogar geistreiche Bemerkungen über die Ähnlichkeit zwischen Vater und Sohn, die die »gleiche Schnabelnase« hätten. Doch die Frau Schwiegermutter blieb unerbittlich, und Manina gab schließlich nach und senkte das schöne Haupt, das sie mit einer Kette von rosa Perlen zu schmücken pflegte.

Jetzt liegen diese Perlen dort auf dem Nachttisch und werfen ihren malvenfarbenen Glanz ins Halbdunkel des Zimmers. Daneben vier Ringe: Großmutter Marias Rubin, der noch die Flecken und den Geruch des Triestiner Schnupftabaks aufweist, eine Kamee mit einem Venuskopf, die einst Großmutter Giuseppa und davor der dreifachen Ahnin Agata Ucrìa gehört hat, ein Ehering aus massivem Gold und ein silberner Ring mit Delphinen, den Großvater Signoretto immer trug. Daneben ein mit Brillanten besetzter Haarkamm aus Schildpatt, der vom gekräuselten Haar der Schwiegermutter auf das blonde der Schwiegertochter übergegangen ist.

Den Delphinring hatte der Herr Vater einmal verloren, womit er die ganze Familie in helle Aufregung versetzt hat. Doch der Ring wurde wiedergefunden von Innocenza, neben dem Nymphenbrunnen. Und diese erhielt daraufhin, getreu dem Sprichwort »Mach dich verdienstvoll und leg dich dann aufs Ohr«, bei allen den Beinamen »die ehrliche Innocenza«. Doch der Delphinring ging nochmals verloren: Diesmal hatte der Herr Vater ihn im Hause einer Opernsängerin vergessen, in die er sich vernarrt hatte.

»Aus Respekt habe ich den Ring abgenommen und ihn auf den Nachttisch gelegt«, hatte er der Tochter einmal vertraulich geschrieben.

»Respekt wovor, Herr Vater?«

»Vor der Mutter, der Familie.« Doch während er dies schrieb, mußte er lächeln. So glaubwürdig und unglaubwürdig zugleich. Er liebte die Gewohnheiten, die Abende im Familienkreis, doch ebenso die prahlerischen Auftritte, die Kühnheit einer Abenteuernacht.

Er wollte nicht, daß die überkommene Struktur der Bindungen und Gewohnheiten umgestürzt werde, gleichzeitig aber war er jeder neuen Idee, jedem unvorhersehbaren Gefühl gegenüber neugierig aufgeschlossen, voller Nachsicht gegenüber der eigenen Widersprüchlichkeit und unduldsam gegen diejenige der anderen.

»Aber habt Ihr den Ring wiedergefunden?«

»Ich selbst war der Rüpel, ich dachte, Clementina hätte ihn mir gestohlen, statt dessen legte sie ihn mir zwei Tage später auf das Kissen ... sie war brav, die Kleine ...«

Marianna besitzt eine ganze Schachtel voll solcher Billetts des Herrn Vaters, die sie in einer verschlossenen Schublade in ihrem Schlafzimmer aufbewahrt. Ihre eigenen Zettel wirft sie weg, doch die des Vaters, der Mutter und einige der Kinder hat sie aufgehoben, und hin und wieder zieht sie sie hervor, um sie noch einmal zu lesen. Die leichte und nachlässige Handschrift des Herrn Vaters, die kümmerliche, mühevolle der Frau Mutter, die langgestreckten, engen O ihres Sohnes Mariano, die flüchtigen S und L ihrer Tochter Felice, die schiefe, von Tintenklecksen übersäte Unterschrift Giuseppas.

Von Manina besitzt sie nicht ein einziges Zettelchen. Vielleicht, weil sie der Mutter wenig geschrieben hat, vielleicht auch, weil das, was sie ihr schrieb, stets so unbedeutend war, daß es keine Spur hinterließ. Das Schreiben war nie eine Stärke dieser schönen und sorglosen Tochter gewesen. Eher schon die Musik, die Noten sagten ihr mehr als die Worte. Und die Witzeleien, die immer den Zweck hatten, die anderen von düsteren Gedanken, Mißstimmungen und Streitigkeiten zu erlösen, gelangten nur dann zu Marianna, wenn jemand anderes sie ihr aufschrieb. Manina tat dies niemals selbst.

Während ihrer ersten Ehejahre pflegten Manina und Francesco allabendlich Freunde einzuladen in ihr großes Haus in der Via Toledo. Sie hatten einen französischen Koch mit einem pockennarbigen Gesicht, der köstliche »fois gras« und »coquilles aux herbes« zuzubereiten wußte. Nach dem üblichen Nachtisch aus Granatäpfeln und Zitroneneis begaben sie sich in den mit Fresken des Intermassimi ausgeschmückten Salon. Auch hier gab es Schimären mit Löwenkörpern und den an Marianna erinnernden weiblichen Gesichtern.

Manina saß am Clavicord und ließ die Finger über die Tasten gleiten, erst schüchtern, vorsichtig, dann immer schneller und sicherer, wobei ihr Mund sich zu einer bitteren, fast wilden Grimasse verzog.

Nach dem Tod ihres Zweitgeborenen und den zwei darauffolgenden Fehlgeburten hatten die Chiarandà aufgehört, Gäste zu empfangen. Nur sonntags luden sie zuweilen noch die Verwandtschaft zum Mittagessen ein, und dann wurde Manina fast mit Gewalt ans Clavicord gezerrt. Doch ihr Gesicht verzog sich nicht mehr, es blieb glatt und mild wie auf dem Portrait des Intermassimi, das im Speisesaal zwischen einem Schwarm von Engeln, Paradiesvögeln und fischköpfigen Schlangen hängt.

Später verzichtete sie auf alles. Nunmehr sitzt nur noch ihre siebenjährige Tochter Giacinta am Clavicord, begleitet von ihrem Tessiner Lehrer, der mit einem Stock aus Olivenholz den Takt auf den Klavierdeckel schlägt.

Marianna ist eingenickt, die fieberheiße Hand der Tochter in der ihren. In ihrem leeren Kopf dröhnt das Hufestampfen des Braunen Miguelito wider. Wer weiß, wohin das alte Pferd nun wieder galoppiert, das dem Herrn Vater einst von einem entfernten Cousin, Pipino Ondes, geschenkt worden war, der es seinerseits den Zigeunern abgekauft hatte.

Jahrelang hat Miguelito in den Ställen hinter der Villa Ucrìa neben dem »Keller« von Calò gelebt, zusammen mit den anderen Araberhengsten. Dann hatte der Herr Vater begonnen, ihn wegen seines mutigen und fügsamen Charakters den anderen vorzuziehen, und er ritt nur noch auf ihm, wenn er die Butera oder die Palagonia besuchen wollte, und manchmal ließ er sich von ihm sogar bis Palermo tragen. Als das Pferd älter wurde, landete es bei den Calò, wurde zunächst von den beiden Zwillingsmädchen Lina und Lena in wildem Galopp durch die Olivenhaine gejagt und trug dann, als es auf einem Auge erblindet war, den alten Calò hinter seinen Kühen her über die Ebene von Bagheria. Nach dem Tod der Zwillinge sah man es noch immer durch die Olivenhaine irren, schrecklich abgemagert, doch immer noch bereit loszupreschen, kaum daß es den staubigen Abhang der Villa unter den Hufen fühlte.

Bald werde ich auf seinen Rücken steigen, sagt sich

Marianna, und dann werden wir den Herrn Vater besuchen, doch wo? Das Pferd ist blind, sein Fell ist abgeschabt, sein Gebiß ist vom Alter vergilbt und abgesplittert, doch es hat seine Kühnheit und seine dichte, kaffeebraune Mähne, für die es einst berühmt war, nicht verloren. Nur mit seinem Schwanz ist etwas Merkwürdiges los, er ist länger geworden und dicker, er windet sich. Nun streckt er sich, entwickelt sich, zeigt ein spitzes Ende; es scheint, als wollte er sie um die Taille fassen und sie gegen den Fels schleudern. Sollte sich das Pferd am Ende in einen jener Hunde verwandelt haben, die die Träume der Frau Mutter bevölkerten?

Marianna schlägt die Augen auf, eben noch rechtzeitig, um hinter der halbgeschlossenen Türe einen wippenden schwarzen Haarschopf und einen klaren, dunkeläugigen Blick zu erspähen, der sie beobachtet.

25

Von weitem sehen sie aus wie drei große Schildkröten, die langsam durch das hohe Gras zwischen den Steinen am Wegrand kriechen. Drei Schildkröten: drei Sänften, mit jeweils zwei Mauleseln vorneweg und zweien hinterdrein. Sie ziehen im Gänsemarsch, einer hinter dem anderen her, durch Wälder und zwischen Abgründen hindurch, über einen unwegsamen Pfad, der von Bagheria zu den Monti delle Serre führt, durch Misilmeri und Villafrate hindurch bis hinauf auf die Höhen der Protella del Coniglio. Vier bewaffnete Männer folgen der Karawane, vier weitere bahnen ihr den Weg, mit geschulterten Musketen.

Marianna schwebt hoch oben, in den engen Sitz gezwängt, die schweren Röcke ein wenig über den verschwitzten Füßen hochgezogen, die Haare im Nacken zu einem Knoten gebunden, damit sie nicht so viel Hitze machen. Hin und wieder hebt sie die Hand, um eine Fliege zu verscheuchen.

Ihr gegenüber, auf dem mit Brokat überzogenen Sessel, in einem weißen Kleid aus indischem Stoff, ein blauseidenes Tüchlein auf den Knien, schläft Giuseppa, ungestört von den Schwankungen und dem Geschüttel der Sänfte.

Der Pfad wird steiler und enger, er führt auf der einen Seite über einen felsigen Abgrund von rosagrauem Gestein, auf der anderen Seite steigt eine jäh aufragende Wand aus schwarzem Gestein auf, von undurchdringlichem Gebüsch bewachsen. Die Hufe der Maultiere rutschen zuweilen auf dem felsigen Boden aus und bringen die Sänften ins Schwanken, doch dann fassen sie wieder Fuß und steigen weiter hinauf, indem sie die Löcher im Boden umgehen.

Der Maultiertreiber führt sie, er hält vor sich eine Stange, mit der er das schlammige Gelände erkundet. Manchmal versinken die Hufe der Tiere im Lehm, dann haben sie große Mühe, sie wieder herauszuziehen, denn sie sind von Erdklumpen schwer, und es gelingt nur unter Peitschenhieben. Dann wieder wickelt sich das hohe und scharfkantige Gras um die Knöchel der Tiere und hindert sie am Weiterlaufen.

Marianna klammert sich an den hölzernen Griff, ihr Magen ist in Aufruhr, und sie fragt sich, ob sie sich am Ende noch übergeben muß. Sie streckt den Kopf zum Türfenster hinaus und sieht ihre Sänfte über einem Abgrund schweben: Warum um Gottes willen halten sie nicht an, wann hört dieses entsetzliche Schwanken endlich auf, das sämtliche Innereien durcheinanderschüttelt? Stehenzubleiben aber ist gefährlicher als weiterzuwandern, und die Maultiere setzen, als sei ihnen dies bewußt, mit gesenkten Köpfen stetig ihren Weg fort, sie schnauben und halten mit gekonntem Muskelspiel das Gleichgewicht zwischen den Trägerstangen.

Die Fliegen schwirren zwischen den Schnauzen der Tiere und dem Inneren der Sänfte hin und her. Die Bewegung hat sie aufgescheucht. Sie kriechen über die zurückgebundenen Haare der Herzogin, über die geöffneten Lippen Giuseppas. Besser, vorauszublicken, sagt sich Marianna, und zu versuchen, dieses Gefangensein zwischen zwei über dem Abgrund schwebenden Stangen zu vergessen.

Wenn sie den Blick hebt, kann sie, jenseits des steinigen Abgrundes, jenseits eines Korkeichenwaldes, inmitten sanft abfallender, braunverbrannter Felder, das Sciara-Tal mit seinen großen Weizenfeldern sehen: weite Flächen, die von einem gelben, im Winde sanft wogenden Flaum bedeckt sind. Und durch die Weizenfelder windet sich, lebendig wie eine Schlange mit glänzenden Schuppen, der San Leonardo, der in den Golf von Termini Imerese mündet.

Die großartige Landschaft hat sie die Fliegen und die Seekrankheit vergessen lassen. Sie streckt eine Hand nach ihrer schlafenden Tochter aus, der der Kopf auf die

Schulter gesackt ist; doch auf halbem Wege zieht sie ihre Hand wieder zurück. Sie weiß nicht, ob sie sie wecken soll, um ihr das Panorama zu zeigen, oder ob sie sie schlafen lassen soll, eingedenk der Tatsache, daß sie heute morgen um vier Uhr aufgestanden sind und dieses Schaukeln das Wachbleiben nicht eben erleichtert.

Vorsichtig, um das Gleichgewicht des instabilen Kuppelgehäuses nicht zu stören, lehnt sie sich zum Fenster hinaus, um zu sehen, ob die beiden anderen Sänften hinterherkommen. In der einen befinden sich Manina, die nach ihrer Genesung wieder schlank und schön geworden ist, und Felice, die sich mit einem großen Fächer aus gelber Seide »bewedelt«. In der anderen Sänfte reisen Innocenza und Fila.

Unter den bewaffneten Männern befinden sich Raffaele Cuffa, sein Cousin Calogero Usura, der Gärtner der Villa Ucrìa Peppino Geraci, der alte Ciccio Calò, sein Neffe Totò Milza sowie Saro, der, seit der Herr Onkel und Gatte gestorben ist und ihm hundert Scudi sowie alle seine Kleider vererbt hat, eine gesuchte Langsamkeit zur Schau trägt, die ihn ein wenig lächerlich macht, ihm aber auch einen gewissen Glanz verleiht.

Die Rippenbögen auf seiner Brust sind verschwunden. Der schwarze Haarschopf rutscht ihm nicht mehr hartnäckig in die Stirn, sondern ist nun gewaltsam unter einer Perücke mit weißen Löckchen gebändigt, die noch aus Herzog Pietros Jünglingszeiten stammt und Saro ein wenig zu groß ist, sie neigt dazu, ihm über die Ohren zu rutschen.

Er ist immer noch sehr schön, wenn auch inzwischen auf eine andere Weise, weniger kindlich, vielmehr bewußter und demütiger. Vor allem hat sich sein Benehmen geändert, das nun eher dem eines Herrn gleicht, der zwischen feinlinnenen Bettüberzügen in einem großen Palast in Palermo geboren ist. Er hat gelernt, sich anmutig, aber nicht geziert zu bewegen. Er besteigt das Pferd wie ein Prinz, indem er die Stiefelspitze in den Steigbügel setzt und sich mit einem leichten, beherrschten Schwung in den Sattel zieht. Er hat gelernt, sich vor den Damen zu verbeugen, indem er den einen Fuß ein wenig vorsetzt und mit dem Arm einen weiten Kreisbogen beschreibt, nicht ohne im letzten Moment das Handgelenk zu drehen und die Feder auf dem Dreispitz erzittern zu lassen.

Nach und nach hat er die Stufen des Ruhmes erklommen, der resolute Waisenknabe mit dem Mäusezöpfchen und dem zerknirschten Lächeln, den sie eines Nachts halb nackt in Filas Zimmer entdeckt hat. Doch er gibt sich noch nicht zufrieden, nun will er auch noch schreiben und rechnen lernen. Und er legt dabei so viel Fleiß und Geduld an den Tag, daß sogar der Herr Onkel und Gatte angefangen hatte, ihn hochzuschätzen und ihm höchstpersönlich Unterricht in Heraldik, in gutem Benehmen und in der Reiterei zu erteilen.

Nun hat er nur noch die letzten Stufen vor sich, dazu gehört auch, seine eigene Herrin zu erobern, die schöne Taubstumme, die sich mit solch arroganter Hartnäckigkeit seiner Liebe widersetzt. Ist er deshalb so verwegen? Oder ist da noch etwas anderes? Schwer zu sagen. Der Jüngling hat unter anderem auch gelernt, sich zu verstellen.

Bei der Beerdigung der Herrn Onkels und Gatten war er der Betrübteste von allen, als sei ihm der eigene Vater hinweggestorben. Und als man ihm eröffnete, daß der Herzog ihm eine kleine Erbschaft, bestehend aus Goldmünzen, Kleidern, Schuhen und Perücken hinterlassen habe, wurde er blaß vor Erstaunen und wiederholte unentwegt, daß er dessen »nicht würdig« sei.

Die Beerdigung hatte Marianna angestrengt bis zur Atemlosigkeit: neun Tage lang Zeremonien, Messen, Abendessen mit den Verwandten, die Beschaffung der Trauerkleidung für die ganze Familie, die Blumendekoration, mehrere Hundert Kerzen für die Kirche, die Klageweiber, die zwei Tage und zwei Nächte lang neben der Leiche geweint haben.

Endlich wurde die Leiche zur Einbalsamierung in die Kapuzinergruft gebracht. Sie hätte es lieber gesehen, daß er unter der Erde beigesetzt worden wäre, doch Mariano und Bruder Signoretto blieben unerschütterlich: Herzog Pietro Ucrìa von Campo Spagnolo, Baron von Scannatura, Graf von Sala di Paruta, Marquis von Solazzi, mußte einbalsamiert und in der Krypta der Kapuziner konserviert werden wie seine Ahnen.

Viele Leute waren in die Gruft hinuntergestiegen, hatten sich in den Schleppen der Damen verfangen, hatten riskiert, mit den Fackeln den Katafalk anzuzünden, inmitten der vielen hin und her wandernden Hände, Füße, Kissen, Blumen, Degen, Livreen, Kandelaber.

Dann waren sie alle verschwunden, und sie war mit dem nackten Körper ihres toten Mannes allein, während die Mönche den Seziertisch in der Salpetergrotte vorbereiteten.

Anfangs hatte sie vermieden, ihn anzusehen: Es erschien ihr indiskret. Ihr Blick war weiter hinaufgewandert und auf drei Gestalten mit einer teerschwarzen Haut gefallen, die ihnen an den Knochen klebte, und die starrten dort von der Wand herab, an der sie aufgehängt waren, die skelettartigen Hände hatte man ihnen vor der Brust zusammengebunden.

Auf den hölzernen Regalen lagen weitere Tote: elegante Frauen in Festrobe, die Arme kreuzförmig über die Brust gelegt, mit vergilbten Spitzenhäubchen und über den Zähnen zurückgezogenen Lippen. Einige lagen dort erst seit ein paar Wochen und verströmten einen penetranten Säuregeruch. Andere ruhten dort bereits seit fünfzig oder hundert Jahren und hatten jeden Geruch verloren.

Ein barbarischer Brauch, dachte Marianna und versuchte, sich die Sätze ins Gedächtnis zu rufen, die sie bei David Hume über den Tod gelesen hatte; doch ihr Kopf war leer. Besser verbrannt und in den Ganges geworfen zu werden, wie die Inder es tun, als hier mit zerknitterter

Haut in den unterirdischen Gewölben zu liegen, von neuem in trauter Einigkeit mit den Verwandten und Freunden und den Trägern großer Namen.

Ihr Blick war dann zu einem Körper gewandert, der unter Glas lag und tatsächlich vollkommen konserviert war: ein kleines Mädchen mit langen blonden Wimpern, die Ohren wie zwei winzige Muscheln, das auf einem gestickten Kissen ruhte; auf der hohen, blanken Stirn glänzten zwei Schweißtropfen. Und sofort hatte sie das Kind erkannt: Es war die Schwester ihrer Großmutter Giuseppa, die mit sechs Jahren an der Pest gestorben war. Eine nie herangewachsene Großtante, die das Wunder der Ewigkeit des Fleisches kundzutun schien.

Von allen Körpern, die hier unten versammelt waren, hatte nur der dieses Kindes sich so erhalten, wie alle sich nach dem Tode zu erhalten hoffen: unversehrt, weich und von einer friedlichen Gleichmut umhüllt. Durch die Einbalsamierung der Mönche hingegen, deren Methode so berühmt war wegen der Verwendung von natürlicher Salpetersäure, zerbröckelten die Körper nach einiger Zeit, wurden hart und brachten die Skelette zum Vorschein, die nur noch von einem dünnen Film trockener, dunkler Haut bedeckt blieben.

Dann war Mariannas Blick wieder zu dem vor ihr liegenden nackten Körper ihres Mannes gewandert. Warum nur hatten sie sie hier allein gelassen? Vielleicht, damit sie sich ein letztes Mal von ihm verabschiedete oder damit sie über die Vergänglichkeit des menschlichen Körpers nachdächte? Merkwürdigerweise beruhigte sie der Anblick seiner leblosen Glieder: Dieser war so anders als all die anderen Körper, die sie hier umgaben, so frisch und still, so voller deutlich sich abzeichnender Adern, Wimpern, Haare, Lippen, wie bei einem Lebendigen. Das gewellte graue Haar bewahrte unversehrt die Erinnerung an das sonnenbeschienene Land, auf den Wangen leuchtete noch ein Strahl vom rosigen Licht der Kerzen.

Über seinem Körper befand sich ein kleines Kupferschild mit der Inschrift »Memento mori«; doch die Leiche des Herrn Onkels und Gatten schien eher zu sagen: »Memento vivere!«, so kraftvoll war der Ausdruck seines steifgewordenen Körpers im Vergleich zum feierlichen Pappmaché, aus dem dieses Volk von Einbalsamierten bestand. So nackt hatte sie ihn niemals gesehen; so nackt und wehrlos und doch so voller Würde in seinem entschlummerten Körper, in den ernsten Falten seines versteinerten Gesichts.

Ein Körper, der wegen der Strenge, der Kälte und Gewalttätigkeit, die ihm eigen war, niemals Liebe in ihr erweckt hat. In letzter Zeit hatte sich in der Art und Weise, wie er sich ihr zu nähern pflegte, etwas geändert: immer noch verstohlen, als wollte er ihr etwas rauben, doch von einer ungewohnten Unsicherheit, einem Zweifel gepackt, der von jener unerklärlichen Abweisung herrührte, der er vor vielen Jahren ausgesetzt war.

Diese rauhe, ein wenig aufgesetzte Behutsamkeit, die einem stillen, bestürzten Respekt glich, hatte ihn ihr weniger fremd erscheinen lassen. Sie hatte sich sogar zuweilen bei dem Wunsch ertappt, ihm die Hand zu drücken, doch sie wußte, daß schon die bloße Idee einer Zärtlichkeit für ihn unannehmbar war. Von seinen Vätern hatte er eine Vorstellung von der Liebe ererbt, die der von Raubtieren glich; zielen, angreifen, reißen, verschlingen. Und danach entfernt man sich gesättigt und läßt ein Aas zurück, eine allen Lebens beraubte Hülle.

Dieser nackte, einsame Körper, der dort auf den Steinfliesen lag, bereit, geschnitten, ausgenommen und mit Salpetersäure gefüllt zu werden, erweckte jetzt in ihr eine plötzliche Anteilnahme. Oder vielleicht sogar noch mehr, eine Art Mitleid. Sie streckte die Hand aus und streichelte mit zwei Fingern leicht über seine Schläfe, während ihr ungewollt und unversehens zwei Tränen über die Wange rollten.

Und während sie dieses fahle, scharfgeschnittene Gesicht, die flüchtige Linie des Mundes, die hervortretenden

Backenknochen, die kleinen dunklen Nasenflügel betrachtete, versuchte sie, das Geheimnis dieses Körpers zu ergründen.

Sie hatte sich ihn nie als Kind vorgestellt, den Herrn Onkel und Gatten. Das war unmöglich. Seit sie ihn kannte, war er immer alt gewesen, immer in diese roten Gewänder gezwängt, die mehr an einen Dekor des 17. Jahrhunderts als an die Eleganz des neuen Jahrhunderts denken ließen, sein Kopf war stets von jenen gestelzten Perücken bedeckt, seine Gestik war steif und gesetzt.

Und doch hatte sie einmal ein Porträt von ihm als Kind gesehen, das dann verlorengegangen war. Vor einer Girlande aus Blumen und Früchten hoben sich die Köpfe der beiden Geschwister Ucrìa di Campo Spagnolo ab: Maria blond, verträumt und schon ein wenig dickleibig; Pietro mit noch hellerem, stoppeligem Haar, groß und hölzern, mit stolzem, traurigem Blick. Dahinter, wie in einem Ausstellungskasten, die Köpfe der Eltern: Carlo Ucrìa di Campo Spagnolo und Giulia Scebarràs di Avila. Sie kräftig und schwarzhaarig, mit einem ehrgeizigen und ehrfurchtgebietenden Ausdruck; er zart und flüchtig, eingezwängt in ein blaßfarbenes Wams. Von seiten der Ucrìa stammte das Kränkliche in Marias Zügen, während Pietro eher nach den alten Scebarràs geschlagen war, einem Geschlecht von Invasoren und räuberischen Despoten.

Großmutter Giuseppa hatte erzählt, daß Pietro als Kind unduldsam und wehleidig war: für nichts und wieder nichts brach er Streit vom Zaun und hatte Spaß daran, die anderen mit Fäusten zu traktieren. Er siegte immer, hieß es, denn trotz seiner Leidensmiene hatte er kräftige, stählerne Muskeln. In der Familie galt er als Sonderling. Er sprach wenig und hing in krankhafter Weise an seiner Kleidung, die stets aus Seide und Damast mit Goldborten bestehen mußte.

Und doch hatte er Anfälle von Großzügigkeit, die die Familienangehörigen zutiefst überraschten. Eines Tages hatte er alle Kinder der Kuhhirten von Bagheria zu sich gerufen und ihnen sein gesamtes Spielzeug geschenkt. Ein andermal entwendete er den Schmuck seiner Mutter und schenkte ihn einer Bettlerin.

Er war ein leidenschaftlicher Spieler, doch er verstand es, sich zu beherrschen. Er verbrachte seine Nächte nicht am Kartentisch, wie so viele seiner Freunde; er unterhielt keine Hemdenmacherinnen oder Büglerinnen, er trank nicht, es sei denn ein wenig Wein von den Reben seines Vaters. Nur das Kämpfen war eine Versuchung für ihn, auch mit Leuten unter seinem Stande, und aus diesem Grunde war er einst von Großmutter Giulia mit der Peitsche bestraft worden.

Gegen seine Eltern hatte er sich jedoch niemals aufgelehnt: Im Gegenteil, er verehrte sie, und ihre Strafen hatte er jedesmal mit kalter Reue hingenommen. Die ganze Kindheit und Jugend über hatte er keine andere Liebe gekannt als die zu seiner Schwester Maria. Mit ihr spielte er nicht enden wollende Kartenpartien.

Als die kleine Maria geheiratet hatte, schloß er sich ins Haus ein und wollte es fast ein ganzes Jahr lang nicht mehr verlassen. Als einzige Gesellschaft hielt er sich eine kleine Ziege, die des Nachts auf seiner Bettdecke schlief und während der Mahlzeiten mit den Hunden unter dem Eßtisch lag.

Sie wurde im Haus geduldet, solange sie ein kleines Tierchen mit rundem Köpfchen und weichen Pfötchen war. Als sie jedoch groß geworden war und geschwungene Hörner bekommen und sich in ein kräftiges Tier verwandelt hatte, das seine Hörner in die Möbel rammte, hatte Großmutter Giulia den Befehl erteilt, sie hinaus aufs Feld zu schaffen.

Pietro hatte ihr gehorcht, doch nachts schlich er heimlich in den Stall, um bei seiner Ziege zu schlafen. Als Großmutter Giuseppa dies erfuhr, befahl sie, das Tier zu töten. Dann peitschte sie vor versammelter Familie und Dienerschaft die nackten Hinterbacken des Sohnes aus.

Gerade so, wie es der alte Urgroßvater Scebarràs mit ihr und ihren Geschwistern getan hatte, als sie Kinder waren.

Von jenem Tag an war der sonst so fügsame Pietro »störrisch und sonderbar« geworden. Er verschwand wochenlang, und keiner wußte, wo er war. Oder er schloß sich in sein Zimmer ein und ließ nicht einmal die Dienerin herein, die ihm das Essen bringen wollte. Mit der Mutter redete er kein Wort mehr, wenngleich er sich weiterhin vor ihr verneigte, wenn er sie sah, wie es sich gehörte.

Mit vierzig war er noch immer nicht verheiratet, und, außer vom Bordell her, in das er zuweilen ging, schien er die Liebe nicht zu kennen. Nur mit seiner Schwester Maria hatte er ein recht vertrautes Verhältnis. Er war oft zu Besuch bei ihr und ihrem Gatten, und mit ihr sprach er sogar ein paar Worte. Sein Vater war kurz nach der Ziege ebenfalls gestorben, aber niemand hatte ihm nachgeweint, denn er war ein dermaßen nichtssagender Mann gewesen, daß er schon zu Lebzeiten tot zu sein schien.

Als seine Nichte Marianna geboren wurde, kam er noch häufiger zu Besuch in der Via Alloro, obwohl er für seinen Cousin und Schwager Signoretto keine sehr große Sympathie hegte. Doch er hatte das Kind ins Herz geschlossen, er nahm es auf den Arm und wiegte es, wie er es viele Jahre zuvor mit seiner kleinen Ziege getan hatte.

Keiner dachte daran, eine Frau für ihn zu finden, bis ein unverheirateter Onkel aus dem Zweig der Scebarràs verstarb und ihm, seinem einzigen Neffen, alle Ländereien und Gelder vererbte, die er aufgehäuft hatte. Die Frau Großmutter Giulia beschloß daraufhin, ihm eine adelige Dame aus Palermo zur Frau zu geben, die seit kurzem verwitwet war: die Marquise Milo von den Saline di Trapani, eine energische Dame, die mit den Eigenheiten des Sohnes schon zurechtkommen würde. Doch Pietro hatte sich geweigert und erklärt, er werde niemals mit einer Frau in einem Bett schlafen, es sei denn, es handle sich um eine Tochter seiner Schwester Maria. Und da diese inzwischen drei Töchter hatte, von denen eine ins Kloster gehen sollte, blieben zwei übrig: Agata und Marianna. Agata war noch zu klein, Marianna war taubstumm, doch sie hatte soeben das dreizehnte Lebensjahr vollendet, ein Alter, in dem die Mädchen die Ehe einzugehen pflegten.

Außerdem, so hatten der Herr Vater und die Frau Mutter sich gesagt, war Agata zu schade für den Onkel, bei ihrer Schönheit konnte man eine großartige Ehe aushandeln. Deshalb war es nur recht und billig, daß Marianna diejenige sein sollte, die den exzentrischen Pietro heiratete. Zudem zeigte er sich ihr sehr zugetan. Außerdem benötigte man dringend eine finanzielle Aufbesserung, um alte und neue Schulden zu begleichen: Der Palazzo in der Via Alloro, der allmählich in Stücke zerfiel, mußte renoviert werden, es mußten neue Kutschen und Pferde gekauft und sämtliche Livreen erneuert werden. Marianna hatte nichts zu verlieren: Wenn sie nicht heiratete, würde sie ihr Leben hinter Klostermauern verbringen müssen. So hingegen würde sie eine neue Dynastie begründen: die der Ucrìa di Campo Spagnolo, Barone von Scannatura, Grafen von Sala di Paruta, Marquis von Solazzi und von Taya sowie Barone von Scebarràs von Avila.

Auf ihrem Sterbebett hatte Großmutter Giulia ihren Sohn zu sich gerufen und ihn dafür um Verzeihung gebeten, daß sie ihn damals wegen der Ziege vor der gesamten Dienerschaft ausgepeitscht hatte. Ihr Sohn Pietro hatte sie angesehen, ohne ein Wort zu erwidern, und dann, nur einen Augenblick vor ihrem letzten Atemzug, hatte er mit lauter Stimme gesagt: »Ich hoffe, Ihr werdet das Glück haben, Eure Verwandtschaft derer von Scebarràs in der Hölle wiederzutreffen.« Und dies, während der Priester das Gloria Patri herunterbetete und die Klageweiber sich anschickten, drei Tage und drei Nächte gegen Bezahlung zu weinen.

So war Pietro zu seiner Nichte gekommen. Doch nachdem er sie geheiratet hatte, war er unfähig, jene liebevollen Gesten zu wiederholen, mit denen er sie bedacht hatte, als sie noch ein Kind war. Als hätte die Ehe seine väterliche Zärtlichkeit erstarren lassen, weil sie nun legitimiert war.

26

»Und Don Mariano?« »Ist Euer Sohn nicht mitgekommen, Eure Hoheit?« »Was ist, hat er sich gedrückt?« »Wir haben ihn erwartet, den neuen Herrn.« »Durch den Tod von Don Pietro mußten wir ...« Marianna zerreißt voller Ungeduld die Zettelchen in ihrem Schoß. Wie soll sie die Abwesenheit ihres Sohnes begründen, der nun plötzlich zum Familienoberhaupt geworden ist, zum Erbe der Besitztümer von Campo Spagnolo, Scannatura, Taya, Sala di Paruta, Soleazzi und Fiumefreddo? Wie soll sie all diesen Pächtern und Aufsehern, die gekommen sind, um ihm ihre Reverenz zu erweisen, sagen, daß der junge Ucrìa bei seiner Frau zu Hause in Palermo geblieben ist, und zwar einfach deshalb, weil er keine Lust hatte, sich herzubewegen?

»Geht Ihr hin, Mama, ich hab zu tun«, hatte er ihr geschrieben, nachdem er plötzlich vor ihr aufgetaucht war, in einem neuen Rock aus golddurchwirktem englischen Brokat.

Wahr ist, daß eine zwölfstündige Reise in der Sänfte über die Gebirgspfade einer Strafe gleichkommt und daß nur wenige palermitanische Herren sich einer solchen Tortur unterwerfen würden, um ihre Besitztümer im Landesinneren zu besuchen. Doch der heutige Anlaß ist einer der wenigen, der sowohl von den Verwandten als auch von den Freunden und Angestellten als wichtig erachtet wird. Der neue Herr muß die Runde seiner Besitzungen machen, er muß sich vorstellen, muß mit seinen Angestellten reden, muß die alten Herrenhäuser instand setzen, muß erkunden, was sich während seines langen Aufenthaltes in der Stadt ereignet hat, muß versuchen, ein wenig Verehrung, ein wenig Sympathie oder wenigstens ein wenig Neugier zu erwecken.

Vielleicht hat sie schlecht daran getan, nicht darauf zu

beharren, denkt Marianna, doch er hat ihr gar keine Zeit dazu gelassen. Er hat ihr die Hand geküßt und ist wieder davongestürmt, ebenso eilig, wie er gekommen war, indem er die Luft mit seinem penetranten Rosenparfüm aufrührte. Das gleiche, das der Herr Vater immer benutzte, doch jener betupfte damit nur ein wenig den Spitzenkragen seines Hemdes, während der Sohn eher schamlos damit umgeht, indem er ganze Flaschen über sich ausleert.

Ihr, der Taubstummen gegenüber, zeigen die Pächter und Aufseher eine Befangenheit, die an Furcht grenzt. Sie halten sie für eine Art Heilige, die nicht der höheren Rasse der Herrschaften angehört, sondern der elenden und in gewisser Weise geheiligten der Krüppel, Kranken und Verstümmelten. Sie fühlen Mitleid mit ihr, doch sie sind auch irritiert von ihren neugierigen, durchdringenden Augen. Außerdem können sie nicht schreiben, und sie versetzt sie mit ihren Zettelchen, ihren Federn und tintenbefleckten Fingern in unerträgliche Aufregung.

Für gewöhnlich beauftragen sie den Priester Don Pericle damit, für sie zu schreiben, doch nicht einmal seine Vermittlung vermag sie zu beruhigen. Und außerdem ist sie eine Frau, und sie als Herrin, was kann eine Frau schon von Besitzungen, von Getreide, von Feldern, Schulden, Zollabgaben und dergleichen verstehen?

Aus diesem Grunde sehen sie sie jetzt voller Enttäuschung an und verlangen wiederholt nach Don Mariano, auch wenn sie ihn noch nie gesehen haben. Herzog Pietro war noch ein Jahr vor seinem Tode bei ihnen gewesen. Er hatte auf den samtgepolsterten Sessel der Sänfte verzichtet und war zu Pferde gekommen, wie immer, mit seinem Gewehr, seinen Wächtern, seinen Papierrollen, seiner Satteltasche.

Nun aber steht die Herzogin Marianna vor ihnen, und sie wissen nicht, wo sie beginnen sollen. Don Pericle sitzt halb ausgestreckt auf seinem schmierigen Ledersessel und läßt einen Rosenkranz durch seine geschwollenen

Finger gleiten. Er wartet darauf, daß sie zu reden beginnen. Daraus, wie die Männer ihre Hälse in Richtung Veranda strecken, schließt Marianna, daß ihre Töchter wohl lachend unter dem Portikus auf und ab spazieren und sich vielleicht im Schatten des Steingewölbes die Haare bürsten.

Sie hätte Lust, sich in ihr Zimmer einzuschließen und zu schlafen. Ihr Rücken schmerzt, ihre Augen brennen, ihre Beine sind steif vom stundenlangen, unbequemen Stillsitzen. Doch sie weiß, daß sie sich diesen Leuten auf irgendeine Weise stellen muß, daß sie die Abwesenheit ihres Sohnes entschuldigen muß und versuchen, sie davon zu überzeugen, daß er wirklich nicht kommen konnte. Sie nimmt daher all ihre Kraft zusammen und fordert sie mit einer Geste auf zu sprechen. Don Pericle schreibt das, was sie sagen, in seiner lapidaren Sprache nieder.

»Dreizehn Unzen, um Brunnen zu reparieren. Scheint aber versiegt zu sein. Weitere zehn Unzen nötig.«

»In Sollazzi zu wenig Arbeiter. Zehn Männer an Pokken gestorben.«

»Ein Gefangener wegen Zahlungsunfähigkeit. Bauer vom Besitztum Campo Spagnolo. Liegt seit zehn Tagen in Ketten.«

»Getreideverkauf: 120 Scheffel. Verkaufstratten gestiegen. Es fehlt an Bargeld. Geld in der Kasse: 0,27 Unzen, 110 Tarì.«

»Käse von Euren Schafen, insgesamt 900 Tiere, gleich 30 Laiber, sowie 10 Laiber Ricotta.«

»Wolle: vier Ballen.«

Marianna liest mit großer Aufmerksamkeit alle Zettel, die Don Pericle ihr nach und nach überreicht, während die Männer reden. Sie nickt mit dem Kopf; sie beobachtet die Gesichter ihrer Pächter und Arbeiter: Carlo Santangelo genannt »Hinkefuß«, wiewohl er ganz und gar nicht hinkt; sie hat ihn kennengelernt, als sie mit ihrem Mann heraufgekommen ist, gleich nach der Hochzeit. Ein scharfgeschnittenes Gesicht, ein gebräunter Schädel mit schütterem Haar, dünne, von der Sonne aufgeplatzte Lippen. In der Hand hält er einen weichen grauen Hut mit breiter Krempe, den er ungeduldig gegen seine Schenkel schlägt.

Da ist auch Ciccio Panella, der verlangt hat, Don Pericle möge seinen Namen für die Herzogin in großen Buchstaben auf ein frisches Blatt schreiben. Er ist neu hier als Pächter und kaum älter als zweiundzwanzig Jahre. Mager und ausgemergelt, mit wachen Augen und einem großen Mund, in dem auf der rechten Seite die Zähne fehlen. Er scheint von allen derjenige zu sein, der am neugierigsten auf sie ist, am wenigsten verwirrt von der Tatsache, daß er es mit einer Herrin anstatt mit einem Herren zu tun hat. Er beobachtet mit glänzenden Augen ihren Ausschnitt und ist sichtlich fasziniert von ihrer weißen Haut.

Auch Nino Settanni ist da, der Veteran der Besitzung: Er ist alt und stämmig, mit Augen, die wegen ihrer unglaublichen Schwärze aussehen wie gemalt, mit schwarzen Wimpern und einem Paar dichten, dunklen, geschwungenen Augenbrauen darüber. Seine Haare hingegen sind weiß und fallen ihm in unordentlichen dicken Locken auf die Schultern.

Don Pericle fährt fort, ihr seine Zettelchen zu überreichen, die er nach und nach, gleichsam tropfenweise, mit seiner großen und breiten Handschrift füllt. Sie sammelt sie in ihrer Hand und nimmt sich vor, sie später in Ruhe noch einmal zu lesen. In Wahrheit aber weiß sie nicht recht, was sie anfangen soll mit diesen Billetts, noch was sie diesen Männern zu antworten hat, die gekommen sind, um über Eingänge und Ausgänge abzurechnen und ihr die vielen Probleme darzulegen, die das Landleben mit sich bringt.

Aber stimmt es, daß hier im Hause einer gefangengehalten wird? Hat sie das richtig verstanden? Und wo haben sie ihn hingebracht?

»Wo ist der Gefangene?«

»Geradewegs unter uns, im Keller, Eure Hoheit.«

»Sagt den Pächtern und Arbeitern, sie sollen morgen wiederkommen.«

Don Pericle gerät durch nichts aus der Fassung, er macht mit dem Kopf ein Zeichen, und Pächter und Aufseher wenden sich dem Ausgang zu, nachdem sie sich verbeugt und der stummen Herzogin die Hand geküßt haben.

An der Tür stoßen sie auf Fila, die ein Tablett voll langstieliger Gläser in den Händen hält. Marianna will sie aufhalten, doch dazu ist es schon zu spät. Mit höflicher Geste lädt sie die Männer ein, zurückzukehren und die Erfrischung zu sich zu nehmen, die im falschen Moment hereingekommen ist.

Die Hände wandern unsicher und besorgt zu dem Silbertablett, umfassen vorsichtig die gläsernen Stiele, als drohe das Kristall schon bei der bloßen Berührung mit den schwieligen Fingern zu zerbersten, und führen den Kelch behutsam zum Mund.

Dann stellen sich die Männer wieder in Reih und Glied zum Handkuß, doch Marianna entläßt sie sogleich und erspart ihnen diese lästige Pflicht. Sie aber treten einer nach dem anderen vor sie hin und verbeugen sich respektvoll und demütig, die Hüte in der Hand.

»Führt mich hinunter in den Keller, Don Pericle«, schreibt Marianna mit ungeduldiger Hand. Und Don Pericle, unerschütterlich, reicht ihr seinen Arm, der von duftendem schwarzen Tuch bedeckt ist.

Ein langer Korridor, ein dunkler Abstellraum, dann der Raum, in dem die Konserven aufbewahrt werden, die Küche, der Trockenraum, ein weiterer Korridor, das Jagdzimmer mit den Gewehren im Ständer, am Boden stehende Henkelkörbe, zwei hölzerne Enten auf einem Stuhl. Ein penetranter Geruch nach verwesendem Fell, Schießpulver und Hammelfett. Dann das Bannerzimmer: in der einen Ecke, ungeschickt aufgewickelt, die savoyische Standarte, dann die weiße Fahne der Inquisition, die hellblaue Philipps V., die weiß-rot-silberne der Elisabetta

Farnese, die habsburgische mit dem Adler und die blaue mit den goldenen Lilien der Bourbonen.

Marianna bleibt einen Augenblick in der Mitte des Zimmers stehen und deutet mit dem Finger auf die aufgerollten Fahnen. Sie möchte Don Pericle damit zu verstehen geben, daß all diese aufgerollten Lappen sinnlos sind, daß man sie wegwerfen müsse; daß sie von nichts als der politischen Indifferenz des Herrn Onkels und Gatten zeugen, der der Dauerhaftigkeit der Herrscherhäuser mißtraute und daher alle möglichen Flaggen in Bereitschaft hielt. Und wenn er 1713, wie alle, die savoyische Fahne auf dem Turm von Scannatura hißte und 1720 die österreichische für Karl VII. von Habsburg flattern ließ, so hißte er mit gleichbleibender Gelassenheit 1735 das Banner für Karl III., König beider Sizilien, ohne die vorhergehenden jemals wegzuwerfen. Bereit, sie im Falle einer Rückkehr wieder hervorzuziehen, als seien sie neu, wie es ja im Falle der Spanier bereits geschehen war, die zunächst von der Insel verjagt wurden und fünfunddreißig Jahre später wiederkehrten, nach einem schrecklichen Krieg, der mehr Tote gefordert hat als eine Epidemie der schwarzen Pocken.

Es war nicht so sehr Opportunismus gewesen, was Herzog Pietro dazu veranlaßt hatte, als vielmehr Verachtung für »diese Eindringlinge, die herkommen und uns die Haare vom Kopf fressen«. Sich mit anderen Unzufriedenen zu verbinden, Forderungen zu stellen oder sich der Ausbeutung der fremden Mächte zu widersetzen, wäre ihm niemals eingefallen. Seine Wolfsschritte führten ihn dorthin, wo es ein Schaf zum Reißen gab. Die Politik war ihm unbegreiflich; Mißgeschicke mußte man alleine lösen, Aug in Auge mit dem persönlichen Gott, an jenem einsamen und heroischen Ort, an dem für ihn das Gewissen eines adligen Sizilianers wohnte.

Nachdem Don Pericle eine Weile gewartet hat, daß sie sich dazu entschließen möge, weiterzugehen, zieht er sie am Ärmel, doch kaum merklich, wie eine scheue Maus.

Und sie macht sich wieder auf den Weg, wobei ihr erst jetzt seine unterirdische Eile auffällt. Möglicherweise hat er Hunger, sie spürt das an dem etwas zu kräftigen Druck der Hand, die sie führt.

27

Die Treppenstufen verlieren sich im Dunkeln, die Feuchtigkeit läßt ihr das Hemd am Leibe kleben, und woher kommt diese Hitze, die nach Mäusen und Stroh stinkt? Und wohin führen diese schmutzigen, glitschigen Steinstufen?

Mariannas Füße werden steif, sie wendet ihr verkrampftes Gesicht Don Pericle zu, der sie überrascht ansieht, ohne etwas zu begreifen. Eine plötzliche Erinnerung hat ihr den Blick verschleiert: der Herr Vater in der Kutte mit der heruntergezogenen Kapuze, der Junge mit den hervortretenden Augen, der Henker, der Kürbiskerne um sich spuckt – alles liegt griffbereit da, man muß nur die Hand ausstrecken und das Rad in Bewegung setzen, das das schmutzige Wasser der Vergangenheit heraufzieht.

Don Pericle erschrickt und sucht nach einem Halt, auf den er sich stützen kann für den Fall, daß die Herzogin ihm ohnmächtig in die Arme fällt: Er mustert sie kritisch, stellt sich breitbeinig vor sie hin und streckt vorsichtshalber die Arme aus.

Marianna muß lächeln über das erschreckte Gesicht des Priesters, und schon sind die Visionen verschwunden; sie steht wieder sicher auf den Beinen. Sie dankt Don Pericle mit einem Kopfnicken und steigt weiter die Stufen hinunter. Jemand mit einer Fackel hat sie unterdessen eingeholt. Er hält sie mit hocherhobenem Arm, damit Licht auf die Stufen fällt.

An dem Schatten, der sich an der Wand abzeichnet, errät Marianna, daß es sich um Saro handelt. Ihr Atem wird schneller. Vor ihnen taucht nun eine große, über und über mit Schrauben und Nägeln beschlagene Eichentüre auf. Saro steckt die Fackel in einen Haltering, der an der Wand befestigt ist, streckt die Hand aus, um sich den

Schlüssel geben zu lassen, und nähert sich mit lässiger Anmut der schweren Kette. Mit wenigen, raschen Bewegungen hat er die Tür aufgeschlossen, nimmt die Fackel wieder in die Hand und weist der Herzogin und dem Priester den Weg in die Zelle.

Auf einem Strohhäuflein sitzt ein alter Mann mit weißen, vor Schmutz gelb wirkenden Haaren; er trägt ein zerrissenes Wollwams über der nackten Brust, ein paar geflickte Hosen, seine bloßen Füße sind wund und geschwollen.

Saro hebt die Fackel, damit man den Gefangenen besser sehen kann; dieser reibt sich die Augen und sieht sie überrascht an. Er lächelt und deutet beim Anblick von Mariannas prächtiger Kleidung eine Verbeugung an.

»Fragt ihn, warum er hier unten eingesperrt ist«, schreibt Marianna, wobei sie ihr Knie als Schreibunterlage benutzt. In der Eile hat sie das kleine Pult vergessen.

»Der Pächter hat es Euch bereits gesagt, wegen Zahlungsunfähigkeit.«

»Ich möchte es von ihm selbst wissen.«

Don Pericle, stets geduldig, nähert sich dem Mann und spricht mit ihm. Dieser denkt eine Weile nach und antwortet dann. Don Pericle schreibt die Worte des Mannes auf, wobei er das Papier an die Wand hält und sich nach hinten lehnt, um sich nicht mit Tinte zu bespritzen; alle Augenblicke beugt er sich zu dem auf dem Boden stehenden Tintenfäßchen, um die Feder einzutauchen.

»Schulden beim Pächter, die er seit einem Jahr nicht bezahlt hat. Sie haben ihm erst seine drei Maultiere weggenommen. Haben dann ein weiteres Jahr auf die fünfundzwanzig Prozent gewartet. Im darauffolgenden Jahr waren die Schulden auf dreißig Unzen angestiegen, und da er sie nicht bezahlte, haben sie ihn eingesperrt.«

»Und warum hat er sich beim Pächter verschuldet?«

»Die Ernte reichte nicht aus.«

»Aber wenn der Pächter wußte, daß er nicht bezahlen konnte, warum hat er dann noch mehr verlangt?«

»Es gab nicht genug zu essen.«

»Schafskopf, wie kommt es, daß der Pächter genug zu essen hat und er nicht?«

Die Antwort läßt auf sich warten. Der Mann hebt den Blick und betrachtet nachdenklich die hohe Herrin, die mit geschickter Hand geheimnisvolle schwarze Zeichen auf kleine weiße Papierzettel malt, und zwar mittels einer Feder, die ganz danach aussieht, als sei sie einem Huhn vom Hintern gerupft worden.

Marianna besteht auf ihrer Frage, sie klopft mit dem Finger auf das Blatt Papier und hält es dem Priester unter die Nase. Dieser befragt erneut den Bauern. Endlich erfolgt die Antwort, und Don Pericle schreibt, wobei er diesmal Saros Rücken als Schreibunterlage benutzt, der sich höflich nach vorne beugt.

»Der Pächter hat das Land von Euch gepachtet, Frau Herzogin, und vermietet es an den hier anwesenden Bauern weiter, der es bestellt und dafür ein Viertel der Ernte bekommt, und von diesem Viertel muß er dem Pächter eine gewisse Menge Saatgut abgeben, die höher ist als die Menge, die der Pächter ihm vorgeschossen hat, und er muß die Schutzrechte bezahlen, und wenn die Ernte nicht gut ist und noch irgendein Gerät zu reparieren ist, so muß er wieder zum Pächter gehen und mehr von ihm verlangen. Wenn er einmal so weit gekommen ist, kommt der Aufseher mit dem Pferd zu ihm geritten und steckt ihn ins Gefängnis wegen Zahlungsunfähigkeit... verstanden, Eure Hoheit?«

»Und wie lange muß er noch hier drinnen bleiben?«

»Noch ein Jahr.«

»Laßt ihn gehen«, schreibt Marianna und setzt darunter ihre Unterschrift, als handle es sich um ein Staatsurteil. Und tatsächlich hat der Besitzer dieses Hauses und dieser Ländereien die Rechte eines Königs. Dieser Mann wurde, wie einst Fila, dem Sohn Mariano vom Herrn Onkel und Gatten »geschenkt«, der ihn seinerseits von seinem Onkel Antonio Scebarràs bekommen hatte, der ihn wiederum seinerseits...

Es steht nirgends geschrieben, daß dieser Alte mit den gelben Haaren den Ucrìas gehöre, tatsächlich aber können sie mit ihm machen, was sie wollen, können ihn im Keller festhalten, bis er fault, oder ihn nach Hause schikken oder ihn sogar auspeitschen lassen, niemand würde etwas dabei finden. Er ist ein Schuldner, der nicht bezahlen kann, und deshalb muß er mit seinem Körper für seine Schulden herhalten.

»Zu Zeiten Philipps II. haben die sizilianischen Adligen, im Tausch für ihre Enthaltung und die Neutralität des Senats, königliche Rechte innerhalb ihrer Ländereien erhalten, insbesondere das Recht, eigenständig Justiz auszuüben.« Wo hat sie das gelesen? Der Herr Vater nannte das die »gerechtfertigte Ungerechtigkeit«, und seine Großherzigkeit hatte ihm immer verwehrt, Gebrauch davon zu machen.

Die Pächter tun schlicht das, was die Herren Ucrìa mit ihren weißen Händen niemals zu tun wagten, was aber dennoch notwendig ist: das dickschädelige Bauernvolk an seinen Platz zu verweisen, indem sie Prügel austeilen, drohend Seilenden schwingen und Schuldner ins Turmverließ sperren.

Es ist nicht schwer zu begreifen: Es steht alles auf jenen Zettelchen geschrieben, in der zerdehnten Handschrift des Don Pericle, der, sei's aus Aufrichtigkeit, sei's aus Trägheit, die Worte des Alten so getreu wiedergegeben hat, als handle es sich um die eines Monsignore oder eines Paters vom Heiligen Uffizium.

Jetzt steht er dort, die zusammengelegten Hände auf den dicken Bauch gelegt, über dem die Soutane zipfelig herabhängt, und versucht zu begreifen, worauf diese »sonderbare« Herzogin hinauswill, die plötzlich daherkommt und all das wissen will, was die Herrschaften für gewöhnlich zu ignorieren sich bemühen und was gewiß nicht geeignet ist, von einer gesitteten Dame in Erfahrung gebracht zu werden.

»Kapricen, Marotten, Hirngespinste« ... Marianna

fühlt, was der Priester neben ihr grübelt. »Schrullen einer Granddame, weil es heute Mode geworden ist, Barmherzigkeit zu üben, ebensogut aber kann sie morgen Theorien über den Gebrauch der Peitsche oder der Pike aufstellen...«

Marianna wendet sich mit funkelnden Augen Don Pericle zu: er aber steht kleinlaut und ergeben in respektvoller Haltung vor ihr, und was sollte sie ihm schon vorwerfen?

»Diese arme Taubstumme mit ihren vierzig Jahren... mit ihrem weißen, glatten Fleisch... wer weiß, wie wirr es in ihrem Kopf aussehen mag... immer dabei, Bücher zu lesen... immer hinter dem geschriebenen Wort her... es hat etwas Lächerliches, immer alles begreifen zu wollen... immer die Nase im Wind, immer auf dem Sprung, immer das Gras wachsen hören... sie wissen nicht mehr, wie man das Leben genießt, diese Aristokratinnen von heute, sie mischen sich überall ein, kennen keine Bescheidenheit, ziehen das Lesen allemal dem Beten vor... eine stumme Herzogin, man stelle sich das nur vor!... aber ein gewisses Leuchten ist in ihrem Gesicht... arme Seele, man muß Mitleid mit ihr haben, sie hat's schwer, so viel Verstand und so wenig Körper, wenn sie wenigstens erbauliche Bücher läse, aber ich habe gesehen, was für welche sie mitgebracht hat: englische Bücher, französische, alles Schmierereien, modernes Geschwätz... wenn sie wenigstens beschließen wollte, wieder nach oben zu gehen, hier drinnen ist es so stickig, daß man bald nicht mehr atmen kann, und außerdem macht sich der Hunger bemerkbar... heute gibt's wenigstens was Gutes zu essen... wenn die Herrschaften kommen, kommen auch die Leckereien... und was den Alten da betrifft, so ist all diese Gefühlsduselei fehl am Platz... Gesetz ist Gesetz, und jedem gebührt das seine...«

»Zügelt Eure Gedanken!« schreibt Marianna an Don Pericle, der es erstaunt liest und nicht weiß, wie er diesen

Befehl auslegen soll. Er richtet seine friedlichen Augen auf die Herzogin, die ihm ein kleines boshaftes Lächeln zuwirft und zur Treppe schreitet. Saro stürzt vor, um ihr zu leuchten. Sie geht eilig über die staubigen Teppiche, innerlich über sich und den Priester lachend, und gelangt in den Speisesaal. Ihre Töchter sitzen schon zu Tisch: Felice in ihrer eleganten Tracht, auf der ein Saphir-Kreuz glitzert, Manina in Schwarz und Gelb, Giuseppa in Weiß, das blauseidene Tuch über die Schulter geworfen. Sie warten auf sie und Don Pericle, um mit dem Essen zu beginnen.

Marianna gibt jeder Tochter einen Kuß, aber sie setzt sich nicht zu ihnen. Die Vorstellung, weiterhin von Don Pericles Gedanken bedrängt zu werden, belästigt sie. Lieber ißt sie allein in ihrem Zimmer. Dort kann sie wenigstens in Ruhe lesen. Sie schreibt noch ein Billett, um sicherzugehen, daß der alte Häftling auch wirklich sofort entlassen wird und daß seine Schulden aus ihrer Privatkasse beglichen werden.

Auf der Treppe trifft sie auf Saro, der ihr galant seinen Arm bietet. Doch sie lehnt das Angebot ab und läuft die Treppe hinauf, immer zwei Stufen auf einmal nehmend. Als sie in ihrem Zimmer angekommen ist, dreht sie sich um und wirft ihm die Türe vor der Nase zu. Kaum hat sie den Schlüssel im Schloß herumgedreht, bereut sie es auch schon, daß sie sich nicht auf seinen Arm gestützt hat, daß sie ihm nicht einmal ein Zeichen des Dankes gegeben hat. Sie geht ans Fenster, um ihm nachzuschauen, wie er leichtfüßig den Hof überquert. Tatsächlich tritt er jetzt durch die Tür des Treppenhauses. Als er bei den Ställen angekommen ist, bleibt er stehen und sucht mit den Augen nach ihrem Fenster.

Marianna will sich rasch hinter dem Vorhang verstekken, doch dann fällt ihr ein, daß er daraus schließen könnte, sie wolle sein Spiel mitspielen, und so bleibt sie am Fenster stehen, die Augen ernst und nachdenklich auf ihn gerichtet. Saros Gesicht öffnet sich zu einem so verführerischen und liebevollen Lächeln, daß sie einen Augenblick lang davon angesteckt wird und sich dabei ertappt, wie sie zurücklächelt, ohne es zu wollen.

28

Eine mit Orangenblütenwasser befeuchtete Bürste fährt durch das lose Haar, befreit es vom Staub und verleiht ihm einen leichten Orangenduft. Marianna dreht den schmerzenden Nacken. Das Orangenblütenwasser ist aufgebraucht, sie muß sich einen neuen Krug voll zubereiten lassen. Auch der Reispuder in der Dose geht zur Neige, sie muß sich welchen bestellen, wie üblich bei ihrem venezianischen Drogisten. Nur in Venedig wird dieser feine, helle, wie Blumen duftende Puder hergestellt. Die Bergamotte-Essenz hingegen kommt aus Marzara, sie wird ihr von dem Drogisten Mastro Turrisi in Schachteln geschickt, die mit chinesischen Bildchen bemalt sind und in denen sie die Gesprächsbilletts ihrer Familienangehörigen aufbewahrt.

Etwas Merkwürdiges geht nun im Spiegel vor: Ein Schatten erscheint am oberen rechten Rand und verblaßt sogleich wieder. Ein Augenflackern, eine Hand, die gegen die Scheibe des geschlossenen Fensters drückt. Marianna erstarrt mit erhobenen Armen, die Bürste in der Hand, ihre Augen sind weit aufgerissen.

Die Hand drückt gegen das Fenster, als könnte es sich auf Wunsch wie durch ein Wunder öffnen. Marianna macht Anstalten, aufzustehen: Ihr Körper ist schon beim Fenster, ihre Hände suchen fieberhaft nach dem Fenstergriff. Doch eine lähmende Kraft hält sie im Sessel gefangen. Du wirst dich nun erheben, sagt die stille innere Stimme, wirst ans Fenster gehen und die Vorhänge vorziehen. Danach wirst du die Kerzen löschen und dich schlafen legen.

Ihre Beine gehorchen dieser weisen despotischen Stimme; ihre Füße bewegen sich schwer, schlurfend ziehen sie die Pantoffeln über den Boden. Beim Fenster angekommen, hebt sich mechanisch ihr Arm und zieht mit einer heftigen Bewegung aus dem Handgelenk den Vorhang zu, bis das Fenster, das zum Turmbalkon hin zeigt, vollkommen verdunkelt ist. Sie hat es nicht gewagt, den Blick zu heben, doch auf ihrer Haut, unter ihren Nägeln, in ihrem Haar hat sie die Wut des abgewiesenen jungen Mannes gefühlt.

Wie eine Schlafwandlerin geht sie nun zum Bett; mit schwachem Atem bläst sie nacheinander die Kerzen aus, wonach sie sich innerlich völlig leer fühlt, dann legt sie sich unter die Bettdecke und schlägt mit eisigen Fingern das Kreuz über der Brust.

»Gott möge mir helfen.« Doch statt des blutüberströmten Antlitzes des Gekreuzigten tanzt vor ihren Augen das kritisch-ironische Gesicht des Herrn David Hume herum, mit seinem Turban aus hellem Samt, seinen heiteren Augen und den zu einem Lächeln halb geöffneten Lippen.

»Die Vernunft allein kann niemals ein ausreichender Grund dafür sein, eine Handlung unseres Willens in Bewegung zu setzen, welche immer es auch sei«, wiederholt sie nachdenklich im Geiste, und ein schmerzliches Lächeln dehnt ihren Mund. Herr David Hume besitzt einen wundervollen Geist, doch was weiß er von Sizilien? »Die Vernunft ist notwendigerweise die Sklavin der Leidenschaften und kann in keinem Fall eine andere Funktion für sich beanspruchen als die, ihnen zu dienen und zu gehorchen.« Punkt, Amen. Was für ein Witzbold, dieser Herr Hume mit seinem asiatischen Turban und seinem Doppelkinn eines Genießers und göttlichen Schläfers, mit seinem frechen, abwesenden Blick. Was weiß er schon von einer behinderten Frau, die von Zweifeln und Stolz geplagt wird?

Si sulu l'armuzza mia ti rimirassi
quant'è un parpitu d'occhi e poi murissi …*

* Wenn meine Seele dich nur einen Wimpernschlag lang ansehen dürfte, um dann zu sterben …

Diese Worte des catanesischen Dichters Paolo Maura, die sie in ihr damastenes Büchlein geschrieben hat, treten sanft in ihre Erinnerung und lenken sie einen Augenblick von dem Schmerz ab, den sie selbst sich zufügt.

Ihr Kopf vermag nicht ruhig auf dem Kissen zu liegen, solange sie weiß, daß er dort hinter dem Fenster sitzt und darauf wartet, daß sie es sich anders überlegt. Obwohl sie ihn nicht sehen kann, ist sie sicher, daß er immer noch dort ist: Es bedürfte nur eines winzigen Schrittes, um ihn hier neben sich zu haben. So winzig, daß sie sich fragt, wie lange sie sich noch an ihren grausamen Vorsatz wird halten können.

Um jeder Versuchung vorzubeugen, beschließt sie, aufzustehen und eine Kerze anzuzünden, in die Pantoffeln zu schlüpfen und hinauszugehen. Der Korridor ist dunkel, er riecht nach alten Teppichen und wurmstichigen Möbeln. Marianna fühlt, wie ihr die Beine weich werden, und sie lehnt sich gegen die Wand. Der Geruch erinnert sie an einen anderen, weit zurückliegenden Besuch hier in Torre Scannatura. Sie war damals vielleicht acht Jahre alt, und im Korridor lag der gleiche zerschlissene Teppich wie heute. Nur die Frau Mutter war bei ihr. Es muß auch damals August gewesen sein. Im Turm war es heiß, und von den Felsen ringsum stieg der Gestank von Tierkadavern auf, die in der Sonne verwesten.

Die Frau Mutter war nicht glücklich: Ihr Mann war tagelang mit einer seiner Geliebten verschwunden, und nachdem sie lange auf ihn gewartet hatte, wobei sie viel Laudanum trank und Tabak schnupfte, hatte sie sich plötzlich dazu entschlossen, sich mit ihrer taubstummen Tochter aufs Land zu den Verwandten von Scebarràs zu begeben. Sie hatten ein paar melancholische Tage hier verbracht, Marianna hatte allein unter dem Portikus gespielt, und ihre Mutter hatte in dem kleinen Zimmer unter dem Turm, das jetzt das ihre ist, ihren Drogenrausch ausgeschlafen.

Der einzige Trost waren der Geruch des neuen Weines in

den hölzernen Bottichen und der von frisch geernteten Tomaten gewesen, der so kräftig und scharf ist, daß er die Nase reizt.

Marianna faßt sich an die Brust, um ihr Herz zu beruhigen, das sich wie ein Kreisel im Leeren dreht. Just in diesem Augenblick sieht sie Fila auf sich zukommen, in einen braunen Mantel gehüllt, der ihr langes weißes Nachthemd bedeckt.

Sie steht dort und sieht sie an, als wollte sie ihr etwas Wichtiges sagen. Ihre weichen grauen Augen sind dunkel vor Haß. Marianna hebt die Hand, die nun ganz von alleine niedersaust und auf das bestürzte Gesicht einschlägt. Sie weiß nicht, warum sie das tut. Aber sie weiß, daß das Mädchen dies erwartet hat und daß es ihre Pflicht ist, diesem dummen und gefährlichen Vertrauensverhältnis zwischen Dienerin und Herrin Einhalt zu gebieten.

Fila reagiert nicht: Sie läßt sich langsam zu Boden gleiten. Marianna hilft ihr wieder auf, sie wischt ihr zärtlich die Tränen vom Gesicht, sie drückt sie so heftig an sich, daß Fila ganz erschrocken ist. Nun ist klar, warum Fila heraufgekommen ist, und klar ist auch, daß ihr schwesterliches Vergehen, heimlich den Schritten des Bruders nachzuspionieren, mit dieser Ohrfeige bereits getilgt ist. Nun kann Fila wieder in ihr Bett gehen.

Marianna steigt in das untere Stockwerk hinab und bleibt vor der Tür zu Giuseppas Zimmer stehen, unter der sie einen Lichtschein sieht. Sie klopft. Sie tritt ein. Giuseppa ist noch angekleidet und sitzt mit einer Feder in der Hand am Schreibtisch, das Tintenfläschchen ist aufgeschraubt. Als sie die Mutter sieht, versucht sie rasch, das Blatt zu verstecken, doch dann besinnt sie sich, sieht sie herausfordernd an, nimmt ein neues Blatt und schreibt darauf:

»Ich will ihn nicht mehr zum Mann haben, ich werde ihn abschaffen, und wenn er daran krepieren sollte.«

In den Augen ihrer Tochter erkennt Marianna ihren eigenen tollkühnen Mut wieder.

»Papa ist tot, das siebzehnte Jahrhundert ist schon seit einer ganzen Weile vergangen, Mama, heute macht man alles anders, wer heiligt denn in Paris noch die Ehe? Verheiratet sein ja, aber ohne Verpflichtungen, jeder für sich. Er aber will, daß ich nur tue, was er will.«

Marianna setzt sich neben die Tochter. Sie nimmt ihr die Feder aus der Hand.

»Und wie ist es mit der Haubennäherin ausgegangen?«

»Sie ist von allein wieder gegangen. Sie ist klüger als Giulio, ganz gewiß, ich halte zu ihr, weil wir zusammen in einem Bett liegen mußten, haben wir uns miteinander befreundet, ich halte zu ihr, Mama.«

»Also willst du ihn nicht mehr auspeitschen lassen?« schreibt Marianna, und sie merkt, daß ihre Finger krampfhaft die Feder umklammern, als wollte sie etwas ganz anderes schreiben. Der Kiel kratzt schwer über das Papier.

»Für mich ist er ein Fremder. Wie tot.«

»Und an wen schreibst du jetzt?«

»An einen Freund, Mama, den Vetter Olivo, der mich versteht und der sehr freundlich zu mir war, als Giulio sich von mir entfernt hat.«

»Du mußt das unterbinden, Giuseppa, Vetter Olivo ist verheiratet, du kannst ihm nicht schreiben.«

Im Spiegel hinter dem Schreibtisch sieht Marianna ihren Kopf neben dem der Tochter und findet sie beide so ähnlich, als seien sie Schwestern.

»Ich hab ihn aber gern.«

Marianna schickt sich an, ein weiteres Verbot niederzuschreiben, doch sie hält inne. Wie arrogant ihr Eingreifen doch klingt: unterbinden, abschneiden, abtöten... mit Schaudern denkt sie an die Hände jenes Kapuziners zurück, die in den toten Leib des Herrn Onkels und Gatten hineingriffen, um die Eingeweide herauszureißen, zu säubern, zu entfleischen, auszuschaben, zu konservieren. Wer etwas konservieren will, benutzt dazu immer feinste Klingen. Auch sie sitzt nur hier als ängstliche Mutter, bereit, die Gefühle ihrer Tochter zu amputieren.

Giuseppa ist noch nicht einmal siebenundzwanzig Jahre alt. Von ihrem jungen Körper steigen zarte Gerüche von schweißnassen Haaren und von sonnengeröteter Haut auf. Warum sollte sie nicht nachsichtig sein mit ihren Gefühlen, selbst wenn es verbotene Gefühle sind?

»Schreib nur deinen Brief, ich werde nicht hinschauen...« Ihre Hände schreiben ganz von alleine diese Zeilen aufs Papier, und sie sieht ihre Tochter glücklich lächeln.

Marianna zieht den Kopf der jungen Frau an ihre Brust, sie drückt sie allzu heftig an sich, in einer erneuten heftigen Gefühlsaufwallung, die sie aus dem Gleichgewicht zu bringen droht und sie leer und erschöpft zurückläßt.

29

Ein hochsommerlicher Morgen. Im Schatten des Portikus sitzen vier Frauen um einen aus Schilfrohr geflochtenen Tisch. Ihre Hände wandern leicht von der kristallenen Zuckerdose zu den Terrakottatassen voll Milch, von der Pfirsichmarmelade zum Butterfäßchen, vom schäumenden Kaffee zu den »moffoli«, den kleinen Pfannkuchen mit Ricotta-Füllung, und dem kandierten Kürbis.

Marianna verscheucht eine Wespe vom Rand ihrer Tasse, doch beharrlich setzt sich dieselbe Wespe sofort wieder auf die Scheibe Brot, die Manina sich soeben zum Mund führt. Sie will sie auch von dort verscheuchen, doch die Tochter fängt ihre erhobene Hand, sieht sie mit einem freundlichen Lächeln an und fährt fort, ihr Brot zu essen, mit der Wespe obendrauf.

Diesmal ist es Giuseppa, die, den Mund voller »moffoli«, den Finger ausstreckt, um die lästige Wespe zu verscheuchen, doch auch sie wird auf halbem Wege von der Schwester aufgehalten, die nun aus heiterem Himmel beginnt, das Summen einer Wespe nachzuahmen und damit die Heiterkeit ihrer Schwestern zu erregen.

Felice in ihrer weißen Nonnentracht, das Saphirkreuz auf der Brust, schluckt lachend ihre Milch hinunter und verfolgt den Flug einer weiteren unternehmungslustigen Wespe, die noch unentschieden zu sein scheint, ob sie sich auf Maninas Haar oder auf der offenen Zuckerdose niederlassen soll. Und noch mehr Wespen kommen angeflogen, angezogen von diesem ungewohnten Reichtum an Kostbarkeiten.

Seit drei Wochen sind sie nun in Torre Scannatura. Marianna hat gelernt, die Weizen- von Haferfeldern zu unterscheiden, die Süßkleefelder von den Schafsweiden. Sie kennt den Marktpreis des Käses und weiß, wieviel davon dem Hirten zukommt und wieviel den Ucrias. Sie hat verstanden, wie Miete und Halbpacht funktionieren. Sie hat begriffen, was ein Aufseher ist und wozu er gut ist: nämlich dazu, zwischen unfähigen Besitzern und störrischen Bauern zu vermitteln und sich an beiden zu bereichern; bewaffnete Wächter eines Friedens, der sich auf wunderbare Weise erhält. Die Pächter sind Mieter, die sich mit dem Land belehnen lassen, denjenigen, die es bearbeiten, den Hals abschnüren, und, wenn sie tüchtig sind, innerhalb zweier Generationen so viel beiseite legen, daß sie das Land kaufen können.

Sie hat viele Stunden mit dem Buchhalter Don Nunzio verbracht, der ihr geduldig erklärt hat, was sie tun muß. In die Rechnungshefte schreibt Don Nunzio kantige und schwer lesbare Zeichen, doch ist er voller gewissenhafter Aufmerksamkeit gegenüber dem Geist der stummen Herzogin, den er für kindlich hält.

Don Pericle, der mit der Pfarrei zu tun hat, kommt nur abends zum Abendessen und bleibt dann noch eine Weile, um mit den Mädchen Piqué oder Faraone zu spielen. Marianna mag ihn nicht besonders, und sobald sie kann, läßt sie ihn mit den Töchtern allein. Don Nunzio hingegen gefällt ihr: Seine Gedanken sind wohldurchdacht, es besteht keine Gefahr, daß sie hervorsprudeln aus seinem ruhigen, zwiefach verschlossenen Kopf. Wenn Don Nunzios Feder über die Gesprächszettelchen der Herzogin eilt, so nicht nur, um ihr peinlichst genau die Buchführung zu erklären, sondern auch um Dante und Ariost zu zitieren.

Wenn Marianna auch Mühe hat, die Handschrift des Alten zu lesen, zieht sie diese doch der unzusammenhängenden, nach hinten gebogenen Schrift von Don Pericle vor, der die Worte mit Spucke zu bilden scheint, wie ein gefräßiger Frosch.

Die Töchter sind wieder kleine Mädchen geworden. Wenn sie ihnen zusieht, wie sie mit ihren rüschenbesetzten weißen Schirmchen durch den Garten spazieren, wenn sie sie beobachtet, wie eben jetzt, da sie auf den Strohstühlen sitzen und sich mit Brot und Butter vollstopfen, fühlt sie sich um zwanzig Jahre zurückversetzt, als sie ihnen, bevor sie Bräute und Ehefrauen wurden, in Villa Ucrìa vom Fenster ihres Schlafzimmers aus bei ihrem unbändigen Spiel zusah, und ihr schien, als könnte sie ihr Gelächter und ihre Rufe geradezu hören.

Nun, da sie fern von ihren Männern und Kindern sind, verbringen sie ihre Tage wieder schlafend, spazierend, spielend. Sie stopfen sich voll mit Makkaroni in Soße und Auberginen-Törtchen und sind ganz wild auf jene Süßspeise aus kleingehackten und in Honig gekochten Zitrusfrüchten namens »Patrafenula«, die Innocenza so wundervoll zu bereiten weiß.

Wenn man Manina ansieht, möchte man nicht glauben, daß sie vor wenigen Monaten beinahe am Kindbettfieber gestorben wäre. Und daß Giuseppa verzweifelt über die Untreue ihres Mannes weinte und Felice sich an die Leiche ihres Vaters klammerte, als wollte sie sich zusammen mit ihm in der Salpeter-Gruft einmauern lassen.

Gestern abend haben sie getanzt. Felice saß am Spinett, Don Pericle blätterte ihr die Seiten der Noten um und machte ein glückliches Gesicht. Sie hatten Olivo, Signorettos Sohn, und dessen Freund Sebastiano eingeladen, die beide für ein paar Wochen in der Villa von Dogana Vecchia wohnen werden, nur wenige Meilen entfernt von hier. Bis in die tiefe Nacht hinein haben sie zusammen getanzt.

Irgendwann am Abend wurde auch Saro hinzugebeten, der dort auf einem Bein stand wie ein Storch. Fila aber, die ebenfalls eingeladen worden war, wollte nicht mittanzen. Vielleicht, weil sie »das Menuett« nie gelernt hat und ihre Füße, wenn sie in Schuhen stecken, sich nur stolpernd vorwärts bewegen. Um sie zu überreden, wurde ein improvisierter Tarascone angestimmt, doch sie blieb ungerührt.

Saro hingegen, der bei Maninas Tanzlehrer Stunden genommen hat, bewegt sich nun wie ein erfahrener Tänzer. Jeden Tag läßt er ein wenig mehr von seinem Dialekt, seinen Schwielen, seinen unordentlichen Locken, seiner lauten Stimme, seinem plumpen, ungelenken Gang hinter sich. Und mit all diesen Dingen bleibt auch Fila hinter ihm zurück, die keine Lust hat, sich zu bilden wie er, sei's aus Verachtung, sei's wegen eines tieferen Gefühls für die eigene Integrität.

Als Marianna eines Morgens auf ihr Maultier gestiegen ist, um in die Besitzung von Fiume Mendola zu reiten und dort der Traubenkelterung beizuwohnen, stand er plötzlich vor ihr, der schöne Saro, mit einem Zettel in der Hand. Verstohlen, aber mit einer stolzen Geste und leuchtenden Augen hielt er ihr das Billett hin.

»ICH LIEBE EUCH« hatte er mit pompösen, etwas mühsamen, aber entschiedenen Buchstaben darauf geschrieben. Und sie hatte das Billett eiligst in ihren Ausschnitt gestopft. Sie hatte es nicht übers Herz gebracht, das Zettelchen wegzuwerfen, wie sie es sich eigentlich vorgenommen hatte, während sie auf dem Maultier zum Kelterwerk ritt, sondern hatte es ganz unten in die Blechdose mit den chinesischen Zeichnungen gelegt, unter einen Stoß von Zetteln des Herrn Vaters.

Während ihr Don Nunzio die Bottiche voller blutroten Mosts zeigte, war es ihr plötzlich so vorgekommen, als spürte sie den Boden unter ihren Füßen von Pfedehufgetrampel erzittern, und sie hatte gehofft, er sei es, obwohl sie sich gesagt hatte, daß sie ihn nicht erwarten dürfte.

Don Nunzio zog sie schüchtern am Ärmel. Einen Augenblick später standen sie eingehüllt in eine Wolke von scharfem, betrunken machenden Dampf, vor ihnen ein fast fünf Spannen hoher Sockel. Auf diesem Sockel standen Männer, die, nur mit kurzen Hosen bekleidet, mit ihren bloßen, im Most versinkenden Füßen die Trauben zerstampften, so daß die rote Flüssigkeit weit umherspritzte.

Aus einem Loch im schräg abfallenden Boden rann der noch unvergorene Saft in breite Bottiche, schäumend, gurgelnd, mit Stücken von Blättern und Stengeln darin.

Marianna beugte sich über die blubbernde Flüssigkeit und hatte plötzlich Lust, sich hineinzustürzen und sich davon verschlingen zu lassen. Ununterbrochen prüfte sie ihre Willensstärke und erkannte, daß sie kräftig war, in sich selbst ruhend wie ein Soldat in seiner Rüstung.

Um die Strenge, mit der sie ihren eigenen Wünschen begegnet, zu kompensieren, übt Marianna Nachsicht mit ihren Töchtern. Giuseppa liebäugelt mit Olivo, der seine junge Frau in Palermo verlassen hat und der Cousine aufs Land nachgereist ist. Sebastiano, der schüchterne, hochelegante Neapolitaner hingegen, macht Manina ganz offen den Hof.

Felice, die wegen ihres Nonnengelübdes weder tanzen noch flirten darf, hat sich dem Kochen verschrieben. Sie verschwindet stundenlang in der Küche und kehrt mit Reisaufläufen und Hühnerlebern wieder, die sogleich von den Schwestern und Freunden verschlungen werden. Sie hat sich angewöhnt, nachts bei Fila zu schlafen. Sie hat ein hölzernes Bett in Filas Zimmer aufschlagen lassen; sie sagt, im Turm gebe es Gespenster, und sie könne nicht allein schlafen. Ihre lachenden Augen aber machen deutlich, daß dies nur eine Ausrede ist, um mit Fila bis spät in die Nacht hinein schwatzen zu können.

Des Morgens findet Marianna sie manchmal Arm in Arm in demselben Bett liegend, die eine mit dem Kopf auf der Schulter der anderen, die blonden Haare Felices mit den schwarzen Filas ineinander verflochten, die weiten Nachthemden bis unter die verschwitzten Hälse zugeknöpft. Eine Umarmung, so keusch und so kindlich, daß sie es nie übers Herz gebracht hat, ihnen deshalb Vorhaltungen zu machen.

30

Als Marianna in den Rüstungssalon herunterkommt, findet sie ihre Töchter bereits fertig angezogen vor: in leichten Kleidern mit langen Schürzen, in knöchelhohen Schuhen zum Schutz gegen die Dornen, mit Schirmen und Bündeln, Körben, Servietten. Heute ist Weinernte in der Besitzung von Bosco Grande, und die Mädchen haben beschlossen, in die Weinberge zu gehen und sich Proviant mitzunehmen.

Die üblichen Sänften werden sie über die Hügel von Scannatura bis zum Fuß der Rocca Cavaléri bringen. Jede mit ihrem seidenen Sonnenschirm und ihrem battistenen Taschentuch: Den ganzen Morgen haben sie mit Vorbereitungen verbracht und sind zwischen Küche und Schlafzimmern hin- und hergelaufen. Sie hatten beschlossen, Auberginenkuchen, Mandeleier und einen Nußauflauf mitzunehmen.

In der ersten Sänfte, »vis à vis« mit Felice, wird Marianna vorangehen, dahinter Manina und Giuseppa und zuletzt Fila und Saro mit dem Proviant.

Im Weinberg werden sie auch Cousin Olivo und seinen Freund Sebastiano treffen. Die Luft ist noch frisch, das Gras noch feucht, die Vögel fliegen tief.

Das Schweigen um ihren Körper ist dicht und gläsern, denkt Marianna, und doch sehen ihre Augen, wie die Elstern sich auf die Kakteen setzen, die Raben über die kahle, trockene Erde hüpfen, wie das Fell der Maultiere zuckt und ihre dicken Schwänze die Bremsenschwärme verjagen.

Das Schweigen ist ihr Mutter und Schwester: »Heilige Mutter der Stille, hab Erbarmen« ... Diese Worte steigen ihr klanglos in die Kehle, sie möchten Gestalt annehmen, hörbar werden, doch ihr Mund bleibt stumm, ihre Zunge ist wie eine kleine Leiche, eingeschlossen im Sarg ihrer Zähne.

Diesmal ist die Reise kurz; nach einer Stunde sind sie schon angekommen. Die Maultiere bleiben inmitten der sonnigen Lichtung stehen. »Hinkefuß« und Don Ciccio, die ihnen mit den Flinten über der Schulter vorausgeritten sind, steigen von den Pferden und nähern sich den Sänften, um den Damen beim Aussteigen behilflich zu sein.

Ciccio Panella hat eine merkwürdige Art, sie anzuschauen, denkt Marianna, er senkt dabei den Kopf, als wollte er sie mit den Hörnern stoßen. Und Saro ist auf der Hut, schon haßt und verachtet er ihn von der Höhe seiner neugewonnenen Bildung herab.

Der andere aber schaut ihn nicht einmal an; für ihn ist er nicht ein Mann, sondern ein Diener, und Diener, das weiß jeder, zählen nicht. Er selbst ist Pächter, das ist etwas ganz anderes. Er trägt keine goldenen Uhren um die Taille, er schmückt sich nicht mit gepuderten Löckchen, türmt keine Dreispitze auf sein Haupt, seine Jacke aus braunem Tuch hat er bei einem fliegenden Händler erstanden, sie hat überdies zwei gut sichtbare Flicken an den Ärmeln. Doch sein Ansehen bei den Bauern kommt dem eines Grundbesitzers gleich; er ist dabei, Geld anzuhäufen, so daß zwar vielleicht nicht er, wohl aber seine Söhne oder Enkel dereinst imstande sein werden, einen Teil jenes Grund und Bodens zu kaufen, den er jetzt nur gepachtet hat. Schon hat er sich ein Haus gebaut, das mehr dem Turm der Ucrìa samt seinen Anbauten gleicht als den Hütten seiner bäuerlichen Nachbarn.

»Die Frauen nimmt er sich, wie er will«, hatte ihr Don Nunzio eines Tages ins Buchhaltungsheft geschrieben, »letztes Jahr hat er ein dreizehnjähriges Mädchen ins Unglück gestürzt. Ihr Bruder wollte ihm die Gurgel durchschneiden, doch er hat es mit der Angst bekommen, weil Panella ihm durch zwei bewaffnete Aufseher drohen ließ.« Da steht er, der schöne Ciccio mit seinem strahlenden Lächeln, den tiefschwarzen Augen, bereit, das gesamte Universum zu erbeuten.

Saro kann ihn nicht ausstehen wegen seiner schurkenhaften Unverschämtheit, die er schlichtweg unerträglich findet. Gleichzeitig aber hat er Angst vor ihm. Es sieht aus, als wisse er nicht recht, ob er ihn stellen oder umschmeicheln soll. In dieser Unentschiedenheit beschränkt er sich darauf, seine Heißgeliebte durch herrschaftliche Gesten zu beschützen.

Inzwischen sind sie im Weinberg angekommen, den man »den schwarzen« nennt. Die Männer, die über die Reben gebeugt standen, um die Trauben zu pflücken, richten sich auf und schauen mit offenen Mündern auf die kleine Gruppe der leicht und bunt gekleideten Herrschaften. Nie in ihrem Leben haben sie einen so fröhlichen Haufen von Mousseline, Hüten, Schirmen, Häubchen, Schühchen, Taschentüchern, Bändern und Halstüchern gesehen.

Auch die Herrschaften, vielmehr die herrschaftlichen Fräulein, betrachten betroffen diese Wesen, die aus dem Inneren des Berges herausgekommen zu sein scheinen wie aus einem Vulkan, schwarz vom Rauch, krumm von der Arbeit, blind von der Finsternis, bereit, sich auf diese Töchter der Demeter zu stürzen und sie mit sich zurück ins Erdinnere zu nehmen.

Die Taglöhner wissen alles über die Familie Ucrìa Scebarràs, die seit wer weiß wie vielen Generationen dieses Land, diese Weinberge, diese Olivenhaine, die Wälder samt dem darin lebenden Wild sowie die Schafe, Ochsen und Maultiere besitzen. Sie wissen, daß die Herzogin taubstumm ist, und sie haben am Sonntag in der Kirche zusammen mit Don Pericle für sie gebetet. Sie wissen, daß Pietro Ucrìa kürzlich gestorben ist, daß man ihn geöffnet und ausgenommen hat, um ihn mit Säuren und Salzen zu füllen, die ihn jahrhundertelang heil und wohlriechend erhalten werden wie einen Heiligen. Sie wissen auch, wer die drei schönen Mädchen sind, die sich auf der Veranda lachend das Haar bürsten: Die eine ist Nonne, die anderen beiden sind verheiratet und haben Kinder, und man munkelt, daß sie ihren Männern Hörner aufsetzen, denn so ist es üblich bei den großen Herrschaften, und der liebe Gott drückt ein Auge zu.

Aber sie haben sie noch nie von so nahe gesehen. Doch vor Jahren, als sie noch Kinder waren, haben sie alle beieinander in der Kapelle der Mutterkirche beäugt, haben die Ringe an ihren Fingern gezählt und über ihre kostbaren Kleider geredet. Sie hätten sich aber nicht im Traum einfallen lassen, daß sie eines Tages an ihren Arbeitsplatz kommen würden, wo es weder Balustraden noch abgeteilte Kapellen, noch besondere Stühle gibt, sondern nur Sonne und Luft und Schwärme von Fliegen, die sich unterschiedslos einmal auf die schwarzen, triefenden Hände der Bauern und einmal auf die weißen der Fräulein setzen, die so bleich und durchsichtig sind wie gerupfte Hühner.

Außerdem waren sie in der Kirche in gewisser Weise durch ihre Festtagskleidung beschützt gewesen: Ihre von den Vätern ererbten Hemden waren zwar geflickt, aber rein, die Baumwollbinden hatten ihre haarigen Beine und schwieligen Füße bedeckt. Hier hingegen sind sie den gnadenlosen Blicken der Fräulein beinahe nackt ausgesetzt. Mit nackten Oberkörpern, mit all ihren Narben, Kröpfen, Zahnlücken, den dreckigen Füßen, den schmierigen Lappen um ihre Hüften, den von Sonne und Wasser hartgewordenen Hüten auf ihren Köpfen.

Verstört wendet Marianna den Blick ab und versenkt ihn in das unwirkliche gelbe, fast weiße Licht, das über dem Tal liegt. Die Sonne steigt, und mit ihr der kräftige Duft von Minze, wildem Fenchel und zerdrückten Trauben.

Manina und Giuseppa stehen da wie zwei »Doofköpfe« und starren die halbnackten Männer an, dabei wissen sie nicht, wie sie sich verhalten sollen. Es ist in diesem Land nicht üblich, daß auch die Frauen auf den Feldern arbeiten, die weit von den Siedlungen entfernt sind, und diese Fräulein, die da plötzlich vom Himmel heruntergeregnet sind, scheinen mit einer geradezu tölpelhaften Naivität eine tausendjährige Gewohnheit über den Haufen werfen zu wollen. Nicht viel anders wäre es, wenn sie in ein

Mönchskloster eingedrungen wären und den Mönchen in ihren Zellen neugierig beim Gebet zusähen. Eine Sache, die man nicht so leicht akzeptieren kann.

Manina durchbricht schließlich die für beide Seiten peinliche Situation mit einer geistreichen Bemerkung, mit der sie die Männer zum Lachen bringt. Dann nimmt sie eine Flasche, füllt Wein in die Gläser und verteilt sie unter den Arbeitern; diese strecken zögernd ihre Hände danach aus, wobei sie einen Blick zum Pächter werfen, einen weiteren zum Aufseher, dann einen zur Herzogin und einen gen Himmel.

Doch das von Manina provozierte Gelächter hat das eisige Schweigen, das zwischen den beiden »Parteien« geherrscht hat, gebrochen. Die Bauern haben beschlossen, die Damen als eine angenehme, extravagante Überraschung zu akzeptieren, die etwas Abwechslung in ihren harten, heißen und mühevollen Arbeitstag bringt. Sie haben beschlossen, die Laune der Herzogin als eine Sache anzusehen, die typisch ist für diese Herrschaften, die zwar einen Dreck von allem verstehen, die aber wenigstens die Sicht etwas auflockern mit ihrer gezierten Art, sich zu bewegen, ihren flatternden Gewändern, ihren beringten Fingern.

Ciccio Panella spornt sie nun wieder zur Arbeit an, brüsk, aber entgegenkommend, fast wie ein barscher Vater, der um das Wohl seiner Kinder besorgt ist. Er spielt seinen Part zynisch und übertrieben, er nähert sich Prinzessin Manina und spornt sie dazu an, mit ihren eigenen Händen eine Weintraube in den Korb zu werfen, wie er es mit einem etwas schwachsinnigen Kind täte, und freut sich über ihren Wurf wie über ein unerhörtes Wunder.

Zwischen den gebeugten Männern laufen Dutzende von barfüßigen kleinen Jungen herum, die sich die Körbe aufladen, sie in den Schatten der Ulme schleppen, mit einer Schere die langen Triebe von den Reben schneiden, die für die Arbeit der Erwachsenen hinderlich sind, denen, die danach verlangen, Wasser aus dem Wassersack bringen, mit raschen und zerstreuten Bewegungen die Fliegen von den Gesichtern ihrer Väter, Onkel und Brüder verscheuchen.

Vetter Olivo hat sich zusammen mit Giuseppa unter die Ulme gesetzt und flüstert ihr etwas ins Ohr. Marianna sieht ihnen zu und erschrickt: Die beiden sehen aus, als hätten sie ein intimes Verhältnis miteinander. Doch ihr alarmierter Blick verwandelt sich schnell in Bewunderung, als sie sieht, wie sehr die beiden jungen Menschen sich ähneln und wie schön sie sind. Er ist blond wie alle Ucrìa, groß und mager, mit einer hohen Stirn und runden blauen Augen. Er ist nicht so vollkommen gestaltet wie sein Vater, doch er hat etwas von der Anmut seines Großvaters. Man kann verstehen, daß Giuseppa von ihm bezaubert ist.

Sie ist seit ihrer letzten Schwangerschaft etwas dick geworden, die Arme und der Busen drücken gegen den leichten Stoff ihres Kleides. Ihr Mund mit den schön geschwungenen Lippen hat einen harten Zug angenommen, den sie nie zuvor an ihr bemerkt hat. Doch ihre Augen strahlen: Sie scheinen Fahnen gehißt zu haben. Die Haare fallen ihr auf die Schultern wie eine honigfarbene Kaskade.

Ich müßte sie trennen, sagt sie sich, doch ihre Füße gehorchen ihr nicht. Warum diese Zufriedenheit zerstören, warum eingreifen in dieses verliebte Geschwätz?

Manina indessen hat sich zwischen die niederen Stämme der Weinreben begeben, von Sebastiano gefolgt. Merkwürdig ist dieser Jüngling: höflich, schüchtern, doch bar aller Diskretion. Manina hegt keine sehr große Sympathie für ihn: er kommt ihr ungelegen, zeigt eine exzessive künstliche Aufmerksamkeit. Doch er macht ihr beharrlich den Hof und bietet ihr mit einer gewissen Unverschämtheit seine Schüchternheit dar.

Manina schreibt täglich einen langen Brief an ihren Mann. Ihre Berufung zur mütterlichen Aufopferung ist für eine gewisse Zeitspanne aufgehoben, die sie für ihre

Rekonvaleszenz für notwendig hält. Doch um keinen Augenblick mehr. Sobald sie sich wieder stark fühlt, wird sie in das dunkle Haus mit den violetten Tapeten in der Via Toledo zurückkehren, um ihre Kinder mit der gleichen obsessiven Hingabe zu hüten wie eh und je, und womöglich wird sie sofort ein weiteres Kind bekommen.

Und doch hat etwas während dieses Ferienaufenthalts, der im Grunde kein Ferienaufenthalt ist, sondern eine Besitzergreifung der väterlichen Ländereien zugunsten Marianos – und doch hat etwas sie erschüttert. Die Rückkehr zu den Gewohnheiten ihrer Kindheit, die Spiele mit den Schwestern, die sie in Palermo so gut wie niemals sieht, die Nähe zu Marianna, von der sie sich mit zwölf Jahren trennen mußte, haben sie daran erinnert, daß sie nicht nur Mutter, sondern auch Tochter ist, diejenige ihrer Töchter, die am schlechtesten behandelt wird.

Wenn man sie anschaut, könnte man meinen, sie beiße gerade in einen reifen Pfirsich. Sie ist aber nur aufgedreht von den Spielen. Es ist keine Sinnlichkeit in ihr wie in Giuseppa, die den Pfirsich schon verschlungen hat und sich darauf vorbereitet, den nächsten und noch einen und noch einen zu verschlingen.

Sogar in Felice, die in ihre gestärkten Nonnenkleider gehüllt ist, steckt mehr Sinnlichkeit als in Manina, die gleichwohl kurzärmelig und mit einem Ausschnitt bis zum Busen herumläuft. Ihre große Schönheit, die nach ihrer Krankheit mit der Kraft ihrer fünfundzwanzig Jahre wiederauferstanden ist, steht im Widerspruch zu der ihr eigenen tiefen Keuschheit.

Felice weiß komplizierte, scharf gewürzte Speisen aufzutischen. Sie verbringt Stunden am Herd, um schaumige, süße Milchspeisen zu bereiten, »Ravazzate« mit Ricotta, »Nucatelli«, »Muscardini«, Halbgefrorenes mit Sauerkirschen, Zitronen und Estragon.

Ein unheiliger Gedanke schießt Marianna durch den

Kopf: Warum sollte sie nicht Saros Liebe auf die schöne Manina umlenken? Sie sind ja im Grunde gleichaltrig, und sie würden so gut zueinander passen.

Sie sucht ihn mit ihrem Blick und entdeckt ihn neben den Körben voller Trauben unter der Ulme, im Schatten schlafend, den Kopf auf den Arm gelegt, die Beine auf einen Haufen abgeschnittener Reben gestützt.

Aber will sie das wirklich? Ein Zucken in der Tiefe ihrer Augen sagt ihr, daß sie das keineswegs möchte. Sosehr sie sich dieser Liebe auch verweigert, die sie für lebbar hält, sosehr bewahrt sie das Gefühl mit süßer Hingabe in ihrem Inneren. Woher hat sie bloß diesen kupplerischen Eifer gegenüber ihrer jüngsten Tochter? Was gibt ihr die Sicherheit, daß ein Liebesverhältnis mit Saro sie glücklich machen würde? Wäre das nicht eine Art Inzest zwischen den beiden, wobei jener männliche Körper als Band zwischen dem Herzen der Mutter und dem der Tochter dienen soll?

Um zwölf Uhr mittags befiehlt der Vorsteher, die Arbeit zu unterbrechen. Seit Morgengrauen stehen die Männer hier über die Reben gebeugt, reißen Trauben voller Wespen von den Stöcken und werfen sie in die Körbe inmitten des Gewirrs von wuchernden Schößlingen. Nun haben sie eine Stunde Zeit, um ein Stück Brot und ein paar Oliven, eine Zwiebel und ein Glas Wein zu sich zu nehmen.

Saro und Fila sind damit beschäftigt, die Tischdecke unter den dichtbelaubten Ästen der Ulme auszubreiten. Die Augen der Männer sind starr auf die Weidenkörbe mit den Scharnieren und Schlössern aus Messing gerichtet, aus denen, wie bei dem Wunder der heiligen Ninfa, nie gesehene Kostbarkeiten hervorkommen: Porzellanteller, hauchfein wie Federn, Kristallgläser mit silbrigen Reflexen, Besteck, zierlich wie Zwergenbesteck, das im Sonnenlicht aufglänzt.

Die Damen setzen sich auf große Steine, die Ciccio Panella für sie herbeigeschleppt und in Form von Sesseln aufgestellt hat. Doch die schönen Röcke aus Batist und Mousseline sind bereits ganz staubig und voll stacheliger Rebenholzsplitter, Kletten hängen an den Säumen.

Die Männer sitzen abseits unter zwei Olivenbäumen, die nur sehr wenig Schatten werfen, sie trinken und essen schweigend, sie wagen es nicht, sich gehenzulassen wie sonst. Die Fliegen wandern über ihre Gesichter wie über die langen Nasen der Maultiere, und die Tatsache, daß keiner sich die Mühe macht, sie zu verscheuchen, wie selbst die Tiere es tun, bewirkt, daß Marianna der Bissen im Halse steckenbleibt. Vor den lüsternen, scheu gesenkten Blicken der Männer diese ausgesuchten Köstlichkeiten zu essen, erscheint ihr plötzlich wie eine unerträgliche Anmaßung.

Sie steht deshalb auf und geht, von Saros besorgtem Blick verfolgt, zu »Hinkefuß«, dem ältesten ihrer Pächter, um sich nach dem Stand der Weinernte zu erkundigen. Ihre Portion Auberginenkuchen bleibt unberührt auf ihrem Teller zurück.

»Hinkefuß« schluckt schnell den Riesenbissen Brot und Frittata, den er sich in den Mund gestopft hat, hinunter, wischt sich die Lippen mit seinem schwarzgefleckten Handrücken ab und beugt sich schamhaft über das Zettelchen, das die Herzogin ihm hinhält. Da er nicht lesen kann, wird sein Blick glasig; er tut so, als hätte er alles verstanden, und fängt an, schnell auf sie einzureden, als könnte sie seine Worte hören. Vor lauter Peinlichkeit hat jeder der beiden die Unfähigkeit des anderen vergessen.

Saro, der sie beobachtet hat, eilt dem Pächter zu Hilfe, reißt ihm den Zettel aus den Händen, liest laut vor, was darauf geschrieben steht, und schickt sich dann an, die Worte von »Hinkefuß« mittels der komplizierten Schreibgeräte seiner Herrin aufzuschreiben: faltbares Pult, ein an einem Silberkettchen hängendes Tintenfaß mit Schraubverschluß, Entenfeder, Asche.

Doch Ciccio Panella gefällt das ganz und gar nicht:

Wie kann sich ein Diener erlauben, sich mit seiner Herrin gewissermaßen auf du und du zu stellen? Wie kann er sich erlauben, seine Bildung so zur Schau zu stellen, vor ihm, der doch sehr viel mehr Weisheit besitzt, sie aber ganz gewiß niemals in einer so lächerlichen und flüchtigen Form wie der Schrift ausdrücken würde?

Marianna sieht, wie Saro sich plötzlich verändert; die Muskeln seiner Beine verkrampfen sich, seine geschlossenen Fäuste schießen nach vorn, seine Augen verengen sich zu schmalen Schlitzen. Panella muß etwas gesagt haben, das ihn beleidigt hat. Und er hat die aristokratischen Manieren sofort abgelegt, um sich auf den Zweikampf vorzubereiten.

Mariannas Blick wandert hinüber zu Ciccio Panella, gerade noch rechtzeitig, um zu sehen, wie dieser ein kurzes, spitzes Messer hervorzieht. Saro erbleicht, aber er zieht sich nicht zurück, er greift sich ein Stück Holz, das am Boden liegt, und schickt sich an, sich dem Feind zu stellen.

Marianna läuft auf die beiden zu, doch sie haben sich schon ineinander verkrallt. Ein Stockschlag hat das Messer beiseite fliegen lassen, und nun bearbeiten sich die beiden mit Fäusten, Fußtritten, Bissen. »Hinkefuß« ruft einen Befehl: Fünf Männer stürzen auf die Kämpfenden zu und versuchen, sie zu trennen, was ihnen mit einiger Mühe gelingt. Saro blutet an der Hand, und Ciccio Panella hat ein geschwollenes Auge.

Marianna bedeutet ihren Töchtern, in die Sänften zu steigen. Sie schüttet etwas Wein über Saros Verletzung, während »Hinkefuß« ihm einen provisorischen Verband aus Weinblättern und Gräsern anlegt. Unterdessen hat sich Ciccio Panella auf Befehl der Älteren niedergekniet, um die Herzogin um Verzeihung zu bitten und ihr die Hand zu küssen.

Als Marianna in die Sänfte steigt, sieht sie sich unversehens Saro gegenüber: Der Jüngling hat die allgemeine

Verwirrung ausgenutzt und ist in ihre Sänfte gestiegen; dort sitzt er nun mit geschlossenen Augen, das Haar voller Erde, das Hemd zerrissen, um sich von ihr bewundern zu lassen.

Er sieht aus wie ein Engel, denkt Marianna lächelnd, der, um seine Gnade zu erweisen, das Gleichgewicht verloren hat und vom Himmel gefallen ist, und nun liegt er da, zerschlagen und keuchend, und wartet darauf, daß man sich seiner annimmt. Alles ist ein wenig theatralisch ... und doch hat der »Engel« noch vor kurzem gegen einen mit Messer bewaffneten Mann gekämpft, und zwar mit einem Mut und einer Großherzigkeit, die sie ihm nicht zugetraut hatte.

Marianna löst ihren Blick von dem engelhaften Gesicht, das ihr mit soviel lammfrommer Dreistigkeit dargeboten wird. Sie schaut hinaus auf die sonnenbeschienene Landschaft: die Äcker mit den umgepflügten Schollen, das Ginstergebüsch mit seinen grellgelben Blüten, eine Quelle mit klarem Wasser, in dem sich das Violettblau des Himmels spiegelt, doch dann läßt etwas ihren Blick wieder ins Innere der Sänfte zurückkehren. Saro beobachtet sie mit süßem durchdringendem Blick. Seine Augen verkünden ihr mit geradezu zermürbender Aufdringlichkeit, daß er von ihr als Sohn angenommen werden möchte, ohne seinen Stolz und seine Freiheit preiszugeben, mit der ganzen Liebe eines ehrgeizigen und intelligenten Jünglings.

Und sie selbst, was will sie? fragt sich Marianna, was will sie anderes, als sich mit ebensolcher Ungeduld ihm als Mutter anbieten und diesen Sohn in ihren Schoß ziehen, um ihn zu beschützen?

Blicke können zuweilen körperlich werden, können zwei Menschen enger miteinander vereinen als eine Umarmung. So lassen sich Marianna und Saro im Inneren dieser engen kleinen Schachtel, die zwischen zwei Maultierrücken über dem Nichts schwebt, von der sanften Bewegung wiegen, fest auf ihre Sitze gepreßt, während ihre

Blicke vom einen zum anderen wandern, zärtlich und innerlich bewegt. Weder die Fliegen noch die Hitze oder die Schläge können sie von diesem intensiven Austausch herber Köstlichkeiten abhalten.

31

Beim Eintreten in das ihr unbekannte Haus läßt eine undurchdringliche, von Gerüchen geschwängerte Dunkelheit sie wie angenagelt auf der Schwelle stehenbleiben. Die weiche Luft schlägt ihr ins Gesicht wie ein nasses Tuch: Man sieht nichts weiter als schwarze Schatten, die in die Finsternis des Zimmers eintauchen.

Dann, während die Augen sich nach und nach an die Dunkelheit gewöhnen, erscheinen im Hintergrund ein hochbeiniges, von einem dichten Moskitonetz umgebenes Bett, eine fleckige metallene Waschschüssel, ein Backtrog auf geflickten Füßen, ein Herd, aus dem beißender Rauch hervorquillt.

Die Absätze der Herzogin versinken im Fußboden aus gestampfter Erde, auf dem sich Rillen vom Fegen mit dem Rutenbesen abzeichnen. Neben der Tür steht ein Esel und frißt von einem kleinen Strohhaufen, ein paar Hühner schlafen zusammengekauert mit den Köpfen unter den Flügeln.

Eine winzig kleine, weiß und rot gekleidete Frau mit einem Kind auf dem Arm taucht plötzlich aus dem Nichts auf und schenkt der Besucherin ein vorsichtiges Lächeln, das ihr pockennarbiges Gesicht mit lauter kleinen Falten bedeckt. Marianna kann nicht anders, als den Mund zu verziehen bei der Vielfalt der aufdringlichen Gerüche, die ihr entgegenschlagen: Kot, eingetrockneter Urin, geronnene Milch, Kohle, gedörrte Feigen, Kichererbsensuppe. Der Rauch dringt ihr in die Augen und in den Mund und reizt sie zum Husten.

Die Frau mit dem Kind auf dem Arm schaut sie an, ihr Lächeln wird breiter, spöttischer. Es ist das erstemal, daß Marianna das Haus einer Bäuerin von ihren Ländereien betritt; diese hier ist die Frau eines ihrer Landarbeiter. Soviel sie auch über diese Leute in den Büchern gelesen hat, hat sie sich doch eine so große Armut niemals vorstellen können.

Don Pericle, der sie begleitet, fächelt sich mit einem Kalender, den die Schwestern ihm geschenkt haben, Wind zu. Marianna schaut ihn an, um zu sehen, ob er diese Art von Behausungen kennt, ob er darin ein- und ausgeht. Doch Don Pericle ist heute zum Glück undurchdringlich: Er starrt ins Leere und stützt sich auf seinen dicken, vorstehenden Bauch, wie es die Schwangeren tun, bei denen man nie weiß, ob sie es sind, die den Bauch tragen, oder ob der Bauch sie trägt.

Marianna winkt Fila herbei, die mit einem großen Korb voller Proviant draußen auf der Straße stehengeblieben ist. Das Mädchen tritt ein, schlägt ein Kreuz über der Brust und rümpft angeekelt die Nase. Möglicherweise ist auch sie in einer solchen Hütte zur Welt gekommen, doch sie hat alles getan, um es zu vergessen. Jetzt steht sie dort und tritt ungeduldig von einem Bein aufs andere, wie jemand, der an die lavendelduftende Luft in hohen, hellen Zimmern gewöhnt ist.

Die Frau mit dem Kind auf dem Arm scheucht mit einem Fußtritt die Hühner auf, die sofort lärmend durch das Zimmer flattern; mit einer Hand räumt sie das wenige armselige Geschirr beiseite, das auf dem Tisch steht, und erwartet den ihr zugedachten Teil der Schenkung.

Marianna zieht Würste und Tüten voll Reis und Zucker aus dem Korb und stellt alles mit harten Bewegungen auf den Tisch. Bei jedem Geschenk kommt sie sich lächerlicher und widerwärtiger vor. Die Widerwärtigkeit, Gutes zu tun und vom anderen auf der Stelle Dankbarkeit zu erwarten. Die Widerwärtigkeit eines Gewissens, das sich mit seiner Freigiebigkeit beruhigt und dafür vom Allmächtigen einen Platz im Paradies erwartet.

Das Kind hat unterdessen angefangen zu weinen. Marianna erkennt dies daran, daß sein Mund immer breiter wird, die Augen sich verengen, die kleinen Hände sich zu Fäusten ballen und nach oben recken. Dieses Weinen scheint sich nach und nach auf die Dinge rundherum zu übertragen, so daß auch diese zu schluchzen beginnen; von den Hühnern zum Esel, vom Bett zum Backtrog, von den zerfetzten Röcken der Frau zu den unrettbar verschmutzten und verrußten Töpfen.

Wieder im Freien angekommen, faßt Marianna sich an den verschwitzten Hals und atmet mit weit geöffnetem Mund tief die frische Luft ein. Doch die abgestandenen Gerüche hier im Gäßchen sind nicht viel besser als die im Innern des Hauses: Exkremente, verfaultes Gemüse, verbranntes Fett, Staub.

Viele Frauen treten nun aus ihren Haustüren, in Erwartung, daß die Reihe der Almosenvergabe an sie kommt. Einige haben sich vor die Türen gesetzt, lausen ihre Kinder und schwatzen fröhlich miteinander.

Liegt das Prinzip aller Korruption nicht in diesem Geben, das den Empfangenden verführt? Der Herrschende züchtet die Habgier des von ihm Abhängigen, hätschelt und befriedigt sie, nicht nur, um sich bei den Wächtern des Himmels lieb Kind zu machen, sondern auch, weil er ganz genau weiß, daß der andere sich vor seinen Augen erniedrigen und das Geschenk entgegennehmen wird, mit dem von ihm Dankbarkeit und Treue eingefordert wird.

»Ich ersticke hier, ich kehre zum Turm zurück«, schreibt Marianna auf ein Blatt Papier, das sie Don Pericle hinhält, »geht Ihr allein weiter.«

Fila wirft einen schiefen, mißmutigen Blick auf den Korb, den sie sich auf ihre Hüfte gestemmt hat und der noch bis oben hin voller Nahrungsmittel ist. Sie wird nun allein mit der Arbeit fortfahren müssen, denn auf Felice, die auf dem gepflasterten Teil der Straße stehengeblieben ist, um sich die Schuhe nicht zu beschmutzen, ist kein Verlaß. Und wann die anderen beiden kommen werden, weiß der Himmel. Sie haben bis spät in die Nacht hinein Karten gespielt und sind heute morgen nicht zum Frühstück unter dem Portikus erschienen.

Marianna eilt unterdessen mit großen Schritten in Richtung der Torre Scannatura, die sie hinter dem Verhau von Dächern aufragen zu sehen meint; auf diesen Dächern wächst ein wenig von allem, vom Schnittlauch bis zum Fenchel, von den Kapern zu den Nesseln.

Als sie um eine Ecke biegt, stolpert sie über einen Nachttopf, den eine Frau gerade auf die Straße leert. Auch in Bagheria ist das üblich, ebenso in den Volksvierteln von Palermo: Die Hausfrauen kippen des Morgens die Notdurft der Nacht mitten auf die Straße, dann schütten sie einen Eimer Wasser hinterher und befördern alles einfach ein Stückchen weiter die Straße hinunter, und was dann damit geschieht, geht sie nichts mehr an. Doch da bergauf immer jemand ist, der das gleiche tut, ist das gesamte Sträßchen stets von übelriechendem und fliegenumschwärmtem Abfall bedeckt.

Es sind die gleichen Fliegen, die sich dann zuhauf auf den Gesichtern der Kinder niederlassen, die spielend am Straßenrand sitzen; sie kleben an ihren Augenlidern, als gäbe es da Köstlichkeiten zum Aussaugen. Und mit diesen Fliegentrauben auf den Augen sehen die Kinder aus, als trügen sie groteske, gespenstische Masken.

Marianna geht mit eiligen Schritten und versucht, dem Unrat auszuweichen, sie wird verfolgt von einem Schwarm hüpfender Lebewesen, deren Anzahl sie anhand des Flügelgeschwirrs um sie herum erahnen kann. Ihre Schritte werden noch schneller, hin und wieder schöpft sie ein wenig stinkende Luft und eilt mit gesenktem Kopf weiter zum Ausgang des Dorfes. Doch jedesmal, wenn sie meint, die zum Turm hinführende Straße erreicht zu haben, steht sie vor einem mit Scherben bespickten Mäuerchen, einer Biegung oder einem Hühnergehege. Der Turm scheint greifbar nahe zu sein, doch hat das Dorf trotz seiner geringen Größe eine labyrinthische Struktur, die schwer zu entwirren ist.

Marianna kehrt um und läuft weiter, sie biegt um die eine Ecke, dann um die andere, und steht plötzlich auf einem kleinen quadratischen Platz, der von einer hohen Madonnenstatue beherrscht wird. Dort unter dem Standbild bleibt sie einen Augenblick stehen, lehnt sich an den Sockel aus grauem Stein, um etwas Atem zu schöpfen.

Wo immer sie den Blick hinwendet, sieht sie stets das gleiche: niedrige, eng aneinandergelehnte Häuser, häufig nur mit einer Öffnung versehen, die als Tür und Fenster zugleich dient. Dahinter sieht man dunkle Zimmer, in denen Menschen und Tiere in gelassener Vermischung miteinander hausen. Und draußen Rinnsale von schmutzigem Wasser, hier und da eine Getreidehandlung, die ihre Ware in großen Körben anbietet, ein Schmied, der seine Arbeit unter Funkensprühen auf der Türschwelle verrichtet, ein Schneider, der im Licht, das durch die Tür dringt, zuschneidet, näht, bügelt; ein Obsthändler, der seine Ware in Holzkisten feilbietet und jede Kiste mit einem Preisschild versehen hat: FEIGEN: 2 GRANI DIE ROLLE; ZWIEBELN: 4 GRANI DIE ROLLE; LAMPENNÖL: 5 GRANI DIE ROLLE; EIER: ½ GRANO DAS STÜCK. Die Augen klammern sich an die Preisschilder wie an Bojen auf hoher See: Die Zahlen wirken beruhigend, sie geben der geometrischen Rätselhaftigkeit dieses unwirtlichen und staubigen Ortes einen Sinn.

Doch siehe, da fühlt sie unter ihren Füßen ein vertrautes Trampeln, ein rhythmisches Schlagen, das sie aufblicken läßt. Und tatsächlich taucht, man weiß nicht, woher, Saro vor ihren Augen auf, hoch auf dem Rücken des arabischen Pferdes, das der Herr Onkel und Gatte ihm geschenkt hat, bevor er starb, und dem Saro dem pompösen Namen »Malagigi« gegeben hat.

Nun wird sie endlich diesem Labyrinth entkommen, denkt Marianna, und schickt sich an, ihm entgegenzugehen, doch Pferd und Reiter sind schon verschwunden, verschluckt von einer mit Kapern überwachsenen Mauer. Marianna geht um die Mauer herum und sieht sich einer Schar von Kindern und Frauen gegenüber, die sie verblüfft ansehen wie ein übernatürliches Wesen. Zwei

Krüppel, die sich auf Krücken über das Pflaster bewegen, hinken eilig hinter ihr her, in der Hoffnung, ihr ein wenig Geld zu entlocken: unmöglich, daß eine so elegante Dame nicht Säckchen voll klingenden Goldes mit sich herumträgt. Deshalb humpeln sie an sie heran, betatschen ihr Haar, ziehen sie am Ärmel und zupfen die Schleifen an ihrer Taille auf, die das kleine Schreibpult und das Säckchen mit dem Tintenfaß und den Federn zusammenhalten.

Erneut scheint es Marianna, als sähe sie Malagigi am Ende der Gasse einhertraben, den hübschen Saro auf dem Rücken, der von ferne grüßend seinen Hut schwenkt. Marianna streckt die Arme hoch, damit er sie sehe und ihr zu Hilfe eile. Unterdessen hat jemand ihr Schreibfedersäckchen gepackt, in der Meinung, daß sich eben darin das Geld befinde, und zerrt es nach allen Seiten, ohne es vom Gürtel losreißen zu können.

Um freizukommen, zerrt sich Marianna mit einem Ruck den Gürtel vom Leibe, überläßt alles den Kindern und den Krüppeln und rennt davon.

Ihre Füße sind nicht mehr aufzuhalten, sie hüpfen über die Abflußrinnen, stürzen die steilen Treppen hinunter, durchqueren Löcher voller Schlamm, versinken in den Bergen von Müll und Kot, von denen die Straße bedeckt ist.

Plötzlich, als sie es am wenigsten erwartet, ist sie endlich im Freien angelangt, allein, mitten auf einem von hohen Gräsern gesäumten Weg. Vorne, vor dem Hintergrund des porzellanklaren Himmels, sieht sie die Umrisse Saros, der einen Zirkusreiter nachzuahmen versucht: Malagigi erhebt sich auf die Hinterbeine und fällt mit den Vorderbeinen herunter, um sie sogleich wieder zu erheben und zu trampeln und auszuschlagen, als sei er von der Tarantel gestochen.

Marianna beobachtet sie fasziniert und besorgt: Gleich wird der Junge vom Pferd fallen und sich den Hals brechen. Sie winkt ihm von ferne, aber er nähert sich nicht, kommt ihr nicht entgegen, sondern zieht sie wie ein Schlangenbeschwörer hinter sich her auf die Hügel zu.

Und sie folgt ihm, die vom Schlamm verklebten Röcke in ihren Händen, mit verschwitzten, sich auflösenden Haaren, mit keuchendem Atem und so fröhlich, wie sie es in ihrer Erinnerung noch niemals gewesen ist. Der Junge wird das Gleichgewicht verlieren, er wird sich weh tun, sie muß ihn aufhalten, sagt sie sich. Doch ist es eine heitere Besorgnis, denn sie weiß, daß es sich um ein Spiel handelt und daß das Wagnis zum Spiel gehört.

Pferd und Reiter sind inzwischen, immer tänzelnd, an einem Haselnußhain angelangt, machen aber keine Anstalten stehenzubleiben. Sie springen und galoppieren immer weiter, immer in einem gewissen Abstand zu ihr. Es sieht aus, als hätte er sein Leben lang nichts anderes getan als Pferde zuzureiten, wie ein Zigeuner, der schöne Saro.

Der Haselnußhain liegt nun bereits hinter ihnen, vorne gibt es weiterhin nichts als Kleefelder, hohe Rizinushecken und steiniges Gelände. Mit einem Mal sieht Marianna den Jungen hoch durch die Luft fliegen wie eine Puppe und kopfüber ins hohe Gras stürzen. Sie beginnt zu rennen, zu springen, durchs Brombeergestrüpp zu stolpern, die Röcke mit beiden Händen gerafft. Seit wann ist sie nicht mehr so gelaufen? Das Herz schlägt ihr im Hals, als wolle es mit der Zunge zum Mund hinausspringen.

Endlich hat sie ihn erreicht. Sie findet ihn bäuchlings mit ausgestreckten Armen im hohen Gras liegen, die Augen geschlossen, das Gesicht blutleer. Behutsam beugt sie sich über ihn und versucht, seinen Hals zu drehen, einen Arm, ein Bein zu bewegen. Doch sein Körper reagiert nicht: Leblos liegt er da, aller Sinne beraubt.

Mit zitternden Händen öffnet sie ihm den Kragen. Er ist nur ohnmächtig geworden, sagt sie sich, gleich wird er sich erholen. Einstweilen kann sie nichts anderes tun, als ihn betrachten: Er scheint in diesem Moment, in der ganzen Schönheit seines jugendlichen Körpers, soeben für sie auf die Welt gekommen zu sein. Wenn sie ihm jetzt einen Kuß gäbe, würde er das nie erfahren. Warum nicht einmal, nur ein einziges Mal diesem Wunsch freien Lauf lassen, der doch sonst stets von einem feindlichen Willen unterdrückt worden ist?

Mit einer weichen Bewegung beugt sie sich tiefer über den bäuchlings daliegenden Jungen und berührt mit ihren Lippen leicht seine Wange. Einen Augenblick lang scheint ihr, als sähe sie seine langen Wimpern erzittern. Sie richtet sich auf und schaut ihn unverwandt an. Aber sein Körper ist tatsächlich leblos, ohne Bewußtsein. Nochmals beugt sie sich vorsichtig über ihn, mit einer schmetterlingshaften Bewegung, und legt ihre Lippen auf die seinen. Ihr scheint, als ginge ein Schaudern über ihn. Und wenn dies ein tödliches Delirium wäre? Sie richtet sich wieder auf und beginnt, ihm mit den Fingerspitzen auf die Wangen zu schlagen, bis sie sieht, daß er die grauen, wunderschönen Augen öffnet. Aber die Augen lachen sie aus und machen ihr klar, daß alles nur gespielt war, eine Falle, um ihr einen Kuß zu rauben. Eine Falle, die perfekt funktioniert hat. Nur die Schläge auf die Wangen waren nicht vorgesehen, und vielleicht haben sie bewirkt, daß er sich vorzeitig verraten mußte.

»Was bin ich doch für eine Idiotin, eine Idiotin!« sagt sich Marianna, während sie versucht, ihr Haar in Ordnung zu bringen. Sie weiß, daß er keinen Finger rühren wird ohne ihre Zustimmung. Sie weiß, daß er wartet, und einen Augenblick denkt sie daran, offenkundig werden zu lassen, was bisher nur ein heimlicher Wunsch war: ihn an sich zu drücken in einer Umarmung, die erfüllt ist von Jahren der Entbehrung und des Wartens.

»Ich Idiotin, ich Idiotin« ... Diese Falle wird die schönste all ihrer Freuden sein. Warum sich nicht fangen, warum sich nicht fallen lassen? Doch es liegt ein leicht marmeladensüßer Geruch in diesem Spiel, der ihr nicht gefällt, eine winzige Warnung vor der Selbstgefälligkeit und

Vorhersehbarkeit. Ihr Oberkörper richtet sich auf, ihre Knie stoßen sich vom Boden ab, ihre Füße sind schon in Bewegung. Noch bevor Saro ihr Vorhaben begriffen hat, ist sie auf und davon und rennt auf den Turm zu.

32

Die beiden Kerzenleuchter brennen mit grünlichen Flämmchen. Marianna betrachtet mit Besorgnis die merkwürdigen smaragdfarbenen Gebilde: seit wann und wo auf der Welt ist ein Klumpen natürlichen Bienenwachses dazu fähig, ein grünes Licht auszusenden, das dünn zur Zimmerdecke aufsteigt und in Form von schaumiger Flüssigkeit wieder herabsinkt? Auch die Körper um sie herum sind anders als sonst und nehmen bedrohliche Formen an: Don Pericles Bauch zum Beispiel scheint zu wackeln und plötzliche Ausbuchtungen zu zeigen, als wohne darin ein Kind, das tritt und boxt. Maninas mollige, mit vielen Furchen überzogene Finger öffnen und schließen sich beim Kartenmischen über der Tischplatte: Es sieht aus, als täten sie dies ganz selbständig, losgelöst von den Armen; sie drehen und wenden die Kartenbilder, während die Handgelenke in ihren Manschetten verborgen bleiben.

Don Nunzios Haare fallen flockenartig auf die Tischplatte herab. Schnee mitten im August? Gleich darauf sieht sie, wie er ein riesiges, zusammengeknülltes Taschentuch aus seiner Jacke zieht und rasch die Nase in den Knäuel steckt. Es ist offensichtlich, daß er zusammen mit der Luft seine ganze schlechte Laune ausschnaubt. Marianna greift nach seinem Handgelenk und drückt es fest; wenn Don Nunzio so weitermacht, wird er noch sein Leben in diesem Taschentuch aushauchen und tot vom Spieltisch fallen.

Über diese erschrockene Geste der Mutter brechen die Töchter in Lachen aus. Auch Don Pericle lacht, es lacht Felice mit dem Saphirkreuz, das ihr auf der Brust hüpft, es lacht der hübsche Saro hinter vorgehaltener Hand, es lacht sogar Fila, die neben Giuseppa steht, in der Hand eine Pfanne voller Makkaroni mit Tomatensoße.

Felice streckt die Hand aus und legt sie der Mutter auf die Stirn. Die Gesichter werden ernst. Von den Lippen der Tochter liest die Mutter das Wort »Fieber« ab. Und sie sieht, wie weitere Hände nach ihrer Stirn greifen.

Sie weiß nicht mehr, wie sie die Treppen hinaufgekommen ist, vielleicht hat man sie getragen; sie weiß nicht mehr, wer sie ausgezogen hat, wie sie unter die Bettdecke geraten ist. Die Schmerzen in ihrem fiebrigen Kopf halten sie wach; doch endlich ist sie allein und denkt voller Scham an ihre Einfältigkeit von heute morgen zurück: zunächst ihr Auftritt als »gute Samariterin«, und dann ihr schulmädchenhafter Lauf über steiniges Gelände und durch Haselnußhaine; die Verführbarkeit eines Körpers, der von Gespenstern bewohnt ist, die Naivität eines Kusses, den sie zu rauben glaubte, der aber ihr geraubt wurde. Und nun dieses bösartige Fieber, das in ihrem Innern einen Lärm erweckt, den sie nicht verstehen kann.

Kann denn eine vierzigjährige Frau, Mutter und Großmutter, aus einer jahrzehntelang währenden Lethargie erwachsen wie eine verspätete Rose und nun ihren Teil des Honigmondes haben wollen? Was kann ihr das verbieten? Nichts als ihr eigener Wille? Oder auch die Erfahrung einer Gewaltsamkeit, die so häufig wiederholt worden ist, daß sie ihren ganzen Körper stumm und taub hat werden lassen?

Irgendwann in der Nacht muß jemand bei ihr gewesen sein: Felice? Fila? Jemand, der ihr den Kopf hochgehoben hat und sie gezwungen, eine zuckrige Flüssigkeit zu schlucken. Laßt mich in Ruhe, hatte sie hinausschreien wollen, doch ihr Mund hatte sich nicht geöffnet, sondern nur zu einer bestürzten, bitteren Grimasse verzogen.

Er führt mich in den Weinkeller...
Und seine Frucht ist meinem Gaumen süß.
Er erquickt mich mit Blumen und labt mich mit Äpfeln;
denn ich bin krank vor Liebe...

Welch ein Fluch: in der Unordnung des Gedächtnisses die eindringlichen Verse des Hohenlieds mit den Festen einer heiteren Erinnerung zu vermischen; wie konnte sie ihre Behinderung vergessen?

Mein Freund ist gleich einem Reh ...

Worte sind dies, die sie nicht bilden sollte, die lächerlich wirken auf ihren gespannten Lippen, sie können zu ihr nicht gehören. Doch sind sie da, diese Liebesworte, und vermischen sich mit der Beklommenheit des Fiebers.

Fanget uns die Füchse,
die kleinen Füchse,
die die Weinberge verderben ...

Das Zimmer ist nun von Tageslicht überflutet. Jemand muß die Läden aufgemacht haben, während sie schlief. Ihre Augen brennen, als hätte sie Salzkörner unter den Lidern. Sie legt ihre Hand an die Stirn. Da sieht sie einen Uhu auf der Stuhllehne sitzen. Es sieht aus, als sähe er sie zärtlich an. Sie will mit der einen Hand die Bettdecke glattstreichen, doch da bemerkt sie, daß auf dem bestickten Leintuch eine große Schlange zusammengerollt liegt und schläft. Vielleicht wird der Uhu die Schlange fressen. Vielleicht auch nicht. Wenn wenigstens Fila mit ein wenig Wasser käme ... Daran, wie sie die Hände über der Brust gekreuzt hat, merkt Marianna, daß sie schon tot ist. Doch ihre Augen sind offen und sehen, wie die Tür sich von alleine öffnet, gerade wie im Leben. Wer wird das sein?

Es ist der Herr Onkel und Gatte, ganz nackt, mit einer langen Narbe, die ihm über die Brust und den Bauch läuft. Sein Haar ist spärlich wie das eines Räudigen, um ihn ist ein Geruch von Zimt und ranziger Butter. Sie sieht ihn sich erregt über sie beugen, als wollte er sie kreuzigen. Etwas wie eine tote und gleichwohl pulsierende Aubergine wächst ihm aus dem Bauch heraus, ein obszön steifes und lüsternes Ding. Ich werde aus Mitleid den Liebesakt ausüben, sagt sie sich, denn der Liebesakt ist vor allem Erbarmen.

»Ich liege im Todeskampf«, sagt sie zu ihm mit geschlossenem Mund. Er lächelt sie geheimnisvoll einverständig an. »Ich sterbe«, wiederholt sie beharrlich. Er nickt. Nickt mit dem Kopf und gähnt. Merkwürdig, denn die Toten können eigentlich nicht müde sein.

Ein eisiger Hauch läßt sie den Blick zum offenen Fenster heben. Eine Mondsichel hängt oben vom Rahmen herab. Bei jedem Windstoß fängt sie sanft an zu schaukeln; sie sieht aus wie ein Stück Kürbis, das mit weißen Zuckerkristallen bestreut ist.

»Ich werde aus Mitleid den Liebesakt ausüben«, wiederholen ihre stummen Lippen, doch der Herr Onkel und Gatte will ihre Ergebenheit nicht, Mitleid gefällt ihm nicht. Sein weißer Körper liegt nun auf ihr und drückt ihr den Bauch flach. Sein totes Fleisch riecht nach getrockneten Blumen und Salpetersäure. Die fleischige Aubergine bittet, fordert, in ihren Schoß einzudringen.

Früh am Morgen erwacht das ganze Haus von einem wilden, durchdringenden Schrei. Felice fährt im Bett hoch. Es kann ja nicht sein, daß die stumme Frau Mutter es war, die so geschrien hat, und doch kam der Schrei aus ihrem Zimmer. Sie eilt, ihre Schwester Giuseppa zu wekken, die ihrerseits Manina aus dem Bett holt. Die drei jungen Frauen in ihren Nachthemden laufen zum Bett der Mutter, die aussieht, als liege sie verzweifelt in den letzten Zügen.

Rasch wird der Bader gerufen, denn Ärzte gibt es in Torre Scannatura nicht. Der Bader, der auf den Namen Mino Pappalardo hört und ganz in Dottergelb gekleidet daherkommt, tastet nach dem Puls der Kranken, prüft ihre Zunge, hebt ihre Augenlider und steckt seine Nase in ihren Nachttopf.

»Blutstauung durch fiebrige Brustfellentzündung«, lautet seine Diagnose. Man muß sofort Blut aus den entzündeten Adern lassen. Dazu benötigt er einen hohen Hokker, eine Schüssel mit warmen Wasser, ein Auffanggefäß, ein sauberes Tuch und einen Helfer.

Felice erbietet sich, ihm zu assistieren, während Giuseppa und Manina sich in eine Ecke des Zimmers flüchten. Der Bader entnimmt seinem Köfferchen aus hellem

Holz ein Etui, das aus zusammengerolltem Leinen besteht. Im Innern des Etuis erscheinen, einzeln festgebunden, spitze kleine Messer, Sägen, Pinzetten und winzige Scheren.

Mit sicherem Griff entblößt Pappalardo einen Arm der Kranken, tastet nach der Vene in der Ellenbeuge, bindet mit einem Band den Oberarm ab und sticht mit einem entschiedenen Ruck ins Fleisch, ritzt mit der Klinge die Ader auf und läßt sie bluten. Felice kniet neben dem Bett und fängt in einer Tasse das heraustropfende Blut auf, wobei sie nur ganz wenig den Mund verzieht.

Marianna schlägt die Augen auf. Sie blickt in das schlecht rasierte Gesicht eines Mannes, über dessen Wangen zwei dunkle Furchen laufen. Der Mann bedenkt sie mit einem gezwungenen, unlustigen Lächeln. Doch die Schlange, die zusammengerollt auf ihrem Laken lag, scheint aufgewacht zu sein, denn sie hat ihre scharfen Zähne in ihren Arm geschlagen. Sie möchte Felice darauf aufmerksam machen, doch sie vermag nicht einmal die Augen zu bewegen.

Wer ist denn dieser Mann mit dem unangenehmen, fremden Geruch, der da neben ihr sitzt? Gewiß jemand, der sich verkleidet hat. Der Herr Gatte? Der Herr Vater? Er jedenfalls wäre fähig, sich aus Spaß zu verkleiden.

In diesem Augenblick schießt ihr ein Gedanke wie ein Blitz von oben bis unten durch den Körper: Zum erstenmal in ihrem Leben weiß sie mit diamantener Klarheit, daß er, ihr Vater, schuld ist an ihrer Behinderung. Ob aus Liebe oder aus Fahrlässigkeit, wüßte sie nicht zu sagen; doch er ist es, der ihr die Zunge abgeschnitten hat, und er hat ihre Ohren mit flüssigem Blei gefüllt, damit sie keinen Laut höre und sich unendlich um sich selbst drehen müsse im Reich des Schweigens und der Angst.

33

Eine Kalesche mit geschlossenem Verdeck, das Pferd mit vergoldetem Geschirr. Das kann nur dieser Sonderling eines Agonia, Prinz von Palagonia, sein. Er ist es aber nicht: Aus der Kalesche steigt vielmehr eine verschleierte Dame, deren Schleier nach spanischer Art über den hohen Haarturm gelegt ist. Das ist gewiß Prinzessin Riverdita: Sie war zweimal verheiratet, und beide Ehemänner sind den Gifttod gestorben. Dahinter eine sehr kleine Kalesche, von einem jungen, springlebendigen Pferdchen gezogen. Das muß Baron Pallavicini sein; vor kurzem hat er gegen seinen Bruder einen Prozeß in einer unklaren Erbangelegenheit gewonnen, der sich über fünfzehn Jahre hingezogen hat. Der Bruder besitzt nun nicht mehr als das Hemd auf dem Leibe, und es bleibt ihm nichts anderes übrig, als ins Kloster zu gehen oder eine reiche Frau zu heiraten. Doch die reichen Frauen von Palermo heiraten keinen Habenichts, selbst wenn er einen schönen Namen hat, es sei denn, sie möchten diesen Namen kaufen, was sie allerdings sehr teuer zu stehen kommt. Außerdem muß die »Jungfer« sehr schön sein und zumindest anmutig auf dem Spinett spielen können.

Ein solches Aufgebot an Kutschen hat man hier seit Jahren nicht mehr gesehen. Der Innenhof der Villa Ucrìa ist ganz und gar zugestellt: Kaleschen, Sänften, Fiaker, Einspänner, Karossen defilieren unter den Lichtern des großen Blumenbogens hindurch, der die Auffahrt zum Hof hin überspannt.

Seit dem Tode des Herrn Onkels und Gatten ist dies das erstemal, daß in der Villa wieder ein Fest stattfindet. Und sie selbst, Marianna, hat es gewollt, um ihre Genesung von der Rippenfellentzündung zu feiern. Ihre Haare haben wieder angefangen zu wachsen, und ihre Gesichtsfarbe hat ihren natürlichen rosafarbenen Ton zurückgewonnen.

Jetzt steht sie hinter den geöffneten Vorhängen des blauen Salons im ersten Stock und beobachtet das Kommen und Gehen der Diener, Reitknechte, Lakaien, Träger und Kellner.

Im Laufe des Abends wird auch das Theater eingeweiht werden, das sie hat erbauen lassen, damit dort eine Musik erklinge, die sie niemals wird hören können, und Stücke aufgeführt werden, deren Sinn sie niemals ganz begreifen wird. Und eben zu Ehren ihrer Taubheit wollte sie, daß die Bühne recht breit sei und vom Intermassimi üppig ausgestattet werde.

Sie hat angeordnet, daß die Logen mit gelbem Damast und blauen Samtborten ausgeschlagen werden, sie wollte eine hohe, gewölbte Decke haben, ausgemalt mit Schimären mit rätselhaften Gesichtern, Paradiesvögeln und Einhörnern.

Der Intermassimi ist von Neapel angereist gekommen, sehr fein herausgeputzt und in Begleitung seiner jungen Frau, einer gewissen Elena, die winzige Ohren und die Finger voller Ringe hat. Die beiden sind drei Monate im Hause geblieben, haben sich von Leckerbissen ernährt und geschmust, wo sie nur konnten: im Garten, in den Korridoren, auf dem Gerüst, zwischen den Farbtöpfen. Er ist fünfundvierzig, sie fünfzehn.

Als Marianna zufällig einmal über die beiden stolperte, als sie sich gerade mit aufgeknöpften Blusen und keuchendem Atem irgendwo in der Villa umarmten, hatte er sie boshaft angelächelt, als wollte er sagen: »Seht Ihr, was Ihr Euch habt entgehen lassen?«

Marianna hatte ihm angewidert den Rücken zugewendet. Seitdem vermied sie es tunlichst, in der Villa herumzugehen, wenn sie fürchten mußte, ihnen zu begegnen. Trotz all ihrer Vorsicht stieß sie auf ihren Wegen häufig auf sie, fast, als hätten sie es darauf abgesehen.

So hatte sie sich nach Palermo in ihren Palazzo in der Via Alloro zurückgezogen, wo sie mißmutig durch die dunklen und von Bildern, Gobelins und Teppichen überladenen Zimmer wanderte. Sie hatte Fila mitgenommen und Innocenza in Bagheria gelassen. Auch Saro war in der Villa zurückgeblieben. Vor einiger Zeit ist er zum Oberkellermeister ernannt worden, und man muß gesehen haben, wie er den Wein kostet, wie er ihn von der einen Backentasche in die andere schiebt, mit geschlossenen Augen, und ihn dann weit von sich spuckt und dabei die Zunge schnalzen läßt. Inzwischen erkennt er sogar schon die Jahrgänge.

Sie war erst im Mai, nach Beendigung der Arbeiten, zurückgekehrt und hatte die Fresken so schön gefunden, daß sie dem Maler seinen Exhibitionismus und seine Eitelkeit verzieh. Er und seine Kindfrau waren just an dem Tage abgereist, an dem Cicciuzzo Calò starb, der in letzter Zeit den Verstand verloren hatte und halb nackt, mit weit aufgerissenen Augen, durch den Hof irrte und nach seinen Töchtern suchte.

Heute ist das Fest. Durch den Salon, der von ganzen Trauben von Muranogläsern mit brennenden Kerzen darin beleuchtet ist, wandeln sämtliche hohen Damen von Palermo. Ihre enormen Ballonröcke werden von Stäbchen und Reifen aus Holz und Walfischknochen gehalten, ihre Mieder aus zartfarbenen Seidenstoffen sind geschnürt und ausgeschnitten. Die Herren Kavaliere an ihrer Seite tragen zu dieser großen Gelegenheit lange rote, violette, grüne, mit Gold und Silber bestickte Jacken, von Rüschen und Spitzen geblähte Blusen, gepuderte und parfümierte Perücken.

Marianna schaut sich zufrieden um; seit vielen Tagen ist sie mit der Vorbereitung dieses Festes beschäftigt, und sie weiß, daß sie für alles so gut gesorgt hat, daß es nun läuft wie eine gut geölte Maschinerie: Die Vorspeisen sind auf der Terrasse im ersten Stock angerichtet, zwischen den Geranien und den afrikanischen Fettpflanzen; einen Teil der Gläser hat sie sich von Torre Mosca ausborgen müssen, denn nach dem Tod des Herrn Onkels hat sie die nach und nach zerbrochenen nicht mehr ersetzt. In diesen von Agata geborgten Gläsern werden leichte, gewürzte Liköre, Limonaden und Schaumweine ausgeschenkt.

Das Abendessen hingegen wird im Garten serviert, zwischen den Zwergpalmen und Jasminbüschen, auf leinengedeckten Tafeln und auf dem blauweißen sogenannten »Königinnen«-Service mit dem schwarzen Adler darauf. Das Menü setzt sich zusammen aus würzigen Makkaroni nach Landesart, gedünsteten Seebarben, saurem Hasenbraten, Wildschwein mit Schokoladensoße, Truthahn mit Ricottafüllung, Brasse in Weinsoße, gebratenem Spanferkel, süßem Reis, eingemachten Schwarzwurzeln, Eistorte, »Gaumenfreuden«, »Mohrenköpfen«, Sorbets und dem herben, starken Hauswein der Ucrìa von den Weinbergen bei Torre Scannatura.

Nach dem Essen die Aufführung im Theater: Olivo, Sebastiano, Manina und Mariano werden die *Artaserse* von Metastasio in der Vertonung von Vincenzo Ciampi singen, begleitet von einem hochherrschaftlichen Orchester. Es werden musizieren: der Herzog Carrera Lo Bianco, Prinz Crescimanno von Gabelle del Biscotto, die Baronesse Spitaleri, Graf Della Cattolica, Prinz Des Puches von Caccamo und die Prinzessin Mirabella.

Der Himmel ist Gott sei Dank wolkenrein und von leuchtenden kleinen Punkten übersät. Der Mond ist noch nicht zu sehen.

Dafür ist die Wirkung des Tritonbrunnens, der von den vielen Kerzen in den Felsnischen hell beleuchtet ist, um so größer und überraschender.

Dank einer im vorhinein gut durchdachten Choreographie bewegt sich alles in einem bestimmten Rhythmus, der jedoch nur denen bekannt ist, die an den Vorbereitungen beteiligt waren, und auch die Gäste in ihren kostbaren Kleidern, ihren edelsteinbesetzten Schuhen, sind, ohne es zu wissen, Teil dieses ineinandergreifenden Spiels.

Marianna hat darauf verzichtet, ihre festliche Abendrobe anzulegen, um sich freier zwischen ihren Gästen bewegen zu können, zwischendrin rasch einmal in die Küche oder ins Theater zu laufen, den Musikern einen Besuch abzustatten, die im gelben Haus ihre Instrumente stimmen, außerdem die Windlichter zu überprüfen, die Töchter und Enkel im Auge zu behalten, dem Koch durch Kopfnicken Zeichen zu geben und Saro zu bedeuten, er möge weiteren Wein aus dem Keller holen.

Manche Damen können sich nicht einmal hinsetzen mit ihren kunstvoll aufgeblähten, von steifen Gerüsten getragenen Röcken, die sie aussehen lassen wie Kuppeln mit einem Uhrtürmchen auf der Spitze. Dieses Jahr ist die »Volante« in Mode, eine vom Pariser Hof stammende Robe: Der aus Weidenruten geflochtene Reif ist so weit, daß darunter bequem zwei heimliche Kauerer Platz hätten, darüber fällt ein weiter Rock, über den wiederum ein glänzender Überwurf mit Falten, Schleifen und Tand drapiert ist, am Rücken ist das Ganze mit zwei Röhren ausgestattet, die vom Hals bis hinunter zur Taille laufen.

Um elf Uhr beginnt der Ball, und um Mitternacht findet das Feuerwerk statt. Dafür ist eigens eine Maschinerie angefertigt worden, die im Zitronenhain neben dem Theater postiert wurde, dergestalt, daß die Feuerwerkskörper genau über den Köpfen der Gäste explodieren und der Lichterregen in den Karpfenteich oder zwischen die Rosen und Levkojen fällt.

Eine laue, milde Nacht voller Düfte. Eine leichte, salzige Brise weht hin und wieder vom Meer herüber und erfrischt die Luft. In der Aufregung ist es Marianna nicht gelungen, auch nur einen Happen hinunterzuschlucken. Die Köche wurden speziell für diesen Abend engagiert: Der eine ist Franzose oder behauptet es wenigstens und nennt sich Monsieur Trebbianó, doch sie hat den Verdacht, daß er sich lediglich eine Weile in Frankreich aufgehalten hat. Er kocht gut, »à la française«, doch die besten Gerichte, die er herstellt, sind die einheimischen der Insel. Selbst unter den abenteuerlichsten Namen, die er seinen Werken verleiht, schmeckt man die üblichen Speisen heraus, die alle mögen.

Die vornehmen Familien Palermos reißen sich schon seit Jahren um ihn, wenn es um große Mittags- oder Abendessen geht. Und Messjöh Trebbianó liebt es, gegen Bezahlung von einem Haus ins andere zu ziehen, wobei er eine ganze Schar von Gehilfen und Assistenten, von »petites-mains« seines Vertrauens, sowie eine Lawine von Pfannen, Messern und Auflaufformen aus seinem eigenen Besitz mit sich schleppt.

Marianna setzt sich einen Augenblick nieder und schlüpft im Schutze ihrer langen Röcke aus den spitz zulaufenden Schuhen heraus. Seit Jahren war ihre Familie nicht mehr vollzählig hier in der Villa versammelt: Signoretto, dessen Geschäfte nicht sehr gut laufen, mußte eine Hypothek auf die Besitzung von Fontanasalsa aufnehmen, um seine Schulden zu bezahlen. Doch er wirkt nicht sehr besorgt. Den langsamen Absturz der Familie in den Ruin hält er für den üblichen Lauf des Schicksals, dem sich zu widersetzen ihm sinnlos erscheint, da es sich ohnehin ihrer bemächtigen wird.

Carlo ist in seinem Fach eine Berühmtheit geworden, in allen Teilen Europas verlangt man nach ihm, damit er alte Manuskripte entziffere. Er ist soeben aus Salamanca zurückgekehrt, wo er Gast der Universidad Real gewesen ist, die ihm am Ende seines Aufenthaltes sogar einen Lehrstuhl angeboten hat; doch er hat es vorgezogen, in den Klostergarten von San Martino delle Scale zurückzukehren und in der Nähe seiner Bücher, seiner Schüler, seiner Wälder und seiner gewohnten Ernährung zu bleiben. »Träume und Märchen erfinde ich«, hatte er ihr auf ein Zettelchen geschrieben, das er ihr fast heimlich in die Tasche steckte, »alles ist Lüge, ich lebe in einem Delirium« – ganz nach Art des Metastasio.

Marianna zieht den zusammengefalteten Zettel, der noch in ihrer Tasche steckt, heraus und liest ihn noch einmal. Dann sucht ihr Blick den Bruder und findet ihn tief in einem Schlafstuhl versunken. Sein Haar ist schütter, seine Augen klein wie Schweinsäuglein. Man muß ihn schon genau betrachten, um einen Funken Geist in seinem Körper zu entdecken, der ihm längst gänzlich außer Kontrolle geraten und aus allen Fugen gegangen ist.

Ich müßte häufiger mit ihm zusammenkommen, sagt sich Marianna, als sie die ungesunde Blässe auf dem Gesicht des Bruders bemerkt, die derjenigen der Mutter nacheifern zu wollen scheint. Fast scheint ihr, als dringe auch aus der Entfernung der Geruch von Laudanum und Tabak zu ihr her.

Auch Agata hat sich sehr gewandelt. Als einzige Zeugen ihrer einstigen Schönheit sind ihre großen Kuhaugen übriggeblieben, in denen das Blau der Iris sich klar vom Weiß des Augapfels abhebt. Der ganze Rest sieht aus, als habe er zu lange im Einweichwasser gelegen und sei dann mit Asche gescheuert und durchgewrungen und auf dem Stein ausgeschlagen worden, wie man es mit der Wäsche macht.

Neben ihr die Tochter Maria, die aussieht wie das Ebenbild ihrer Jungmädchenjahre: ihre noch etwas ungeformten sechzehnjährigen Schultern leuchten wie zwei frische Mandeln aus dem mit lila Schleifen besetzten Spitzenkleid hervor. Zum Glück ist es Agata gelungen zu verhindern, daß man sie mit zwölf Jahren verheiratete, wie ihr Mann es gerne gesehen hätte. Sie hält sie stets nahe bei sich und kleidet sie wie ein kleines Mädchen, damit sie jünger wirkt, freilich zum großen Ärger ihrer Tochter, die gerne älter aussehen möchte. Giuseppa und Giulio sitzen nah beieinander, schauen sich unentwegt an und lachen über alles und jeden. Vetter Olivo beobachtet sie von einem anderen Tisch aus mit beleidigtem Gesicht. Seine Frau neben ihm ist weniger unangenehm, als man sie Marianna geschildert hatte: klein und streng, doch imstande, in ein helles, sinnliches Gelächter auszubrechen. Es scheint, als bekümmere sie das beleidigte Gesicht ihres jungen Ehemanns nicht; vielleicht hat sie keine Ahnung von der Liebe zwischen Cousin und Cousine. Oder vielleicht doch, und vielleicht sieht sie deshalb aus, als hätte sie einen Stock verschluckt, wenn sie ernst ist. Mit ihrem Gelächter versucht sie gewiß, sich selbst Mut zu machen.

Mariano hingegen wird immer schöner und majestätischer. In gewissen Momenten erinnert er in seinem aufbrausenden, überheblichen Verhalten an seinen Vater, doch in den Farben ähnelt er seinem Großvater Signoretto: Seine Haut hat die Farbe von ofenfrischem Brot, und seine Augen sind von einem tiefen Türkisblau.

Seine Frau Caterina Molé di Flores hat eine Reihe von Fehlgeburten gehabt, aber bisher keine Kinder bekommen; dieser Umstand hat zwischen den beiden eine Bitterkeit geschaffen, die man mit bloßem Auge erkennen kann. Wenn er sich an sie wendet, so stets in einem ärgerlichen, vorwurfsvollen Ton; sie antwortet ihm prompt, doch ohne Spontaneität, als meine sie, in jedem Fall die Schuld für ihre Unfruchtbarkeit abbüßen zu müssen.

Sie ist zwar hingerissen von den Reden ihrer Tante Domitilla und erzählt ihm von der neuen Freiheit, doch tut sie dies mit immer weniger Überzeugung. Er tut nicht einmal mehr so, als hörte er ihr zu. Mit ständig wachsamen Blicken paßt er auf, daß keiner den Kreis durchbricht, in den er sich zum Träumen zurückgezogen hat. Früher hat er sich leidenschaftlich dem Amüsement hingegeben, ging zu allen Bällen und Spielen von einer Villa zur anderen, in den letzten Jahren aber ist er träge und nachdenklich geworden. Seine Frau schleift ihn durch die Salons, und er läßt es geschehen, aber er nimmt nicht an den Gesprächen teil, er weigert sich, Karten zu spielen, ißt wenig, trinkt kaum etwas. Am liebsten sieht er den anderen zu, ohne selbst gesehen zu werden, versteckt hinter einer undurchdringlichen Rauchwolke.

Wovon träumt Mariano? Schwer zu sagen. Manchmal, wenn Marianna neben ihm gestanden hat, konnte sie es erraten, und es waren Träume von großen militärischen Abenteuern bei fremden Leuten, von erhobenen Schwertern, schweißnassen Pferden, aufgewirbeltem Staub und Schießpulverdampf.

Er besitzt eine Waffensammlung wie sein Vater, und jedesmal, wenn sie bei ihm zu einem Familienessen eingeladen ist, führt er ihr alles peinlich genau vor: das Schwert Philipps II., eine Kugelbüchse des Herzogs von Anjou, eine Muskete der Leibwächter Ludwig XIV., die mit Einlegearbeit geschmückte Dose, die der Infant von Spanien für das Schwarzpulver verwandte, und noch viele andere solcher Kostbarkeiten. Einige hat er vom Herrn Onkel und Gatten geerbt, andere hat er selbst erstanden.

Und doch würde er sich nicht einmal dann aus seinem Palazzo in der Via Alloro hinausbegeben, wenn ihm ein überwältigender Sieg auf dem Felde sicher wäre. Die Träume sind gewissermaßen wirklicher als die Wirklichkeit, wenn sie zu einem zweiten Leben werden, dem man sich mit strategischer Intelligenz verschreibt.

Marianna beobachtet ihren Sohn, der sich soeben von der Tafel erhebt, wo er zusammen mit Francesco Gravina gespeist hat, dem Sohn jenes anderen Gravina von Palagonia, genannt Agonia. Der junge Mann ist dabei, die von seinem Großvater erbaute Villa modernisieren zu lassen, wobei er sie mit extravaganten Statuen bevölkert: Männer mit Ziegenköpfen, Frauen mit Affenleibern, geigende Elefanten, flötenspielende Schlangen, als Zwerge verkleidete Drachen und Zwerge mit Drachenschwänzen sowie eine Ansammlung von Buckligen, Pulcinellas, Mohren, Bettlern, spanischen Soldaten und Spielleuten.

Die Leute von Bagheria halten ihn für verrückt. Seine Familienangehörigen haben versucht, ihn entmündigen zu lassen. Seine Freunde hingegen lieben ihn, weil er auf eine unschuldige und schamhafte Weise fähig ist, über sich selbst zu lachen. Er will offenbar auch das Innere der Villa Palagonia in einen Zauberort verwandeln: Die Säle sind gänzlich mit Spiegeln ausgekleidet, die das Spiegelbild bis ins Unendliche vervielfältigen, bis es nicht mehr zu erkennen ist; aus den Wänden wachsen halbe Marmorstatuen hervor, die ihre offenen Arme den Tänzern entgegenstrecken und deren gläserne Augen in den Augenhöhlen kreisen. Die Schlafzimmer sind von ausgestopften Tieren bevölkert: kleine Esel, Sperber, Füchse, aber auch Schlangen, Skorpione, Eidechsen, Regenwürmer und andere Tiere, die auszustopfen keinem Menschen bisher in den Sinn gekommen ist.

Böse Zungen behaupten, sein Großvater Ignazio Sebastiano habe bis zu seinem Tode, also bis zum vergangenen Jahr, eine Gebühr »für den Beischlaf« erhoben, als Ausgleich für seinen Verzicht auf das herrschaftliche jus primae noctis. Der junge Palagonia ist häßlich wie die Nacht: fliehendes Kinn, eng beieinanderstehende Augen, Schnabelnase; doch wer ihn kennt, sagt, er sei lustig und freundlich, unfähig, einer Fliege etwas zuleide zu tun, höflich mit seinen Untergebenen, tolerant, nachdenklich und der Lektüre von Abenteuer- und Reiseromanen ergeben.

Merkwürdig, daß Mariano und er befreundet sind, sie sind so verschieden, aber vielleicht ist es eben das, was sie zueinander hinzieht. Mariano würde nicht einmal unter Zwang ein Buch lesen. Seine Phantasie speist sich von mündlichen Erzählungen, und ganz gewiß zieht er jeden Moritatensänger, auch wenn er von der Straße kommt, den Büchern aus der Bibliothek seiner Mutter vor. Jetzt aber hat sie ihn in der Menge aus den Augen verloren, wo ist er wohl hingegangen, der schöne träumerische Mariano? Sie entdeckt ihn etwas weiter entfernt, wie er einsam auf das lichtergesprenkelte »coffee house« zugeht.

Sie sieht, wie er an einer Kaffeetasse nippt, sich die Zunge verbrennt, eine ärgerliche Handbewegung macht, dabei auf einem Bein hüpft, geradeso, wie er es als Kind gemacht hat. Mit der Tasse in der Hand setzt er sich auf einen steifen Stuhl, während sein Blick sich gierig an den entblößten Schultern der geladenen Damen festsaugt. Seine Pupillen sind trüb, die Lippen fest geschlossen: ein aufdringlicher und durchdringender Blick. Das Funkeln darin erinnert sie an den Herrn Onkel und Gatten. Sie erkennt darin den plötzlichen, heimlichen Wunsch nach einer Vergewaltigung wieder.

Marianna schließt die Augen. Und öffnet sie wieder. Mariano ist nicht mehr im »coffee house«, und Caterina sucht nach ihm. Das Glashaus hat sich nun mit Damen und Herren gefüllt, die alle ein Kaffeetäßchen in der Hand halten. Sie kennt sie alle seit ihrer Geburt, auch wenn sie sie nicht häufig sieht. Sie begegnet ihnen vor allem auf Hochzeiten, Einkleidungszeremonien und bei den Besuchen, die man sich anläßlich der Geburt eines Kindes oder einer Firmung abstattet.

Es sind immer die gleichen Frauen, deren Intelligenz in den Vorhöfen ihres Hirns im Innern ihrer zerbrechlichen, mit pariserischer Kunstfertigkeit getrimmten Köpfe verfaulen. Von der Mutter zur Tochter, von der Tochter zur Enkelin sind sie stets damit beschäftigt, um den Schlamassel zu kreisen, den ihnen die Kinder, die Ehemänner, die Geliebten, die Bediensteten, die Freunde bereiten, und neue Auswege zu finden, um sich nicht davon erdrücken zu lassen. Ihre Ehemänner sind mit andersartigem Schlamassel und anderen Freuden beschäftigt, die zu den ihren parallel verlaufen: mit der Verwaltung ihrer fernen und unbekannten Güter, mit der Zukunft ihres Geschlechts, mit der Jagd, dem Spiel, den Kutschen, dem Hofieren, den Fragen nach Prestige und Vorrecht.

Es gibt nur sehr wenige, die hin und wieder auf das höchste Dach hinaufsteigen und einen Blick in die Umgebung werfen, um zu sehen, wo es in der Stadt brennt, wo das Wasser die Felder überschwemmt, wo die Erde den Weizen und den Wein noch reifen läßt und wo ihre Insel in Sorglosigkeit und Ausbeutung versinkt.

Die Schwächen dieser Familien sind auch die ihren, sie kennt die geheimen Schändlichkeiten, über die die Frauen hinter vorgehaltenen Fächern schwatzen, etwa über die Art, wie die Söhne die blutjungen Dienerinnen bedrängen, die dann, wenn sie schwanger sind, an irgendwelche unbefangenen Freunde »abgegeben« oder in fromme Häuser für »Gefährdete« oder in Hospize für »gefallene Mädchen« abgeschoben werden; oder über die astronomisch hohen Schulden, die Halsabschneidereien, die versteckten Krankheiten, die zweifelhaften Geburten, die Abende im Club, an denen Schlösser und Ländereien verspielt werden, die Zügellosigkeit in den Bordellen, die Sängerinnen, die man sich gegenseitig mit Münzengeklimpere streitig macht, die wütenden Streitereien zwischen Brüdern, die geheimen Lieben, die fürchterlichen Racheakte.

Doch sie kennt auch ihre Träume; den verzaubernden Rhythmus der Schlachten zwischen Orlando, Artus, Ricciardetto, Malagigi, Ruggero, Angelika, Gano di Maganza und Rodomantes, der zu ihren Träumereien den Takt schlägt. Die Fähigkeit, sich von Brot und Rüben zu ernähren, obwohl man vor der Tür eine Karosse mit vergoldeten Schnörkeln stehen hat. Und sie kennt den ungeheuren Stolz, die kapriziöse Intelligenz, die sich darauf versteift, müßig zu bleiben, weil es eine noble Pflicht ist. Der geheime, bittere Humor, der sich so oft mit einer genüßlichen Lust an der Korruption und dem Für-nichtig-Erklären verbindet.

Ist sie selbst nicht auch so? Fleisch vom selben Fleische, müßig, wachsam, verschlossen und den Träumen nach sinnloser Größe ergeben? Der einzige Unterschied besteht vielleicht in ihrer Behinderung, die sie aufmerksamer sein läßt gegenüber sich und den anderen, so sehr, daß sie zuweilen die Gedanken derer erraten kann, die neben ihr stehen.

Doch sie hat es nicht verstanden, diese Begabung in eine Kunst zu verwandeln, wie Herr David Hume es nahegelegt hätte; sie hat sie auf gut Glück ins Kraut schießen lassen, hat sie nicht gelenkt, sondern sich ihr unterworfen, ohne Nutzen daraus zu ziehen.

In ihrem vom geschriebenen Wort bewohnten Schweigen hat sie halbe Theorien entwickelt, hat einzelne Gedankenfetzen verfolgt, ohne sie methodisch auszubauen, hat sich der für ihresgleichen typischen Faulheit überlassen, im sicheren Besitz einer Immunität, selbst vor Gott, denn wer hat, dem wird gegeben werden, und wer nichts hat, dem wird genommen werden.

Und mit »Haben« sind nicht Besitzungen, Villen oder Gärten gemeint, sondern Feinheit, Reflexion und geistige Verwicklungen, alles das, was die Zeit, über die sie so üppig verfügen, den Herrschaften ermöglicht, die sich dann ein Vergnügen daraus machen, den Armen im Geiste und in der Geldbörse die Krümel zuzuwerfen.

Das Sorbet ist nun gänzlich in seinem hochstieligen Kristallglas geschmolzen. Der Löffel ist auf den Boden gefallen. Ein warmer Hauch, ein Duft wie von getrockneten Feigen kitzelt sie am Ohr. Saro steht über sie gebeugt und berührt mit seinen Lippen ihren Nacken. Marianna fährt hoch, sie steht auf, fischt eilig mit den Füßen nach ihren Schuhen unter dem Rock, während sie dem Jüngling wütende Blicke zuwirft. Was fällt ihm ein, sie heimlich in Versuchung zu führen, während sie in ihre Gedanken versunken ist?

Entschlossen greift sie nach ihrem Notizheft und der Feder und schreibt, fast ohne hinzusehen: »Ich habe beschlossen, daß du heiratest.« Dann reicht sie dem Jungen das Blatt, der damit zum Windlicht geht, um es besser lesen zu können.

Marianna beobachtet ihn einen Augenblick lang wie verzaubert: Keiner der geladenen jungen Herren besitzt einen Körper, der so anmutig ist wie dieser, über den nun die Schattenlichter des Festes hüpfen. In ihm ist ein Schauern, eine Unsicherheit, die seine Bewegungen leicht machen und ihn zerbrechlich und wie schwebend wirken lassen; man möchte ihn bei der Taille packen und ihn zu Boden ziehen.

Doch kaum fühlt Marianna seinen verwirrten Blick auf sich gerichtet, erhebt sie sich und mischt sich eilig unter die Menge der Gäste. Die Stunde der Vorführung ist nun gekommen, und sie muß die Gäste den Gartenweg hinunterführen, zwischen den Jasmin- und Holunderbüschen hindurch bis zu den frischgestrichenen Toren des Theaters.

34

Der Herr Bruder hat ihr eine Tasse Schokolade in die Hand gedrückt und sieht sie nun fragend an. Marianna schaut gespannt über die hohen Lilien und die Stämme der Granatapfelbäume hinweg auf die Stadt Palermo, die sich wie ein chinesischer Teppich in grünen und rosaroten Farben ausbreitet, von einer staubigen Wolke taubengrauer Häuser überdeckt.

Die Schokolade schmeckt bitter und angenehm auf ihrer Zunge. Ihr Bruder stampft nun mit dem Fuß auf den Holzboden der Veranda. Ob er wohl ungeduldig darauf wartet, daß sie wieder geht? Aber sie ist doch gerade erst angekommen, nach einer zweistündigen Reise in der Sänfte über die felsigen Wege, die nach San Martino delle Scale hinaufführen.

»Ich suche eine Braut für einen meiner Diener. Ich bitte Euch, mir ein braves Mädchen zu nennen«, schreibt Marianna mit ihren ausgeklügelten Schreibutensilien: ein faltbares Pult, das an einem Band hängt, eine Entenfeder mit abschraubbarer Spitze, die soeben aus London eingetroffen ist, ein an einer Kette hängendes Tintenfaß, ein Notizheft mit herausreißbaren Blättern.

Während der Bruder ihre Zeilen liest, beobachtet die Schwester sein breites Gesicht. Nicht Eile ist es, die sich auf seiner gerunzelten Stirn abzeichnet, das wird ihr jetzt klar, sondern Unbehagen. Diese Schwester, die da in ihrem erzwungenen Schweigen lebt, ist ihm immer fern und fremd erschienen. Vielleicht mit Ausnahme jener Zeit, als die Großmutter Giuseppa noch lebte, zu der sie alle beide ins Bett zu schlüpfen pflegten. Damals hatte er die Gewohnheit, sie so fest an sich zu drücken und zu küssen, daß es ihr den Atem verschlug. Später, keiner weiß, warum, haben sie sich nur noch selten gesehen. Nun scheint er sich zu fragen, was hinter dieser Bitte seiner taubstummen Schwester stecken mag: ein Vorwand, um sich gegen den älteren Bruder zu verbünden, der in seinen Schulden versinkt? Neugier auf sein einsames Abt-Leben? Die Bitte um Geld?

Trauben von ungeordneten Gedanken wachsen ihm aus den Augen, den Nasenlöchern, Gedanken ohne Harmonie und ohne Ziel. Marianna sieht, wie er ein spitzes Lilienblatt zwischen seinen dicken Fingern zerreibt, und sie weiß, daß sie sich der Flut seiner Gedanken nicht entziehen können wird, die aus der Tiefe seines lustlosen und bissigen Hirns heraufdringt.

»Die Frau Schwester ist unruhig... fürchtet sie sich vielleicht vor dem Altwerden? Erstaunlich, wie gut sie sich hält... kein Gramm Fett, keine Verformungen, schlank wie damals, als sie zwanzig war, helle, frische Haut, die Haare noch blond und lockig, nur eine weiße Strähne über der linken Schläfe... ob sie sich die Haare wohl mit Kamillenextrakt färbt? Aber auch der Herr Vater hat ja, wenn er sich recht erinnert, bis ins hohe Alter hinein seine engelhaft blonden Haare behalten. Nur ihm sind diese vier spärlichen Strähnen beschieden... es hat keinen Sinn, in den Spiegel zu schauen, der Flaum wächst wohl, dank der Mischung aus Fettpflanze und Brennessel, die ihm seine Nichte Felice empfohlen hat, doch bleibt es eben ein Flaum, wie bei einem Baby, es werden keine richtigen Haare daraus... Sie hat immer noch ein Mädchengesicht, diese taubstumme Schwester... während seines aufgedunsen ist und sich überall ausbeult... womöglich ist es ihre Taubheit, die sie vor dem Verfall der Jahre gerettet hat?... Es ist etwas Jungfräuliches in ihren verwirrten Augen... wenn sie ihn so anschaut, macht sie ihm angst... wer weiß, was der Herr Onkel und Gatte für ein Stockfisch war... schon daran, wie der Herr Pietro sich bewegte, konnte man sehen, daß er unfähig war, so hölzern, verklemmt und zackig... und sie hat sich die Reinheit einer jungen Braut bewahrt... hinter diesen Spitzen und Umhängen und nachtblauen

Schleifen verbirgt sich ein Körper, der die Lust nicht kennt... so muß es sein, die Lust verbraucht dich eben, läßt dich breit und schlapp werden... ja, die Lust, mit der er sich Hände und Füße befleckt hat, erst mit den Frauen mit magerem Rücken und flachen Brüsten, mit denen er Körper an Körper kämpfte bis zur Erschöpfung... was dann mit den Jahren in ein väterlich-sinnliches Verlangen nach den abgezehrten, formlosen kleinen Körpern von störrischen Knaben überging, die er nunmehr nur noch mit den Augen und im Geiste liebt... Niemals würde er darauf verzichten wollen, diese kleinen Wesen mit den von Unterernährung krummen Beinchen, den funkelnden schwarzen Äuglein und diesen Händchen um sich zu haben, die nichts zu fassen vermögen, aber die ganze Welt ergreifen wollen... auf keinen einzigen dieser seiner Schützlinge würde er verzichten, nicht einmal, wenn er dadurch seinen eigenen jugendlichen Körper mit dichtem Haar und schmalem Hals wiedererlangen könnte... Sie ist es, die alles verloren hat, indem sie ihre Stimme verlor... Sie hat Angst, man sieht ihr an, daß sie fast unter sich macht vor Angst... Aus Angst verbietet sie sich zu leben und schließt sich ins Grab ein, noch unberührt und jungfräulich, aber schon erstickt, schon zerfallen, schon tot wie ein ungehobelter Klotz... wer weiß, von wem sie diesen Trotz hat! Sicher nicht vom Herrn Vater, der war immer freundlich und zerstreut. Und noch weniger von der Frau Mutter, die mit ihrer Bettdecke so sehr eins war, daß sie ihre eigenen Beine nicht wiedererkannte... der Tabak und das Laudanum hielten sie in dieser Vorhölle gefangen, so daß der Gedanke, sich daraus hinwegzubegeben, ihr immer widerwärtiger wurde...«

Es gelingt Marianna nicht, ihre Blicke von ihm zu lösen. Ihres Bruders Gedanken fließen mit solcher Leichtigkeit von seinem Gehirn in das ihre, als sei ein erfahrener Gärtner dabei, eine heikle Pfropfung auszuprobieren.

Sie möchte ihm Einhalt gebieten, möchte diesen fremden Ast, von dem eine eisige und bittere Lymphe in sie überfließt, von sich reißen, doch wie immer, wenn sie zum Auffanggefäß fremder Gedanken wird, schafft sie es nicht, sich davon zu lösen. Sie ist gepackt von der herben Begierde, bis auf den Grund des Grauens zu gelangen und die geheimsten und flüchtigsten, die gemeinsten und sinnlosesten Gedanken heraufzuholen.

Ihr Bruder scheint ihr Unbehagen mitzuempfinden, doch er überwindet es durch ein Aufleuchten seiner Augen und ein freundliches Lächeln. Dann ergreift er die Feder und beschreibt ein Blatt mit kleinen, schlanken, wunderschön anzusehenden Buchstaben.

»Wie alt ist der Bräutigam?«

»Vierundzwanzig.«

»Was macht er?«

»Er ist Kellermeister.«

»Über wieviel verfügt er?«

»Er hat kein eigenes Vermögen. Ich werde ihm tausend Scudi geben. Er hat mir treu gedient. Auch seine Schwester ist Dienerin in meinem Haus. Der Herr Vater hat sie mir vor vielen Jahren geschenkt.«

»Und wieviel gebt Ihr ihm monatlich?«

»Fünfundzwanzig Tarì.«

Abt Carlo Ucrìa zieht eine Grimasse, als wollte er sagen, nicht übel, das ist kein schlechtes Gehalt, jedes Mädchen aus dem Volk würde ihn dafür zum Mann nehmen.

»Ich könnte die Schwester von Totuccio, dem Steinmetz, auf diese Weise unterbringen ... diese Familie ist so arm, daß sie sich des Mädchens, wenn sie es auf dem Markt verkaufen könnten, sofort entledigen würden, ebenso ihrer anderen Töchter ... Fünf Mädchen und ein Junge, das ist ein wahres Unglück für einen Fischer ohne Boot und ohne Netze, der nur in anderer Leute Kähnen fischen geht und sich von den Resten ernährt, die sein Herr ihm als Bezahlung für seine Arbeit überläßt; er geht auch sonntags barfuß und wohnt in einer Spelunke, die ganz schwarz ist vom Rauch ... als er das erstemal hinging, um Totuccio, diesem kleinen Täuberich, einen Gefallen zu tun, war seine Mutter gerade dabei, die kleineren Töchter zu entlausen, während die größeren um sie herumstanden und schamlos lachten mit ihren hungrigen Mäulern, ihren hervorstehenden Augen, ihren Hühnerhälsen... klein und krumm sind sie, keiner will so eine zur Frau haben, sie sind nicht einmal recht fähig zu arbeiten, haben zuviel Hunger gelitten, wer sollte sie schon nehmen? Die größte hat einen Buckel, die zweite einen Kropf, die dritte ist eine Ratte, die vierte eine kleine Kröte, die fünfte ein Krokodil...

Und doch ist der Vater, dieser Trottel, ganz närrisch auf diese Mißgeburten, man muß gesehen haben, wie er sie hätschelt und tätschelt. Und die Mutter mit ihren Händen voller Schnitten und Schmutz kitzelt sie, putzt sie, flicht Zöpfe in ihre fischölgetränkten Haare, und wie sie gelacht haben, alle miteinander!... Totuccio hat mit neun Jahren angefangen, als Handlanger zu arbeiten, um ein wenig Geld nach Hause zu bringen... aber was kann er schon eingenommen haben? Einen Tarì alle zwei Wochen? So wenig jedenfalls, daß man nicht einmal einen Laib Brot davon kaufen kann...

Man mußte ihn gesehen haben an jenem Tag, als er zum erstenmal ins Kloster kam, halb nackt, voller Kalk und Schlamm, mit einem Korb voller Steine auf dem Kopf. Und mit welchem Eifer er die Steine neben dem Lilienbeet aufschichtete, die so schwer waren, daß er sie nur mit Mühe vom Boden heben konnte... er müßte Padre Domenico dankbar sein, weil der diesen Fimmel mit den Mäuerchen hat... ohne ihn wäre der Junge niemals hierhergekommen... jetzt leben sie zu acht von seinem Geld, es ist ja nicht eben viel, aber ein paar Carlini genügen ihnen schon, um sich eine Suppe aus Fischgräten zu kochen, und Brot aus Weizenspreu... sie sind viel fröhlicher, rundlicher, sauberer geworden, sie sind eine ganz andere Familie... nicht, daß er es für ihr Wohl getan hätte, er ist kein Samariter, aber, wie auch immer, das Wohl ist ihnen auch so geschehen... und das soll nun das

»Laster« sein? Sie sind ja lächerlich, diese Patres, die die Nase stets hoch erhoben tragen und ununterbrochen von der Moral reden ... und seine Schwester hier, mit ihrem düster-schmerzlichen Blick, ist nicht besser ... wer glaubt sie denn zu sein, vielleicht die heilige Genoveva? Warum breitet sie die Arme nicht aus, warum strauchelt ihr Fuß niemals, warum nimmt sie sich nicht die Binde von den Augen ... wir tun doch ohnehin alles, was wir tun, für unsere Lust, sei es nun die verfeinerte Lust daran, den Armen Gutes zu tun, oder sei es die derbe Lust daran, mit einem kleinen Täuberich mit einem erbärmlichen Leben und einem Hintern wie ein Brötchen zu liebäugeln, das ist doch das gleiche ... man wird nicht durch Willen heilig, sondern durch Lust ... manche treiben's mit dem Teufel, andere mit dem von Wunden gezeichneten Körper Jesu Christi unseres Herrn, manche mit sich selbst und manche mit kleinen Jungen, wie er, aber ohne sie dazu zu zwingen, ohne ihnen etwas zu rauben oder zu entreißen oder zu zerstören ... die Lust ist eine Kunst, man muß ihre Grenzen und ihre Maße kennen, und die größte Lust liegt darin, diese Maße einzuhalten und sich einen Rahmen und eine eigene Harmonie zu erschaffen ... das Exzessive ist ihm nicht ähnlich ... wenn er exzessiv wäre, so würde er gleich im großen Kessel der Anschuldigungen, der Verstellungen und Verdrehungen, der Skandale landen, und er liebt seine Bücher zu sehr, um den Wallungen des Fleisches zu verfallen ... Das Auge vermag besser zu liebkosen als die Hand, und seine Augen sättigen sich, aber mit welcher Sanftheit, an Blicken und unausgesprochenen Zärtlichkeiten ...«

Jetzt reicht es, sagt sich Marianna, jetzt schreibe ich ihm, er soll aufhören, mir seine Gedanken aufzutischen. Doch ihre Hand bleibt ruhig in ihrem Schoß liegen, ihre Augen bleiben halb geschlossen im Schatten der Blätter des Granatapfelbaums, die einen zarten, säuerlichen Duft verströmen.

»Ich wüßte ein Mädchen für Euch, sie heißt Peppinedda. Sie ist anständig. Sechzehn Jahre alt und bettelarm, doch wenn Ihr sie nehmen wollt...«

Marianna nickt. Es scheint ihr unnütz, ein weiteres Blatt zu beschreiben. Ihr Geist ist erschöpft von der Unmenge von Gedanken, die in ihrem Kopf auf und ab getrabt sind wie eine ausgelassene Mäuseschar. Sie sehnt sich jetzt nur noch nach Ruhe. Von Peppina weiß sie schon alles. Und es macht ihr nichts aus, daß ihr Bruder sie aus solch verschrobenen Gründen ausgewählt hat, ein Grund ist ja so gut wie der andere. Wenn sie ihre Töchter um Rat gebeten hätte, so wären sie aufgeregt herumgeflattert und hätten absolut nichts erreicht. Carlo mit seiner Philosophie der Lust und seinen intelligenten Schweinsäuglein ist jemand, der die Probleme der anderen zu lösen vermag, indem er behutsam seine eigenen Interessen mit den Interessen derer verbindet, die ihm am Herzen liegen. Er hat keinen Ehrgeiz, Gutes zu tun, und deshalb kann er es getrost tun. Seine Trüffelnase weiß die Schätze zu finden und stöbert sie, wie eben jetzt, großzügig für sie auf. Es bleibt ihr nichts mehr, als ihm zu danken und zu gehen. Und doch hält sie etwas zurück, eine Frage, die ihr in der Hand juckt. Sie nimmt die Feder, kaut ein wenig auf der Spitze herum und schreibt dann rasch wie immer.

»Carlo, sagt mir, erinnert Ihr Euch, ob ich jemals gesprochen habe?«

»Nein, Marianna.«

Keine Sekunde des Zögerns. Ein Nein, das dieses Gespräch beschließt. Ein Ausrufezeichen und ein Schnörkel dahinter.

»Aber ich erinnere mich, mit diesen Ohren Klänge gehört zu haben, die ich dann verloren habe.«

»Ich weiß nichts davon, Schwester.«

Und damit ist das Gespräch wirklich beendet. Er schickt sich an, aufzustehen und sie zu verabschieden, doch sie rührt sich nicht. Sie dreht noch immer die Feder in ihrer Hand und befleckt sich dabei mit Tinte.

»Gibt es noch etwas?« schreibt er und beugt sich dabei über das Notizheft der Schwester.

»Die Frau Mutter hat mir einmal gesagt, ich sei nicht immer stumm und taub gewesen.«

»Was hat sie denn auf einmal? Nicht nur, daß sie daherkommt, um ihn wegen eines Dieners zu inkommodieren, in den sie womöglich verliebt ist... natürlich, warum ist ihm das denn nicht gleich eingefallen?... Sind sie beide denn nicht aus dem gleichen Stoff gemacht? Schlüpfrig und nachgiebig gegenüber den eigenen Gelüsten, immer bereit, jemandem etwas abzuluchsen, ihn hinzuhalten, zu bezahlen, weil ihnen doch kraft Geburt alles erlaubt ist?... Herrgott im Himmel, Verzeihung!... vielleicht ist es ja nur ein boshafter Gedanke... die Ucrìa sind stets gute Jäger und unersättliche Hamsterer gewesen... auch wenn sie dann immer auf halbem Wege steckenblieben, weil sie nicht den Mut zum Exzeß haben wie die Scebarràs... seht nur die Frau Schwester Marianna mit ihrer milchweißen Haut, ihrem weichen Mund... etwas an ihr sagt ihm, daß man sie erst noch richtig kennenlernen müßte... keine üble Sache, Schwester, in Eurem Alter... eine Tollheit... und niemand weit und breit, der sie in die Grundregeln der Liebe einführen würde... sie wird Federn lassen müssen, das ist leicht zu erkennen... er könnte ihr ja ein bißchen was beibringen, aber das sind Dinge, über die man nicht spricht zwischen Geschwistern... was für ein Angsthase war sie doch, als sie klein war, voller Ängstlichkeit und voller Fröhlichkeit... aber es stimmt, als sie vier oder fünf Jahre alt war, hat sie gesprochen... er erinnert sich sehr gut daran, und er erinnert sich auch an das Flüstern in der Familie, und wie sie sich alle erschreckt die Hand vor den Mund gehalten haben... aber warum? Was zum Teufel war denn in diesem Labyrinth der Via Alloro geschehen? Eines Abends hatte man es schreien gehört, daß einem die Gänsehaut kam, und dann wurde Marianna, die Beine voller Blut, weggetragen, ja, weggeschleift vom Vater und von Raffaele Cuffa, merkwürdig, daß keine Frauen dabei waren ... es war, weil, ja, jetzt weiß er es wieder, der Onkel Pietro, dieser verdammte Bock, hatte sich über sie hergemacht und sie halb umgebracht ... ja, ja, Onkel Pietro, jetzt ist alles klar, wie konnte er das nur vergessen? Aus Liebe, hatte er beteuert, aus heiliger Liebe, weil er das Kind so verehrte und »ganz verrückt« nach ihm war ... wie merkwürdig, daß ihm diese Tragödie entfallen war ...

Und dann, ja, dann, nachdem Marianna wieder gesund geworden war, merkte man, daß sie nicht mehr sprach, als hätte man ihr, zack!, die Zunge abgeschnitten ... der Herr Vater mit seinen Schrullen und seiner verzweifelten Liebe zu diesem Kind ... er hat versucht, es wiedergutzumachen, aber er hat alles nur noch schlimmer gemacht ... ein kleines Mädchen zu einer Hinrichtung zu schleppen, wie konnte ihm nur so ein Unsinn einfallen! ... um sie dann, mit dreizehn Jahren, demselben Onkel zu schenken, der sie vergewaltigt hat, als sie fünf war ... ein Idiot war er, der Herr Vater Signoretto ... hat gedacht, da jener der Übeltäter war, kann man sie ihm ebensogut gleich zur Frau geben ... Ihr kleines Hirn hat alles ausgelöscht ... sie weiß nichts ... ist vielleicht besser so, lassen wir sie lieber in der Unwissenheit, die arme Taubstumme ... sie sollte lieber ein Glas Laudanum trinken und sich ausschlafen ... er hat keine Geduld mit tauben Leuten, und auch nicht mit solchen, die sich mit eigenen Händen fesseln oder sich mit blauäugiger Dummheit dem Herrgott verschreiben ... er wird sich jedenfalls nicht dafür hergeben, ihr das verkümmerte Gedächtnis aufzufrischen ... es handelt sich ja schließlich auch um ein Familiengeheimnis, ein Geheimnis, das nicht einmal die Frau Mutter kannte ... eine Männersache, ein Verbrechen vielleicht, aber ein längst abgebüßtes, längst begrabenes ... warum es wieder aufwühlen?«

Während er seinen geheimsten Gedanken nachgegangen ist, hat Abt Carlo seine Schwester vollkommen vergessen, die sich inzwischen erhoben hat und schon fast am Gartentor angekommen ist, und von hinten sieht es tatsächlich aus, als weine sie, aber warum sollte sie weinen? Hat er ihr denn irgend etwas aufgeschrieben? Das ist ja beinahe, als hätte sie seine Gedanken erraten, diese Närrin, wer weiß, womöglich steckt hinter ihrer Taubheit ein feineres Gehör, ein teuflisches Ohr, das fähig ist, die Geheimnisse des Geistes zu belauschen... »Ich will ihr nachlaufen«, sagt er sich, »und dann werde ich sie packen und fest an die Brust drücken und ihr einen Kuß auf die Wange drücken, ja, das werde ich tun, und sollte der Himmel darüber einstürzen...«

»Marianna!« schreit er und steht auf, um hinter ihr herzueilen.

Doch sie kann ihn nicht hören. Während er sich aus seinem Sesselchen hochzieht, in dem er versunken war, ist sie schon jenseits des Tores und steigt in die gemietete Sänfte, um sich den steilen Weg nach Palermo hinuntertragen zu lassen.

35

»Herr, ich will, daß ich nicht will« ... Die Bücher strömen einen angenehmen Duft nach gegerbtem Leder, gepreßtem Papier und trockener Tinte aus. Dieses Gedichtbändchen wiegt in ihren Händen so schwer wie ein Block aus Kristall. Die Verse des Buonarrotti sind mit der Genauigkeit und der Reinheit einer chinesischen Tuschzeichnung komponiert. Eine kleine, vollkommene sprachliche Konstruktion.

Schlaf ist mir lieb, doch über alles preise
ich, Stein zu sein. Währt Schande und Zerstören,
nenn ich es Glück: nicht sehen und nicht hören.
Drum wage nicht zu wecken. Ach! Sprich leise.*

Marianna hebt die Augen zum Fenster. Die Dunkelheit ist bereits hereingebrochen, es ist gerade erst halb fünf Uhr. Es ist kalt in der Bibliothek, trotz der Glut, die in der Pfanne schwelt.

Sie hebt die Hand, um an der Klingelschnur zu ziehen, doch eben im selben Augenblick sieht sie, wie die Tür sich bewegt und einen Lichtschein hinter sich herzieht. Ein Kerzenleuchter erscheint über der Schwelle, von einem ausgestreckten Arm gehalten, es ist Fila. Ihr Gesicht ist fast gänzlich von einer Haube aus grobem Leinen bedeckt, die in merkwürdiger Form über ihre Ohren und Wangen läuft und unter ihrem Kinn mit einem Bändchen so fest zugeschnürt ist, daß es ihr die Luft abzuschneiden scheint. Sie ist weiß wie die Wand, und ihre Augen sind gerötet, als hätte sie geweint.

Marianna winkt sie herbei, doch Fila tut so, als hätte sie nichts gemerkt, sie deutet eine rasche Verbeugung an und

* Michelangelo Buonarrotti, Dichtungen, Reim 22, übertragen von Rainer Maria Rilke, Insel Verlag 1927.

geht, nachdem sie den Leuchter auf dem Tisch abgestellt hat, wieder zur Türe.

Marianna erhebt sich aus dem Sessel, in dem sie versunken war, eilt ihr nach und packt sie beim Arm, den sie unter ihrer Hand zittern fühlt. Die Haut ist eisig und von Schweiß bedeckt. »Was hast du?« fragt sie mit den Augen. Sie befühlt ihr die Stirne, sie schnüffelt an ihr. Unter der Haube dringt ein saurer, fettiger und ekelerregender Geruch hervor. Dann bemerkt sie eine schwarze Flüssigkeit, die ihr von den Ohren über den Hals herabläuft. Was ist das? Marianna schüttelt sie und befragt sie mit Gesten, aber das Mädchen senkt trotzig den Kopf und reagiert nicht.

Marianna zieht an der Klingelschnur, um Innocenza herbeizurufen, und fährt inzwischen fort, das Mädchen zu beschnüffeln. Innocenza kann zwar nicht schreiben, aber wenn sie will, vermag sie sich ihr besser verständlich zu machen als Fila.

Kaum ist die Köchin zur Tür hereingekommen, zeigt Marianna auf Filas Kopf und ihre dunkelgefleckte Haube, auf die schwarze Flüssigkeit, die ihr glänzend und stinkend den Hals herunterläuft. Innocenza bricht in Gelächter aus. Dann spricht sie mehrmals das Wort »Grind«, damit die Herzogin es ihr von den Lippen ablesen könne.

Marianna erinnert sich, in einem Werk der Hautärzte von Salerno gelesen zu haben, daß der Grind von den Leuten aus dem Volk zuweilen mit kochendheißem Pech behandelt wird. Es handelt sich dabei jedoch um eine drastische und gefährliche Methode: Es wird dabei nämlich die ganze Kopfhaut verbrannt und der Schädel entblößt. Wenn der unglückselige Patient dies übersteht, wird er gesund, wenn nicht, stirbt er elendiglich an seinen Verbrennungen.

Mit einem Ruck reißt Marianna die Haube von Filas Kopf herunter und sieht, daß das Unglück schon geschehen ist. Ihr armer Kopf ist gänzlich kahl und von großen verbrannten und blutenden Flecken bedeckt.

Das ist es also, was Fila von ihrem letzten Besuch bei

gewissen Verwandten in Ficarazzi mitgebracht hat. Zehn Tage hat sie in einer der dunklen Höhlen zwischen Eseln, Hühnern und Läusen gehaust, und nun versucht sie, ohne ihr ein Wörtchen zu sagen, die Parasiten wieder loszuwerden, indem sie sich den Kopf tödlich verbrennt.

Seit Saros Hochzeit mit Peppinedda benimmt sich Fila merkwürdig. Sie hat angefangen, nachts, im Hemd, schlafend herumzuwandeln. Eines Morgens fanden sie sie ohnmächtig und halb ertrunken im Nymphenbecken liegen. Und jetzt diese Geschichte mit dem Grind.

Vor einem Monat hatte sie sie um die Erlaubnis gebeten, einen entfernten Vetter in Ficarazzi zu besuchen. Ein riesiger Mann mit Gamaschen aus Ziegenfell war gekommen, um sie auf einem frischbemalten Karren fortzuführen, der wunderschön anzusehen war mit seinen gemalten Paladinen, Wäldern und Pferden.

Fila hatte sich darauf niedergelassen, zwischen einem Hund und einem Sack Korn. Als sie abfuhren, ließ sie die Beine herunterbaumeln und wirkte sehr fröhlich. Marianna erinnert sich, daß sie ihr vom Fenster aus zugewinkt hat und der kleinen Gestalt auf dem Karren mit den strahlenden Farben, die sich in Richtung Bagheria entfernte, mit den Augen gefolgt ist.

Saro war damals seit einer Woche verheiratet. Marianna hatte ihm ein schönes Fest bereitet, mit Wein aus ihrem Keller und vielen verschiedenen Fischen: mit Makrelen und auf Holzkohle gegrillten Aalen, mit gekochten Tintenfischen und gesottenen Sardinen bis hin zu gebakkenen Seezungen.

Peppina hatte soviel gegessen, daß ihr danach schlecht geworden war. Der kleine Saro schien zufrieden; die Frau, die ihm die Herzogin ausgesucht hatte, war nach seinem Geschmack: klein wie ein Kind, dunkelhäutig, die Arme von einem schwarzen Flaum bedeckt, ein frischer Mund mit kräftigen weißen Zähnen darin, große, glänzende Augen wie zwei Täßchen voll Kaffee.

Sogleich stellte sich heraus, daß sie ein intelligentes

und willensstarkes Mädchen ist, wenn auch ungehobelt wie eine Ziege. Daran gewöhnt, Hunger zu haben und im Hause zu schuften, fremder Fischer Netze unter glühender Sonne einzuholen und sich lediglich von einem mit Öl beträufelten Brot zu sättigen, drückt sie ihre Glückseligkeit nun dadurch aus, daß sie alles ißt, hin und her läuft und aus voller Kehle singt.

Sie lacht häufig, ist störrisch wie ein Esel, doch sie folgt ihrem Mann, denn sie weiß, daß dies von ihr verlangt wird. Ihre Art des Gehorsams hat jedoch nichts Unterwürfiges an sich, es wirkt vielmehr so, als sei sie selbst diejenige, die entscheidet, was ihr befohlen wird, und als täte sie es aus einer Laune heraus, wie eine Königin.

Saro behandelt sie wie ein Tier, das ihm gehört. Zuweilen wirft er sie auf den Teppich im gelben Salon, spielt mit ihr, kitzelt sie, bis beide Tränen lachen. Dann wieder vergißt er sie für ganze Tage.

Wenn der Herr Onkel und Gatte noch lebte, würde er sie alle beide davonjagen, sagt sich Marianna; sie aber läßt es geschehen, sie hat sogar Freude daran, ihnen zuzusehen, wenn sie so spielen. Seit Saro verheiratet ist, fühlt sie sich viel ruhiger. Sie läuft nicht mehr auf Zehenspitzen herum, um den vielen Fallen zu entgehen, die längs ihres Tageslaufs ausgelegt sind, sie hat keine Angst mehr, sich plötzlich mit ihm alleine zu befinden, sie steht nicht mehr morgens am Fenster, um ihn darunter vorbeigehen zu sehen, das weiße Hemd über dem zarten Hals geöffnet, und jene flügelartige Haartolle, die ihm verstohlen über der Schläfe wippt.

Peppinedda hat sie die Aufgabe zugeteilt, Innocenza in der Küche zu helfen, und sie hat sich als außerordentlich geschickt darin erwiesen, die Fische auszunehmen, sie zu entschuppen, ohne daß die Schuppen in der Küche herumspritzen, außerdem im Zubereiten der Marinaden aus Öl, Knoblauch, Origano und Rosmarin.

Auch Peppinedda wollte, wie Fila, in der ersten Zeit absolut keine Schuhe anziehen. Obwohl sie ihr zwei Paar geschenkt hatte, eines aus Leder und eines aus gestickter Seide, ging sie immer barfuß herum und hinterließ kleine feuchte Spuren auf den polierten Salonfußböden.

Seit fünf Monaten ist sie schwanger. Sie hat aufgehört, mit Saro herumzuspielen, und trägt ihren Bauch herum wie eine Trophäe. Die pechschwarzen Haare hat sie sich im Nacken mit einem rotglänzenden Band zusammengebunden.

Sie geht mit breiten Beinen, als wollte sie das Kind gleich dort in der Küche oder mitten im gelben Salon gebären, doch sie hat keine ihrer Fertigkeiten verloren. Sie weiß mit dem Messer umzugehen wie ein alter Soldat, sie spricht wenig oder gar nicht, und nach den ersten Völlereien ißt sie jetzt nur noch wie ein Spatz.

Dafür stiehlt sie. Nicht Geld oder Schmuck, aber Zukker und Kekse oder Kaffee und Schmalz. Sie verbirgt die Nahrungsmittel in ihrem Zimmer unter dem Dach und läßt sich dann, sobald es geht, nach Palermo bringen und schenkt sie ihren Schwestern.

Auch auf Knöpfe hat sie es abgesehen. Anfangs stahl sie nur die heruntergefallenen. Dann hat sie angefangen, sie von den Kleidern herunterzureißen, indem sie sie mit traumverlorener Miene zwischen ihren Fingern drehte. Neuerdings hat sie sich angewöhnt, sie mit den Zähnen von den Hemden abzubeißen, und wenn jemand sie dabei erwischt, so behält sie sie so lange im Mund, bis sie sie in ihrem Zimmer in Sicherheit gebracht hat, wo sie sie in einer alten Keksschachtel sammelt.

Saro, der recht gut schreiben gelernt hat, erzählt Marianna alles über seine junge Frau. Es ist, als sei es ihm ein besonderes Vergnügen, ihr von den kleinen Betrügereien seiner Frau Peppinedda zu berichten; als wollte er ihr sagen, daß sie selbst daran schuld sei, wenn solche Dinge geschehen, da sie ihn ja gezwungen habe, sie zur Frau zu nehmen.

Aber Marianna hat Spaß an Peppineddas Eigenheiten. Es stimmt sie heiter, dieses etwas bucklige Mädchen, das stark ist wie ein kleiner Stier, wild wie ein Büffel und schweigsam wie ein Fisch.

Saro schämt sich ihrer ein wenig, aber er hat gelernt, es nicht zu sagen. Die Lektion der Herrschaften hat er gut behalten: niemals die eigenen Gefühle zeigen, mit allen Dingen spielerisch umgehen, Augen und Zunge zu gebrauchen wissen, aber sich niemals etwas anmerken lassen.

»Peppinedda hat wieder gestohlen. Was soll ich mit ihr tun?«

»Peitscht sie aus!« schreibt Marianna und hält ihm den Zettel amüsiert hin.

»Sie erwartet ein Kleines. Und dann beißt sie mich.«

»Dann laßt sie in Frieden.«

»Und wenn sie weiterstiehlt?«

»Peitscht sie zweimal.«

»Warum peitscht Ihr sie nicht?«

»Sie ist Eure Frau, Ihr selbst müßt das tun.«

Sie weiß ja, daß Saro sie nicht schlagen wird. Denn im Grunde fürchtet er sie, er fürchtet sie, wie man einen streunenden, schlecht abgerichteten Hund fürchtet, der einen ins Bein beißt, wenn man ihn ärgert, ohne sich viel dabei zu denken.

Jetzt aber ist Fila mitten in der Bibliothek in Ohnmacht gefallen. Und Innocenza, statt sich um sie zu kümmern, putzt mit ihrer Schürze das Pech auf, das auf den Teppich getropft ist.

Marianna beugt sich über das Mädchen. Sie legt ihr die Hand auf die Brust und fühlt das Herz langsam und schwach schlagen. Sie drückt einen Finger auf ihre Halsschlagader: Diese pulsiert regelmäßig. Aber das Mädchen fühlt sich kalt an, wie tot. Man muß sie aufheben. Sie winkt Innocenza herbei, die sie bei den Füßen packt. Sie selbst zieht sie an den Schultern hoch, und gemeinsam legen sie sie auf den Diwan.

Innocenza bindet sich die Schürze ab und legt sie über die Kissen, damit diese nicht beschmutzt werden. Ihrer

Miene sieht man an, daß sie es ganz und gar nicht gutheißt, daß die kleine Dienerin Fila, sei sie auch ohnmächtig und sei es mit Erlaubnis der Herzogin, sich auf dem weiß und gold überzogenen Diwan hier im Hause Ucrìa ausstreckt.

»Sie ist zu nachsichtig, die Frau Herzogin, sie hat keinen Sinn fürs richtige Maß... jeder gehört an seinen Platz, sonst wird aus dieser Welt eine einzige Karawanserei... heute Fila, morgen Saro, und dann womöglich diese kleine Gaunerin Peppinedda, die sich doch von einem Hund nur dadurch unterscheidet, daß der zwei Beine mehr hat... wie sie es schafft, die zu ertragen, ist ein Rätsel. Ach so, ja, Abt Carlo, dieser Fettsack, hat sie aufgegabelt, und sie hat sich ihrer angenommen... man hat sich kaum umgedreht, da hat sie schon das Öl stibitzt. Und einmal in der Woche hängt sie sich an die Kutsche der Herzogin oder an den von einem Rappen gezogenen Korbwagen ihrer Tochter Felice, das Mieder geschwollen von all dem gestohlenen Zeug... Dieser Kohlkopf von ihrem Ehemann weiß das, aber was tut er dagegen? Nichts... der hat seinen Kopf wer weiß wo... scheint verliebt zu sein... und die Herzogin protegiert ihn... sie hat alle Strenge verloren, hält nichts mehr auf sich... wenn Herzog Pietro noch wäre, würde er uns ganz schön striegeln, alle miteinander... der arme Herzog, jetzt hängt er in der Kapuzinergruft an einem Nagel, und seine Haut ist wie das Leder von dem Sessel da geworden, klebt an seinen Knochen wie ein abgetragener Handschuh, und die Zähne bleckt er, sieht aus, als würde er lachen, aber er lacht nicht, er schneidet nur eine Grimasse... er hat wohl etwas gewußt von ihrer Leidenschaft für das Gold, denn er hat ihr, als er starb, vierhundert römische Grani hinterlassen, mit dem Adler des Pontifex darauf und der Inschrift »ut commonius« auf der Rückseite, dazu noch drei Goldmünzen mit dem Kopf von Karl II., dem König von Spanien.«

Marianna beugt sich über Fila, steckt ihr Gesicht in die

weiten, nach Basilikum duftenden Ärmel ihrer Baumwollbluse und versucht, Innocenza zu vergessen, doch diese hört nicht auf, sie mit dem Schwall ihrer Gedanken zu überschütten. Es gibt Leute, die ihr ihre Gedanken mit herber und dreister Boshaftigkeit anbieten, auch wenn sie sich dessen ganz und gar nicht bewußt sind. Eine von diesen Personen ist Innocenza, die zusammen mit ihrer Zuneigung eine Flut von schamlosen Grübeleien auf sie ablädt.

Sie muß einen Mann für Fila finden, denkt sie. Und ihr eine gute Mitgift geben. Sie hat bisher nicht bemerkt, daß sie sich je verliebt hätte, weder in einen Reitknecht noch in einen Schankwirt, noch in einen Schuster, noch in einen Hirten, wie dies alle anderen Dienerinnen tun, die tagsüber in ihrem Haus arbeiten. Sie ist immer um ihren Bruder herum, und wenn sie nicht bei ihm sein kann, dann bleibt sie allein, läßt den Kopf ein wenig auf die Schulter sinken, ihr Blick starrt ins Leere, ihr Mund verzieht sich zu einer schmerzlichen Grimasse.

Es wäre gut, wenn sie bald heiratete und gleich ein Kind bekäme, denkt Marianna erneut und muß lächeln bei dem Gedanken, daß sie hier Überlegungen anstellt, wie dies schon ihre Mutter, ihre Großmutter und sogar ihre Urgroßmutter, die in Palermo die Pest von 1624 überlebt hat, getan haben. »Weder die heilige Ninfa noch die heilige Agata, die Schutzheilige der Stadt, waren dazu fähig, sondern nur eine andere Heilige, sie war wunderschön, von edler Geburt, aus dem alten Geschlecht der Sinibaldi von Quiquina stammend, die heilige Rosalia, nur sie vermochte es, der Pest zu sagen: es reicht«, hatte ihr Großmutter Giuseppa in eines ihrer Hefte geschrieben, und dieses Billett befindet sich bis heute zwischen den Gesprächszetteln ihres Vaters.

Heiraten, Kinder kriegen, die Töchter verheiraten und Kinder kriegen lassen und dafür sorgen, daß die verheirateten Töchter ihrerseits wieder ihre Töchter verheiraten und Kinder kriegen lassen, die dann heiraten und Kinder kriegen... Stimmen der Familienvernunft sind dies, süße, überzeugende Stimmen, die durch die Jahrhunderte gerollt sind und in einem Flaumnest das Ei schützend vorantrugen, das sich das Geschlecht der Ucrìa nennt, indem sie es, auf weiblichem Wege, mit den edelsten Familien Palermos verbanden.

Es sind die hochfahrenden Stimmen, die mit ihrem Blut und ihrer Lymphe den Stammbaum voller Zweige und Blätter stützen. Jedes Blatt hat einen Namen und ein Datum: Signoretto, Prinz von Fontanasalsa, 1179, und daneben kleine, abgestorbene Blätter: Agata, Marianna, Giuseppa, Maria, Teresa.

Carlo Ucrìa steht auf einem anderen Blatt, 1315, und daneben: Fiammetta, Manina, Marianna. Einige sind Nonnen, andere verheiratet, alle haben sich für ihre Ahnen geopfert, gemeinsam mit ihren jüngeren Geschwistern, um die Einheit des Hauses zu bewahren.

Der Name der Familie ist ein Ungeheuer, eine langfedrige Spießente, ein eifersüchtiger Herkules, der alles mit der Gefräßigkeit eines Mastschweines verschlingt: Kornfelder, Weinberge, Hühner, Schafe, Käselaiber, Häuser, Möbel, Ringe, Bilder, Skulpturen, Kutschen, silberne Kerzenleuchter, alles das verschlingt er, dieser Name, der einem wie ein Zauber auf der Zunge zergeht.

Mariannas Blatt ist nur deshalb nicht abgestorben, weil Onkel Pietro unerwarteterweise Ländereien geerbt hat, und weil irgend jemand ihn heiraten mußte, diesen Sonderling. »Marianna« steht in goldenen Lettern im Zentrum einer kleinen Verzweigung, die zwei Stränge der Familie Ucrìa miteinander verbindet, nämlich jenen, der durch die Absonderlichkeit des einzigen Sohnes Pietro beinahe ausgestorben wäre, und dem anderen, fruchtbareren, der sich jedoch nur noch in einem prekären Gleichgewicht hält, am Rande des Bankrotts.

Marianna erkennt sich als Komplizin einer alten Familienstrategie wieder, bis zum Halse im Inneren der Vereinigungsbemühungen steckend. Und doch ist sie auch eine Fremde, wegen ihrer Behinderung, die sie zu einer illusionslosen Beobachterin von ihresgleichen hat werden lassen. »Verdorben von den vielen Büchern«, wie Tante Schwester Teresa immer sagte, man weiß ja, daß die Bücher verderben und daß der Herr sich jungfräuliche Herzen wünscht, die in der Zeit die Gewohnheiten der Verstorbenen fortsetzen, mit blinder Liebesleidenschaft, ohne Verdacht, ohne Neugier, ohne Zweifel.

Deshalb hockt sie nun tolpatschig auf dem Teppich neben der Dienerin mit dem verwundeten Kopf und windet sich wie ein Wurm, aufgestört von den Stimmen ihrer Ahnen, die von ihr Gehorsam und Treue verlangen. Während andere aufdringliche Stimmen, wie die des Herrn Hume mit seinem grünen Turban, sie bedrängen, etwas zu wagen und den ganzen Haufen ererbten Aberglaubens zum Teufel zu schicken.

36

Hastige Atemzüge, ein Geruch von Kampfer- und Kohlblattumschlägen, und jedesmal, wenn sie ins Zimmer tritt, meint sie, in die Zeit der Krankheit ihres Sohnes Signoretto zurückversetzt zu sein: eine Misere von erstikkendem Atem, von modrigem, auf der Haut klebendem Schweiß, von unruhigem Schlaf, von bitteren Gerüchen und von vor Fieber trockenen Mündern.

Alles ist so schnell geschehen, daß sie noch gar keine Zeit gehabt hat, darüber nachzudenken. Peppinedda hat einen runden, mit schwarzem Flaum bedeckten Jungen geboren. Fila hat der Hebamme dabei geholfen, die Nabelschnur zu durchtrennen, das Neugeborene mit Seifenwasser zu waschen und es mit angewärmten Tüchern abzutrocknen. Sie schien glücklich zu sein über diesen Neffen, den das Schicksal ihr geschenkt hat.

Dann, eines Nachts, während Kind und Mutter engumschlungen schliefen, hat Fila sich angekleidet, als wollte sie zur Messe gehen, ist in die Küche hinuntergestiegen, hat das Messer, das zum Ausnehmen der Fische dient, an sich genommen und hat in dem Halbdunkel, das das Bett der Wöchnerin umgab, auf die ruhig daliegenden Körper, den der Mutter und den des Kindes, eingestochen.

Sie hatte nicht bemerkt, daß auch Saro dort lag, an Peppineddas Schulter gelehnt. Die schlimmsten Stiche hat er abbekommen: einen in den Oberschenkel, einen in die Brust und einen ins Ohr.

Das Kind ist gestorben, man weiß nicht, ob vom Körper des Vaters oder dem der Mutter erdrückt. Tatsache ist, daß es offensichtlich durch Ersticken gestorben ist, ohne Messerspuren aufzuweisen. Peppinedda hingegen ist mit einem einzigen Messerstich am Arm und ein paar oberflächlichen Ritzern am Hals davongekommen.

Als Marianna, von Innocenza am Arm gezogen, im unteren Stock eintraf, war der Morgen bereits angebrochen, und vier Männer der Vicaria waren gekommen, um Fila, die in Fesseln geschnürt war wie eine »Rauchwurst«, abzuführen.

Nach dreitägiger Beratung hatten sie beschlossen, sie aufzuhängen. Und Marianna, die nicht recht wußte, an wen sie sich wenden sollte, war zu Giacomo Camalèo gegangen, dem Prätor der Stadt und Erstem Senator, und hatte versucht, sich für sie zu verwenden. Das Kind war zwar gestorben, doch nicht durch die Messerstiche seiner Tante. Und Saro wie auch Peppinedda würden wieder gesund werden.

»Ein nicht gesühntes Verbrechen zieht weitere Verbrechen nach sich«, hatte er auf den Zettel geschrieben, den sie ihm hinhielt.

»Sie wird auch dann bestraft sein, wenn ihr sie ins Gefängnis steckt«, hatte sie geantwortet, wobei sie sich Mühe geben mußte, das Zittern ihrer Hand zu unterdrücken. Sie hatte es eilig, wieder zu Saro zu kommen, den sie in den Händen des Baders Pozzolungo zurückgelassen hatte, dem sie nicht sehr vertraute. Gleichzeitig aber wollte sie Fila vor dem Galgen retten. Don Camalèo aber hatte keine Eile: Er sah sie an mit seinen trüben Augen, in denen ab und an ein Funken Neugier aufleuchtete.

Und so schrieb sie weiter, mit verkrampftem Handgelenk, und brachte ihm Hippokrates in Erinnerung und zitierte Augustinus.

Nach einer halben Stunde war er etwas sanfter geworden und hatte ihr ein Glas von dem Zypernwein angeboten, den er auf seiner Kommode stehen hatte. Und sie hatte ihre quälende Unruhe versteckt und sich darein gefügt, mit anmutigem, bescheidenem Lächeln ein Glas davon zu trinken.

Camalèo erging sich nun seinerseits des langen und breiten in Zitaten von Saint-Simon und Pascal, er füllte die Zettel mit seiner verschrobenen Handschrift voller Spitzen und Schnörkel, wobei er immer nach drei Wörtern innehielt und auf die vor Tinte triefende Entenfeder blies.

»Jedes Leben ist ein Mikrokosmos, meine liebe Herzogin, ein lebendiger Gedanke, der begehrt und sich verströmt in seinem Schattenkreis...«

Sie antwortete ihm demütig und machte, in vollkommener Selbstbeherrschung, bei seinem Spiel mit. Der Prätor hatte eine bedeutungsvolle, nachdenkliche Miene angenommen und genoß diesen Austausch von Gelehrsamkeiten ganz offensichtlich. Eine Frau, die Augustinus und Sokrates, Saint-Simon und Pascal kennt, trifft man nicht alle Tage, sagten seine Augen, da muß man die Gelegenheit beim Schopfe packen. Bei ihr konnte er die Doktrin mit der Galanterie verbinden, konnte seine ganze Bildung hervorkehren, ohne damit Langeweile und Unterwürfigkeit zu erzeugen, wie dies sonst immer der Fall war bei den Frauen, denen er den Hof machte.

Marianna hatte ihre Unruhe hinunterschlucken und vergessen müssen. Sie war dort sitzengeblieben, hatte über Philosophie diskutiert und Zypernwein getrunken, in der Hoffnung, ihm am Ende ein Versprechen entreißen zu können.

Die Behinderung seiner Gesprächspartnerin schien den Herrn Prätor nicht zu stören. Im Gegenteil, er schien froh darüber zu sein, daß sie nicht sprach, denn dies erlaubte ihm, seine Kenntnisse schriftlich niederzulegen und alles Geschwätz, dessen er offensichtlich müde war, auszulassen.

Am Ende hatte er ihr versprochen, sich beim Gerichtshof dafür einzusetzen, daß Fila dem Galgen entkomme, und statt dessen den Vorschlag zu unterbreiten, man solle sie als Wahnsinnige nach San Giovanni de' Leprosi einweisen.

»Nach dem, was Ihr mir sagt, handelte das Mädchen aus Liebe, und der Wahnsinn der Liebe ist so oft die Nahrung unserer Literatur gewesen. War Orlando etwa nicht wahnsinnig? Und hat Don Quichote sich etwa nicht vor einer Wäscherin niedergekniet und sie Prinzessin genannt? Was ist der Wahnsinn anderes als ein Exzeß der Weisheit? Eine Weisheit, bar jener Widersprüchlichkeit, die sie unvollkommen und also menschlich macht. Der Verstand in seiner glasklaren Integrität, mit seiner dogmatischen Vorsichtigkeit, nähert sich bedenklich dem Verderben ...«

Am nächsten Morgen war in der Via Alloro ein Wagen voller Blumen eingetroffen: zwei Riesensträuße langstieliger Rosen und einer von gelben Lilien; dazu eine Schachtel voller Süßigkeiten. Ein dunkelhäutiger Knabe hatte alles in der Küche abgegeben und war wieder gegangen, ohne auch nur ein Dankeswort abzuwarten.

Als Marianna das nächstemal zu Camalèo ging, um von ihm zu erfahren, was der Gerichtshof beschlossen habe, schien er so glücklich darüber, sie wiederzusehen, daß sie erschrak. Würde er etwa eine Gegengabe von ihr verlangen? Die Begeisterung, die er an den Tag legte, war übertrieben und beinahe bedrohlich.

Er hatte ihr auf dem besten Sessel des Zimmers Platz angeboten, hatte ihr von dem üblichen Zypernwein eingeschenkt, hatte ihr das Schreibzeug, das sie ihm hinhielt, förmlich aus der Hand gerissen und ihr diese Zeilen des Boiardo aufgeschrieben:

> Wer sie begrüßt und mit ihr spricht,
> sie fühlt und ihr zur Seite steht,
> dem ist Vergangenes verweht...

Nach zwei Stunden literarischen Auftrumpfens hatte er ihr endlich hingeschrieben, daß sich Fila dank seiner Fürsprache bereits im Leprösenheim befände und daß sie ganz ruhig sein könne, Fila würde nicht gehängt werden.

Marianna hatte ihre blauen Augen ängstlich auf den Prätor gerichtet, doch dann hatte sie sich rasch beruhigt. Sein Gesicht drückte ein Wohlwollen aus, das weit über den bloßen Austausch von Gefälligkeiten hinausging.

Nach all seinen Studien an der Universität von Salerno, seiner Lehrzeit am Forum in Reggio Calabria, seinem langen Studienaufenthalt in Tübingen erschien dem Senator, daß Erpressung eine zu grobe Waffe sei, um von einem wahrhaft einflußreichen Mann ergriffen zu werden.

Er hatte ihr erlaubt, jeden Tag einen Korb mit frischem Brot, Käse und Obst ins Leprösenheim zu schicken, ohne sie jedoch darauf aufmerksam zu machen, daß die Nahrungsmittel schwerlich bis zu ihrem Schützling vordringen würden.

Hin und wieder sah Marianna, wie der Herr Prätor des morgens in seiner kleinen, von einem gefleckten Pferd gezogenen Kutsche angefahren kam, und sie beeilte sich, die Haare, die ihr auf die Schultern herabhingen, zu einem Knoten stecken zu lassen, und empfing ihn, sorgfältig zurechtgemacht, mit ihrer ganzen Schreibausrüstung.

Er erwartete sie stehend im gelben Salon, vor einer der Schimären des Intermassimi, die den, der sie betrachtet, in ewiger Liebessehnsucht anzublicken scheinen; doch kaum kehrt der Betrachter ihnen den Rücken, verwandelt eben derselbe Blick sich in eine Grimasse höhnischer Verachtung.

Wenn sie dann eintrat, verneigte sich der Prätor bis zur Erde hinab, wobei er einen leichten Gardenienduft verströmte. Er sah sie mit metallischen, aber auch honigsüßen Blicken an, von denen vor allem er selbst beeindruckt zu sein schien. Er war gekommen, um mit ihr über die »arme Geisteskranke«, wie er sie nannte, zu sprechen, die unter ihrem »anmutigen« Schutz im Leprösenheim eingesperrt war.

Er war stets vollendet höflich und zuvorkommend, ließ seine Besuche mit solchen Mengen von Konfekt und Blumen ankündigen, daß die Arme sie kaum fassen konnten, und kam gerne bis nach Bagheria herausgefahren, um sie zu sehen, setzte sich auf die Sesselkante und schrieb mit elegant gehaltener Feder.

Marianna bewirtete ihn mit heißer Schokolade, die mit Zimt oder nach süßen trockenen Feigen duftendem Malagawein parfümiert war. Die ersten Zettelchen, die er ihr zu überreichen pflegte, enthielten höfliche Fragen. »Wie geht es der Frau Herzogin heute morgen?« »Hat der Schlaf sie erquickt?«

Nachdem er zwei Tassen heißer und gut gezuckerter Schokolade getrunken und sich den Magen mit frischen Ricotta-Plätzchen gefüllt hatte, begann Camalèos Feder über das weiße Blatt Papier zu flitzen wie eine wildgewordene Eidechse.

Seine Augen begannen zu leuchten, um seinen Mund erschien ein harter, zufriedener Zug, und so konnte er Stunden damit verbringen, von Thukydides und Sokrates zu sprechen, vielmehr zu schreiben, aber auch von Voltaire, Macchiavelli, Locke oder Boileau. In Marianna stieg der Verdacht auf, daß sie im Grunde nichts als ein unschuldiger Vorwand für diese Ausbrüche an feuerwerksartiger Gelehrsamkeit war. Und sie sekundierte ihm, indem sie ihm immer wieder neue Federn, Fläschchen von soeben aus Venedig eingetroffener chinesischer Tinte, hellblau geränderte Zettel und Asche zum Trocknen der soeben hingeworfenen Zeilen reichte.

Sie hatte nun keine Angst mehr, sondern empfand nur noch Neugier für diesen kaleidoskopischen Geist, wie auch, warum nicht, eine gewisse Sympathie; vor allem wenn er mit geneigtem Kopf dasaß und schrieb, das Blatt Papier in der offenen Hand. Die Hände sind das Schönste an seinem unproportionierten Körper, der aus einem langen, schlanken Oberkörper und zwei kurzen, dicken Beinen besteht.

Merkwürdig, daß der Gedanke an den plumpen Körper des Prätors sich in ihre Besorgnis um den verwundeten Saro einmischt. Jetzt bin ich hier, neben ihm, sagt sich Marianna, und ich will und darf an nichts anderes denken als an seine gefährdete Gesundheit.

Es scheint, als schliefe Saro, doch es ist etwas Tiefes

und Gefährliches in seinem Schlaf, der ihn still- und gefangenhält. Die Wunden wollen sich nicht schließen. Fila hat ihn mit solcher Vehemenz getroffen, daß, so kunstvoll der eigens aus Palermo angereiste Wundarzt Ciullo ihn auch vernäht hat, sein Blut nur mit Mühe den fröhlichen Kreislauf von einst wiederaufnimmt und die Narben zum Eitern neigen.

Peppinedda ist nach der Messerstecherei zu ihrem Vater zurückgekehrt. Nun ist es also Mariannas Aufgabe, sich um den Verletzten zu kümmern, wobei sie sich mit Innocenza abwechselt, die das jedoch nicht gerne tut, vor allem nachts.

Während der ersten Tage war der arme Kranke so unruhig, daß er um sich schlug, als müßte er sich gegen irgendwelche Feinde wehren, die ihn fesseln, knebeln und in einen Sack stecken wollten. Jetzt ist er erschöpft und scheint es aufgegeben zu haben, aus dem Sack wieder herauskommen zu wollen, er verbringt die meiste Zeit schlafend, wenn er auch immer wieder von einem qualvollen, tränenlosen Schluchzen geschüttelt wird. Marianna sitzt auf einem Sessel neben seinem Bett und bewacht ihn. Sie wäscht seine Wunden, erneuert die Verbände, benetzt ihm die Lippen mit Zitronenwasser.

Verschiedene Ärzte sind gekommen, um ihn zu untersuchen. Nicht Cannamela, der nunmehr alt und auf einem Auge blind ist, aber andere, jüngere. Darunter einer namens Pace, von dem es heißt, er sei sehr tüchtig. Er kam eines Morgens angeritten, in einen jener weiten Kapuzenmäntel gehüllt, die in Palermo »giucche« heißen. Er hat dem Verwundeten den Puls gefühlt und seinen Urin berochen; er hat Grimassen geschnitten, denen man nicht recht ansehen konnte, ob sie Niedergeschlagenheit ausdrücken sollten oder schlicht die forschende Nachdenklichkeit eines Gelehrten angesichts der Blessuren eines zum Verderben bestimmten Körpers.

Endlich hatte er verordnet, ihm Blutegel anzusetzen.

»Aber er hat schon so viel Blut verloren, Doktor Pace«,

hatte Marianna eilig hingeschrieben, wobei sie den Nachttisch als Schreibunterlage benutzte. Doch Doktor Pace hatte keine Diskussion mit ihr anfangen wollen, er hatte das Billett als einen deplazierten Befehl aufgefaßt und war sichtlich beleidigt. Er hatte den Kragen seiner »giucca« hochgezogen und war gegangen, nicht ohne sich zuvor sein Honorar nebst Reisekosten erbeten zu haben: Hafer und einen neuen Hufbeschlag für sein Pferd.

Marianna hatte ihre Tochter Felice zu Hilfe gerufen, die sogleich mit ihren Kräutern, ihren Suden und ihren Brennessel- und Malvenumschlägen eingetroffen war. Sie hatte die Wunden mit Kohlblättern und Sieben-Räuber-Essig behandelt.

Nach einer Woche ging es Saro besser, aber nicht viel. Noch immer liegt er, in den süßlichen Geruch der Kräuteressenzen gehüllt, regungslos zwischen den Leintüchern, weiß in weiß, mit verbundenem Brustkorb, das Ohr mit Baumwolle tamponiert, die Beine fest verbunden: fast wie eine Mumie, die hin und wieder ihre grauen Augen aufschlägt und noch nicht entschieden hat, ob sie sich in die jenseitige Schattenwelt der Ruhenden zurückziehen oder in dieser aus Messern und Krankensüppchen bestehenden Welt verbleiben soll.

Marianna hält seine Hand in der ihren. Wie sie es vor Jahren mit Manina gemacht hat, als diese an einer Blutvergiftung im Kindbett zu sterben drohte. Und wie sie es mit dem Herrn Vater gemacht hat. Nur daß er schon tot gewesen war, als sie seine Hand ergriffen hatte, und sein entseeltes Fleisch einen eisigen Geruch ausgeströmt hatte.

Eine Litanei von Kranken und Toten, die dem Gebäude ihrer Gedanken den Glanz genommen haben. Jeder Tote ein Kratzen wie von groben Salzkörnern: ein Geist, der unheilbar von Rissen und Schründen gezeichnet ist.

Nun sitzt sie hier und brütet dieses Ei aus wie eine geduldige Taube. Sie wartet darauf, daß ein neuer, lebenslustiger kleiner Täuberich ausschlüpft. Sie könnte

Peppinedda herbeiholen lassen. Das wäre sogar ihre Pflicht, aber sie hat keine Lust dazu. Sie verschiebt es von Tag zu Tag. Die wird schon wiederkommen, wenn sie Lust bekommt, sich wieder satt zu essen, Knöpfe zu stehlen und sich auf den Teppichen herumzuwälzen, sagt sich Marianna.

37

Ist es wohl komprimittierend, wenn sie mit dem Senator Giacomo Camalèo, dem Prätor von Palermo, ins San Giovanni de' Leprosi geht? Ist das nicht eine allzu leichtfertige Unternehmung, die ihre Geschwister und Kinder gegen sie aufbringen wird?

Diese Fragen durchkreuzen Mariannas Gedanken eben in dem Augenblick, da sie den Fuß auf das Trittbrett der zweispännigen Kutsche setzt, die im Hof der Villa Ucrìa auf sie wartet. Eine behandschuhte Hand hilft ihr beim Einsteigen.

Kaum betritt sie das Innere, schlägt ihr ein kräftiger Gardenienduft entgegen. Don Camalèo ist dunkel gekleidet, Hose und Jacke sind aus kastanienbraunem, golddurchwirktem Samt, ein schwarzbrauner Dreispitz thront auf seinen gepuderten Locken, die spitz zulaufenden Schuhe sind mit einer silbernen, mit Diamanten besetzten Rose geschmückt.

Marianna setzt sich ihm gegenüber und zieht sogleich aus ihrem aus Silberfaden gewirkten Reisenecessaire das hölzerne Etui mit den Schreibfedern und der Tinte sowie das Papier und das kleine Schreibpult hervor; die Garnitur ist derjenigen, die ihr einst der Herr Vater geschenkt hatte und die ihr in Torre Scannatura gestohlen worden ist, sehr ähnlich.

Der Senator lächelt wohlgefällig über die Arglosigkeit der Herzogin: Eine zu große Intimität während der Fahrt wird durch einen mit Zitaten von Hobbes und Platon gespickten Buchstabenschwall, den er für sie niederschreiben wird, verhindert werden. Einer seiner Briefe wird später in die Schachtel mit den chinesischen Zeichnungen wandern. Jener, in dem Don Camalèo sich ihr ein wenig mehr entdeckt und von seinem Studienaufenthalt in Tübingen erzählt, als er noch dreißig Jahre jünger war.

»Ich wohnte in einem dreistöckigen Turm, der genau auf den Neckar hinuntersah. Dort verbrachte ich die Nachmittage über meinen Büchern, neben einem großen Kachelofen. Wenn ich hinausschaute, blickte ich auf die Pappeln, die das Flußufer säumen, und auf die Schwäne, die beständig darauf lauerten, daß ihnen jemand aus einem der Fenster Brotbrocken zuwarf. Tiefe Laute drangen ihnen aus den Kehlen, und schrecklich war es, wenn sie während der Paarungszeit miteinander kämpften. Ich haßte diesen Fluß, haßte die Häuser mit den steilen Dächern, haßte die Schwäne mit ihren Schweinestimmen, haßte den Schnee, der eine Decke des Schweigens über die Stadt warf, haßte sogar die hübschen Mädchen mit den gelben Fransenschals, die auf der Insel auf und ab spazierten. In der Tat lag der Garten gegenüber dem Turm auf einer langgezogenen, düsteren Insel, auf der die Studenten zwischen der einen und der anderen Vorlesung spazierengingen. Jetzt hingegen würde ich zehn Jahre meines Lebens hergeben, wenn ich noch einmal in den gelben Turm am Ufer des Neckar zurückkehren und die kehligen Schreie der Schwäne hören könnte. Ich würde sogar liebend gern die fettigen Würste essen und auch die blonden Mädchen mit den bunten Schals über den Schultern bewundern. Ist das nicht eine merkwürdige Verirrung des Geistes, daß er nur das liebt, was er verloren hat? Eben weil er es verloren hat, macht er, daß wir vergehen vor Sehnsucht nach eben jenen Orten und jenen Menschen, die uns einst zutiefst gelangweilt haben! Ist das nicht töricht, ist das nicht vulgär und vorhersehbar?«

Nur ein einziges Mal auf dieser Fahrt von Bagheria nach Palermo ergreift Don Camalèo Mariannas Hand und hält sie einen Augenblick in der seinen fest, wie um das Gesagte zu bekräftigen, und läßt sie sogleich mit einem Ausdruck des Bedauerns und des Respekts wieder los.

Marianna, die nicht daran gewöhnt ist, daß man ihr den Hof macht, weiß nicht, wie sie sich verhalten soll. Ein wenig hält sie sich steif aufrecht und betrachtet die Landschaft hinter dem Fenster, die sie so gut kennt, ein wenig beugt sie sich über das Schreibpult und schreibt langsam ein paar Sätze nieder, wobei sie sehr darauf achtet, die Tinte nicht zu verschütten und die feuchten Buchstaben sorgfältig mit der Asche zu trocknen.

Zum Glück besteht Don Camalèos Werbung vor allem aus einlullenden Worten, gelehrten Reden und Zitaten, die es darauf abgesehen haben, eher Bewunderung als Begehren hervorzurufen. Wiewohl er ganz gewiß nicht ein Mann ist, der das sinnliche Vergnügen verachten würde. Bisher aber, so sagen seine Augen, haben die Bande zwischen ihnen nur unreife Früchte hervorgebracht, und es würde ihnen die Zähne zusammenziehen, wenn sie jetzt schon gewaltsam vom Fruchtfleisch essen wollten. Die Eile ist etwas für junge Menschen, die die Köstlichkeit des Aufschubs, das bewußte Hinauszögern nicht kennen, das die tiefsten und kostbarsten Düfte in sich birgt.

Marianna beobachtet nachdenklich die vorsichtigen, respektvollen Bewegungen dieser schönen Hände, die daran gewöhnt sind, die Welt am Halse zu packen, doch ohne ihr weh zu tun, nur um sie in stiller Kontemplation zu genießen. So verschieden von den Männern, die sie bisher kennengelernt hat und die so voller Ungeduld und Gier waren. Der Herr Onkel und Gatte war ein Rhinozeros im Vergleich zu Camalèo, und zum Ausgleich dafür war er durchsichtig wie das Wasser des Fondachello. Auch der Herr Vater war aus einem anderen Stoff: zwar gebildet und geistreich, doch gänzlich ohne Ehrgeiz, in seinem ganzen Leben hat er niemals daran gedacht, sich eine Strategie zu erarbeiten, hat niemals an die Zukunft als an eine Zeit gedacht, in der er seine Siege und seine Niederlagen katalogisieren und konservieren müsse; und es wäre ihm niemals in den Sinn gekommen, ein Vergnügen hinauszuzögern, um es sich köstlicher zu gestalten.

In San Giovanni de' Leprosi angekommen, springt Don Camalèo aus der Kutsche, um ihr seine fünfundfünfzigjährige Wendigkeit ohne ein Gramm überflüssigen Fetts vorzuführen, und reicht ihr behutsam die Hand. Doch Marianna stützt sich nicht auf sie, sondern springt ebenfalls hinaus und sieht ihn mit einem leuchtenden Blick an, wobei sie ein stummes, fröhliches Lachen andeutet. Er scheint davon ein wenig aus dem Gleichgewicht gebracht: Für gewöhnlich schätzen es die Frauen, wenn ihnen der Hof gemacht wird, sich ein wenig zerbrechlicher und schwächer zu geben, als sie sind. Dann aber lacht auch er und nimmt sie beim Arm, als wäre sie eine Schulkameradin.

Eine Minute später stehen sie beide vor einer schweren Eisentür. Schlüssel drehen sich im Schloß; eine kräftige Hand erscheint und macht unverständliche Zeichen mit den Fingern, ein Hut fliegt durch die Luft, Verbeugungen, umhereilende Wachen, glänzende Säbel.

Ein Wächter mit breiten Schultern geht nun vor der Herzogin einen nackten Korridor entlang, während der Prätor mit zwei hochgewachsenen Herren, die, der Form ihrer Hüte nach zu urteilen, Spanier sein könnten, in einem Zimmer verschwindet.

Längs des Korridors wechseln sich zwei Arten von Türen ab: Die einen sind aus Holz, die anderen aus Eisen, eine glänzende folgt auf eine stumpfe, eine stumpfe auf eine glänzende. Über jeder Tür ein vergittertes Rechteck, und hinter den Gittern neugierige Gesichter, mißtrauische Augen, zerzauste Köpfe, Münder, die sich über zersplitterten, schwärzlichen Gebissen öffnen.

Eine Kette wird herausgezogen, eine Tür aufgestoßen. Marianna befindet sich in einem kalten Saal mit zerbrochenen, staubigen Steinfließen. Die Fenster sind so hoch, daß man sie nicht erreichen kann. Das Licht fällt schwach von oben herunter. Die Wände sind nackt und schmutzig, voller feuchter Flecken, schwarzer Abdrücke und verdächtiger roter Spritzer. Am Boden Strohhaufen und eiserne Eimer. Ein gräßlicher Käfiggeruch schnürt ihr die Kehle ab.

Der Wächter gibt ihr ein Zeichen, auf einem geflochtenen Stuhl Platz zu nehmen, der aussieht, als hätten die Mäuse ihn zerfressen: Er ist gänzlich zerschlissen, und das Strohgeflecht ringelt sich in der Luft.

Hinter einem Gitter sieht man einen nackten Hof mit Steinboden, der durch einen Feigenbaum ein wenig aufgeheitert wird. Vor der gegenüberliegenden Wand liegt eine halbnackte Frau zusammengerollt auf der Erde und schläft. Etwas näher, an eine Bank gekettet, eine weitere Frau mit weißen, unter der geflickten Haube hervorquellenden Haaren, die ununterbrochen das gleiche tut, sie versucht, möglichst weit zu spucken. Auf ihren nackten Armen sieht man die Spuren von Peitschenschlägen. Unter dem Feigenbaum steht auf nur einem Bein, gegen den Stamm gelehnt, ein kleines Mädchen von höchstens elf Jahren, das mit langsamen und genauen Bewegungen strickt.

Nun aber streicht jemand mit dem Finger über Mariannas Wange, sie fährt mit einem Ruck hoch und dreht sich um: Es ist Fila, ihr Kopf steckt in einem Turban aus schmutzigen Binden, der ihr Gesicht klein und ihre Augen sehr groß erscheinen läßt. Sie lächelt glücklich. Ihre Hände zittern ein wenig. Sie ist so sehr abgemagert, daß Marianna sie von hinten nicht wiedererkannt hätte. Das lange, sackleinene Gewand fällt ihr in Fetzen auf die Knöchel herab, ohne Gürtel und ohne Kragen, ihre Arme sind nackt und voller blauer Flecken.

Marianna erhebt sich und schließt sie in die Arme. Der Tiergeruch, der im Zimmer herrscht, dringt ihr nun auf gräßliche Weise direkt in die Nase. In den wenigen Monaten ist Fila eine alte Frau geworden: Ihr Gesicht hat sich zusammengezogen, sie hat einen Vorderzahn verloren, ihre Hände zittern, und ihre Beine sind so dürr geworden, daß sie sich nur mit Mühe darauf halten kann, die Augen sind glasig, auch wenn sie sich zu einem dankbaren Lächeln zwingen.

Als Marianna ihr die Wange streichelt, verzieht Fila

den Mund und beginnt schüchtern zu weinen. Um das Gefühl der Peinlichkeit zu überwinden, zieht Marianna ein Säckchen mit Münzen aus ihrer Tasche und drückt es dem Mädchen in die Hand, die es sogleich verstecken möchte und vergeblich nach einer Tasche in ihrer Irrenanstaltskluft sucht, sich dann voller Angst umsieht und das Säckchen fest umklammert.

Marianna nimmt nun ihr grünseidenes Halstuch ab und legt es Fila über die Schultern. Diese streichelt es mit den Fingern, die wie die Finger einer Betrunkenen aussehen. Sie hat aufgehört zu weinen und lächelt engelhaft. Um sich jedoch gleich darauf wieder zu verfinstern und den Kopf einzuziehen, als erwarte sie Schläge.

Ein Zuchthäusler mit kräftigen Armen packt sie um die Taille und hebt sie auf wie ein Kind. Marianna möchte eingreifen, doch dann merkt sie, daß der Zugriff des Mannes sanft und zärtlich ist. Während er das Mädchen hochhebt, spricht er behutsam auf sie ein und wiegt sie in seinen Armen.

Marianna versucht, den Sinn seiner Rede zu begreifen, indem sie seine Lippen beobachtet, aber es gelingt ihr nicht. Es handelt sich offensichtlich um eine Art Sprache, die nur sie verstehen, die sie in den Monaten des erzwungenen Zusammenlebens entwickelt haben. Und sie sieht, wie Fila befriedigt ihre Betrunkenen-Hände um den Hals des Riesen legt und ihren Kopf voller Zuneigung auf seine Brust sinken läßt.

Die beiden sind durch die Türe verschwunden, noch bevor Marianna sich von Fila verabschieden konnte. Es ist gut, daß der Zuchthäusler es verstanden hat, vielleicht zwar nicht die Liebe, aber doch das Vertrauen des armen Mädchens zu gewinnen, sagt sich Marianna. Auch wenn sein Blick auf das Münzsäckchen sie befürchten läßt, daß die Vertraulichkeit nicht ganz uneigennützig ist.

38

Seit zwei Tagen hat Saro wieder angefangen zu essen. Seine Augen scheinen größer geworden zu sein in den eingesunkenen Höhlen. Seine weißen Wangen bekommen rote Flecken, wenn Marianna sich seinem Bett nähert. Er ist immer noch bandagiert wie eine Mumie, doch die Binden lockern sich allmählich und geben nach. Sein Körper belebt sich, die Muskeln beginnen sich wieder zu bewegen und der Kopf liegt nicht mehr nur still auf dem Kissen. Den schwarzen Haarschopf hat man ihm gewaschen, und nun wippt er wie ein Rabenflügel über dem abgemagerten Gesicht des Jungen auf und ab.

Nachdem Marianna heute morgen nochmals bei Fila gewesen ist, hat sie ein Bad in Bergamotte-Wasser genommen, um den ekelerregenden Anstaltsgeruch loszuwerden. In der Wanne aus gehämmertem Kupfer, die aus Frankreich kommt und von außen aussieht wie ein bis zum Knöchel reichender Schuh, liegt man bequem wie in einem Bett, das Wasser bedeckt die Schultern und bleibt länger heiß als in den offenen Wannen.

Viele Damen empfangen ihre Freundinnen und halten eine Konversationsstunde ab, während sie in der neuartigen französischen Badewanne liegen, die zuweilen schamhaft hinter einem durchsichtigen Wandschirm verborgen wird.

Marianna bleibt nicht lange darin, weil sie dort nicht schreiben kann. Und auch nicht lesen, ohne daß die Seiten naß werden, obwohl es ihr sehr gefällt, darin herumzuplätschern, während Innocenza töpfeweise frisches dampfendes Wasser über sie gießt.

Der Winter ist ganz plötzlich hereingebrochen, fast ohne sich durch den Herbst anzukündigen. Gestern ging man noch ärmellos herum, heute muß man schon einheizen und sich in Schal und Mantel hüllen. Es weht ein eisiger Wind, der die Wellen des Meeres aufpeitscht und die Blätter von den Pflanzen reißt.

Manina hat soeben ein weiteres kleines Mädchen geboren; sie hat es Marianna getauft, Giuseppa hat ihr gerade gestern einen Besuch abgestattet. Sie ist die einzige, die sich ihr anvertraut; sie hat ihr von ihrem Mann erzählt, der sie manchmal liebt und manchmal haßt, und von Vetter Olivo, der ihr unaufhörlich den Vorschlag macht, mit ihm nach Frankreich »abzuhauen«.

Felice kommt sonntags zum Essen. Sie ist sehr beeindruckt gewesen von dem, was ihre Mutter ihr über Fila und die Irrenanstalt im Leprösenheim erzählt hat. Auch sie hat die Erlaubnis für einen Besuch eingeholt. Nach ihrer Rückkehr hat sie sich entschlossen, einen »Hilfsdienst für die armen Verlassenen« zu gründen. Tatsächlich hat sie sich in letzter Zeit sehr verändert: Nachdem sie ihre Qualitäten als Heilkundige entdeckt hat, widmet sie sich mit Ausdauer dem Mischen von Kräutern, Wurzeln und Mineralien. Nachdem sie einige Menschen tatsächlich heilen konnte, haben die Leute angefangen, sich in schwierigen Krankheitsfällen an sie zu wenden, vor allem bei Erkrankungen der Haut. Aus Verantwortungsgefühl für die wunden Körper, die sich ihr anvertrauen, hat sie begonnen zu studieren und zu experimentieren. Auf ihrer Stirn hat sich eine Falte gebildet, so steil und gerade wie ein Säbelhieb. Sie ist nicht mehr so um die Fleckenlosigkeit ihrer Kutten besorgt und hat das Schwatzen mit den jüngeren Mitschwestern aufgegeben. Sie hat die geschäftige und spröde Art einer professionellen Medizinerin angenommen.

Mariano, der Herr Sohn, hingegen kommt niemals zu ihr. Er ist so in seine Phantastereien verloren, daß er nicht die Zeit findet, seine Mutter zu besuchen. Er hat jedoch seinen Onkel Signoretto geschickt, damit dieser sich diskret über jenen häufigen Besucher in der Villa Ucrìa erkundige, über den die ganze Verwandtschaft entrüstet spricht.

»Es geht nicht an, daß Ihr in Eurem Alter zum Gesprächsthema in aller Munde werdet«, hatte Signoretto mit vorsichtiger Hand auf ein Blatt geschrieben, das er aus einem Gebetbuch herausgerissen hatte. »Es ist wahr, Ihr seid verwitwet, aber ich hoffe doch, daß Ihr nicht vorhabt, Euch lächerlich zu machen, indem Ihr mit fünfundvierzig Jahren einen unverheirateten Libertin von fünfundfünfzig heiratet...«

»Ich werde nicht heiraten, seid ganz beruhigt.«

»Dann dürft Ihr dem Herrn Präfekten Camalèo nicht mehr erlauben, Euch zu besuchen. Es ist nicht gut, wenn die Leute zu reden beginnen.«

»Wir haben kein intimes Verhältnis miteinander, nur eine freundschaftliche Beziehung.«

»In Eurem Alter, Signora, müßtet Ihr daran denken, Eure Seele langsam auf das Jenseits vorzubereiten, anstatt neue Freundschaften zu knüpfen...«

»Ihr seid älter als ich, Herr Bruder, doch Ihr kommt mir nicht vor, als würdet Ihr Euch aufs Jenseits vorbereiten.«

»Ihr, Marianna, seid eine Frau. Die Natur hat Euch zur heiteren Keuschheit bestimmt, Ihr habt vier Kinder, um die Ihr Euch kümmern müßt. Mariano, Euer Erbe, macht sich Sorgen, ob Ihr Euer Besitztum am Ende nicht durch einen wahrlich bedauerlichen Streich veräußern werdet.«

»Selbst wenn ich heiratete, würde ihm kein Gran genommen.«

»Ihr wißt vielleicht nicht, daß Camalèo, bevor er Prätor von Palermo wurde, lange Zeit von den Franzosen dafür bezahlt worden ist, daß er bei den Spaniern spioniert hat, und man sagt, daß er dann zu den Spaniern übergelaufen sei, nachdem diese ihm ein besseres Angebot gemacht haben. Kurz, Ihr verkehrt mit einem Abenteurer, für dessen Ehrenhaftigkeit niemand einzustehen wagt. Ein etwas unheimlicher Reisender, der dank geheimer Machenschaften zu Vermögen gekommen ist, und er ist gewiß nicht der Mann, mit dem eine Ucrìa Umgang pflegen sollte. Die Familie hat beschlossen, daß Ihr ihn nicht mehr sehen werdet.«

»Das hat die Familie beschlossen, und mit welchem Recht?«

»Kommt mir nicht mit Reden, wie meine Frau Domitilla sie zu führen pflegt. Ich habe von Voltaire genug.«

»Einst habt auch Ihr Voltaire zitiert.«

»Aus jugendlicher Torheit.«

»Ich bin Witwe und glaube, für mich selbst entscheiden zu können, wie es mir beliebt.«

»Wie langweilig, teure Schwester! Immer noch schwingt Ihr diese billigen Phrasen! Ihr wißt sehr gut, daß Ihr nicht allein seid, sondern daß Ihr eine Familie habt und daß Ihr Euch gar keine Freiheiten nehmen könnt, auch nicht mit der Erlaubnis des Monsieur Voltaire noch mit der Unterstützung sämtlicher Heiligen des Paradieses. Ihr müßt diesen Mann fallen lassen.«

»Camalèo ist ein gutmütiger Mensch, er hat mir geholfen, eine Dienerin vor dem Galgen zu retten.«

»Ihr könnt nicht zulassen, daß Dinge, die die Dienerschaft betreffen, Euer Leben verändern. Ganz gewiß hat Camalèo es auf eine Heirat mit Euch abgesehen. Eine Verwandtschaft mit den Ucrìa anzuknüpfen, ist wahrscheinlich ein Teil seiner geheimen Strategien. Glaubt mir, dieser Kerl hat absolut kein Interesse an Euch... vertraut ihm nicht.«

»Ich werde ihm nicht vertrauen.«

Beruhigt, wenn auch nicht ganz, hat Signoretto sich verabschiedet, nachdem er ihr anmutig die Hand geküßt hat. Alle wissen, daß der Herr Bruder nach seiner Heirat mehr Geliebte gehabt hat als je zuvor. Und kürzlich hat er geradezu unanständige Summen für eine Sängerin ausgegeben, die im Theater von Santa Lucia auftritt und von der es heißt, sie sei auch die Geliebte des Vizekönigs gewesen.

Trotz seiner autoritären Reden hat es sie gefreut, ihn

wiederzusehen. Mit seinem blonden Kopf, auf dem alle Sanftmut sich mehr und mehr, gleichsam unter der Haut, in großen, lebhaft geröteten Warzen zusammenballt. Seine Art, sie anzuschauen, etwas schräg, fragend, erinnert sie an den Herrn Vater, als er jung war. Doch sie vermißt an ihm des Vaters Fähigkeit, über sich selbst zu lachen.

Der Herr Bruder hat eine subtile, versteckte Brutalität entwickelt, die ihm die geschwollenen Augenlider schwer macht. Und je mehr er sich daran gewöhnt zu befehlen, desto mehr tritt seine Nachsichtigkeit sich selbst gegenüber zutage, so sehr, daß er nicht mehr in der Lage ist, »die Spreu vom Weizen« zu trennen.

Wer weiß, wann er damit begonnen hat, sich diesen neuen Knochenbau zuzulegen, der seine Augen in den Höhlen versinken läßt, ihm das Becken erweitert und die Fußrücken breit drückt. Vielleicht, während er im Senat saß oder während er zusammen mit den anderen Weißen Brüdern die Galgenstufen hinauf- und hinunterschritt, um die Verurteilten zur Hinrichtung zu begleiten. Oder vielleicht Nacht für Nacht in dem großen Bett mit dem hohen Baldachin, neben seiner Frau, derer er, obwohl sie noch immer wunderschön ist, so überdrüssig geworden ist, daß er ihr nicht mehr ins Gesicht zu sehen vermag.

In den letzten Jahren steigt die Erinnerung an den Herrn Onkel und Gatten immer dann in ihr auf, wenn sie mit anderen Männern aus ihrer Familie zusammentrifft. Dieser unruhige und düstere Mann, der immer darauf lauerte, verächtlich über die Dummheiten des Nächsten herzuziehen, war im Grunde reiner und gradliniger und ganz gewiß sich selbst treuer als alle anderen, die sich, mit ihrem ewigen Lächeln und all ihrer Höflichkeit, in ihre Häuser verkrochen haben und jede Neuerung so sehr fürchten, daß sie darauf zurückgekommen sind, an Ideen und Grundsätze zu glauben, über die sie jahrelang gelacht haben.

Es ist vielleicht eine Frage der Perspektive, wie Camalèo sagt, aber die Zeit hat die verblassenden Erinnerungen weicher werden lassen. Die Gegenstände ihres Gatten Pietro, die sich noch im Hause befinden, haben etwas von seiner spröden und ruppigen Traurigkeit bewahrt. Und doch hat dieser Mann sie vergewaltigt, als sie noch keine sechs Jahre alt war, und sie fragt sich, ob sie je dazu fähig sein wird, ihm dies zu verzeihen.

Der Mensch, der ihr heute am nächsten steht, ist Abt Carlo, der sich ebenso wie sie in seine Bücher vergraben hat. Er ist der einzige, der dazu fähig ist, ein Urteil abzugeben, das nicht unmittelbar seinen eigenen Interessen entspringt. Carlo gibt sich als der, der er ist: ein Libertin und Büchernarr. Er verstellt sich nicht, er schmeichelt niemandem und versteift sich nicht darauf, die Finger in anderer Leute Angelegenheiten zu stecken.

Was den Herrn Sohn Mariano betrifft, so hat er sich, nach der Euphorie des Erwachsenwerdens, nach den großen Liebesstürmen und den Weltreisen, mit seinen fast dreißig Jahren nun zur Ruhe gesetzt und ist intolerant gegenüber den Aktivitäten der anderen geworden, die er als eine Bedrohung seines Friedens empfindet.

Seinen Schwestern gegenüber hat er einen trockenen, grimmigen Ton angenommen. Der Mutter gegenüber gibt er sich nach außen hin respektvoll, aber es ist deutlich, daß er die Freiheiten, die sie sich trotz ihrer Behinderung herausnimmt, nicht duldet.

Die Tatsache, daß er seinen Onkel Signoretto zu ihr geschickt hat, anstatt selbst zu kommen, läßt etwas von der Art seiner Besorgnisse erkennen: Was wird sein, wenn seine Mutter, aus einer Laune der Natur heraus, einen weiteren Sohn in die Welt setzte, während er selbst keinen zustande gebracht hat? Und wenn dieses Kind die Zuneigung irgendeiner verwitweten Tante vom Zweige der Scebarràs auf sich zöge, auf deren Erbschaft er spekuliert? Und wenn die ganze Lächerlichkeit einer Ehe außerhalb der Regeln auf ihn zurückfiele, der mehr als alle anderen das Gewicht des Namens Ucrìa di Campo Spagnolo e Scannatura zu tragen hat?

Mariano liebt den Luxus: Er läßt sich seine Hemden aus Paris kommen, als gäbe es in Palermo nicht hervorragende Hemdenmacher. Er läßt sich die Haare von einem gewissen Monsieur Crème frisieren, der mit vier Gehilfen im Palast zu erscheinen pflegt, die ihm *le nécessaire pour le travail* tragen: Schachteln und Schächtelchen mit Seifen, Scheren, Rasiermessern, Kämmen, Maiglöckchen-Cremes und Nelken-Puder.

Für die Pflege der Hände und der Füße ist Herr Enrico Aragujo Calisto Barrès zuständig, der aus Barcelona stammt und sein Geschäft in der Via della Cala Vecchia hat. Für zehn Carilini kommt er auch zu den Damen ins Haus und schneidet Hühneraugen weg, bei den Jungen wie bei den Alten, die alle ihre Probleme haben mit den Schuhen à la parisienne, deren Spitzen abgedrehten Hühnerhälsen gleichen und deren Absätze wie Schwanenschnäbel aussehen.

Marianna wird aus ihren Gedanken gerissen, als Saro ihre Hand mit ganz neuer Kraft drückt. Es geht ihm besser, es sieht ganz so aus, als ginge es ihm viel besser.

Saro schlägt die Augen auf. Sein Blick ist frisch, unverhüllt, noch weich vom Schlaf, wie eine Bohne, die soeben aus ihrer Hülse hervorgekommen ist. Marianna nähert sich ihm und legt zwei Finger auf seine aufgesprungenen Lippen. Sie spürt seinen leichten, feuchten und regelmäßigen Atem in ihre Handfläche hauchen. Eine Freude läßt Marianna in dieser zärtlichen Haltung verharren und den bitteren Atem des Jungen in sich aufnehmen.

Jetzt drückt Saros Mund sich gegen die Finger ihrer Hand und küßt sie bang von innen. Zum erstenmal stößt Marianna ihn nicht zurück. Im Gegenteil, sie schließt die Augen, wie um seine Berührung tiefer auszukosten. Es sind Küsse, die von weit her kommen, von jenem Abend her, da sie sich bei flackerndem Kerzenlicht in Filas Zimmer, in ihrem fleckigen Spiegel, zum erstenmal gesehen haben.

Doch die Geste scheint ihn ermüdet zu haben. Saro hält

Mariannas Finger immer noch gegen seinen Mund gepreßt, aber er küßt sie nicht mehr. Sein Atem geht wieder unregelmäßig, ein wenig schneller und krampfhafter.

Marianna zieht ihre Hand zurück, doch ohne Eile. Aus ihrer sitzenden Haltung im Sessel kniet sie sich auf den Boden vor dem Bett nieder, beugt den Oberkörper über die Bettdecke und legt mit einer Geste, die sie sich oft vorgestellt und niemals ausgeführt hat, ihren Kopf auf die Brust des Jünglings. Unter ihrem Ohr spürt sie die dicken, mit Kampfer getränkten Binden und darunter die Rippenbögen, noch weiter unten das Getöse seines aufgerührten Blutes.

Saro liegt regungslos da, besorgt, daß eine Bewegung seinerseits Mariannas schüchternes Vordringen zu ihm unterbrechen könnte, in der Befürchtung, daß sie von einem Moment auf den anderen davonrennen könnte, wie sie es immer getan hat. Er wartet deshalb, daß sie selbst entscheidet: Er hält den Atem an und kneift die Augen zu und hofft darauf, hofft verzweifelt darauf, daß sie ihn an sich drückt.

Mariannas Finger gleiten über Saros Stirn, seine Ohren, seinen Hals, als würde sie nicht einmal ihren Augen mehr trauen. Sie gleiten über seine schweißverklebten Haare, verharren über dem Baumwollwulst, der sein linkes Ohr bedeckt, ziehen den Rand der Lippen nach, fahren über das Kinn, das rauh ist vom Bart der Genesungszeit, und kehren zur Nase zurück, als könne sie diesen Körper nur über ihre Fingerkuppen erkennen, die so neugierig und beweglich sind, wie ihr Blick sich zaghaft und starr gibt.

Nachdem ihr Zeigefinger den langen Weg zurückgelegt hat, der von der einen Schläfe zur anderen führt, hinunter über die Nasenflügel, wieder hinauf über die Hügel der Wangen, über das Gebüsch der Augenbrauen, drückt er nun fast zufällig auf die Stelle, wo die Lippen aufeinandertreffen, schafft sich eine Öffnung zwischen den Zähnen und erreicht die Zungenspitze.

Erst jetzt wagt es Saro, sich fast unmerklich zu bewegen: Mit ganz leichtem Druck beißt er die Zähne um ihren Finger zusammen, der so zwischen seinem Gaumen und seiner Zunge gefangen ist und von der fiebrigen Hitze seines Speichels eingehüllt wird.

Marianna lächelt. Und mit dem Zeigefinger und dem Daumen ihrer anderen Hand hält sie dem Jungen die Nase zu. Bis er seinen Biß lockert und den Mund öffnet, um atmen zu können. Sie zieht den nassen Finger heraus und setzt damit ihre Erkundungen fort. Er schaut sie glücklich an, als wollte er ihr sagen, daß er nahe daran ist zu zerfließen.

Die Hände der Signora packen nun die Steppdecke und lassen sie vom Bett gleiten. Dann ist die Reihe am Leintuch, das in ungeordneten Falten zu Boden fällt. Und siehe, da liegt vor ihren von der eigenen Kühnheit überraschten Augen der nackte Körper des Jungen, nur von dem Verband um die Hüften, um die Brust und über den Kopf bedeckt.

Dort sind die Rippenbögen, sie bilden Mondsicheln auf seiner Brust, die aussehen wie die Rotationsphasen eines Gestirns, die neben- und übereinander in zunehmender Umlaufbahn in einen Atlas eingezeichnet sind.

Mariannas Hände legen sich sacht auf die noch kaum vernarbten Wunden, die rot und schmerzend sind. Die Verletzung auf dem Schenkel sieht aus wie die des Odysseus, nachdem er von dem Wildschwein angegriffen worden ist; so muß er der erstaunten Amme erschienen sein, die als erste ihren Herrn wiedererkannte, als er nach langjährigem Kriegszug zurückkehrte und von allen für einen fremden Bettler gehalten wurde.

Marianna läßt ihre Finger leicht darübergleiten, während Saros Atem schneller wird und auf seinen geschlossenen Lippen ein paar winzige Tröpfchen erscheinen, die an Schmerzen denken lassen, aber auch an eine wilde, ungeahnte Freude, einen glücklichen Triumph.

Wie es dazu gekommen ist, daß sie sich nackt neben Saros nacktem Körper wiederfand, wüßte Marianna nicht zu sagen. Sie weiß nur, daß es ganz leicht ging und daß sie kein Gefühl der Scham empfunden hat. Sie weiß, daß sie sich umarmt haben wie zwei befreundete Körper; und ihn in sich aufzunehmen, war so, als hätte sie einen für immer verloren geglaubten Teil ihres eigenen Körpers wiedergefunden.

Sie weiß, daß sie es niemals für möglich gehalten hat, einen männlichen Körper in sich aufzunehmen, der nicht der eines Sohnes oder eines feindlichen Eindringlings wäre.

Die Söhne kommen in den Bauch der Mutter, ohne daß sie sie gerufen hat, so wie das Fleisch des Herrn Onkels und Gatten in ihr warmes Innere drang, ohne daß sie dies je begehrt oder gewollt hätte.

Diesen Körper hingegen hat sie begehrt und herbeigerufen, wie man das eigene Wohl begehrt, und er hat ihr keine Schmerzen und Risse zugefügt wie ihre Kinder, als sie aus ihr hervorkamen, sondern er ist, nachdem sie die höchste der Freuden miteinander geteilt hatten, von ihr geglitten mit dem freudigen Versprechen einer Wiederkehr.

In all ihren Ehejahren hatte sie gedacht, daß der männliche Körper dazu gemacht sei, Qualen zu verursachen. Und diesen Qualen hatte sie sich unterzogen wie einem »gottgegebenen Übel«, dem keine Frau »von Gefühl« sich verweigern dürfte, und müßte sie selbst Galle schlucken. Hat nicht auch Jesus Christus unser Herr Galle schlucken müssen im Garten Gethsemane? Ist er nicht am Kreuz gestorben, ohne ein Wort der Klage? Was wiegt schon die Geringfügigkeit eines Schmerzes im Bett gegenüber den Leiden Christi?

Und hier hat sie nun einen Schoß gefunden, der ihr nicht fremd ist, der sie nicht angreift, sie nicht beraubt, nicht Opfer und Verzicht erwartet, sondern ihr mit sanftem und sicherem Griff entgegenkommt. Ein Schoß, der warten kann, der nimmt und sich nehmen läßt ohne jede Gewalt. Wie wird sie je wieder ohne ihn auskommen können?

39

Peppina Malaga ist ins Haus zurückgekehrt: Ihre zwei schwarzen Zöpfchen sind mit einem Bindfaden hinter den Ohren zusammengebunden, sie ist barfuß wie immer, ihre Beine sind geschwollen und schwer, ihr vorgewölbter Bauch hebt ihre Röcke vorne bis zum Schienbein hoch.

Marianna beobachtet vom Fenster aus, wie sie vom Karren springt und Saro entgegenstürzt. Dieser hebt die Augen zum Fenster seiner Herrin, als wollte er fragen: »Was soll ich tun?«

»Schlage deine Sichel nicht in anderer Leute Korn«, sagt die gestrenge Gaspara Stampa. Ihre Pflicht ist es, Mann und Frau miteinander glücklich sein zu lassen. Sie wird ihnen ein größeres Zimmer zuweisen, in dem sie ihr neues Kind großziehen können.

Doch »inmitten meines Glücks / hat mich von innen ein Verdacht ergriffen / und meinem Tod die Sense geschliffen«. Sollte das Eifersucht sein, das »Ekel«, das »Monster mit den grünen Augen«, wie Shakespeare es nennt, das »die Speise verhöhnt, von der es sich nährt«?

Könnte die Herzogin Marianna Ucrìa di Campo Spagnolo, Gräfin von Sala di Peruta, Baronesse von Bosco Grande, Fiume Mendola und Sollazzi je eifersüchtig sein auf eine Küchenmagd, ein aus dem Nest gefallenes Vögelchen?

Es verhält sich aber gerade so. Dieses schwärzliche, häßliche junge Mädchen scheint alle Wonnen des Paradieses auf sich versammelt zu haben: Sie ist unschuldig wie eine Kürbisblüte und frisch wie eine Traube. Gerne würde sie all ihre Ländereien und ihre Villen hergeben, denkt Marianna, um in diesen jungen, resoluten kleinen Körper schlüpfen zu können, der da, mit dem zusammengerollten Kind unter dem Herzen, vom Karren hüpft und Saro entgegeneilt.

Ihre Hand löst sich vom Vorhang, der zurückfällt und wieder die Fensteröffnung bedeckt. Der Hof verschwindet dahinter, und mit ihm verschwinden der Karren mit dem federgeschmückten Esel davor, Peppinedda, die ihrem Ehemann den Bauch hinstreckt wie eine Kiste voller Edelsteine; und auch Saro verschwindet, der, während er seine Frau an sich drückt, mit einem Ausdruck von theatralischer Resignation zu ihr aufblickt. Doch ist er auch geschmeichelt von dieser zweifachen Liebe, das sieht man daran, wie er die Arme ausstreckt.

Mit diesem Augenblick wird die Zeit der Ausflüchte, der Betrügereien, der Fluchten, der heimlichen Zusammenkünfte beginnen. Man wird auf Listen sinnen, schweigen und die Spuren einer jeden Umarmung tilgen müssen.

Eine plötzliche Entrüstung verdüstert ihren Blick. Sie hat nicht die geringste Absicht, in eine solche Falle zu geraten, sagt sich Marianna; als sie ihm eine Frau gab, geschah dies, um ihn von sich fernzuhalten, und nicht, um sich selbst einen Vorwand zu schaffen. Also? Also wird man die Sache abbrechen müssen.

Es liegt eine gewisse Anmaßung in diesem Gedanken, das ist ihr bewußt: In keiner Weise bedenkt sie die Sehnsüchte eines Körpers, der zum erstenmal die Freude an sich selbst kennengelernt hat, noch verschwendet sie einen und sei es lustlosen Gedanken an die Bedürfnisse Saros, sie denkt nicht einmal daran, ihn zu trösten. Sie wird für und gegen ihn, aber vor allem gegen sich selbst entscheiden.

Die lange Übung im Verzicht hat aus ihr eine sehr aufmerksame Wächterin gemacht. Die vielen Jahre, in denen sie ihre Gelüste in Schach gehalten hat, haben ihren Willen eisern werden lassen.

Marianna betrachtet ihre faltigen Hände, die ganz naß geworden sind, während sie sie gegen die Wangen hielt. Sie führt sie an den Mund. Sie leckt ein wenig von dem salzigen Naß, in dem der ganze bittere Geschmack ihres Verzichts enthalten ist.

Sie könnte Giacomo Camalèo heiraten, den sie, obwohl

sie ihn nicht liebt, verführerisch findet. Er hat sie schon zweimal darum gebeten. Aber wenn sie nicht dazu fähig ist, eine Liebe aus Edelstein am Schopf zu packen, wie sollte ihr dies mit einer Liebe aus Glas gelingen?

Was soll sie mit sich anstellen? Viele Frauen aus ihrem Bekanntenkreis sind in ihrem Alter schon unter der Erde oder haben einen Buckel und sind geschrumpft und lassen sich in geschlossenen Kutschen herumfahren, inmitten von tausend Vorsichtsmaßnahmen und hundert Kissen und gestickten Decken, halb blind durch einen Schleier, der ihnen plötzlich über die Augen gefallen ist, verblödet vom vielen Leiden, grausam und unbesonnen vom langen Warten. Sie sieht sie mit ihren dicken Fingern herumfuchteln, auf denen all die Ringe sitzen, die sich nicht mehr über die verdickten Knöchel ziehen lassen und die ihnen eines Tages, wenn sie tot sind, heimlich von den Erben abgeschnitten werden, die schon ungeduldig darauf warten, sich der chinesischen Perlen, der ägyptischen Rubine oder der Türkise vom Toten Meer bemächtigen zu können. Hände, die niemals ein Buch länger als zwei Minuten gehalten haben, Hände, die eigentlich der Kunststickerei und des Spinettspiels kundig sein müßten, die sich jedoch auch darin nicht mit dem nötigen Fleiß üben durften. Die Hände einer adeligen Dame sind aus freier Wahl der Muße ergeben.

Hände sind dies, die zwar mit Gold und Silber umgehen, doch niemals erfahren haben, wie dieses zu ihnen gekommen ist. Die nie das Gewicht eines Topfes, eines Krugs, eines Waschbeckens oder eines Putzlumpens gehoben haben. Hände, die vielleicht vertraut sind mit den perlmuttenen Perlen eines Rosenkranzes oder solchen aus ziseliertem Silber, denen jedoch die Formen des eigenen Körpers ganz und gar fremd sind, der unter zu vielen Unter- und Oberhemden und Korsetten und Unter- und Überröcken begraben ist und von Priestern und Pädagogen als von Natur aus »sündig« bezeichnet wird. Diese Hände haben vielleicht das Köpfchen des einen oder anderen Neugeborenen gestreichelt, doch sie haben sich nie mit dessen Ausscheidungen befleckt. Sie haben vielleicht ein paarmal den verwundeten Brustkorb des Christus am Kreuz berührt, doch sie sind niemals über den nackten Körper ihres Ehemanns geglitten, das hätten sie wie er als unanständig empfunden. Natürlich lagen sie häufig untätig im Schoß, da sie nicht wußten, wo sie mit sich hin und was sie tun sollten; denn jede Geste, jede Handlung galt als gefährlich und unpassend für ein Mädchen von Familie.

Sie hat mit ihnen zusammen Kuchenstückchen gegessen und beruhigende Kräutertees getrunken. Und nun, da ihre Hände einen geliebten Körper berührt haben, ihn seiner ganzen Länge und Breite nach abgetastet haben, so daß sie bereits geglaubt haben, ihn als Freund zu besitzen, eben nun muß sie sie sich abschneiden und sie in den Müll werfen, denkt Marianna, noch immer steif neben dem verdeckten Fenster stehend. Doch eine Bewegung der Luft sagt ihr, daß sich jemand hinter ihrem Rücken nähert.

Es ist Innocenza, die mit beiden Händen den Kerzenleuchter vor sich herträgt. Als Marianna den Blick hebt, sieht sie das Gesicht der Köchin ganz nah vor ihrem eigenen. Sie zieht sich verstört zurück, doch Innocenza fährt fort, sie nachdenklich anzustarren. Sie hat gemerkt, daß es der Herzogin nicht gutgeht, und sie versucht herauszubekommen, warum.

Sie legt ihre fette Hand, die gut nach Rosmarin und Seife duftet, auf die Schulter ihrer Herrin und schüttelt sie sanft, als wollte sie die dornigen Gedanken von ihr abschütteln. Zum Glück kann Innocenza nicht lesen: Eine Handbewegung wird reichen, um sie zu beruhigen. Mit ihr muß sie nicht lügen.

Der Fischgeruch, der von Innocenzas Schürze aufsteigt, hilft Marianna, aus ihrem eisigen Schockzustand aufzutauchen. Die Köchin schüttelt ihre Herrin mit rauher und verständiger Hand. Sie kennen sich seit Jahren und glauben, alles voneinander zu wissen, Marianna glaubt, Innocenza mittels jenes Zaubers erkannt zu haben, der sie befähigt, ihre Gedanken zu lesen, als hätte sie sie in schriftlicher Form vor sich. Innocenza ihrerseits ist sicher, daß Marianna keine Geheimnisse vor ihr hat, nachdem sie sie so viele Jahre hindurch begleitet hat und alles mit anhören konnte, was die anderen über sie geredet haben.

Jetzt schauen sie sich an, die eine von der Neugier der anderen angesteckt. Innocenza, die sich die speckigen Hände wieder und wieder an der rotweiß gestreiften Leinenschürze abtrocknet, Marianna, die mechanisch mit ihren Schreibutensilien am Gürtel spielt, mit dem faltbaren Pult, dem silbernen Tintenfaß, der Entenfeder mit der blaugefleckten Spitze.

Schließlich nimmt Innocenza sie bei der Hand und zieht sie hinter sich her wie ein Kind, das zu lange allein in der Strafecke gestanden hat und nun wieder in den Kreis der übrigen zurückgeführt wird, um zu essen und getröstet zu werden.

Marianna läßt sich die steinerne Treppe hinunterführen, durchquert den gelben Salon, wobei sie das Spinett mit der offenen Tastatur streift, läßt sich zwischen den römischen Dioskuren aus gesprenkeltem Marmor hindurchführen, von den zwinkernden und geheimnisvollen Blicken der Schimären verfolgt.

In der Küche angekommen, setzt Innocenza sie auf einen hohen Stuhl, der vor dem brennenden Herd steht; sie drückt ihr ein Glas in die Hand, holt eine Flasche Likör vom Regal herunter und schenkt ihr zwei Finger hoch davon ein. Dann führt sie, die Tatsache ausnutzend, daß ihre Herrin taub und niedergeschlagen ist, die Flasche an den Mund.

Marianna tut so, als ob sie dies nicht bemerkte, um ihr keine Vorwürfe machen zu müssen. Dann aber überlegt sie es sich anders: Warum sollte sie ihr Vorwürfe machen? Mit einer kindlichen Geste nimmt sie der Köchin die Flasche aus der Hand, setzt sie an die Lippen und trinkt ebenfalls daraus. Herrin und Dienerin lächeln sich an. Sie reichen sich gegenseitig die Flasche zu, die eine sitzend, die blonden Haare über der breiten Stirn wohlgeordnet, die himmelblauen Augen weit und weiter aufreißend; die andere stehend, mit einem dicken Bauch, der sich unter einer fleckigen Schürze verbirgt, mit kräftigen Armen, das schöne Gesicht zu einem glücklichen Lächeln verzogen.

Jetzt ist es leichter für Marianna, eine Entscheidung zu treffen, selbst eine grausame. Innocenza wird ihr helfen, ohne es zu wissen, indem sie sie in der Sicherheit des Alltags gefangenhält. Schon fühlt sie auf ihrem Hals die von Schnitten, Verbrennungen und rauchgeschwärzten Falten gezeichneten Hände ruhen.

Man wird sich auf Zehenspitzen davonschleichen müssen, und es wird dazu ein Stoß notwendig sein, den nur eine Hand geben kann, die daran gewohnt ist, Münzen zu zählen. Inzwischen aber hat sich die Küchentür auf jene geheimnisvolle Weise geöffnet, in der sich in Mariannas Augen alle Türen öffnen, ohne Vorwarnung, in einer langsamen Bewegung voller Ungewißheit.

Auf der Schwelle steht Felice, das baumelnde Saphirkreuz auf der Brust. Neben ihr Vetter Olivo, in eine taubengraue Jacke gehüllt, mit langer, verzogener Miene.

»Donna Domitilla, Eure Schwägerin, hat sich den Fuß gebrochen, ich habe den Vormittag bei ihr verbracht«, liest Marianna auf einem zusammengeknüllten Zettel, den die Tochter ihr überreicht.

»Don Vincenzino Alagna hat sich erschossen, wegen Schulden; doch seine Frau will keine Trauer tragen. Keiner konnte ihn leiden, diesen stacheligen Kürbiskopf. Ihre kleine Tochter hatte letztes Jahr die Röteln. Ich selbst habe sie davon kuriert.«

»Olivo hier neben mir möchte ein Heilmittel gegen Lieblosigkeit, was meint Ihr, Mama, soll ich es ihm geben?«

»Bei den Leprösen wollen sie mich nicht mehr einlassen. Ich bringe zuviel Unordnung hinein, sagen sie. Weil ich eine von der Krätze geheilt habe, die der dortige Arzt schon aufgegeben hatte. Mama, was ist mit Euch? ...«

40

Der kleine Zweimaster bewegt sich nur wenig vorwärts, schaukelt sacht über das grüne Wasser. Vorne liegt, wie ein Fächer ausgebreitet, die Stadt Palermo: eine Reihe grauer und ockerfarbener Häuser, weiße und graue Kirchen, rosa gestrichene Hütten, Läden mit grüngestreiften Markisen, die Straßen mit ihren großen Pflastersteinen, die in der Mitte eine Rille bilden, durch die schmutziges Wasser läuft.

Hinter der Stadt, unter Haufen von aufgewühlten, opaken Wolken, die steil abstürzenden Felsen des Monte Cuccio, das Grün der Wälder von Mezzomonreale und von San Martino delle Scale; ein Gefälle von steilen, teils dunklen, teils helleren Felsen, in denen sich das violette Licht des Sonnenuntergangs eingenistet hat.

Mariannas Blicke verharren auf den hohen Fenstern der Vicaria. Links vom Gefängnis, hinter einer niedrigen Häuserflucht, erstreckt sich das unregelmäßige Rechteck der Piazza Marina. Inmitten des menschenleeren Platzes das dunkle Podest mit dem Galgen – was bedeutet, daß morgen früh jemand gehängt wird –, mit jenem Galgen, zu dem der Herr Vater sie aus Liebe geführt hat, damit sie von ihrer Taubheit genese. Niemals hätte sie gedacht, daß der Herr Vater und der Herr Onkel und Gatte gemeinsam ein Geheimnis hüteten, das sie betraf; daß sie sich verbündet hatten, um Stillschweigen zu bewahren über die Verwundung, die ihrem kindlichen Körper zugefügt worden war.

Jetzt wird das Segelboot von langen, unregelmäßigen Erschütterungen hin und her geworfen. Die Segel sind gehißt: Der Bug des Schiffes dreht sich entschieden zum offenen Meer hin. Marianna hält sich mit beiden Händen an der lackierten Reling fest, während sich Palermo mit seinen frühabendlichen Lichtern, seinen Palmen, seinem vom Wind aufgewühlten Unrat, seinem Galgen und seinen Kutschen langsam entfernt. Ein Teil ihrer selbst wird dortbleiben, auf diesen schmutzigen Straßen, in dieser milden Wärme, die nach süßem Jasmin und Pferdeäpfeln riecht.

Ihre Gedanken wandern zu Saro und den paar Malen, da sie ihn noch an die Brust gedrückt hat, obwohl sie beschlossen hatte, ihn nicht mehr zu sehen. Eine Hand, die unter dem Tisch ergriffen wird, ein Arm, der sich hinter einer Tür hervorstreckt, ein Kuß in der Küche, der ihr zur Schlafenszeit geraubt wird. Es waren Freuden, denen sie sich mit wild klopfendem Herzen hingegeben hatte.

Und es kümmerte sie nicht, daß Innocenza alles erraten hatte und sie vorwurfsvoll ansah, daß ihre Kinder über sie schwatzten, daß ihre Geschwister drohten, ihn umbringen zu lassen, diesen »ausgemachten Bauerntölpel«, daß Peppinedda sie mit feindlichen Blicken verfolgte.

Don Camalèo hingegen war beharrlich geblieben. Er kam sie fast täglich besuchen in seiner von dem kleinen Apfelschimmel gezogenen Kalesche und sprach zu ihr von der Liebe und von den Büchern. Er sagte, daß sie strahlend aussehe wie eine kleine »Leuchte«. Und ein Blick in den Spiegel sagte ihr, daß er recht hatte damit: Ihre Haut war hell und glatt geworden, ihre Augen leuchteten, der Haarknoten in ihrem Nacken war dick angeschwollen wie ein aufgegangener Hefezopf. Kein Band und keine Haube konnten ihn auf die Dauer halten: Die Haare explodierten gleichsam und lockten sich funkensprühend und ungeordnet um ihr glückliches Gesicht.

Als sie ihrem Sohn Mariano mitgeteilt hatte, daß sie fortfahren wolle, hatte dieser die Stirn gerunzelt und das Gesicht zu einer komisch wirkenden Grimasse verzogen, die zornesfunkelnd aussehen sollte, aber deutlich Erleichterung und Befriedigung erkennen ließ. Er war nicht ganz so tüchtig im Heucheln wie sein Onkel Signoretto.

»Und wohin wollt Ihr fahren?«

»Zuerst nach Neapel, und wohin dann, weiß ich noch nicht.«

»Allein?«

»Fila wird mit mir kommen.«

»Fila ist wahnsinnig. Ihr könnt Euch auf sie nicht verlassen.«

»Ich werde sie mitnehmen, es geht ihr jetzt wieder gut.«

»Eine wahnsinnige Mörderin und eine Behinderte, die zusammen auf Reisen gehen, das ist ja großartig! Wollt Ihr die Welt zum Lachen bringen?«

»Niemand wird sich um uns scheren.«

»Ich kann mir vorstellen, daß Don Camalèo Euch nachkommen wird. Habt Ihr vor, die Familie in Schande zu stürzen?«

»Don Camalèo wird mir nicht nachkommen. Ich fahre allein.«

»Und wann wollt Ihr wiederkommen?«

»Ich weiß es nicht.«

»Und wer wird sich um Eure Töchter kümmern?«

»Sie werden selbst für sich sorgen. Sie sind groß.«

»Es wird Euch ein Vermögen kosten.«

Mariannas Blick senkte sich auf den trotz beginnender Kahlheit noch immer schönen Kopf ihres Sohnes, der sich über das Blatt beugte, während er mit schwerer Hand die Feder führte.

Die weiß hervortretenden Fingerknöchel zeugten von einer mühsam verhaltenen Wut. Er konnte es nicht ertragen, aus seinen Phantastereien herausgerissen und mit Dingen konfrontiert zu werden, die er nicht verstand und für die er sich nicht interessierte. Seine einzige Besorgnis war, was man in seinen Kreisen wohl über seine unbesonnene Mutter dächte. Würde sie nicht zuviel ausgeben? Würde sie am Ende Schulden machen? Würde sie womöglich von Neapel aus die Familie um Geld angehen und sie dazu zwingen, wer weiß was für Summen lockerzumachen?

»Ich werde nichts ausgeben, was Euch gehört«, schrieb Marianna mit leichter Hand auf das weiße Blatt Papier. »Ich werde alles von meinem eigenen Geld bezahlen, und seid versichert, daß ich der Familie keine Schande bereiten werde.«

»Ihr habt ihr bereits Schande gebracht mit Eurer Überspanntheit. Seit unser Vater und Onkel gestorben ist, habt Ihr unablässig für Skandale gesorgt.«

»Von welchen Skandalen sprecht Ihr?«

»Ihr habt nur ein Jahr lang Trauer getragen, anstatt Euer Leben lang, wie es sich gebührt. Erinnert Ihr Euch? Beim Tod des Vaters: drei Jahre in Schwarz, beim Tod eines Sohnes: zehn Jahre in Schwarz, und beim Tod des Gatten: dreißig Jahre, was soviel heißt wie für immer. Außerdem geht Ihr nicht in die Kirche, wenn feierliche Messen gelesen werden. Außerdem umgebt Ihr Euch mit niedrigen, unpassenden Menschen. Aus diesem Diener, diesem Aufsteiger, habt Ihr den Herren hier gemacht. Er hat Euch seine Frau, seine verrückte Schwester und ein Kind ins Haus gebracht.«

»Tatsächlich hat seine Schwester ihn ins Haus gebracht. Und was die Frau betrifft, so habe ich selbst sie ihm gegeben.«

»Eben, zuviel Vertraulichkeit mit Leuten, die nicht von Eurem Stand sind. Ich erkenne Euch nicht wieder, Signora, früher wart Ihr viel sanfter und fügsamer. Ist Euch klar, daß Ihr eine Entmündigung riskiert?«

Marianna schüttelt den Kopf: Warum soll sie an all diese unangenehmen Dinge zurückdenken? Und doch ist in dem, was der Sohn ihr aufgeschrieben hat, etwas, das sie nicht begreift; eine Wut, die nicht nur von ihrem angeblich skandalösen Verhalten und nicht nur von der Sorge um das Geld herrührt. Er war immer großzügig gewesen, warum sollte er jetzt über den Ausgaben seiner Mutter ins Rasen geraten? Ob da wohl immer noch etwas von seiner kindlichen Eifersucht drinsteckt, von der er nichts weiß und von der er sich nicht lösen kann? Daß er es ihr noch nicht verziehen hat, daß sie ihm – mit schamloser Offensichtlichkeit – ihren kleineren Sohn Signoretto vorgezogen hat?

Marianna heftet ihren Blick auf den kahlen Schädel Filas, die neben ihr auf der Schiffsbrücke steht und der am Horizont verschwindenden Stadt nachsieht. Jetzt sind sie ganz vom Wasser umgeben, das sich heftiger kräuselt, während die Gallionsfigur ihre nackte Brust dem Winde entgegenstreckt.

Es war Saros Blick gewesen, der sie zur Abreise bewogen hatte. Ein frühmorgendlicher, unabsichtlicher Blick, als sie seinen Mund von ihrer Schulter löste und ihn zum Aufstehen antrieb, da das eindringende Morgenlicht bereits den Fußboden des Schlafzimmers überflutete.

Ein Blick von erfüllter und zugleich besorgter Liebe. Voller Angst, daß diese Wonne plötzlich zerrinnen könnte, durch irgend etwas, das er nicht vorhersehen und nicht lenken konnte. Nicht nur ihr Körper, sondern auch ihre eleganten Kleider, ihre Wäsche aus weißem Leinen, die Essenzen von Myrthe und Rose, die in Wein gedünsteten Fasane, die Zitronensorbets, die Erdbeercremes, das Orangenblütenwasser, ihre Gunst, die stillen Zärtlichkeiten, alles, was ihr gehörte, alles das stand glänzend in des kleinen Saros grauen Augen wie ein auf den Kopf gestelltes Bild, gleich den Bildern jener Städte, die man zuweilen als Fata Morgana umgekehrt über dem Meeresspiegel aufsteigen sehen kann, feucht und zitternd im dampfenden Licht.

Das Blendwerk versprach Üppigkeit und endlosen Genuß, endlos so lange, bis es im ausgebleichten Licht eines sommerlichen Sonnenuntergangs zergehen würde. Und sie hatte das Bild dieser glücklichen Stadt in den Augen des Geliebten wegwischen wollen, bevor es sich in einem Aufblitzen wie von zerspringenden Spiegeln von alleine zerstören würde.

Und nun steht sie hier über dem schillernden Meeresgrund, inmitten der Gerüche des Meeres, die sich mit den herben Gerüchen des Teers und der Lacke vermischen, und Fila ist ihre einzige Begleiterin.

41

Am Abend sitzen am Tisch des Kapitäns im kleinen Salon mit der gefügten Holzdecke merkwürdige Passagiere beieinander, die sich gänzlich unbekannt sind: eine taubstumme Herzogin aus Palermo, in einen eleganten, weißblau gestreiften Staubmantel à la Watteau gehüllt, ein englischer Reisender mit einem unaussprechlichen Namen, der von Messina kommt und eine kuriose Perücke mit rosa Löckchen trägt, ein Edelmann aus Ragusa, ganz in Schwarz, der sich niemals von seinem silbernen Degen trennt.

Das Meer ist aufgewühlt. Durch die beiden Fenster, die sich an der Flanke des Schiffes öffnen, sieht man einen gelblichen Himmel mit lila Streifen. Der Mond ist voll, doch er verschwindet immer wieder hinter stürmischen Wolkenfetzen, die ihn abwechselnd einhüllen und wieder zum Vorschein bringen.

Fila ist in der Kabine geblieben, sie liegt im Dunkeln mit einem essiggetränkten Tuch auf dem Mund, das ihre Seekrankheit mildern soll. Sie hat sich den ganzen Tag erbrochen, und Marianna hat ihr den Kopf gehalten, so lange sie konnte; dann aber mußte sie hinaus aus der Kabine, sonst hätte auch sie angefangen, sich zu übergeben.

Der Kapitän setzt ihr nun einen Teller mit gekochtem Fleisch vor. Der Engländer mit den rosa Löckchen häuft ihr einen Löffel Mantova-Senf auf den Teller. Die drei Männer unterhalten sich miteinander, ab und zu aber wenden sie sich der Signora zu und lächeln sie freundlich an. Dann fangen sie wieder an zu schwatzen, vielleicht auf englisch, vielleicht auf italienisch. Marianna vermag es nicht zu erraten an den Bewegungen ihrer Lippen, es ist ihr auch nicht sonderlich wichtig. Nach einem Versuch, sie durch Gesten in ihre Konversation mit einzubeziehen, haben sie sie ihren Gedanken überlassen. Und sie ist froh, daß sie sich nicht mehr mit ihr beschäftigen; sie fühlt sich plump und unfähig. Die große Verwunderung über die neue Situation lähmt ihre Bewegungen: Fast scheint es ihr unmöglich, die Gabel zwischen den Fingern zu halten, die Spitzen ihrer Ärmel haben die Tendenz, ständig in den Teller zu fallen.

Fetzen von Gedanken schwimmen in ihrem müden Kopf herum: Das Wasser, das sich darin befindet, um die aufgenommenen Dinge aufzuweichen, und das klar und ruhig schien, ist von einer ungeduldigen Hand aufgerührt worden und hat verlorene und schon beinahe aufgelöste Erinnerungsbruchstücke wieder an die Oberfläche gebracht.

Der zarte Körper ihres Söhnchens Signoretto, der an ihrem Busen hängt wie ein Äffchen, und die Schmerzen, die sie darüber empfunden hatte, daß sie ihn nicht sättigen konnte. Das scharfe Gesicht des Herrn Onkels und Gatten, als sie es zum erstenmal gewagt hatte, ihn von nahem anzusehen, und entdeckte, daß seine Wimpern weiß geworden waren. Die dreisten Augen ihrer Tochter Felice, Nonne ohne Berufung, die dennoch in der Kräuterheilkunde eine würdige Beschäftigung gefunden hat und nun nicht einmal mehr Geld von zu Hause braucht, weil die Leute sie gut bezahlen.

Die Gruppe ihrer Geschwister, wie sie sie an jenem Maitag gemalt hatte, an dem sie im Hof des »Häuschens« vor dem Tutui in Ohnmacht gefallen war: Agatas von Mükken zerstochene Arme, Geraldos spitz zulaufende Schuhe, die gleichen, die man ihm dann über die Füße gestülpt hat, als er im Sarg lag, als seien sie ein Tauschpfand fürs Paradies, mit dem herzlichen Glückwunsch, daß er darin lange Spaziergänge über die von Engeln bevölkerten Hügel antreten möge. Das boshafte Gelächter ihrer Schwester Fiammetta, die mit den Jahren ein wenig »merkwürdig« geworden ist; auf der einen Seite kasteit sie sich und trägt den Bußgürtel, auf der anderen mischt sie sich unablässig in die Bettangelegenheiten der gesamten Verwandtschaft ein. Carlos verwirrte Augen, der, um seine Bestürzung zu tarnen, eine böse, wütende Miene aufgesetzt hat. Und Giuseppa, die immer noch unruhig und unzufrieden ist, die einzige, die Bücher liest und gerne lacht, und die einzige, die ihr keine Vorwürfe wegen ihrer Überspanntheit machte und sie bei ihrer Abreise an den Hafen begleitet hat, obwohl ihr Mann ihr das verboten hatte. Die Mauern der Villa Bagheria aus weichen Sandsteinziegeln, die von nahem aussehen wie Schwämme, mit vielen kleinen Höhlen und verborgenen Kanälchen, in denen sich winzige Meeresschnecken und durchscheinende Muscheln eingenistet haben. Auf der ganzen Welt gibt es keine wärmere Farbe als die des Sandsteins von Bagheria, der das Licht aufsaugt und es aus sich erstrahlen läßt wie unzählige chinesische Lämpchen.

Das von Schläfrigkeit überflutete Gesicht der Frau Mutter, ihre vom Tabak geschwärzten Nasenflügel, die dicken blonden Zöpfe, die sich über den runden Schultern auflösen. Auf ihrem Nachttisch standen immer drei oder vier Fläschchen Laudanum. Der im übrigen, wie Marianna als Erwachsene entdeckte, aus Opium, Safran, Zimt, Nelke und Alkohol zusammengesetzt war. Doch in ihren letzten Zeiten hatte in dem Rezept des Apothekers von der Piazza Domenico die Menge des Opiums zugenommen, auf Kosten des Zimts und des Safrans. Darum hatte Marianna sie morgens zuweilen bäuchlings auf dem Bett ausgestreckt gefunden, mit verzücktem Gesichtsausdruck, halbgeschlossenen Augen und blaß wie eine Wachsfigur.

Und dann ihr eigenes Schlafzimmer, in dem Marianna, unter den gelangweilten Blicken der Schimären, ihre sämtlichen fünf Kinder zur Welt gebracht hatte und in das Saro dann gekommen war, die Beine vom Verband befreit und liebevoll lächelnd. Im Bett ihrer Geburten und Fehlgeburten hatten sie sich umarmt, während Peppinedda unruhig durchs Haus wanderte, den bereits zehn Monate alten Fötus im Bauch, der sich nicht dazu entschließen konnte, ans Licht der Welt zu treten. Die Hebamme hatte schließlich die Geburt gewaltsam einleiten müssen und war auf ihr herumgeturnt, als sei sie eine Strohmatratze. Und als es schon aussah, als würde sie verbluten, kam endlich ein riesiges Kind zum Vorschein, mit Saros Farben, schwarz, weiß und rosa, die Nabelschnur dreimal um den Hals gewickelt.

Auch Peppineddas wegen hatte sie beschlossen abzureisen. Wegen der Blicke, mit denen sie sie bedachte, die von Kapitulation und weiblicher Komplizenschaft sprachen, als wollte sie ihr sagen, daß sie damit einverstanden sei, den Mann mit ihr zu teilen, im Tausch gegen Wohnung, Kleider, ausreichend Nahrung und gänzliches Augenzudrücken angesichts der Diebstähle, die sie für ihre Schwestern unternahm.

Es war zu einer Art vertraulicher Übereinkunft gekommen, zu einem »Sich-Einrichten« zu dritt, in dem Saro sich zwischen Besorgnis und Zufriedenheit hin- und herbewegte. Eine Zufriedenheit, die bald in Übersättigung übergehen würde. Vielleicht auch nicht, vielleicht irrte sie sich darin: Er hätte womöglich immer so weitergemacht, zwischen seiner mütterlichen Geliebten und seiner kindlichen Frau, zärtlich und hingebungsvoll. Er hätte sich, wie schon jetzt vorauszusehen war, in ein schwaches Abbild seiner selbst verwandelt: Ein zufriedener Jüngling, der dabei ist, seinen Glanz und seine Fröhlichkeit zu verlieren, im Bemühen um die rechte Mischung aus väterlicher Nachgiebigkeit und der klugen Verwaltung der Zukunft seiner Familie.

Sie hatte sie vor ihrer Abreise mit Gold geradezu überhäuft. Weniger aus Großzügigkeit vielleicht, als um sich dafür zu entschuldigen, daß sie sie verließ, und um von ihnen auch aus der Ferne geliebt zu werden, noch für ein Weilchen.

Der englische Passagier mit den schönen braunen Augen ist verschwunden, obwohl er seinen Teller erst halb geleert hat. Der Baron aus Ragusa steht nach Luft schnappend am hohen Fenster, während der Kapitän, immer zwei Stufen auf einmal nehmend, die Treppe hinaufeilt, die zum Deck führt. Was ist los?

Von der offenen Türe dringt ein kräftiger Geruch nach Salz und Wind herein. Die Wellen sind wohl inzwischen haushoch geworden. In ihr Schweigen eingeschlossen wie in ein Ei, hört Marianna die Schreie auf dem Deck nicht, nicht das Knarren, das immer lauter wird, nicht die Rufe des Kapitäns, der die Segel einholen läßt, nicht die Stimmen der Passagiere unter Deck.

Sie fährt fort, die Speisen vom Teller an ihren Mund zu führen, als wäre alles in Ordnung. Nicht das geringste Anzeichen von Seekrankheit, das die Gedärme der übrigen Passagiere schüttelt. Jetzt aber fängt die Öllampe über dem Tisch gefährlich an zu schaukeln. Endlich dämmert es der Herzogin, daß es sich hier wohl nicht nur um etwas hohen Seegang handelt. Ein paar Tropfen kochendes Öl sind auf die Tischdecke heruntergetropft, eine der Servietten hat Feuer gefangen. Wenn sie nicht etwas unternimmt, wird innerhalb weniger Augenblicke das Feuer vom Stoff auf das Holz des Tisches und vom Tisch auf den Fußboden übergreifen, und alles besteht aus abgelagertem Holz.

Plötzlich beginnt Mariannas Stuhl zu rutschen und knallt gegen die Schiffswand, wobei die Stuhllehne das Glas eines Bilderrahmens zertrümmert. So zu sterben, im gestreiften Reisekostüm dasitzend, mit der Lapislazulibrosche am Kragen, die ihr der Herr Vater geschenkt hat, bedeutete gewiß einen recht theatralischen Tod. Vielleicht hat der Höllenhund der Frau Mutter sie bei der Taille ergriffen und zieht sie nun hinab ins schwarze Naß. Es ist ihr, als sähe sie süßliches, wildes Wimpernschlagen. Sind das nicht die Augen der Schimären aus der Villa Ucrìa, die sie verlachen?

Einen Augenblick später hat Marianna ihre Kraft wiedergefunden und springt auf: Sie gießt das Wasser aus der

Karaffe über die brennende Serviette. Dann wirft sie das nasse Tuch über die Lampe, die zischend verlischt.

Dunkelheit herrscht nun im Zimmer. Marianna versucht, sich zu erinnern, wo die Türe war. Die Stille treibt sie zu nichts als zur Flucht. Aber wohin? Das Tosen des Meeres, das immer noch anwächst, das dröhnend geworden ist, wird von der Taubstummen nur über die Bodendielen wahrgenommen, die sich biegen, sich heben, um sich sogleich wieder unter den Sohlen zu senken.

Der Gedanke, daß Fila in Gefahr ist, läßt sie schließlich die Tür finden, die sich nur mühsam öffnen läßt, und sofort dringt ein Schwall von salzigem Wasser herein. Wie soll sie es nur schaffen, in diesem Aufruhr die Sprossenleiter hinunterzusteigen? Sie versucht es dennoch, indem sie sich mit beiden Händen an das hölzerne Geländer klammert und jede Sprosse mit den Füßen ertastet.

Als sie im Bauch des Schiffes angekommen ist, wird ihr ein Schwarm salziger Sardinen an den Hals gespült. Irgendein Faß muß zu Bruch gegangen sein und seinen Inhalt verstreut haben. Noch während sie sich im Dunkeln den Weg zur Kabine zu ertasten sucht, fühlt sie, wie etwas Schweres ihr entgegenfällt. Es ist Fila, zitternd und tropfnaß.

Sie drückt sie an sich und küßt ihr die Wangen. Die wirren Gedanken ihrer Begleiterin steigen ihr in die Nase, vermischt mit einem sauren Geruch nach Erbrochenem: »Der Teufel soll dich holen, du dickschädelige Eselin, du Hundsfott, warum mußte ich fort von zu Hause? ... Die Herzogin hat mich einfach mitgenommen, damit ich hier untergehe, diese Idiotin, diese alte Ziege, Tod und Schande über sie!«

Kurz, sie verflucht sie auf Teufel komm raus. Und zugleich klammert sie sich mit aller Kraft an sie. Daß sie im Begriff sind, mit diesem Schiff unterzugehen, ist sicher, es fragt sich nur, wie lange es dauern wird. Marianna beginnt zu beten, doch es will ihr nicht recht gelingen. Es ist etwas Groteskes in dieser ihrer dümmlichen Vorbereitung auf den Tod. Und doch weiß sie nicht, wie sie die Gewalt des Wassers bekämpfen soll. Sie kann nicht einmal schwimmen. Sie schließt die Augen und hofft, daß es nicht mehr lange dauern möge.

Doch wunderbarerweise vermag das Segelschiff sich zu halten, wie sehr es auch von den Wellen geschüttelt wird. Das widerstandsfähige hohe Gebilde aus Zedern- und Kastanienholz biegt und beugt sich und hält stand.

Herrin und Dienerin stehen Arm in Arm und warten auf den Tod, und sie sind so müde, daß sie der Schlaf überkommt, ohne daß sie es merken, während das salzige Wasser Hölzer, Schuhe, Sardinen, entrollte Taue und Korkstücke an sie heranspült.

Als die beiden Frauen wieder erwachen, ist es bereits Tag. Sie halten sich noch immer umarmt, aber sie liegen auf dem Boden, direkt unter der Sprossenstiege. Eine neugierige Möwe beäugt sie von der Brücke herab.

42

Eine Pilgerin? Vielleicht, doch die Pilger haben ein Ziel. Ihre Füße hingegen wollen nicht ruhen. Sie sind auf der Wanderschaft um der Wanderschaft willen. Auf der Flucht vor der Stille in ihrem Haus, in Richtung anderer Häuser, in denen wiederum Stille herrscht. Eine Nomadin im Kampf mit den Flöhen, der Hitze, dem Staub. Doch niemals am Ende, niemals müde, neue Orte zu sehen, neue Menschen.

Fila ist an ihrer Seite: den kleinen kahlen Kopf immer mit einem fleckenlosen Baumwollhäubchen bedeckt, das jeden Abend gewaschen und am Fenster zum Trocknen aufgehängt wird. Wenn es ein Fenster gibt, denn sie haben auch schon im Stroh geschlafen, zwischen Neapel und Benevent, neben einer Kuh, die sie neugierig beschnüffelte.

Sie haben bei den neuen Ausgrabungen von Stabia und Herkulaneum Station gemacht. Sie haben eine Wassermelone gegessen, die ein Kind ihnen in Scheiben schnitt, auf einem um den Bauch gebundenen Tablett, ähnlich dem, das Marianna als Schreibpult benutzt. Sie haben Honigwasser getrunken, voller Bewunderung vor einem riesigen römischen Fresko sitzend, in dem die Farben Rot und Rosa sich aufs wunderbarste miteinander verbanden. Sie haben im Schatten einer gigantischen Strandkiefer geruht, nachdem sie fünf Stunden lang unter der Sonne gewandert waren. Sie sind auf zwei Mauleseln die Hänge des Vesuvs hinaufgeritten und haben sich die Nasen verbrannt, trotz ihrer Strohhüte, die sie sich zuvor bei einem Händler in Neapel gekauft hatten. Sie haben in übelriechenden Kammern mit zerbrochenen Fenstern geschlafen, mit einem Kerzenstumpf auf dem Boden neben der Matratze, auf der die Flöhe wie in einem Zirkus umherhüpften.

Hie und da heftete sich ein Bauer, ein Händler oder irgendein Junker an ihre Versen, voller Neugier, weshalb sie wohl alleine reisten. Doch Mariannas Schweigen und die finsteren Blicke Filas ließen sie bald wieder die Flucht ergreifen.

Einmal wurden sie ausgeraubt, auf der Straße nach Caserta. Die Briganten haben ihnen zwei schwere Koffer mit Messingbeschlägen, eine kleine Tasche aus silbernem Netzwerk und fünfzig Scudi abgenommen. Doch sie waren nicht allzu verzweifelt darüber: Die beiden Koffer waren ohnehin ein ständiges Hindernis und enthielten Kleider, die sie kaum jemals trugen. Die Scudi waren nur ein Teil ihres Reichtums. Das übrige Geld hatte Fila so gut in ihren Unterrock eingenäht, daß die Banditen es nicht gefunden haben. Die Taubstumme hatte sie zudem mit Mitleid erfüllt, sie hatten sie nicht einmal durchsucht, obwohl auch sie einiges Geld in der Tasche ihres Staubmantels trug.

In Capua hatten sie sich mit einer Gruppe von Schauspielern angefreundet, die auf dem Weg nach Rom waren. Eine Komödiantin, ein junger Schauspieler, ein Impresario, zwei Kastraten und vier Diener, dazu ein Berg von Gepäck und zwei Bastardhunde.

Sie waren freundlich und wohlgesonnen, dachten viel ans Essen und ans Spiel. Die Taubheit der Herzogin störte sie nicht im mindesten, im Gegenteil, sie hatten gleich begonnen, mit den Händen und dem ganzen Körper mit ihr zu sprechen, und vermochten es ausgezeichnet, sich ihr verständlich zu machen, und darüber hinaus reizten sie Fila zu unbändigem Gelächter.

Natürlich mußte Marianna für alle das Abendessen bezahlen. Doch die Schauspieler vergolten ihr diese Gefälligkeit, indem sie ihre Gedanken zur großen Heiterkeit aller mimten, sei es am Eßtisch wie auch am Spieltisch, in den Postkutschen wie auch in den Herbergen, in denen sie übernachteten.

In Gaeta hatten sie beschlossen, sich auf eine Feluke

einzuschiffen, die sie für wenige Scudi aufnahm. Es hieß, die Straßen seien voller Briganten, und »für einen, den sie aufhängen, tauchen hundert weitere auf, die sich in den Bergen der Ciociaria verstecken und ganz besonders die Herzoginnen heimsuchen«, hatte man ihr etwas boshaft auf einen Zettel geschrieben.

Auf dem Boot spielte man den ganzen Tag Faraone und Biribissi. Der Oberkomödiant Giuseppe Gallo teilte die Karten aus und verlor immer. Dafür gewannen die beiden Kastraten. Und die Komödiantin Gilberta Amadio wollte nie zu Bett gehen.

In Rom mieteten sie sich alle zusammen in einer Herberge in der Via del Grillo ein, einer kleinen Straße, die so steil war, daß die Kutscher sie nicht befahren wollten, so daß man von der Piazza del Grillo aus immer zu Fuß gehen mußte, hinauf und ebenso wieder hinunter.

Eines Abends wurden Marianna und Fila ins Teatro Valle eingeladen, das einzige, in dem auch außerhalb der Karnevalszeit gespielt werden durfte. Und sie sahen eine kleine, halb gesungene und halb gesprochene Oper, in der die Komödiantin Gilberta Amadio zehnmal das Kostüm wechselte, wobei sie ständig hinter die Kulissen rannte und einmal als Schäferin, einmal als Marquise, einmal als Aphrodite, einmal als Juno auftauchte. Währenddessen sang einer der Kastraten mit engelsgleicher Stimme, und der andere tanzte ein Schäfertänzchen.

Nach der Vorstellung wurden Marianna und Fila in die »Osteria del Fico« eingeladen, wo sie sich große Teller voll Kutteln in Tomatensoße einverleiben mußten. Außerdem mußten sie gläserweise roten Wein hinunterkippen, um den Erfolg der Kompanie zu feiern, dann hatten sie alle angefangen, unter den papiernen Lampions miteinander zu tanzen, während einer der Diener, offensichtlich ein Faktotum, die Mandoline spielte und ein anderer die Flöte blies.

Marianna genoß die Freiheit: Die Vergangenheit war

wie eine lange Schleppe, die sie unter ihrem Rock aufgewickelt hatte und die nur hin und wieder zum Vorschein kam. Die Zukunft war wie ein Nebelfleck, in dem bunte Lichter wie von einem Karussell aufleuchteten. Und sie stand dort, halb Igel, halb Hase, endlich einmal den Kopf frei von allen Lasten, in Gesellschaft von Leuten, denen ihre Taubheit herzlich gleichgültig war und die fröhlich mit ihr sprachen, indem sie großmütig unwiderstehliche Grimassen zogen.

Fila hatte sich in einen der beiden Kastraten verliebt. Das war eben auf jenem Fest nach der Vorstellung geschehen, Marianna hatte die beiden überrascht, als sie sich hinter einer Säule küßten, und sie war mit einem diskreten Lächeln an ihnen vorübergegangen. Er war ein hübscher Jüngling, mit blonden Locken und nur ein wenig dickleibig. Und sie hatte sich, als sie ihn küßte, auf die Zehenspitzen erhoben, wobei ihr Rücken einen Bogen beschrieb, der Marianna an Filas jüngeren Bruder erinnert hatte.

Ein Riß, eine jähe Bewegung, und die lange Schleppe unter ihrem Rock hatte begonnen, sich zu entrollen. Nicht immer kann man den Dingen durch eine Flucht wirklich entkommen. Wie jener Mann aus *Tausendundeiner Nacht*, der in Samarkand lebte. War es Nur el Din oder Mustafa gewesen? Sie weiß es nicht mehr. Man hatte ihm gesagt: Du wirst bald sterben in Samarkand, und er war eilig in eine andere Stadt geritten. Aber eben in dieser Stadt wurde er, während er friedlich durch die Straßen wanderte, ermordet. Und es stellte sich heraus, daß der Platz, auf dem er überfallen worden war, den Namen Samarkand trug.

Tags darauf war die Theatergruppe nach Florenz weitergereist. Und Fila war darüber so betrübt gewesen, daß sie eine ganze Woche nichts hatte essen wollen.

Ciccio Massa, der Besitzer der Herberge in der Via del Grillo, brachte Fila persönlich die Hühnerbrühe ins Zimmer hinauf, die das ganze Haus mit ihrem Duft erfüllte.

Seit sie hier wohnten, tat er nichts anderes, als hinter diesem Mädchen herzulaufen, das ihn hingegen verabscheute. Ein korpulenter Mann mit kurzen Beinen, Augen wie ein Wildschwein, einem schönen Mund und einem frischen, ansteckenden Lachen. Er wurde leicht handgreiflich mit seinen Küchenjungen, dann aber tat es ihm leid, und er ging dazu über, eben die zu verwöhnen, die er zuvor malträtiert hatte. Seinen Kunden gegenüber gab er sich geschäftig und umsichtig, stets um seinen guten Eindruck besorgt, aber auch darum, ihnen soviel Geld wie möglich aus der Tasche zu ziehen.

Nur Fila gegenüber war er machtlos, wenn er sie sah, aber auch jetzt noch, wenn er ihr begegnet, steht er da wie ein Tölpel und sieht sie bewundernd an. Hingegen legt er Marianna gegenüber häufig eine Art schurkischer Bescheidenheit an den Tag und entlockt ihr Geld, so oft er nur kann.

Fila, die kürzlich ihren fünfunddreißigsten Geburtstag hatte, ist wieder so schön wie damals, als sie achtzehn war, doch sie hat, trotz ihres kahlen Kopfes, ihrer Narben und der zersplitterten Zähne, eine sinnliche Fülligkeit hinzugewonnen, die sie nie zuvor besessen hat. Ihre Haut ist so hell und glänzend, daß die Leute auf der Straße sich nach ihr umdrehen. Ihre Augen ruhen mit weichem Blick auf den Dingen und den Menschen, als wollten sie sie streicheln.

Und wenn sie heiratete? Sie würde ihr eine schöne Mitgift geben, denkt Marianna, doch der Gedanke, sich von dem Mädchen losreißen zu müssen, nimmt ihr alle Begeisterung. Außerdem ist sie in den Kastraten verliebt. Dieser hatte geweint, als er nach Florenz abgereist war, doch er hatte sie nicht gebeten, mit ihm zu kommen. Das war so schmerzlich für Fila, daß sie aus Trotz oder zum Trost, wer weiß, angefangen hat, dem Werben des wildschweinhaften Hausherren nachzugeben.

43

Liebe Marianna,

jeder Mensch und jede Epoche sind ständig von einer geheimen und gefährlichen Barbarei bedroht, wie unser Freund Gian Battista Vico sagt. Eure Abwesenheit hat eine gewisse Unordnung in meinem Geist hervorgerufen, so daß Unkraut darin gewachsen ist. Ich bin allen Ernstes von der schlimmsten aller Faulheiten bedroht, nämlich von der Vernachlässigung meiner selbst, von der Langeweile.

Im übrigen leidet auch die Insel unter einer wiederauferstandenen Barbarei: Während Vittorio Amadeo von Savoia eine gewisse Ernsthaftigkeit und verwalterische Strenge ins Land gebracht hatte, von den Habsburgern darin etwas müde gefolgt, verbreitet Karl III. nun wieder jene Atmosphäre von Nachgiebigkeit und Schlamperei, die unseren Ricotta-Plätzchen-Essern und »Gaumenschmaus«-Liebhabern so richtig behagt.

Hier herrscht die großartigste aller Rechtlosigkeiten. So großartig und so vollständig, daß sie den meisten als »natürlich« erscheint. Und der Natürlichkeit kann man nichts befehlen, das wißt Ihr nur zu gut; wem würde es einfallen, eine Haar- oder Hautfarbe zu verändern? Kann man einen Staat von Gottes Gnaden in einen von des Teufels Gutdünken verwandeln? Montesquieu sagt, ein König habe die Macht, seine Untertanen glauben zu machen, daß ein Scudo so viel wert ist wie zwei, und »er gibt dem, der zwei Meilen rennt, eine Pension, und dem, der vier Meilen rennt, ein Reich«.

Vielleicht befinden wir uns am Ende eines Zyklus, da ja die Natur des Menschen zunächst roh ist, dann ernsthaft wird, dann würdig, sich dann weiter verfeinert und schließlich auflöst. Im letzten Stadium geht sie, wenn sie nicht richtig gelenkt worden ist, zum Laster über, und eine »neue Barbarei treibt die Menschheit dazu, die Dinge zu mißhandeln«.

Seit Eure Ahnen Torre Scannatura und das »Häuschen« von Bagheria errichtet haben, ist viel Wasser ins Meer geflossen. Euer Großvater hat sich noch persönlich um seine Weinberge und seine Oliven gekümmert. Euer Vater schon tat es nur noch über einen Mittelsmann. Euer Gatte hat seine Nase immerhin hier und da in seine Mostbottiche gesteckt. Euer Sohn gehört jener Generation an, die es als vulgär und unpassend empfindet, sich um die eigenen Ländereien zu kümmern. Er hat seine Aufmerksamkeit ganz auf sich selbst konzentriert. Und Ihr müßtet sehen, mit welch ausbeuterischer Grazie er dies tut! Soviel ich weiß, sind Eure Ländereien von Scannatura im Begriff, in der Schlamperei zugrunde zu gehen, von den Pächtern ausgeraubt, von den Bauern verlassen, die immer zahlreicher abwandern. Im Tanzschritt nähern wir uns jener fröhlichen Gleichgültigkeit, die unseren palermitanischen Zeitgenossen, vielmehr den Zeitgenossen unserer Kinder, so gut gefällt. Eine Gleichgültigkeit, die ganz nach tatkräftigem Handeln aussieht, da sie ja von einer Geschäftigkeit ausgefüllt ist, die als eine nie endende zu bezeichnen ich mich erdreiste. Diese jungen Leute hetzen von morgens bis abends zwischen Besuchen, Bällen, Mittagstafeln, Liebeleien und Schwatzereien hin und her, von denen sie so sehr in Anspruch genommen sind, daß ihnen kein Augenblick der Langeweile mehr vergönnt ist.

Euer Sohn Mariano, der von Euch die schöne Stirn und die sehnsüchtigen, glänzenden Augen geerbt hat, ist berühmt geworden für seine Verschwendungssucht, mit der er sich unseres Königs Karl III. wahrhaftig als würdig erweist; er ist berühmt für seine großartigen Abendessen, zu denen alle Freunde und Verwandten eingeladen sind. Ihr sagt, er träume gern, und wenn das wahr ist, so muß man sagen, daß er es in großem Stil tut. Und während er träumt, tafelt er. Möglicherweise stopft er die Freunde mit

Speisen und Getränken voll, damit sie ihn nicht aufwekken.

Es heißt, er habe sich eine Karosse bauen lassen, die der des Vizekönigs Fogliani, des Marquis von Pellegrino, gleicht; die Räder sind aus vergoldetem Holz, dreißig versilberte Holzstatuetten befinden sich auf dem Dach sowie goldene Wappen und Troddeln an allen Ecken und Enden. Als der Vizekönig Fogliani Aragon davon erfuhr, hat er ihm ausrichten lassen, er solle sich nicht als Prahlhans aufspielen, doch Euer vorzüglicher Sprößling hat sich nicht darum geschert.

Weitere Nachrichten werdet Ihr, wie ich mir denken kann, wohl von Euren Lieben erhalten haben. Eure Tochter Felice wird in Palermo von Tag zu Tag berühmter wegen ihrer Geschicklichkeit in der Heilung der Wundrose, der Krätze und aller Ekzemerkrankungen. Sie nimmt sehr viel Geld von den Reichen und nichts von den Armen. Deshalb wird sie geliebt, auch wenn viele es tadelnswert finden, daß sie als Nonne alleine umherzieht, auf dem Kutschbock einer kleinen, immer zu rasch fahrenden Kalesche sitzend, und selbst die Zügel ihres Araberpferdchens hält. Ihre Hilfsaktion für die »Verlassenen des Leprösenheims« kostet sie so viel Geld, daß sie bei einem Wucherer in Badia Nuova eine Anleihe aufgenommen hat. Und es scheint, als habe sie, um diese Schulden bezahlen zu können, angefangen, heimlich Abtreibungen zu machen. Doch das sind Informationen, die man sich hier nur über den Ladentisch zuflüstert. Ich dürfte nicht davon sprechen, wegen der Berufsehre. Doch Ihr wißt, daß meine Liebe zu Euch alle Skrupel und jede Diskretion hinter sich läßt.

Eure andere Tochter, Giuseppa, ist von ihrem Mann mit Vetter Olivo im Bett erwischt worden. Die beiden Männer haben sich zum Duell gefordert. Sie haben sich geschlagen. Doch keiner der beiden ist dabei gestorben. Zwei Feiglinge, die beim ersten Blutstropfen die Waffen fallen gelassen haben. Jetzt erwartet die schöne Giuseppa ein Kind, von dem sie nicht weiß, ob sie es von ihrem Mann oder ihrem Cousin hat. Doch es wird von ihrem Mann als das seine aufgenommen werden. Andernfalls müßte er sie umbringen, wozu ihm ganz und gar nicht zumute ist. Olivo ist von seinem Vater Signoretto nach Frankreich geschickt worden, der ihm gedroht haben soll, ihn zu enterben, obwohl er der Erstgeborene ist.

Was Manina betrifft, so hat sie der Welt soeben einen weiteren Sohn geschenkt, den sie Mariano getauft hat, nach dem Urgroßvater. Bei der Taufe war die gesamte Familie zugegen, einschließlich Abt Carlo, der die Stirn heftig in Falten gelegt hat, wie es sich für einen großen Gelehrten gehört. Tatsächlich kommen sie von allen Universitäten Europas zu ihm mit der Bitte um die Entzifferung alter Manuskripte. Er gilt als eine Berühmtheit hier in Palermo, und der Senat hat vorgeschlagen, ihm dafür eine Auszeichnung zu verleihen. Falls es dazu kommt, werde ich derjenige sein, der ihm den Orden in seiner Samtschatulle zu überreichen hat.

Euer Schützling Saro scheint über Eure Abreise so betrübt gewesen zu sein, daß er wochenlang nicht essen wollte. Dann aber hat er sich erholt. Jetzt scheint er es sich mit seiner Frau in Eurer Villa in Bagheria gutgehen zu lassen, er empfängt dort wie ein Baron: Er erteilt Befehle und lebt verschwenderisch auf Eure Kosten.

Im übrigen verhält es sich so, daß gerade die, die ein gutes Beispiel geben müßten, darauf pfeifen. Unser König Karl und seine reizende Gattin Amalia zwingen die Höflinge dazu, stundenlang kniend zu verharren, während sie speisen. Es heißt, die Königin gefalle sich darin, ihre Kekse in einen Kelch mit Wein von den Kanarischen Inseln zu tauchen, den ihre Hofdame ihr hinhalten muß, immer kniend. Kein schlechtes Theater, was meint Ihr? Vielleicht ist das aber nur Geschwätz, ich selbst habe solchen Szenen niemals beigewohnt.

Andererseits hat die Prinzessin von Sachsen jedes Prestige verloren, seit sie ein Mädchen geboren hat, noch dazu unter Zuhilfenahme eines Chirurgen.

Ich verwandle mich allmählich in einen langweiligen Moralisten, ich gebe es zu. Schon sehe ich, wie Euer Gesicht sich verfinstert und Ihr den Mund breitzieht, wie nur Ihr es könnt mit der ganzen lieblichen Grausamkeit Eurer Stummheit.

Wißt Ihr eigentlich, daß eben sie es war, die Behinderung eines Teils Eurer Sinne, die mich in den Kreis Eurer Gedanken hineingezogen hat? Eure Gedanken, die aufgrund dieses Risses zwischen Euch und der übrigen Welt üppig zu blühen begonnen haben, da Ihr darauf angewiesen wart, Euer Leben zwischen Büchern und Heften, in den Tiefen einer Bibliothek zu verbringen. Euer Verstand hat einen so ungewöhnlichen, kuriosen Weg eingeschlagen, daß er in mir ein wunderbares Gefühl der Liebe erweckt hat. Eine Sache, die ich in meinem Alter für unmöglich gehalten habe und die ich nun in meiner Vorstellung wie ein Wunder empfinde.

Ich frage Euch nochmals brieflich und mit der ganzen Feierlichkeit der Schrift: Wollt Ihr meine Frau werden? Ich werde nichts von Euch verlangen, auch nicht, daß Ihr das Bett mit mir teilt, wenn Euch das lieber ist. Ich möchte Euch so, wie Ihr jetzt seid, ohne Villen und Ländereien, ohne Vermögen, Kinder, Häuser, Kutschen und Diener. Mein Gefühl entspringt einem Bedürfnis nach Zweisamkeit, das mich zerfließen läßt wie Butter in der Sonne. Ich verzehre mich nach einer weiblichen Begleiterin, die im Denken geübt ist, eine große Seltenheit unter unseren Frauen, die im Zustand einer hennenhaften Unwissenheit gehalten werden.

Je mehr ich mich in meine Arbeit stürze, je mehr Leute ich sehe, mit je mehr Herrschaften ich es zu tun habe, um so mehr vergrabe ich mich in eine eremitenhafte Einsamkeit. Ist es nur eine Blendung des Pascalschen Esprit de finesse, der mich zu Euch hinzieht, oder ist es mehr? Vielleicht gar eine Strömung, die imstande wäre, die Ozeane zu erwärmen?

Eure Behinderung ist es, die Euch einzigartig macht:

Durch sie steht Ihr außerhalb aller Privilegien, obwohl diese Euch kraft Eurer Geburt bis zum Halse reichen, durch sie steht Ihr außerhalb aller Konventionen Eurer Kaste, wiewohl diese zu Eurem Fleisch und Blut gehören.

Ich stamme aus einer Familie von ehrlichen Notaren und Advokaten, oder vielleicht auch unehrlichen, wer weiß, es ist ja meist nicht die Ehrlichkeit, die zu einer raschen und glorreichen Eroberung sozialen Ansehens und finanziellen Reichtums verhilft. Mein Großvater war es – aber das bekenne ich nur Euch –, der den Barontitel für seine recht bescheidene, aber ehrgeizige Bürgerfamilie gekauft hat, er strebte nach Höherem. All das zählt nur sehr wenig, ich weiß. Meine Augen haben gelernt, über die Togen und bunten Röcke hinauszusehen, ebenso über die »robes volantes« und die pastellfarbenen »hoop petticoats«.

Auch Ihr vermögt es, über all die Damaststoffe und Perlen hinauszusehen, Eure Behinderung hat Euch zur Schrift geführt, und die Schrift hat Euch zu mir geführt. Beide benutzen wir unsere Augen, um zu überleben, und ernähren uns wie gefräßige Motten von Reispapier, Faserpapier, Ahornpapier, solange es nur mit Tinte bekritzelt ist.

»Das Herz hat seine Gründe, die der Verstand nicht kennt«, pflegte mein Freund Pascal zu sagen, und die Gründe sind dunkel und ruhen im Wurzelgrunde unseres verborgenen Selbst. Dort, wo das Alter sich nicht in einen Verlust, sondern in eine Fülle von Absichten und Zielsetzungen verwandelt.

Ich kenne meine Fehler, derer ich unzählige habe, angefangen von einer gewissen Hinterhältigkeit, die ich mir in den vielen Jahren der dummen Zensur der von mir geliebten Ideen angeeignet habe. Ganz zu schweigen von der Heuchelei, die mich bei lebendigem Leibe auffrißt. Ich verdanke ihr jedoch viel. Manchmal denke ich, sie ist vielleicht meine größte Tugend, zumal sie sich mit einer eremitenhaften Geduld verbindet. Zudem ist sie unverzichtbar für jene ganz und gar moderne Tugend, den »anderen verstehen« zu wollen. Die Heuchelei ist die Mutter der Toleranz ... oder ist sie die Tochter? Ich weiß es nicht, jedenfalls sind sie enge Verwandte.

Auch lasse ich mich häufig in Schwatzereien verwikkeln, sosehr ich sie auch verabscheue. Aber wenn man genau hinschaut, kann man erkennen, daß auf dem Grunde der Literatur eben das Getratsche liegt. Ist Monsieur Montesquieu mit seinen *Lettres persanes* etwa kein Schwätzer? Diese Schriften, die sich überstürzen und vor Ironie und Boshaftigkeit geradezu triefen? Und unser Herr Dante Alighieri, ist er vielleicht nicht schwatzhaft? Wer vermöchte es besser als er, die geheimen Laster und Schwächen seiner Freunde und Bekannten zu verbreiten ...

Die Ironie, die unsere Schriftsteller so anmutig verströmen, woher sollte sie kommen, wenn nicht von einem Ins-Licht-Rücken der Fehler anderer? Mit der Folge, daß sie riesig und als nicht wiedergutzumachen erscheinen. Während sie selbst gelassen den Balken übersehen, der in ihren eigenen träumerischen Augen steckt. Seid Ihr nicht auch dieser Meinung?

Da seht Ihr, wie ich mich zu rechtfertigen pflege: Mag sein, daß ich Euch mit meinen Selbstbeschuldigungen wie mit einem Köder aus den toten Gewässern Eures Schweigens herausziehen will.

Ich bin noch unredlicher, als Ihr glaubt. Von einem Egoismus, der zuweilen widerlich ist. Doch die Tatsache, daß ich Euch dies so offen bekunde, bedeutet wohl, daß es letztlich nicht so schlimm ist damit. Ich bin ein bewußter Lügner. Aber, wie Ihr wißt, sagte Solon, alle Kreter seien Lügner. Er selbst war ein Kreter. Sagte er nun die Wahrheit oder log er? Es sei denn, dies alles ist nur ein Trick, um Euch hinzuhalten. Blättert die Seite um, meine teure Taubstumme, und Ihr werdet etwas Neues zum Beißen finden. Vielleicht eine weitere Liebesbeteuerung, vielleicht eine wertvolle Information oder nur eine weitere

Darbietung der Eitelkeit. Auch meine Sinne sind verstümmelt, da sie im Umgang mit dieser Welt vulgär geworden sind. Und doch ist diese Welt der einzige Ort, an dem ich sein kann und will. Ich glaube nicht, daß ich gern im Paradies leben würde, auch wenn dort die Straßen sauber sind und es nicht stinkt, es keine Messerstechereien und Hinrichtungen, keine Kopfprämien, Raubzüge, Diebstähle, keinen Ehebruch und keine Prostitution gibt. Aber was tut man dann den lieben langen Tag? Nur spazierengehen und Faraone und Biribissi spielen?

Wisset, daß ich heiteren Gemütes auf Euch warte, im Vertrauen auf die vorausschauende Kraft Eures Verstandes. Ich sage nicht, im Vertrauen auf Euren Körper, denn dieser ist störrisch wie ein Maulesel, doch ich wende mich an jene weiträumigen Gefilde Eures Geistes, in denen das Meereswasser rauscht, dort wo Ihr gesprächiger seid, der Neugier, der Liebe mehr zugetan, so schmeichle ich mir zumindest, glauben zu dürfen ... Wißt Ihr, zuweilen ist es die Liebe des anderen, in die man sich verliebt: Wir sehen einen Menschen nur, wenn er unseren Blick sucht.

Mit meiner ganzen zärtlichen Verehrung und dem Wunsch, daß Ihr bald zurückkehren mögt. Es geht mir nicht gut ohne Euch,

Giacomo Camalèo.

Marianna betrachtet die dünnblättrigen Papiere, die unordentlich auf ihrem gestreiften Rock liegen. Der Brief hat in ihr ein Gefühl der Genugtuung verursacht, über das sie nun lächeln muß. Und doch verdüstert ihr die Sehnsucht nach Palermo den Blick. Jene Gerüche von in der Sonne getrockneten Algen, von Kapern und reifen Feigen wird sie nirgendwo anders mehr finden; jene verbrannten, duftenden Küsten, jene schäumenden Sturzwellen, den Jasmin, der in der Sonne verwelkt. Wie oft ist sie mit Saro in Richtung des Aspravorgebirges ausgeritten, wo ihnen trunkenmachende Gerüche und Düfte entgegenschlugen. Sie sind vom Pferd gestiegen, haben sich auf die kleinen Algenhaufen gesetzt, in denen die Strandflöhe umherhüpften, und haben sich von dem leichten »afrikanischen Wind« umwehen lassen.

Ihre Hände, die rückwärts liefen wie Krebse, trafen blind aufeinander und drückten sich gegenseitig, bis die Gelenke schmerzten. Es war ein langsames Sich-Verflechten von Fingern, von Armen. Und dann, und dann, was sollte man tun mit einer Zunge, in der ein Kuß klopfte wie eine wundervolle und unanständige Neuheit? Und was mit den Zähnen, die zubeißen wollen? Und mit den Augen, die in den anderen Augen versinken, dem Herzen, das Sprünge macht? Die Zeit blieb stehen in der Luft, neben diesem Duft nach salzigen Algen. Die runden, harten Kieselsteine im Rücken wurden weich wie Federkissen, als sie sich im Schutz einer tief ins Wasser herabhängenden Akazie aneinanderschmiegten.

Wie hatte sie diese Umarmungen in jenem Augenblick überleben können, da ihr grausamer Wille sie ihr verboten hatte? Sie kann nicht verhindern, daß sie wieder an die Oberfläche kommen wie unruhige Leichen, denen es nicht gelingt, in der Versenkung zu verschwinden.

Seit Fila mit Ciccio Massa verheiratet ist, fällt es ihr schwer, in der Herberge zu wohnen. Sosehr Fila auch beteuert, daß sie ihr weiter dienen wolle, sosehr alle beide sie mit Essen vollstopfen wie ein Kind, sosehr erwacht sie jeden Morgen mit dem dringlicher werdenden Wunsch abzureisen.

Zurückkehren zu den Kindern, zur Villa, zu Saro, zu den Schimären, oder hierbleiben? Fliehen vor jenen allzu bekannten Gestalten, die ihre Standhaftigkeit symbolisieren, oder den kleinen Flügeln gehorchen, die ihr zu beiden Seiten ihrer Fußknöchel gewachsen sind?

Marianna zerdrückt die zehn Papierbögen in ihrer Rocktasche und schaut sich um, auf der Suche nach einer Antwort auf ihre Frage. Die Sonne scheint. Der Tiber fließt voll und gelbgesprenkelt zu ihren Füßen. Ein Schopf blaßgrünen Schilfs wird von der Strömung auf die

Böschung niedergedrückt. Doch nachdem er vom Wasser fast bis zum Untergang plattgewalzt worden ist, erhebt er sich wieder in aller Fröhlichkeit. Eine Myriade winziger silberner Fische schwimmt gegen den Strom, dort, wo das Wasser fast stillsteht und zwischen Büscheln von Brennesseln und Disteln einen See bildet. Der Geruch, den das Wasser ausströmt, ist gut, ein Geruch von nasser Erde, von Minze und Hollunder.

Ein wenig weiter vorne schlingert der Bug eines flachen Bootes an einer gespannten Leine, die am Ufer festgemacht ist. Noch ein Stück weiter knien Wäscherinnen auf den Ufersteinen und spülen ihre Wäsche im Wasser aus. Ein weiteres Boot, vielmehr ein Floß mit zwei stehenden Ruderern, bewegt sich langsam von einem Flußufer zum anderen, mit zimtfarbenen Säcken und Wagenrädern beladen.

Stromaufwärts öffnet sich wie ein Fächer der Ripetta-Hafen mit seinen steinernen Stufen, seinen eisernen Anlegeringen, seinen Mauern aus ungebranntem Stein, seinen Bänken aus weißem Marmor, dem Hin und Her der Gepäckträger.

In dieser mittäglichen Stille fragt sich Marianna, ob sie sich diese Gegend je aneignen wird, ob sie hier je wohnen, Unterschlupf finden kann. Alles ist ihr fremd und daher teuer. Aber wie lange kann man von den Dingen, die um uns herum sind, erwarten, daß sie uns fremd, vollkommen verständlich und zugleich fern in ihrer Unentzifferbarkeit bleiben?

Wird ihr Sich-der-Zukunft-Entziehen, jener Zukunft, die doch schon dabei ist, ihr Schicksal zu gestalten, nicht eine zu große Herausforderung an ihre Kräfte sein? Diese Neugier, andere Menschen kennenzulernen, diese Lust, herumzuvagabundieren, ist es nicht ein sinnloser Hochmut, eine frivole und unangebrachte Anmaßung?

Wo soll sie sich eine Wohnung schaffen, da ihr doch jede Bleibe zu verwurzelt und absehbar erscheint? Gern würde sie sich ihr Zuhause auf den Rücken laden wie ein

Schneckenhaus und damit herumwandern, wer weiß, wohin. Die Erfüllung einer ersehnten Umarmung zu vergessen, wird nicht leicht werden. Dort ist die Schleuse, die jeden Tropfen Erinnerung, jeden Krümel Freude bewahrt. Doch es muß noch etwas anderes geben, das der Welt der Weisheit und der Nachdenklichkeit angehört. Etwas, das den Geist von den dummen Forderungen der Sinne befreit. »Es ist unpassend für eine Dame, von einer Herberge zur anderen, von einer Stadt zur anderen zu ziehen, ohne Ruhe, ohne Ziel«, würde der Herr Sohn Mariano dazu sagen, und vielleicht hätte er recht.

Dieses Herumlaufen, dieses Umherirren, dieses Leiden unter jedem erzwungenen Halt, ist das nicht eine Vorwarnung des nahenden Endes? In das Wasser dieses Flusses hineingehen, erst mit den Zehenspitzen, dann mit den Knöcheln, dann mit den Knien, der Brust, dem Hals. Das Wasser ist nicht kalt. Es wäre nicht schwer, sich von dieser wirbelnden, nach welken Blättern duftenden Strömung verschlingen zu lassen.

Doch der Wille, den Weg fortzusetzen, ist größer. Marianna heftet ihren Blick auf das gelbliche, gurgelnde Wasser und belauscht fragend das Schweigen. Doch die einzige Antwort, die ihr daraus erwächst, ist wiederum eine Frage. Und sie ist stumm.

SERIE PIPER

»Selten, daß man, wie in der Prosa Bassanis,
das Schöne so nah beim Schrecklichen findet.«
Martin Gregor-Dellin

SP 417

SP 430

SP 314

SP 693

Giuseppe Tomasi di Lampedusa

Der Leopard

Roman. Aus dem Italienischen von Charlotte Birnbaum.
198 Seiten. Serie Piper 320

»Die Qualität dieses Buches ist so bedeutend, daß es auf keine zeitliche Bedingung angewiesen ist, um auf uns zu wirken. Freilich, die eigentliche Quelle des Entzückens, mit der es uns erfüllt, ist die unbegrenzte Freiheit und Anmut, mit der alles, jeder Gedanke und jede Stimmung, seinen sprachlichen Ausdruck findet.«
Friedrich Sieburg

Die Sirene

Erzählungen. Mit einem Nachwort von Giorgio Bassani.
Aus dem Italienischen von Charlotte Birnbaum.
190 Seiten. Serie Piper 422

»Jede Seite steht in lebendiger Beziehung zum ›Leoparden‹«, urteilte Giorgio Bassani in seinem Nachwort über die hier vorliegenden vier Erzählungen. Am deutlichsten knüpft »Aufstieg eines Pächters« an Tomasi di Lampedusas Roman an: auf kleiner gewordener Bühne agieren, fünfzig Jahre später, die Nachbarn des »großen Fürsten« Salina und die seines Verwalters.
Voll Ironie und Sinnlichkeit erzählt die Titelgeschichte von einem alten Mann, der als Jüngling die Liebe einer Sirene erfahren hat und deshalb keine andere Frau mehr lieben konnte. »Freude und moralisches Gesetz« führt in die Welt der kleinen Angestellten und der Großstadt, während der Autor in den »Stätten meiner frühen Kindheit« voll Elegie verlorene Kindheitsparadiese heraufbeschwört.

Stendhal

Reflexionen eines Bewunderers. Mit einer Einleitung von Gesualdo Bufalino. Aus dem Italienischen von Helene Harth.
104 Seiten. Serie Piper 878

»Ein kostbares Stück Autobiographie, das uns bedauern läßt, daß die Tagebücher und die Korrespondenz dieses einzigartigen Schriftstellers nicht erhalten geblieben sind.«
Gesualdo Bufalino

PIPER